# THE PLOT AGAINST AMERICA

# 反美陰謀

Philip Roth

菲利普・羅斯——著

徐立妍——譯

# 目錄

## 反美陰謀

第一章　不投林白就是選擇戰爭　7
一九四〇年六月—一九四〇年十月

第二章　多嘴的猶太人　57
一九四〇年十一月—一九四一年六月

第三章　跟蹤基督徒　105
一九四一年六月—一九四一年十二月

第四章　斷肢　151
一九四二年一月—一九四二年二月

第五章　從來不曾　187
一九四二年三月—一九四二年六月

第六章　他們的國家　一九四二年五月—一九四二年六月　247
第七章　溫徹爾暴動　一九四二年六月—一九四二年十月　287
第八章　難過的日子　一九四二年十月　345
第九章　永遠的恐懼　一九四二年十月　391
後記
給讀者的話　431
真實大事記　435
其他相關歷史人物　459
一些文件紀錄　469

獻給 S.F.R.

# 第一章 不投林白就是選擇戰爭

一九四〇年六月—一九四〇年十月

在這些所有記憶中，永久盤據的恐懼勝過了一切。當然，沒有人的童年是完全沒有恐懼的，但我總想，如果林白沒有當選總統，或如果我不是猶太人的孩子，會不會少一點恐懼？

第一波衝擊在一九四〇年六月到來，在費城的共和黨大會上，他們提名了美國的世界飛行英雄查爾斯·A·林白代表參選總統。這一年我父親三十九歲，他是只有小學學歷的保險業務員，每週的薪水還不到五十元，雖足以準時支付基本開銷，但想再多花什麼錢就沒有了。我母親原本想要去念師範學院，卻因為學費太高而作罷，高中畢業後就住在家裡，做著辦公室秘書的工作，在大蕭條時期最艱困的時候，還能用父親每週五交給她的薪水精打細算，讓我們不致感到貧困，就像她管理家務一樣精明；這一年三十六歲。我哥哥山迪就讀七年級，擁有天才般的繪畫才華，這年十二歲；而我則是跳了一級就讀三年級，和百萬個孩子一樣受到這個國家最出名的郵票研究家羅斯福總統的啟發，從出生起就非常熱中集郵，這年七歲。

我們住在一棟小型家庭住宅的二樓，這樣的住家算上閣樓能住兩個半家庭，這條街上種著一排樹木，兩邊坐落的木造房子都有紅磚砌起的門廊，門廊上覆蓋著山形屋頂，房子前面還有一片小庭院，四周圍著低矮的樹籬。威奎依社區是在第一次世界大戰後，於紐華克未開發的西南邊一片農地上建起來的，有六、七條街道都是以美西戰爭中得勝的海軍指揮官命名，相當有帝國氣息，而本地的電影院則是以富蘭克林·羅斯福的遠房堂兄命名（這位也是國家的第二十六任總統），叫羅斯福戲院。我們這條街叫高峰路，位於鄰近山丘的坡頂，如此隆起的地形就和任何一個港口城市都會出現的山丘一樣，最多就是比潮間鹽沼的高度再高個三十公尺半，山丘就在城市的東北邊，而機場正東方的深水海灣繞過貝永半島的油槽，在那裡匯流入紐約灣，水流經過自由女神像再進入大西洋。從我們臥室的後窗往西看，有時最遠可以看到內陸方向沃昌山脈黑暗的林木線，這條低矮的山脈，周邊盡是高樓大廈，還有富庶而人口稀疏的郊區，這就是我們所知世界的最極端，大約離我們的房子有十二·八公里。南邊有一塊地方叫希爾賽德，鎮上住的大多是勞工階級，人口主要都是非猶太人。跨過希爾賽德的邊境就會到聯合郡境內，又是另一片紐澤西風景。

我們在一九四〇年是個和樂的家庭。我的父母性格開朗又待人親切，他們的朋友大多是父親在公司的同事，還有母親在剛成立的總理大道小學幫忙籌辦家長會時認識的婦女，我和哥哥就是讀這所學校。我們都是猶太人。鄰居有些是自己做生意，像是附近糖果店、雜貨店、珠寶店、服裝店、家具店、加油站和熟食店的老闆，也有在紐華克到歐文頓路線上小型工業加工車間的業主，或自己開業的水管工、電工、油漆工和鍋爐工等等，其他則是像我父親那樣靠雙腳勤跑業務的銷售員，每天在城市街道間穿梭，挨家挨戶推銷產品來賺取傭金。猶太人醫師、律師及在市中心開了大店鋪的成功商人，則住在總理大道山丘東邊斜坡分岔出去的街道上，房屋是獨棟住宅，那裡比較靠近綠草如茵又有樹林的威奎依公園，這一片大約一．二平方公里的景色中有可划船的湖泊、高爾夫球場及輕駕車賽道，將威奎依地區一分為二，一邊林立著工廠，沿著二十七號公路排著好幾個貨運集散站，往東邊去是賓州鐵路的高架橋，再往東是發展快速的機場，再往東就是美國的最東邊了，是紐華克灣周邊的倉庫和碼頭，在這裡卸下來自世界各地的貨櫃。這塊區域的西邊就是我們所居住的、沒有公園的地方，有時會搬來某個學校老師或藥劑師，但除此之外，我們的鄰居中就沒什麼專業人士，當然也沒有什麼事業成功的企業家或開工廠的家庭。男人一週要工作五六十甚至七十小時以上；女人則是一天到晚都在工作，而且幾乎沒有節省勞力的機器來幫忙，她們要洗衣服、熨燙襯衫、補襪子、摺好領口、縫鈕扣、為羊毛衣物防蟲、擦亮家具、掃地拖地、洗窗戶、清理水槽、水盆、廁所和爐子、吸地毯、照顧病人、買食物、煮飯、送飯給親戚、整理衣櫃與抽屜、監工油漆和房屋修繕、安排宗教儀式、付帳單、管家裡的帳，於此同時還要照顧孩子的健康、穿衣、清潔、教育、營養、行為、生日、教養和道德觀。有些女人會和丈夫一起在隔壁商店街上自家開的商店裡勞動，年紀比較大的孩子平日放學和星期六就來幫忙，讓他們送貨、清點庫存以及打掃。

我都是用工作而非宗教信仰來分辨鄰居的。附近沒有人留著大鬍鬚或是穿著過時的舊歐洲衣著，又或者戴著小圓帽，不管在外頭或我經常和童年好友來來去去的那些房子裡頭，我都沒見過。就算是真的非常虔誠的大人，也不再會表現得能讓人一眼認出，除了裁縫師還有供應猶太食物的屠夫這兩位年紀比較大的店主之外，再加上因為年邁病弱而必須跟成年子女同住的祖父母，附近其他人幾乎講話都不帶口音了。到了一九四〇年，住在紐澤西州西南邊大城市裡的猶太父母與他們的小孩，說話時都是操美國口音，聽起來更像是賓州阿爾圖那或是紐約州賓漢頓人說話的樣子，而不像是眾人所熟悉的，哈德遜河周邊紐約五個行政區中我們的猶太同胞講話會有的口音。肉舖的窗戶上印著希伯來字母，也刻在社區中小猶太教堂的過梁上，不過（除了墓園以外）其他地方放眼所及便看不到祈禱書上那些字母，只有時時使用的本地語言這些熟悉的字母，幾乎每個人都會使用，為了各種想得到的原因，無論高尚或低賤。街角糖果店門口前的報紙攤上，購買《賽馬報》的顧客比起買意第緒語的《前進報》多了十倍有餘。

以色列這時還不存在，六百萬歐洲的猶太人也尚未從世上消失，而我們這個地方與遙遠的巴勒斯坦有何關係（這是已經滅亡的鄂圖曼帝國最後一個遙遠的行省，自從一九一八年協約國勝利後瓦解了帝國便由英國託管），對我仍然是個謎。每過幾個月，就會有個真的留了大鬍子的陌生人，也從來沒見過他們沒戴帽子的樣子，他們在天黑之後出現，以破爛的英文請人們為了在巴勒斯坦建立猶太人的國土而捐獻，我雖說不是個愚蠢無知的小孩，卻也不太清楚他出現在我們家門口要做什麼。我父母會拿幾個硬幣給我或山迪丟進他的募款箱，這叫作慷慨，我總是這麼想，這是出自善意的捐獻，以免傷了這個可憐老人的心，他年復一年募捐卻似乎總是想不通，我們已經有了一塊居住三代的家園了。每天早上在學校，我會向國旗宣誓效忠，和同學在集會時歌頌其美妙，我熱切期待著國定假日，七月四日的國慶煙火、感恩節的火雞、陣亡將士紀念日的大聯盟雙重賽，不曾懷疑過自己是否應該喜歡這些。美國就是我們的家。

然後共和黨提名了林白，一切就此改變。

將近這十年來，林白在我們這個地方的名聲就和在其他地方一樣，都是偉大的英雄。他駕駛著小小的單翼機**聖路易斯精神號**從長島出發，歷經三十三個半小時毫無中斷的航程，獨自一人成功抵達巴黎，這項創舉甚至正好就發生在一九二七年春天，我母親發現自己懷了我哥哥的那一日。因此，這位勇敢無懼的年輕飛行員不僅震撼了美國及全世界，他的成就塑造了無法想像的未來航空發展，也在我們家族軼事的紀錄中占了特殊的一席之地，衍生出第一個緊緊跟隨著孩子的神祕傳說。懷孕的神祕及林白的英雄事蹟結合在一起，對我親愛的母親來說讓這件事特別落在了神聖的一端，簡直就像是有人為了她第一個孩子的誕生向全世界報喜。山迪後來就用畫畫紀錄下這一刻，將這兩件了不起的大事並列描繪，這幅畫在他九歲時完成，隱約有種蘇聯海報藝術的風格，山迪在畫中想像母親身處離家數里遠的地方，站在寬街和市場街的轉角，身邊的人都在歡呼著，這個二十三歲、身材纖瘦的黑髮年輕女子臉上掛著微笑，充滿著無比的喜悅，令人意外的是只有她一個人，穿著碎花圖樣的廚房圍裙，站在城市裡最忙碌的兩條交通要道交叉口，一手張開了貼在圍裙正面，這時她的臀部還很窄，還能讓人有少女的錯覺，她的另一手則鶴立雞群指向天空中的**聖路易斯精神號**，清楚可見飛機飛越紐華克市中心上空，就是在這一刻她發現了，如此的成就對一介平凡人而言就如林白的是空前勝利，她懷上了山佛德．羅斯。

一九三二年三月，山迪四歲，而我菲利普尚未出生，查爾斯與安妮．莫洛．林白夫婦的第一個兒子遭到綁架。這男孩在二十個月前出生時，全國上下皆歡欣鼓舞，如今卻從紐澤西州霍普威爾郊區僻靜的新家被帶走。大約十週後，有人在幾英里外的樹林中意外發現已經腐爛的屍體。嬰孩遭人從搖籃中擄走後，身上還裹著毯子，賊人在黑暗中將嬰孩從二樓的嬰兒房窗戶抱出去，踩著臨時搭成的梯子下到地面，此時保姆和母親還在房子的另一頭，一如往常忙著晚上該做的事。這起綁架撕票案在紐澤西州弗萊明頓於一九三五年二月審結，布魯諾．豪普曼遭到定罪，他是三十五歲有前科的德國人，跟德國妻子住在紐約布朗克斯；林白是世界上第一位獨自駕駛飛機橫越大西洋的飛行員，而此時他的大膽無畏之中參雜著一絲傷感，讓他化身成為堪比林肯的悲劇英雄。

審判結束之後，林白夫婦離開美國，希望短暫避居外國能夠保護林白家的新生兒不受傷害，也能拾回些許他們所渴望的隱私。這家人搬到了英國一處小村莊，身為普通公民的林白就從那裡開始數度造訪納粹德國，讓他搖身一變成為多數美國猶太人眼中的壞人。在這五次的行程中，他能夠第一手接觸、了解德國戰爭機器的規模大小，受到空軍總司令戈林豪奢的熱情款待，以元首的名義為他舉行隆重的授勳儀式，他也相當公開表示自己對希特勒有很高的評價，稱德國是全世界「最有趣的國家」、其領袖「非常偉大」。而這一切興趣和欽慕都是出現在一九三五年希特勒頒布各項種族法令之後，這些法律剝奪德國猶太人的公民權、社會權及財產權，廢除他們的公民身分並禁止與亞利安人通婚。

到了我開始上學的一九三八年，林白這個名字已經會在我們家裡引起某種憤慨，就像每個禮拜天在廣播上聽到考夫林神父的節目也會讓我們憤怒不已。這位神父是底特律地區的牧師，編輯了一本名為《社會正義》的右翼週刊，他的反猶太思想相當具有傳染力，在國家艱困的時日裡煽動了不少人的激情。一九三八年十一月是一千八百年來歐洲猶太人最黑暗、最凶險的年月，納粹在德國各地教唆發動了現代史上最可怕的種族屠殺行動——水晶之夜：猶太教堂遭到焚毀、猶太人的住家與店面都遭破壞，而且這一整晚也預示了令人驚駭的未來，有成千上百名猶太人被迫離開家園送進了集中營裡。有人向林白建議道，這起前所未聞的野蠻行為竟是一個國家對土生土長的國民所犯下，為了回應，他應該考慮退還德國空軍總司令戈林代表元首授與他綴著四個卐字符號的金色十字勳章，不過他拒絕了，認為若是他公開放棄德國鷹服務十字勳章，此舉對納粹政府是「沒有必要的羞辱」。

林白是第一位我學著要憎恨的在世美國名人，就像大人也教我要愛的第一位在世美國名人是羅斯福總統，因此共和黨在一九四〇年提名他和羅斯福競逐總統一職時，也就破壞了我一直習以為常的個人安全感，那是我身為一個美國小孩、擁有美國父母、上美國學校、住在美國城市，同時美國與世界相安無事時能夠感受到的強大安全感，過去從未出現過更可怕的威脅。

唯一可比擬的威脅在十三個月前來到，父親在大都會壽險的紐華克辦公室做業務員，即使在大蕭條最慘澹的期間仍能持續交出亮眼業績，因此公司要提拔他擔任襄理，負責管理公司在聯合鎮辦公室的業務員。那裡從我們家要往西走九．六公里，我對那個地方唯一最深刻的印象就是有一座露天電影院，即使下雨了都會播映電影，而公司希望父親接下這份工作後可以帶著家人搬過去。當上了襄理，我父親很快就能一週賺七十五元，而且在未來幾年還能加薪到一週一百元，這在一九三九年以我們的期望來說已經是一大筆錢了。再者，因為大蕭條的關係，聯合鎮上出售著只要幾千元的低廉價格就能買到的獨棟住宅，父親就能夠實現自己從小住在紐華克廉租公寓、還身無分文時便開始醞釀的夢想：在美國擁有自己的房子。「擁有的驕傲」是我父親最愛說的話，其中的意涵對我父親這樣出身的人而言就像麵包一樣真實，無關乎社會競爭或者顯擺的消費，而是他身為男人要扛起養家的責任。

唯一的缺點是，聯合鎮就和希爾賽德一樣是由非猶太人勞工組成的城鎮，我父親的辦公室中會有三十五名左右的員工，他很可能是唯一的猶太人，而我母親會是這條街上唯一的猶太女人，學校裡也只會有我和山迪兩個猶太小孩。

我父親有了能夠升遷的機會，而這次升遷最重要的意義是能夠滿足一個家庭面對大蕭條的渴望，那就是多一點點財務上的安全感，之後的那個週六，我們一家四口吃過午餐便出發去聯合鎮上四處看看。我們到了那裡，開著車在住宅區街道上來來去去，看著窗外那些兩層樓的住宅，每間都不太一樣，不過都有裝設了紗窗的門廊、修剪過的草坪、一片灌木叢，還有鋪著煤渣的車道一路通往能停放一輛車的車庫，相當樸素的房子，不過還是比我們只有兩間房的公寓寬敞得多，看起來也很像電影裡的白色小房子，拼湊出美國的淳樸小鎮風光。只是我們一到那裡，原本還為了全家晉身為有殼階級而單純滿面春風的喜悅，馬上就被焦慮所取代，這也不意外，因為那裡滿滿都是基督教情懷。我母親平時總是充滿活力，聽到我父親問「貝絲，你覺得怎麼樣？」，她那熱切的回應連小孩都聽出來是裝的。雖然我年紀還小，還是能猜出為什麼，因為她在想：「我們家會成為『猶太人住的那裡』，簡直就像回到伊莉莎白。」

紐澤西州的伊莉莎白是我母親成長的地方，一家人住在她父親開的雜貨店樓上公寓裡。伊莉莎白是一處工業港口，大小只有紐華克的四分之一，居民主要都是愛爾蘭勞工及政客，圍繞著鎮上眾多教堂而發展出緊密連結的教區生活。雖然我從來沒有聽過她抱怨少女時期在伊莉莎白經受過什麼尖銳的惡劣對待，卻是一直到了她結婚搬到紐華克新的猶太人社區，她才找到了自信，先是當上家長會「導護媽媽」，然後是負責籌組幼稚園媽媽俱樂部的家長會副會長，最後成為家長會會長，在她參加了特倫頓一場關於小兒麻痺的研討會之後，便提議在一月三十日舉辦為出生缺陷募款的年度舞會，這一天也是羅斯福總統的生日，接著大多數紐華克的學校都跟著做了。一九三九年春天，這是她第二年擔任擁有進步思想的領袖（一位年輕的社會老師相當熱衷於把「視覺教育」帶進總理大道的教室裡，她已經表達支持），她在高峰路上成為妻子、成為母親，現在她卻忍不住想像著失去了這一切成就的自己。我們現在看著聯合鎮街道上這些正值春天裡最漂亮時候的房子，若是我們運氣好，能夠買下其中一間並搬進來，她不只會失去自己的地位，再度淪落成小時候那個生活在愛爾蘭天主教伊莉莎白鎮上猶太移民雜貨商的女兒，更糟糕的是，山迪和我也必須重演她自己處處受限的少年時期，成為社區中的局外人。

雖然母親的心情不好，但是父親用盡一切方法要提振我們的精神，點出一切看起來有多麼乾淨整齊，提醒山迪和我，住在這樣的一間房子裡，我們兩人就再也不必一起擠一間小房間、共用衣櫃，還解釋了付房貸比起付房租有什麼好處，給我們上了一堂基礎經濟學，直到等紅燈時，課程才突然結束。旁邊是一處像公園一樣的飲酒場所，占據了十字路口的一角，樹木的綠蔭底下設置了幾張綠色的野餐桌，桌面覆滿葉子，而在這個晴朗的週末下午，穿著編織白色外套的服務生踩著輕快的步伐四處穿梭，穩穩舉著堆滿酒瓶、酒壺和盤子的托盤，每張桌子都坐著好幾個男人，年齡有大有小，抽著香菸、菸斗和雪茄，抓起深玻璃杯或陶瓷馬克杯仰頭暢飲。一個身材矮壯的男子拉著手風琴，他穿著短褲配長襪，戴著一頂裝飾著長羽毛的帽子。

「一群狗東西！」我父親說，「法西斯渾蛋！」然後燈號變了，我們沉默著一路往前開到辦公室大樓，他將在這裡擁有一週賺到超過五十元的機會。

那天晚上我們上床睡覺，我哥哥才向我解釋為什麼父親會失控在小孩面前大聲咒罵：在城鎮中央，那些人歡聚一堂和樂融融的露天空間叫作啤酒花園，而啤酒花園跟德裔美國人聯盟[1]有點關連，德裔美國人聯盟又和希特勒有點關連，至於希特勒，就無須跟我多解釋這個人了，他和壓迫猶太人大有關連。

反猶太主義的麻醉酒精，這就是我後來想像那些人在啤酒花園裡喝得這麼愉快的東西，就像各個地方的納粹，像服用什麼萬靈丹一樣，灌下一品脫又一品脫的反猶太主義。

我父親必須請假一個早上到紐約的總部辦公室，那是一棟高聳的建築，最上方的塔樓頂冠鑲著一座燈塔，他的公司自豪地稱為「永不熄滅的燈」，他要去告訴地方業務的總監，他不能接受自己一直渴望的升遷。

「是我的錯。」父親在晚餐時講述在麥迪遜大道一號的八樓發生的事，此時媽媽就開口了。

「不是誰的錯，」我父親說，「我出門前就說了自己要告訴他什麼，我過去就這樣告訴他，就這樣。兒子，我們不搬去聯合鎮了，就留在這裡。」

---

1　德裔美國人聯盟（German American Bund），一九三六年由德裔美國人弗里茲·庫恩（Fritz Kuhn，一八八六—一九五一年）創建的組織，在美國傳播納粹意識形態，於一九四一年遭取締解散。

「他怎麼表示？」我母親問。

「他聽了我的話。」

「然後呢？」她問。

「他站起來握了我的手。」

「他什麼都沒說？」

「他說：『羅斯，祝你好運。』」

「他在生你的氣。」

「哈契是老派的紳士，身高一百八的斯文人，看起來就像個電影明星。他都六十歲了還健康得很，貝絲，這種人就是要管生意的，他們才不會浪費時間生我這種人的氣。」

「那現在呢？」她問，似乎認為不管在他和哈契會面之後發生了什麼，都不會是好事，而且可能造成嚴重後果。我想我知道為什麼，專心致志必能成功，這是我們的父母一直教育我們的處世之道。晚餐時，我父親會一再對他年幼的兒子重申：「如果有人問：『你可以做這件工作嗎？你辦得到嗎？』你要告訴他們：『當然可以。』等到他們發現你其實不會，你早就已經學會了，那麼工作就是你的了。說不定這就會是你人生的大好良機。」但是在紐約，他完全不是那樣做。

「老大怎麼說？」她問他。我們四個人都稱呼我父親的紐華克辦公室經理山姆・彼得弗羅恩為老大。在那段年月裡，總是有隱而不宣的配額限制，盡量壓低猶太人進入大學和職業學校就讀的人數，還有不受質疑的歧視偏頗，讓猶太人無法在大企業中獲得明顯的升遷，再加上嚴苛的限制，讓猶太人無法加入數以千計的社會組織及社區機構，彼得弗羅恩卻是少數幾個最早在大都會壽險晉升到經理層級的猶太人。「是他讓你想去爭取的，」我母親說，「**他**肯定會有意見吧？」

「知道我回來的時候他跟我說什麼嗎？知道他怎麼跟我說聯合鎮辦公室的嗎？那裡都是酒鬼，就是以酒鬼出名的。之前他沒說是不想影響我的決定，如果這是我想要的，他也不想妨礙我。那裡最出名的，就是業務員早上工作兩小時，接著剩下的時間都耗在酒館裡或者更糟的地方。而我本來還要去那裡，一個新來的猶太人，這些傢伙肯定想為我這個閃閃發亮的大老闆工作，想都想死了，我原本就是要去那裡，把他們從酒吧地板上拽起來；我原本要去那裡，提醒他們對自己的妻小有責任。喔，兒子啊，我幫了他們這樣的大忙，他們肯定會愛死我，你們可以想像他們在我背後會怎麼叫我。不必了，我待在這裡還比較好，我們都會比較好。」

「不過公司會不會因為你拒絕了就開除你？」

「親愛的，反正我已經這麼做了。」

不過她並不相信他說老大告訴他的那番話，她相信他是編出這些話，好讓她不再責怪自己拒絕讓孩子搬到非猶太人的城鎮，那裡是德裔美國人聯盟的避風港，而這麼做也讓他失去了**他**人生的大好良機。

林白一家在一九三九年四月回到美國繼續過家庭生活。就在幾個月後的九月，希特勒在已經吞併奧地利並占領捷克斯洛伐克之後，入侵並征服了波蘭，法國及大英帝國也向德國宣戰回應。這時的林白已經在陸軍航空軍中擔任上校，十分活躍，現在也開始為美國政府在國內四處拜訪遊說，目標是為了美國航空的發展，同時要擴展軍隊的空軍部門及現代化。隨著希特勒迅速占領了丹麥、挪威、荷蘭及比利時，除了法國以外幾乎戰無不勝，本世紀第二場歐洲大戰已經迫在眉睫，這位空軍上校則攬上了新任務，目標是避免美國被拉進戰場或者提供任何協助給英國與法國，這讓他成了孤立主義者的偶像，也成了羅斯福總統的敵人。他和羅斯福之間本就存在著強烈敵意，而如今他公開在大型公共集會上、廣播節目以及大眾雜誌上，宣稱總統正把國家帶往錯誤的方向，向人民做出和平的保證，卻偷偷煽動、計畫著要加入這場武裝戰爭，讓共和黨開始吹捧林白，認為他有魔力能夠打敗「白宮裡的好戰分子」，讓他連不了第三任。

羅斯福不斷要求國會廢除武器禁運令並且別再執著於國家要保持中立，但是他越是施壓，林白的批評就越直接，最後他終於發表了那場知名的廣播演說，在德梅因面對著滿場不斷歡呼的支持群眾，這群人被稱為「將國家推向戰爭最重要的團體」，他們的組成占全國人口不到百分之三，也有人稱之為「猶太人」、「猶太種族」。

「只要是一個正直、具有遠見的人，」林白說，「在一旁看著今日他們傾向開戰的政策，就會發現這樣的政策對我們、對他們都會帶來危險。」然後，他的態度坦然到令人印象深刻，又說：

有幾位目光長遠的猶太人明白這點而起身反對介入戰爭，但是大多數人仍然不懂……我們不能怪他們想要尋求他們相信對自己有利的，但是我們也必須尋求我們的，不能允許其他人天生的愛好和偏見將我們的國家帶向毀滅。

隔天，林白的這番指控雖然在愛荷華得到觀眾熱烈的贊同歡呼，卻引來不少團體的大力抨擊，包括自由派的記者、羅斯福總統的新聞秘書、猶太人代表及組織，甚至共和黨內部也有不認同的聲音，像是紐約地區檢察官杜威及華爾街公有事業律師溫德爾．威爾基，這兩人都有可能成為總統候選人。內政部長哈洛德．伊克斯等民主黨的內閣成員批評聲浪非常強烈，林白因此辭去自己陸軍上校的預備役官階，而不是在羅斯福總統麾下任職指揮官。但是主導反對參戰的抗爭中規模最龐大的美國第一委員會繼續支持他，而他仍然以保持中立的論點成為最受歡迎的發言人，對許多美國第一委員會的成員來說，林白認為猶太人是「這個國家最大的威脅，因為他們擁有大量電影、報紙、廣播等產業，甚至還有我們的政府，影響力驚人」，這點實在是無庸置疑（甚至有事實佐證），林白洋洋灑灑寫著「我們所繼承的歐洲血脈」，並且警告要小心「異國種族的稀釋」，以及「低等血脈的滲透」（這些字句都擷取自他在那幾年當中的日記），正是記錄下他個人的信念，而與他有同感還有美國第一委會員中相當大比例的普通會員，再加上一群性格暴躁的選民，人數多到就連像我父親這樣對反猶太主義深惡痛絕的猶太人，或者像我母親這樣打從內心深處就不信任基督徒的猶太人，都無法想像這些人居然會在美國各地開枝散葉。

一九四〇年的共和黨全國代表大會，那天是六月二十七日星期四的晚上，我和哥哥上床睡覺，客廳裡的收音機還開著，我們的父親、母親及堂哥艾爾文坐在一起聆聽來自費城的現場報導。經過了六輪投票，共和黨還是沒有選出候選人。此時還沒有一個代表說出林白的名字，而且因為在中西部某間工廠中有一場工程祕密會議，林白正針對新型戰鬥機的設計給予建議，所以他人根本不在場，也沒人認為他會來。山迪和我上床睡覺的時候，大會眾人的意見仍多有分歧，在杜威、威爾基，以及兩位大有影響力的共和黨參議員：密西根州的范德堡以及俄亥俄州的塔夫特，四人之間拉扯。而在共和黨中，一九三二年大選因為羅斯福得到壓倒性勝利而黯然下台的前總統胡佛、四年後遭到羅斯福以史上最大票數差距擊敗而更感恥辱的州長埃爾福．蘭登等黨內大老，似乎暫時也還不打算透過密室協商來決定。

因為那是夏天裡最初讓人感到悶熱的晚上，每間房裡的窗戶都打開了，山迪和我躺在床上，忍不住還是繼續聽著各家收音機所傳來的現場情況，有我家客廳的收音機、樓下公寓的收音機，另外因為兩棟房屋之間巷子的寬度勉強只能停下一輛車子，所以我們也能聽到兩邊鄰居以及對面鄰居的收音機。此時距離窗型冷氣機在炎熱夜晚中能夠壓過附近噪音的日子還有很久，所以收音機的聲音覆蓋了從基爾街到總理大道的整個街區，這個街區有三十幾棟兩個半家庭住宅，另外在總理大道街角上還有一棟小型的新公寓大樓，這裡沒有一個住戶是共和黨員，在我們這樣的街道上，只要選票最上面印著羅斯福的名字，猶太人都會全部投給民主黨。

但我們只是兩個小孩，無論如何還是睡著了，本來會這樣一路睡到早上，直到半夜三點十八分，隨著共和黨第二十次投票還是沒有結果，林白竟出乎眾人意料之外走進了大會會場。這位削瘦高挑又英俊的英雄，腳步輕盈，一派運動員的姿態，還不到四十歲的他穿著飛行裝抵達，幾分鐘前才剛駕著自己的飛機降落在費城機場。一看到他，原本萎靡不振的大會群眾都像是看到了救星一樣陷入一片瘋狂，站起身來激動喊著：「林白！林白！林白！」就這樣喊了三十分鐘，盛大迎接英雄到來，而大會主席也沒有打斷。這場自然而然就彷彿宗教盛會的大戲能夠成功演出，背後其實是北達科他州參議員傑洛德．P．奈爾的陰謀詭計，他是一名右翼的孤立主義者，林白現身後，他馬上將來自明尼蘇達州小瀑布鎮的查爾斯．A．林白列入候選人名單，隨後兩位國會中最傾向保守勢力的議員，也就是蒙大拿州的索克森議員以及南達科他州的孟特議員也附議這項提名，就在六月二十八日星期五的清晨四點整，共和黨鼓掌通過，選擇這個盲目偏執的人成為他們的候選人，他在廣播上公開對全國觀眾將猶太人貶低為「其他人」，運用他們巨大的「影響力……將我們的國家領向毀滅」，而不是根據事實認知到我們其實只占人口的少數，遠遠不及國內基督徒的數量，大概都會因宗教偏見而無法獲得公共權力，況且我們對美國民主的忠誠絕對不亞於一個崇拜阿道夫．希特勒的人。

「不！」這個字吵醒了我們，街區上家家戶戶裡都有個男人大聲喊出「不！」，不可能，不會，不能讓他選美國總統。

不消幾秒鐘時間，我和哥哥又跟家裡其他人齊聚在收音機前，根本沒有人還想叫我們回床上睡覺。雖然天氣很熱，端莊的母親仍然披了一件外袍遮住薄透的睡袍，她原本也已經睡了，卻因這陣吵鬧而醒來，現在她坐在我父親身邊的沙發上，手摀著嘴，彷彿是努力控制著不要吐出來。這時我的堂哥艾爾文已經坐不住了，站起來在狹小的客廳裡走來走去，每一步都用力踩下，姿態就像是一名復仇心切之人打算徹底搜索城市，以除掉自己的死敵。

那一晚的憤怒是真正能熊熊燃燒的冶煉爐，這座大熔爐會吞噬你，將你像鋼鐵一般扭曲，而且這怒火並無絲毫消退，林白靜靜站在費城大會主席台前聽著眾人再次歡呼擁戴他為國家的救星，這把火燃燒著；他發表演說接受黨的提名，並且主張美國不會參與歐洲的戰爭，火也還是燃燒著。我們都懷著恐懼，等著他再一次在大會上惡意詆毀猶太人，不過他沒有，只是這也無法動搖街區上每一戶人家的心情，每戶家裡的每一個人在清晨將近五點鐘跑到了街上，過去我認識這些家庭成員的時候只看過他們穿著整齊的平日裝扮，現在卻都穿著睡衣、睡袍再披著浴袍，一群人在清晨時分穿著拖鞋走來走去，就好像是遇到地震才跑了出來。不過最能讓一個孩子感到驚嚇的是憤怒，我所認識的這些人過去都是急公好義的老好人或是努力養家餬口的老實人，成天工作忙著疏通塞住的排水管、維修鍋爐、秤斤論兩賣蘋果，到了晚上就看報紙、聽收音機，在客廳扶手椅上睡著，他們都是平凡人，只是剛好也是猶太人，如今憤怒讓他們在街道上橫衝直撞、不顧禮貌地大聲咒罵，他們相信因為上一代有幸得以移民之後，總算讓家人脫離了那些悲慘的困境，如今卻又突然被推落深淵。

林白在接受提名的演講中沒有提到猶太人或許是個好兆頭，這表示他因為抨擊而放棄軍職之後有所悔改；或者是他在德梅因的演講之後改變了心意；或者是他已經忘了我們的事；又或者是其實他心裡也非常清楚，我們對美國付出的一切是義無反顧，儘管愛爾蘭人依然在乎愛爾蘭、波蘭人依然在乎波蘭、義大利人依然在乎義大利，但是我們對於舊世界各個國家並無忠誠、情感或什麼其他的，畢竟那些地方從來就不歡迎我們，我們從來也都不打算回去。如果我能用這麼多文字來思考那一刻所代表的意義，我可能就會這麼想，但是在街上的那些人不是這麼想，林白沒有提到猶太人只是在耍花招，僅此而已，只是展開了一場掩人耳目的宣傳行動，不僅是要讓我們閉上嘴，也是想趁我們鬆懈之時出擊。「美國希特勒！」鄰居喊著，「美國法西斯！美國衝鋒隊[2]！」就這樣一整晚都沒有睡覺，這些我們所認識的大人已經不知所措，沒有什麼是他們沒想到的、沒有什麼是他們不能大聲說出口的，也不怕我們聽到，然後才一個個回到各自家裡（所有收音機都還大聲播送著），

2　衝鋒隊（Sturmabteilung），希特勒於一九二三年設立的武裝組織，創立初期負責維護黨內秩序。

男人刮鬍子、穿衣服，喝杯咖啡之後就出門工作，女人則盯著孩子穿好衣服、吃早餐，準備好開始新的一天。

羅斯福總統知道消息之後給予了強力的回應，讓眾人的精神為之一振，總統知道自己的對手將會是林白，而不是像塔夫特那樣聲望卓著的參議員、不是杜威那樣積極好戰的檢察官，也不是像威爾基那樣手腕圓滑又英俊的知名律師，他早上四點醒來時被告知了這個消息，據說他坐在自己白宮裡的床上就預言說：「等到選戰結束了，這個年輕人就會後悔，不只是後悔自己涉足政治，更會後悔自己學會開飛機。」然後他馬上又回頭安穩入睡——至少隔一天讓我們備感安心的故事是這樣說的。在街上，所有人都只一心想著這件顯然毫無公正可言的挑釁之舉如何威脅到我們的安全，奇怪的是，人們似乎都忘了羅斯福、忘了他是如何堅定抵抗壓迫。林白成為候選人實在太出乎眾人意料之外，引起眾人心中有如先祖感受過的那種毫無防備的無力感，這和基希涅夫[3]以及一九〇三年的種族屠殺事件比較有關，而並非關係到三十七年後的紐澤西，結果是他們忘記了羅斯福任命費利克斯．弗蘭克福特為最高法院的大法官、選擇了亨利．摩根索擔任財政部長，更別提還有與他親近的總統顧問，也就是金融家伯納德．巴魯克，以及羅斯福夫人、內政部長伊克斯及農業部長華萊士，他們三人都和總統一樣，眾人皆知他們與猶太人友好。有羅斯福、有美國憲法、有權利法案，而且還有報紙，代表著美國的新聞自由。就連共和黨的《紐華克新聞晚報》也刊出一篇社論，提醒讀者記得林白在德梅因的演講，並且公開質疑提名林白是否明智。紐約新創刊的左派小報《ＰＭ》一份只要五美分，我父親就開始下班回家後跟著《紐華克新聞報》一起買回來，這份報紙的標語寫著：「《ＰＭ》反對欺侮壓迫他人者。」《ＰＭ》也將矛頭對準了共和黨，刊登了一篇長篇社論，同時加上新聞報導與專欄，基本上整整三十二頁都在抨擊此事，就連湯姆．米尼和喬．康明斯基所執筆的體育版上都有反對林白的專欄。報紙頭版最顯眼的照片就是林白的納粹勳章，報紙還附了一份每日圖輯，宣稱要刊登其他報紙不敢登的照片，包括動用私刑的暴徒、用鎖鏈將囚犯綁在一起服勞役、揮舞著棍棒的工賊、美國監獄中的非人環境等等具爭議性的照片，而這本圖輯中就印著一頁又一頁共和黨候選人在一九三八年周遊納粹德國的照片，最後的高潮是他的全版相片，脖子上掛著那枚惡名昭彰的勳章，握著赫爾曼．戈林的手，這位正是納粹中地位僅次於希特勒的領袖。

星期天晚上，我們等著一連串喜劇節目結束，收聽華特．溫徹爾九點的新聞評論節目，等到節目開始，他便說了我們希望他會說的，態度一如我們希望地那般輕蔑，街頭巷尾爆出熱烈的掌聲，好像這位知名的新聞人並不是關在廣闊哈德遜河遠方另一端的廣播錄音室裡，而是和我們同處一室

3　基希涅夫（Kishinev）是摩爾多瓦共和國的首都，在一九〇三年時仍屬於俄羅斯帝國，當時在基希涅夫陸續發生小孩遭到謀殺或意外死亡的事件，反猶太的報紙藉機渲染成是猶太人所為，結果引發長達兩天的暴動，造成多名猶太人死亡。

正罵得面紅耳赤，領帶扯下來、領口的釦子解開、頭上的灰色費多拉帽往後傾斜，對著我們隔壁鄰居蓋著油布的餐桌上一副麥克風，狠狠批鬥著林白。

那是一九四〇年六月的最後一晚，經過了暖和的一天，晚上的氣溫倒是變得相當涼爽，舒服坐在室內也不會流汗，但是溫徹爾的節目在九點十五分結束時，我們的父母便激動得要走出門去，讓我們四個人能夠一起享受這美好的夜晚。我們本打算走到街角就回來，然後我和哥哥就要睡覺了，結果到將近午夜時分才準備上床，而到那個時候，父母的激動心情已經完全感染了孩子，根本不用睡了。因為溫徹爾毫無畏懼的好戰言論同樣將我們的鄰居通通推出門，一趟愉悅的晚間小散步就這麼變成一場大家即興而為的街區派對，男人從車庫裡拉出海灘椅，展開來放在巷子底，女人則從家裡拿來一壺壺的檸檬水，年紀最小的孩子在各家門廊間跑來跑去，毫不受控，年紀較大的孩子則自成一群坐著談天說笑，這一切都是因為美國繼亞伯特·愛因斯坦之後最知名的猶太人已經對林白宣戰了。

畢竟溫徹爾專欄最知名的特色就是使用了三點式寫作法，藉此分條列出熱門但沒有什麼事實基礎的新聞（但這麼做彷彿魔法一般，似乎讓新聞有了根據），大概也是他最早開始朝著耳根子軟的大眾不斷拋出含沙射影的八卦消息，就像發射霰彈槍一樣，摧毀聲望、讓名人丟臉、炒高名氣、創造或破壞娛樂事業。只有他的專欄會在全國上百份報紙上聯合刊載，他在週日晚上那十五分鐘的節目也是全國最受歡迎的新聞節目，溫徹爾連珠炮般的播報方式及激動好鬥的憤世嫉俗，讓每一則獨家消息都有如驚天爆料般聳動。我們崇拜他這樣既是無所畏懼的局外人又身兼詭計多端的局內人，他是聯邦調查局局長J．埃德加．胡佛的好朋友，與幫派大老法蘭克．卡斯特羅比鄰而居，又是羅斯福總統圈內人的親信，有時候甚至還會受邀到白宮去跟總統喝酒談笑，這位熟知內情的街頭鬥士、站在潮流尖端的強悍男人，讓他的敵人瑟瑟發抖，還跟我們站在同一邊。出生在曼哈頓的華特．溫徹爾（當時叫維因徹爾）原本是紐約一名雜耍舞者，搖身一變成為青澀的百老匯專欄作家，帶著譁眾取寵的新刊日報那種低俗的誇張筆調而大賺一票，不過自從希特勒崛起，早在媒體界其他人都還沒預見或者因為感到憤怒而決定起身奮戰，法西斯主義者和反猶太主義者就已經成為他的頭號敵人。他已經將德裔美國人聯盟貼上了「納粹鼠輩」的標籤，也不停在廣播及報紙上攻擊其領導人弗里茲．庫恩，稱他是外國的密探，而現在，在羅斯福總統的玩笑話、《紐華克新聞報》的社論及《PM》的全面譴責之後，華特．溫徹爾只要向他在週日晚上的三千萬名聽眾揭露出林白的「支持納粹哲學」，並且稱林白成為總統候選人是美國民主史上最大的威脅，就足以讓只有一個街區長的小小高峰路上所有猶太家庭再次像美國人一樣，享受著安全、自由而受到保護的公民權利所帶來的生命力及十足活力，而不是讓自己像從精神病院逃出來的病患一樣穿著睡衣跑到屋外亂晃。

附近鄰居都知道我哥哥「什麼」都會畫：腳踏車、樹、小狗、椅子、像是《小阿布納》卡通漫畫中的角色等等，不過他最近的興趣是畫真正的人像。他放學後就會帶著那本大大的線圈筆記本和自動鉛筆找一處坐下，開始素描附近的人，不管他在哪裡，身邊總是圍著一圈小孩看他畫畫，而旁觀的人總不免會喊著：「畫他，畫她，畫我。」然後山迪會聽從他們的建議，大概也是想讓他們別再對著自己耳朵大叫。他的手正不斷作畫的同一時間，他會抬頭、低頭、抬頭、低頭，接著請看！某某某就這樣躍然紙上。祕訣是什麼，他們都這樣問他，你是怎麼做到的，彷彿這樣的傑作有一部分要歸功於臨摹的技巧，完全就是魔法一般。面對這一切擾人的問題，山迪的答案都是聳聳肩或者一個微笑：他的祕訣就在於他這個人總是如此安靜、嚴肅而不張揚，無論他去到哪裡，能夠畫出人們所想要的肖像畫而引來的注目，似乎並不影響到他的力量核心中那個與人無關的特點，那是一種與生俱來的謙遜讓他如此強大，而他後來也甘冒風險選擇迴避。

在家裡，他已經不再模仿《科利葉》雜誌上的插畫或者《展望》雜誌裡的照片，而是照著一本藝術人像畫教科書學習，他參加了學校的植樹節海報競賽而贏得這本書，那天正好也是由公園與公共財產局所主辦的全市植樹活動，甚至還舉辦了一場頒獎典禮，讓他和綠蔭處主任一位叫班瓦特的先生握手。他得獎的海報是以我的郵票收藏中一枚紅色的兩分錢郵票為設計概念，而這張郵票是為了紀念植樹節六十週年而發行。我覺得這張郵票似乎特別漂亮，因為在視線可及之處，每一道狹窄的垂直白邊都有一棵纖細的樹木，枝葉延伸到頂部互相連接而拱成了一座涼亭，而我得到這張郵票之後便能夠拿放大鏡細細檢視其中特殊的標記，而「植樹成涼亭」的意象也就覆蓋過了這個節日聽來熟悉的名稱。（這柄小放大鏡，連同一套兩千五百張的郵票、夾郵票的鑷子、量齒尺、附膠的貼頁，還有一個叫作浮水印檢測器的黑色橡膠盤，是我父母送給我的七歲生日禮物。另外又多花十分錢買了一本有九十幾頁、叫作《集郵者手冊》的小書給我，其中在〈如何開始集郵〉這一章中有一句話讓我讀來十分著迷：「古老的商業檔案或私人書信中經常會有已經不再發行的郵票，這些郵票非常有價值，所以如果你有住在老房子裡的朋友，他們家的閣樓上堆放著這類東西，試試看能不能找到貼了郵票的舊信封和包裝紙。」我們沒有閣樓，也沒有朋友是住在有閣樓的平房及公寓裡，但是聯合鎮上的獨棟房屋在屋頂底下就有閣樓，前一年那個可怕的星期六，我們開車在聯合鎮上繞圈子的時候，我在車子後座就能看到街道兩旁的房屋上每棟都有閣樓的小窗戶，所以那天下午我們回到家後，我腦子裡所想的就只有藏在那些閣樓中貼了郵票的舊信封，還有預先付款訂購的報紙包裝上那些壓了鋼印的郵票，以及如今我可能沒有機會「找到」那些郵票，只因為我是猶太人。）

植樹節紀念郵票還有一個特點，大大提升其魅力，那就是郵票上所繪製的並非名人肖像或重要地點的圖樣，而是人類活動，而且還是由孩童進行的活動：郵票正中央有一個男孩及一個女孩，看起來大約十歲、十一歲，正種下一棵小樹，男孩拿著鏟子挖土，女孩則一手握著樹幹，穩穩對準著地上的洞。山迪的海報上調動了男孩和女孩的位置，站在樹的不同兩側，男孩被描繪成使用右手而非左手、穿著長褲而非短褲，而且一腳還踩在鏟子上將之壓進土裡。海報上還有第三個大約是我這個年紀的男孩，穿著短褲，站在後方等在樹苗的一側，手上已經準備好了一個灑水壺，就像我當山迪的模特兒時也拿了一個，還穿上最漂亮的學校短褲和高筒襪。加上這個小孩是我母親的主意，這樣才能讓山迪的畫作與植樹節郵票有明顯的區別，也讓他免受「抄襲」的指控，不過也是要讓這幅海報具有社會意義，影射出在一九四〇年絕對不常見的主題，不但是在海報藝術中沒見過，在其他類型的藝術中也沒有，而即使是以「品味」為理由，或許就連評審都無法接受。

第三個種樹的小孩是個黑人，我母親會想到要建議把這小孩畫進去，除了是希望灌輸她的孩子學會包容的公民美德，同時也是因為我的另一張郵票，是一張全新的十分錢「教育家群」郵票，我從郵局買到這一套五張的郵票，總共是二十一分錢，我用每週五分錢的零用錢花了整個三月才付清。每張郵票在中央的肖像上都畫著一盞燈的圖樣，美國郵政署說這是「知識明燈」，但我卻想到阿拉丁神燈，因為《天方夜譚》裡的那個男孩有了魔法神燈和戒指，就有兩個精靈能夠給他任何想要的東西。如果我有精靈，就會向他要求人人都覬覦不已的美國郵票：首先是一九一八年知名的二十四分錢航空郵票，據說這枚郵票價值三千四百美元，圖案中央的飛機是陸軍的柯蒂斯飛翔珍妮，在郵票上印顛倒了；然後還有一九〇一年發行的泛美博覽會那三張出名的郵票，中央的圖案也是誤印成顛倒的樣子，每張價值超過一千元。

在教育家群的綠色一分錢郵票上，知識明燈的圖案上方畫著賀瑞斯·曼恩[4]、紅色兩分錢郵票上的是馬克·霍普金斯[5]、紫色三分錢是查爾斯·W·艾略特[6]、藍色四分錢畫著法蘭西斯·E·威拉德[7]、棕色十分錢郵票上則是布克·T·華盛頓[8]，他是第一位出現在美國郵票上的黑人。我記得將布克·T·華盛頓放進我的郵票冊裡，拿給我母親看完整一套五張的郵票之後便問她：「你覺得以後郵票上會出現猶太人嗎？」她回答：「或許吧，總有一天會有的，我是很希望。」事實上還得再過二十六年，等到愛因斯坦才做到了。

山迪存下自己每週二十五分的零用錢，還有自己剷雪、耙草和洗家用車賺來的一點零錢，存夠錢了就會騎著腳踏車到克林頓路上賣美術用品的文具店，就這樣花好幾個月的時間，先是買炭筆、再來是用來削尖筆頭的砂紙塊、接著是炭畫紙，然後是一根小小的金屬管裝置，他對著紙一吹就能噴出保護定色噴霧，這樣炭畫便不會模糊掉。他有幾個大牛頭夾、一塊美森耐纖維板、黃色的提康德羅加鉛筆、橡皮擦、素描簿、畫紙等等，他把這些用具收在一個雜貨紙箱裡放在我們房間的衣櫃底部，就連我母親在打掃時也不准翻動。他充滿活力的嚴謹（遺傳自我們的母親），他令人屏息的

---

4　賀瑞斯・曼恩（Horace Mann，一七九六—一八五九年），美國教育家，提倡公共教育的普及和改善，後世譽其為「美國公立學校之父」。

5　馬克・霍普金斯（Mark Hopkins Jr.，一八一四—一八七八年），中央太平洋鐵路公司創始人之一。中央太平洋鐵路協助興建美國第一條連接太平洋與大西洋的太平洋鐵路（Pacific Railroad）。

6　查爾斯・W・艾略特（Charles William Eliot，一八三四—一九二六年），美國學者，於一八六九—一九〇九年任哈佛大學校長，為美國大學史上任期最長的校長，在位期間將哈佛轉為著名的研究型大學。

7　法蘭西斯・E・威拉德（Frances Elizabeth Willard，一八三九—一八九八年），美國教育家、基督教婦女禁酒聯盟（Woman's Christian Temperance Union）領導者，提倡結合女性權益的禁酒運動與女性投票權（suffrage）。

8　布克・T・華盛頓（Booker Taliaferro Washington，一八五六—一九一五年），美國教育家、作家，致力於改善非裔美國人的教育權與社經地位。一九〇一年出版自傳《力爭上游》（*Up from Slavery*），轟動全美，並成為首位受邀進入白宮的非裔美國人。

毅力（遺傳自我們的父親），都只會不斷放大我對哥哥的崇拜，大家都一致認為他未來必成大事，而和他同年紀大多數的男孩看起來甚至都沒打算要跟其他人同桌吃飯。我那時就是個乖小孩，不管在家或學校都很聽話，大部分時候不耍任性，攻擊性也要等到年紀比較大了才會冒出來，整體說來，我就是年紀還太小，不知道一個人的怒氣會有多大能耐。而且我在他身邊的時候最為固執。

山迪十二歲生日的時候得到一個扁平的黑色大資料夾，是用硬紙板做成的，背脊以線縫裝訂而成，正面牢牢繫著兩條長緞帶，只要打一個蝴蝶結就能防止書頁掉落。資料夾的尺寸約為六十．九六乘四十五．七二公分，這麼大的東西放不進我們房間梳妝台的抽屜，而我們共用的房間衣櫃也已經塞滿東西，就算把資料夾直靠在內壁放著也放不下，只能把資料夾和畫素描的線圈筆記本一起平放在床底下，他把自己覺得畫得最好的作品收在資料夾裡，首先是他在一九三六年完成的構圖傑作，也就是我們的母親指著頭上飛往巴黎的**聖路易精神號**這張充滿抱負的畫作。山迪為這位英雄飛行員畫了好幾張大幅肖像，有用鉛筆也有用炭筆畫成的，都收藏在他的資料夾裡。這些肖像屬於他系列畫作的一部分，集結了許多重要的美國人，主要是那些我們父母最為敬重的、還在世的名人，例如羅斯福總統伉儷、紐約市市長菲奧雷洛．拉瓜迪亞、美國礦工聯合工會主席約翰．L．路易斯，以及小說家賽珍珠，她在一九三八年贏得諾貝爾文學獎，山迪便從她一本暢銷書的書衣上臨摹肖像。資料夾裡還有幾張畫中人物是家族成員，其中至少有一半是畫我們唯一還在世的祖父母，我們的奶奶，週日蒙提伯伯帶她過來坐坐時，偶爾充當山迪的模特兒。在「年高德劭」一詞的影響下，他會畫出每一條可以在她臉上找出的皺紋，以及她患了關節炎的手指上每一顆瘤，身材嬌小而健壯的奶奶十分盡責，就像她這一生都雙膝跪地刷洗地板，並且在炭火爐上為一家九口煮飯一樣，就這樣坐在廚房裡「擺姿勢」。

就在溫徹爾的廣播節目過後幾天，家裡只有我們兩人在，山迪從他床底下拿出資料夾並拿到飯廳裡。他在桌上攤開資料夾（通常只有為了娛樂老大及家裡有特別的事情要慶祝才會這麼做），小心翼翼地將林白的肖像拿起來，只留下保護每張畫作的描圖紙，將肖像排放在桌面上。第一張肖像中的林白戴著他的皮製飛行帽，雙耳側各垂著一片護耳；第二張中的帽子有一部分被擋住了，因為他將又大又重的護目鏡從眼前往上推到額頭，壓住了帽子；第三張的他頭頂空無一物，沒有什麼能讓人知道他是飛行員，除了那望向遠處地平線毫不退縮的眼神。要衡量山迪畫中這個人的價值並不難，他是氣宇軒昂的英雄、勇敢無畏的冒險家，生來就具備了強大的力量與正直，同時加上能折服人心的溫和態度，完全不像是什麼可怕的惡棍或者對人類的威脅。

「他會當上總統，」山迪告訴我，「艾爾文說林白會贏的。」

他的話讓我既困惑又害怕，於是我假裝他是在開玩笑，便笑了出來。

「艾爾文要去加拿大參軍，」他說，「他要幫英國打希特勒。」

「但是沒有人能打敗羅斯福。」我說。

「林白就會，美國要變成法西斯了。」

我們就這樣一起站在那裡，震懾於那三張肖像畫的神祕力量。在此之前，我從不覺得當個七歲小孩會像現在這樣，彷彿成了非常嚴重的缺點。

「不要告訴別人我畫了這些。」他說。

「可是爸媽已經看過了，」我說，「他們全都看過了，大家都有。」

「我跟他們說我撕掉了。」

沒有人比我哥哥更誠實，他的安靜並不是因為他藏著什麼祕密詭計，而是因為他根本懶得做什麼壞事，也就沒什麼好隱瞞的。但是現在，外面的世界發生的事改變了這些畫作的意義，變成了原本並非如此的東西，於是他告訴我們爸媽他把畫都毀了，讓他自己變成了原本並非如此的人。

「萬一他們找到了呢？」我說。

「他們為什麼要找？」他問。

「我不知道。」

「沒錯，」他說，「你不知道。只要閉上你的小嘴，就沒有人會發現。」

我照他的話做有許多原因，其中一個就是在我擁有的美國郵票當中歷史第三悠久的郵票（我絕對不可能把郵票撕了丟掉），就是一九二七年為了紀念林白橫跨大西洋飛行壯舉而發行的十分錢航空郵票。那張郵票是藍色的，長邊是寬邊的兩倍，中央畫著聖路易精神號往東飛越海洋，山迪在畫那張紀念他受孕的畫作時就是以這張郵票中的飛機為範本。貼著郵票左側白邊的是北美洲海岸線，突出「紐約」的字樣寫在大西洋上，而右側白邊旁的是愛爾蘭、大英帝國及法國的海岸線，一條拱起的虛線一端寫著「巴黎」，這條虛線正畫出了兩座城市之間的飛行路徑。郵票最上方有白色的粗體字寫著**美國郵政**，這些字底下則寫著**林白—航空郵件**，字體小了一點，但是對視力絕佳的七歲小孩來說絕對夠大了，看得很清楚。史考特的《標準郵票目錄》中已經標明這張郵票的價值是二十分錢，但我馬上就知道，如果艾爾文說對了，最壞的事情果真發生，那麼這張郵票的價值只會不斷增加（而且非常快，甚至會成為我最有價值的一張收藏）。

在放假的漫長幾個月裡，我們會在人行道上玩一種新遊戲叫作「宣戰」，只需要一個便宜的橡膠球和一支粉筆，用粉筆畫一個直徑大概一百五十至一百八十公分的圓，像切派餅一樣，有多少玩家就切成幾份，然後用粉筆在各個部分寫上這一整年出現在新聞上的不同外國名稱。接下來，每個玩家選擇「自己的」國家，然後跨站在圓圈邊緣，一腳在圈內、一腳在圈外，到時候就可以很快逃走。同時，指定的玩家拿著球高高舉起，就像宣布壞消息一樣慢慢說出：「我——向——你——宣——戰——」接著是一段令人緊張的暫停，然後宣戰的孩子會把球丟下來，同時大喊「德國！」或「日本！」或「荷蘭！」或「義大利！」或「比利時！」或「英國！」或「中國！」——有人甚至會喊「美國！」然後大家都要跑開，留下那個遭受突襲的小孩，他的任務就是要以最快的速度接住彈起的球並大喊「停！」現在所有聯合起來對抗他的小孩都必須停在原地，受害的國家就會開始反擊，試圖一次消滅一個進攻的國家，拿著球使出最大的力氣砸向每個人，就從那些離他最近的開始，每次丟球殺掉一個就可以推進。

我們就這樣一直玩下去，玩到下雨而一時沖刷掉了國家的名稱、玩到走在街上的人們總是踩到粉筆字或者得跨過去為止。那段時日裡，在我們住家附近沒有什麼塗鴉可言，只有這個，我們簡單的街道遊戲所留下的象形文字。儘管是無害的小遊戲，還是讓幾位母親抓狂，因為我們玩遊戲的聲音會透過打開的窗戶傳進她們家裡，讓她們得連續聽上好幾個小時，「你們這些孩子就不能做點別的嗎？沒有其他遊戲可以玩了嗎？」但是不能，我們也就只會想著宣戰。

一九四〇年七月十八日，民主黨在芝加哥舉行全國代表大會，會中第一輪投票就以壓倒性的結果決定提名羅斯福總統競選第三任。我們從廣播中聽著他接受提名的演講，聽著他朗讀時那充滿自信的上流社會口音，在這近八年來已經鼓舞了百萬個像我們這樣的平凡家庭，讓我們即使在艱困中依然充滿希望。這一席話中自帶一股風範，雖然聽來陌生，卻能夠撫慰我們的焦慮，同時讓我們家裡充滿一種見證歷史的重要性，聽到他在我們客廳裡稱我們為「同胞」，好比大手一攬便將我們的人生和他的融合在一起，同時也融合了整個國家的生命。美國人可能會選擇林白，美國人可能會選擇任何人，而不願意選擇這位連了兩任的總統，光是他的聲音就能平息人類的紛爭……唉，實在難以想像，尤其是對我這樣的美國小孩，他的聲音就是我唯一聽過的總統的聲音。

大約六個禮拜後，在勞動節前的週六，林白原本計畫要搭著車隊，在支持孤立主義的美國勞動階級核心地區（也是考夫林神父及亨利・福特的反猶太大本營）參加底特律勞動節遊行，藉此展開選戰，不過讓全國大感意外的是他並沒有出現，反而是無預警出現在長島機場，十三年前他就是從這裡展開非凡的跨大西洋飛行。**聖路易精神號**上頭蓋著防水布，雖然用卡車祕密運了進來放在偏遠的機庫裡停了一晚，不過隔天早上林白駕著飛機到跑道上時，全美國各家通訊社及紐約各家廣播公司和報社都派出記者到現場見證飛機起飛，這次他要往西橫跨美國飛到加州，而不是往東跨越大西洋到歐洲。當然，到了一九四〇年，商業化的航空服務早就載運著貨物、乘客及郵件到各片大陸，已經發展超過十年了，而這些大多也都是受到林白的單人行動激勵的成果，同時他也努力協助航空產業，一年收取百萬酬勞擔任新成立的航空公司顧問。不過那一天展開選戰的人並非努力扶植航空產業的富裕說客、不是在柏林接受納粹勳章的林白、不是在全國廣播中極力怪罪具影響力的猶太人想要煽動國家參戰的林白、甚至也不是那個年幼兒子在一九三二年遭到布魯諾・豪普曼綁架殺害時表現堅毅的父親；而是那位籍籍無名的航空郵務機師，勇於嘗試過去從來沒有飛行員做過的事，是那位受人崇拜的孤鷹，儘管經過多年的空前名氣洗禮，依然保持男孩般的純真。在一九四〇年夏天即將結束的那個假期週末，即使駕著比老**聖路易精神號**更加先進的飛機，林白這趟從橫跨美國的航程比起他自己十年前所創下的紀錄還差得遠，但是在他抵達洛杉磯機場時仍然有一大群人在等著他，他們大部分都是飛機技師，這好幾萬人都受雇於洛杉磯及附近新成立的大製造商，就和在各個地方迎接他的人同樣充滿熱忱。

民主黨人稱這趟航程是一場公關技倆，由林白的手下設計的一齣戲，但事實上要飛到加州這件事是在僅僅幾小時以前由林白自己決定的，而不是由共和黨安排的專家來引導這位政壇菜鳥開展自己的第一趟政治選戰，這些專家就和其他人一樣，原本以為會看到他出現在底特律。

他的演說樸實而直入重點，聲音高亢、扁平還帶著中西部口音，絕對不像是羅斯福那樣的美國聲音。他的飛行裝穿著高筒靴、馬褲，以及在襯衫和領帶外套著輕薄的套頭衫，複製了他飛越大西洋時的裝束，而且他說話時並未拿下皮帽及飛行眼鏡，只是往上推到額頭上，完全就是山迪藏在床底下的炭筆畫中的位置。

群眾不斷呼喊著他的名字，聲音都沙啞了，「我競選總統的目的，」他等到他們停下來時說道，「就是要阻止美國再次參與世界大戰，如此才能維護美國民主。各位的選擇很簡單，不是要選擇查爾斯．A．林白或者富蘭克林．迪蘭諾．羅斯福，而是要選擇林白或者戰爭。」

這就是全部了，如果把代表奧古斯特的字母A也算進去，總共七十五個字。

這位候選人在洛杉磯機場稍作梳洗、吃點心又小憩了一小時，再次攀上**聖路易精神號**飛到舊金山，夜幕低垂之時便抵達沙加緬度。那一天，無論他降落在加州的哪裡，都彷彿整個國家未曾經歷股市崩盤、大蕭條的痛苦（或羅斯福新政的輝煌），人們也不曾因那場他前來阻止我們參與的戰爭感到絲毫不安，林白駕著他知名的飛機從天而降，感覺又回到一九二七年了，又是那個林白、那個直言不諱的林白，從來不需要表現得多優越，因為他**就是**卓越的化身——無所畏懼的林白，年輕又成熟無比、強悍的個人主義者，傳奇的美國英雄，僅憑一己之力達成了不可能的事。

接下來一個半月內，他在四十八州內都各待了完整一天，一直到十月底才回到他在勞動節週末起飛的長島機場跑道。他會在白天從一座城市、小鎮或村落移動到下一個，若是附近沒有跑道就降落在公路上，待一陣子，然後飛到美國最偏遠的鄉村郡縣和那裡的農家談話，再從田地起飛。他在機場的演說在當地及區域電台放送，一天播放好幾回，在他會在過夜的州首都廣播給全國的訊息。訊息總是簡潔：現在要阻止歐洲的戰爭已經太遲了，但是要阻止美國參與這場戰爭還不算太晚。羅斯福誤導了這個國家，這位總統滿口的和平只是不實的承諾，他將引領美國參戰。選擇很簡單，不投林白就是選擇戰爭。

在早期航空技術還很新穎的年代裡，林白作為一名年輕的飛行員，身邊還有一位較年長、較資深的助手，兩人在中西部各地表演娛樂觀眾，例如穿著降落傘高空跳傘，或者沒穿降落傘就這樣走出機艙站在飛機機翼上，而民主黨現在馬上貶低他駕駛著**聖路易精神號**穿梭各地的表演，將之類比成這類特技。在記者會上，羅斯福被記者問到對於林白這種跳脫傳統的宣傳方式有何看法時，也懶得繼續說些挖苦的嘲諷之語，只是兀自討論起邱吉爾擔心德國恐怕很快就會入侵英國，或者宣布他將要求國會通過美國第一次和平時期徵兵的經費，又或者是提醒希特勒，美國不會容忍任何人干擾我國商船橫越大西洋提供援助為英國戰事應急。從一開始就非常清楚，總統的選戰策略主要是留在白宮裡，相較於伊克斯部長所稱林白的「馬戲團把戲」，他打算以運用自如的權威感來說明國際情勢的危急，若有必要就日以繼夜進行。

林白在巡迴各州的旅程中曾經兩度因天氣太糟而失聯，每一次都要花上好幾個小時才能和他重建起無線電聯繫，他才能讓全國知道自己一切安好。不過接著在十月，就在那一天美國人得知令人震驚的最新消息，是倫敦遭到毀滅性的夜襲，德國人炸毀了聖保羅座堂，而這天晚餐時分的新聞快報報導了有人目睹**聖路易精神號**在阿勒格尼山脈上空爆炸，燒成一個大火球直直墜地。這一次是過了漫長的六小時後才有第二次快報更正了第一次的內容，新聞中說只是引擎故障而非空中爆炸，迫使林白緊急降落在賓州西邊山脈那片詭譎莫測的地面上。不過在廣播中還沒傳來更正的消息之前，我們家的電話響個不停，親戚朋友一聽到這可怕、或許是致命意外的消息，都打電話來跟我們的父母推測接下來會發生什麼。爸媽在我和山迪面前並沒有表現出對於林白可能死亡有慶幸之意，不過他們也沒有說希望並非如此；當晚大約十一點時消息傳了開來，孤鷹根本沒有燒成火球一同墜毀，而是安然從未受損害的飛機中現身，他只是在等替換的零件送來，然後就能再次起飛繼續選戰，聽到消息的爸媽也並未參與人們歡樂的慶賀。

十月那一天早上，林白降落在紐華克機場，在等著歡迎他來到紐澤西的支持群眾當中包括了摩西猶太會堂的拉比萊昂內爾．班格斯多夫，這是本市第一座保守派的猶太會堂，由波蘭猶太人組織而成。摩西猶太會堂距離老舊的手推攤車貧民窟只有幾個街區遠，這裡仍然是市內最貧窮的區域，不過摩西之子的會眾已經不住在這裡了，而是一群最近從南方搬過來的貧困黑人。摩西猶太會堂多年來一直無法爭取到有錢的會眾，到了一九四〇年，這些家庭大多選擇離開，轉而與耶書崙及奧赫布沙洛姆等猶太會堂的會眾來往（這兩座華麗的會堂就坐落於高街上的老宅間），又或者是加入另一個歷史悠久的保守派教會，也就是亞伯拉罕猶太會堂，原本的會堂建築先前是浸信會教堂，現在往西搬遷了幾公里，鄰近猶太醫生及律師所居住的克林頓丘。新建成的亞伯拉罕猶太會堂是市內最漂亮的會堂，這座環形建築以所謂「希臘風格」做的簡約設計，寬闊到在猶太人最重要的新年假期裡足以容納一千名敬拜的會眾。前一年，遭到希特勒蓋世太保驅逐出柏林的流亡分子約阿希姆・普林茲取代了退休的朱利斯・希伯費爾德，當上會堂的拉比並且崛起成為對社會前景抱持著廣闊視野的有力人士，為他的富裕會眾解說猶太歷史，尤其強調他自己最近經歷納粹罪行的血腥場面。

班格斯多夫拉比的布道每週都會透過WNJR電台播送給一般民眾聽，他稱之為自己「廣播會眾」，而且他也寫了許多啟發人心的詩作集結成書，經常拿來當成送給成年禮的男孩及新婚夫婦的禮物。一八七九年，他出生於南卡羅萊納州，是一位移民布料織品商人的兒子，只要他面對猶太群眾說話的時候，無論是在講壇上或者在廣播上，那一口彬彬有禮的南方口音再搭配上鏗鏘有力的節奏（他自己的多音節姓氏唸起來也很有節奏感），都能讓人感覺到他莊嚴高貴的深奧內涵。例如，談起了他和亞伯拉罕猶太會堂的希伯費爾德拉比、耶書崙猶太會堂的佛斯特拉比之間的友誼，他曾經這樣告訴自己的廣播聽眾：「這是命中注定：就像古時候的蘇格拉底、柏拉圖與亞里斯多德就是要與彼此為伍，我們也在宗教的世界中與彼此為伍。」同時他向廣播聽眾解釋，為什麼以他這樣地位的拉比會願意繼續領導一群不斷削減的會眾並感到滿足，提出了一席以無私為主題的講道，一開頭就說：「或許各位會很好奇，我是如何回答這個基本上已經有幾千個人都問過我的問題：為什麼你要放棄成為逍遙牧師的商業利益？為什麼你選擇留在紐華克的摩西猶太會堂作為自己唯一的講壇，而每天其實都有六個機會能夠離開這裡到其他會堂去？」他曾經在歐洲的一流學院中受教育，也曾就讀於美國的大學，以會說十種語言而聞名，同時精通古典哲學、神學、藝術史，以及古代和現代歷史，在原則問題上從不妥協；演講時從來不需要看小抄；手邊總是帶著一組索引卡，上頭寫著目前他最熱切研究的題目，每天都會寫上一些新的想法及見解。另外他也非常擅長馬術，最出名的就是他能夠隨時讓馬停下腳步好寫下某個想法，把馬鞍當成臨時的書桌。每天清晨，他會沿著威奎伊公園的馬道騎馬運動，身邊有他的妻子陪伴著（一直到一九三六年因癌症過世），她是紐華克最有錢的珠寶製造商繼承人，家族在伊莉莎白大道有棟豪宅，這對夫妻自一九〇七年結婚起便住在這裡，就在公園對面，家裡收藏著許多猶太藝術珍寶，據說是世界上最有價值的私人收藏之一。

到了一九四〇年，萊昂內爾．班格斯多夫創下紀錄，成為美國在自己的會堂服事最久的拉比，報紙稱他是紐澤西猶太人的宗教領袖，並且報導了他出席公共場合的眾多事蹟，不免也要提到他的「演講天賦」及會說十種語言。一九一五年，在慶祝紐華克建立兩百五十週年的紀念典禮上，他坐在雷蒙市長旁邊朗聲祈禱，就像他每年都會在陣亡將士紀念日及獨立紀念日上帶領祈禱：每一年七月五日在《星報》上的頭條都是**拉比讚揚獨立宣言**。在他的布道與演講中，都呼籲將「美國理想的發展」當成猶太人的第一優先，而「美國人的美國化」就是最好的途徑，能夠維護我們的民主不受「布爾什維克主義、激進主義和無政府主義」所害，他經常引用老羅斯福總統最後對全國所說的話，這位前總統說：「忠誠是不能分裂的，若有誰說自己是美國人，但同時又是其他的，那這人根本不是美國人。我們只容得下一面旗幟，那就是美國國旗。」班格斯多夫拉比在許多地方都談論過美國人的美國化，包括紐華克的每一間教堂和公立學校，還有州內幾乎所有兄弟會、人民、歷史與文化團體，紐華克的報紙上報導他演講的文章上頭詳列著國內眾多城市的名稱，他受邀到這些地方參加研討會與集會，討論各種題目，從犯罪及監獄改革運動（「監獄改革運動中飽含了最高的道德準則及宗教理想」）到世界大戰的起因（「戰爭就是歐洲人放眼世界的野心及他們努力追求軍事卓越、權力與財富等等目標的結果」），從日間托兒所的重要性（「托兒所是培育人類花朵的生命花園，協助每個孩子能夠在喜悅與歡樂的氛圍中成長」）到工業時代的邪惡（「我們相信工人的價值不能依其生產力的物質價值來計算」），乃至於婦女選舉權運動，他強烈反對將投票權利延伸到婦女群眾的提案，認為「如果男人沒有能力處理國家的事務，為何不幫助他們成為有能之人，多加上一倍從來就不是治癒邪惡的方法」。我伯伯蒙提討厭所有的拉比，尤其對班格斯多夫懷著有毒的憎恨，這股怨念可以回溯到他小時候受到幫助才得以在摩西猶太會堂學校念書，叔叔總喜歡這樣說他：「那個浮誇的王八蛋什麼都知道，真可惜他除了什麼以外的都不會。」

班格斯多夫拉比現身在機場，根據《紐華克新聞報》頭版照片下的說明文字敘述，他站在隊伍的第一排，林白從**聖路易精神號**的駕駛艙中冒出來時便和他握手，此舉讓市內眾多猶太人十分錯愕，其中也包括我父母，同時還有報紙報導林白的短暫來訪時引述了他的話，「我來這裡，」班格斯多夫拉比向《新聞報》表示，「就是要粉碎所有關於美國猶太人對美國的忠誠是否純正的懷疑，我在此宣布支持林白上校參選總統，因為他的政治觀點和我的子民相同。美國是我們摯愛的家園，是我們唯一的家園，除了這個偉大的國家之外，我們的宗教無有所依，而現在也一如往常，我們以身為這個國家的公民深以為榮，付出全部的情感及忠誠。我希望查爾斯·林白成為我的總統，不是雖然我是猶太人，而是因為我是猶太人，我是**美國**猶太人。」

三天後，班格斯多夫參與了在麥迪遜花園廣場舉辦的盛大集會，這場盛會是要慶祝林白的飛行旅程結束。到了這時距離選舉投票只有兩週了，雖然支持林白的選民似乎越來越多了，包括傳統上傾向民主黨的南方，而且在最為保守的中西部各州也預期會是勢均力敵，不過全國民調還是顯示總統不僅在總票數能坐穩領先地位，選舉人票也是遙遙領先。根據報導，共和黨大老們相當絕望，因為他們的候選人非常頑固，除了他自己之外，沒有人能夠決定他的選戰策略，於是，為了將他拉出這段總是樸實無奇又沒完沒了的飛行拜訪之旅，而要再次讓他沉浸在比較像是熱鬧非凡的費城提名大會那種氣氛裡，他們在十月第二個星期一晚上舉辦了麥迪遜花園廣場的集會，並且透過廣播向全國放送。

那天晚上介紹林白的十五位講者被描述為「來自各行各業的傑出美國人」，其中有一位農場主人談論著，美國農業已經因為第一次世界大戰及大蕭條而岌岌可危，若再來一次戰爭會如何受到傷害；一位勞工領袖則講起戰爭對美國勞工而言代表著什麼樣的災難，他們的生命將被政府單位造冊而成為一個個軍團；一位工廠主人說起美國工業因為戰爭時期的過度擴張及繁重的稅賦，造成了如何慘烈的長期苦果；一位新教牧師談著現代戰爭對於即將要上戰場的年輕人有如何殘忍的影響；還有一位天主教神父說著，我們是一個愛好和平的國家，但是由戰爭孕育出的憎恨不免將會敗壞我們的精神生活，並且摧毀一切道德與良善。最後一位是位拉比，正是紐澤西的萊昂內爾．班格斯多夫，輪到他上台演說時，滿場的林白支持者給予他特別熱烈的鼓掌歡迎，他長篇大論解釋著林白與納粹之間的關係絕非同流合汙。

「沒錯，」艾爾文說，「他們收買了他，都由他們說了算，在他那個猶太大鼻子穿上了金環，現在他們想讓他往哪裡走都行。」

「這很難說，」我父親說，但他自己也不免因班格斯多夫的行為而惱火，「聽聽這人說什麼，」他告訴艾爾文，「讓這男人有說話的機會，這樣才公平。」這話說出來主要是為了山迪和我好，好讓情勢突然轉變的驚愕感對我們兩人而言似乎不會像大人所感受到的那樣糟糕。前一晚我睡覺時翻身摔到了地上，自從我離開搖籃改睡床上就從沒有發生過這樣的事情，而且一開始為了避免我滾出床，我父母還得在床墊兩邊擺了兩張廚房的高背椅，我父母自然認為過了這麼多年，我還會這樣掉下床只有可能與林白出現在紐華克機場有關，我堅持說自己不記得做了跟林白有關的惡夢，只記得醒來時躺在我哥哥和我的床之間那塊地板上，只是我剛好也知道，基本上我只要一上床睡覺，就會忍不住想像收在我哥哥資料夾裡那幾張林白的畫像。我一直想要問山迪，如果他不能把畫像藏在地窖裡的儲藏箱裡，不如藏在我的床底下，但是因為我發誓不會跟任何人談起這些畫像，而且我也無法忍受跟我自己的林白郵票分開，於是不敢提起這個問題，但是這件事確實一直在我腦海裡糾結，讓我越來越無法接近一向最為可靠的哥哥。

那天晚上很冷，家裡開著暖氣，窗戶也都關了，但是即使聽不見聲音你也知道大街小巷裡都打開了廣播收聽，有些原本不打算聽林白集會廣播的家庭，此時也都對準了頻道，因為節目表上此時正安排班格斯多夫拉比上台。在他自己的教眾當中，有幾位有頭有臉的人物已經開始要求，就算會堂的信託董事會不馬上開除他，他也應該自己辭職，但是大多數教眾仍然繼續支持他，想要相信他們的拉比只是在行駛言論自由的民主權利，而他們雖然因為他公開支持林白而感到驚駭，卻認為他們無權試圖讓一個像他這樣知名的公義人士閉嘴。

那晚，班格斯多夫拉比向全美國揭露出，他認為林白在一九三〇年代獨自飛往德國的任務背後有何真正意圖，「和批評他的人所散播的政治宣傳正好相反，」拉比告訴我們，「他到德國去從來不是因為同情納粹或者支持希特勒，事實上他每一次飛行都是以美國政府的祕密顧問身分，那些受到誤導、意圖不良的人不斷指控他背叛美國，但實情完全相反，林白上校幾乎是單槍匹馬就加強了美國的軍備，將自己所知的一切傳授給我們自己的軍隊，並且盡他能力所及來提升美國航空業的發展，拓展美國的空中防衛能力。」

「老天！」我父親大叫，「大家都知道——」

「噓……」艾爾文輕聲說，「噓……讓大演說家說話。」

「沒錯，在一九三六年，遠在歐洲各國開始互相仇視以前，納粹授勳給林白上校；沒錯，」班格斯多夫繼續說，「沒錯，上校接受了他們的勳章，但自始至終，朋友們，自始至終他都是偷偷利用他們的欽慕，藉此才更能夠保護並捍衛我們的民主，並且發揮力量來維護我們的中立性。」

「我真不敢**相信**——」我父親開口。

「試試。」艾爾文邪惡地喃喃。

「這不是美國的戰爭，」班格斯多夫宣示著，麥迪遜花園廣場裡的群眾報以滿滿一分鐘的熱烈掌聲，「這次，」拉比告訴他們，「是歐洲的戰爭。」再一次爆出久久不停的掌聲，「歐洲的戰爭自查理曼時代起便爭鬥千年，這只是其中之一，他們在不到半個世紀之內就發生了第二次毀滅性戰爭，而有誰能夠忘記他們上一次大戰讓美國付出多麼慘痛的代價？四萬名美國人戰死沙場、十九萬兩千名美國人受傷、七萬六千名美國人病死，如今也有三十五萬名美國人因為參與了那場戰爭而殘障，而這一次的代價又會是怎樣的天文數字？我們的死亡人數，告訴我，羅斯福總統，會不會只翻倍或者是三倍，又或者只翻高四倍？告訴我，總統先生，屠殺了大量無辜的美國男孩之後會留下什麼樣的美國？當然，納粹對德國猶太人的侵擾和壓迫讓我無比痛苦，就像每位猶太人一樣，我過去在海德堡及波昂與德國一流大學中的學者共同研讀神學，在那幾年結交了許多優秀的朋友，都是傑出的有識之士，而如今僅僅因為他們是有猶太血統的德國人，長久維持的學術地位便遭到剝奪，現在他們的國家也落入納粹流氓的手中，不停殘忍迫害他們。我用盡每一分力氣反對他們所受到的待遇，因此林白上校也反對他們所受到的待遇，然而，他們在自己的國家裡遭遇到這樣的殘酷命運，讓我們偉大的國家和折磨他們的人開戰了又能如何解救他們呢？真要說的話，所有德國猶太人的困境只會更慘到無以復加，恐怕是悲劇性地慘烈。沒錯，我是猶太人，而且身為猶太人，我切身感受到他們的苦難，就像家人受苦一般。但我是美國公民，朋友們，」一再次響起掌聲，「我在美國出生長大，所以我要問問各位，如果美國現在要參戰，連帶投入了我們新教家庭的兒子、天主教家庭的兒子、猶太家庭的兒子，成千上萬的兒子都要到血流成河的歐洲戰場上打仗死去，我的痛苦又怎麼能減輕呢？我的痛苦怎麼能消滅，畢竟我得去安慰自己的教眾——」

我的母親通常都是家裡最為冷靜的人，若是我們其他人太過激動，一般也都是她讓我們安靜下來，但此時她突然發現班格斯多夫的南方口音聽起來實在太難以忍受，必須離開客廳。但是在拉比的演說結束、走下舞台時受到眾人大聲歡呼之前，其他人都沒有移動、也沒有說一句話。我不敢，而我哥哥太專心於素描我們現在的模樣（這種情況下他通常都是這樣），一邊還聽著廣播；艾爾文不發一語，他的憎恨之情像是能殺死人，而我父親則是激動到說不出話來，這或許是他有生以來第一次，失去了他努力對抗挫折及失望時，那股天生源源不絕的熱情。

騷動。難以言喻的歡樂。林白終於踏上了花園廣場的舞台，而我父親就像個半瘋半癲的人一樣從沙發上一躍而起，關掉了廣播，這時我母親正好回到客廳裡問：「有誰餓了嗎？艾爾文，」她說話時眼裡帶著淚，「要喝杯茶嗎？」

她的工作就是要盡力維繫著我們的世界，保持冷靜而理性，她的生命因此而完滿，而且這也是她一直努力要做的一切，但是任我們誰都沒有料到，這一句尋常的母親關懷之語卻會讓她看起來如此荒謬。

「他媽的在搞什麼！」我父親開始大叫，「他媽的他為什麼要**這麼**做？什麼蠢演講！他以為現在會有猶太人就因為那愚蠢又謊話連篇的演講就出門去投票給這個反猶太的傢伙嗎？他是不是瘋到沒救了？這個男人以為自己在做什麼？」

「給林白加上猶太認證，」艾爾文說，「為非猶太人把林白加上猶太認證。」

「猶太認證什麼？」我父親說，聽到艾爾文在這麼混亂的時候還說這種像是在挖苦的胡言亂語，於是更憤怒了，「有**什麼**用？」

「他們不是讓他上台演講給猶太人聽的，買通他的目的不是這個，你還不懂嗎？」艾爾文問，他認為這就是背後的真相，因此口氣更加火爆，「他上台是演講給非猶太人聽，他利用自己拉比的身分，允許全國各地的非猶太人在選舉日那天投票給林白。你還不懂嗎，赫曼叔叔，他們讓偉大的班格斯多夫做了什麼？他剛剛確保了羅斯福必輸無疑！」

那天晚上大約半夜兩點時，我睡得正深沉時再次滾下了床，但是這一次事後我記得自己掉到地上之前在做什麼夢。確實是個惡夢，關係到我的郵票收藏，發生了某件意外讓我的兩套郵票圖樣變成了可怕的模樣，而我完全不知道是什麼時候、為什麼變成這樣的。在夢裡，我把郵票冊從衣櫃抽屜裡拿出來，要帶去我朋友厄爾家，我就像先前去過他家幾十次一樣帶著郵票冊走路，厄爾．艾克斯曼十歲，念五年級，跟他母親住在一棟三年前才落成的嶄新四層樓黃磚公寓裡，就在總理大道與高峰路交叉口附近的大片空地上，對角正是小學。之前他住在紐約，他父親是葛蘭．格雷與卡薩羅馬樂隊裡的音樂家，叫作賽伊．艾克斯曼，在吹奏中音薩克斯風的葛蘭．格雷旁邊演奏次中音薩克斯風。艾克斯曼先生和厄爾的母親離婚了，她是位在舞台上非常漂亮的金髮女人，在厄爾出生之前曾短暫在樂隊裡當歌手，而據我父母所說，她出身紐華克，原本是個棕髮的猶太女孩，叫作露意絲．史維格，之後去了芝加哥南區求發展，在猶太社區中心演出歌舞表演劇而在當地小有名氣。在我所認識的所有男孩裡，只有厄爾的父母離了婚，也只有他的母親會濃妝豔抹、穿著露肩上衣搭配輕飄飄的縐摺裙，底下還穿著大襯裙。她在葛蘭．格雷的樂隊唱歌時還錄製了一張單曲唱片，叫作

〈不是這樣就是那樣〉，厄爾常常播放給我聽。我從來沒有遇過像她這樣的母親，厄爾不會叫她媽咪或媽媽，而是直呼她露意絲，簡直驚世駭俗。她的臥房裡有個衣櫃全部裝著內衣襯裙，只要厄爾和我單獨待在他家裡的時候，他就會讓我看，有一次他甚至讓我摸了其中一件，就在我猶豫著想決定該不該照做的時候，他輕聲說：「想摸哪裡都可以。」然後他拉開一個抽屜，讓我看她的胸罩，也邀我去摸其中一件，但是我拒絕了，我的年紀還小，遠遠欣賞胸罩就可以了。他的父母每人每週會給他整整一元美金可以用來買郵票，當卡薩羅馬樂隊不在紐約表演而是外出巡演時，艾克斯曼先生就會從各地城市寄給厄爾貼著航空郵票、蓋了郵戳的信封，甚至還有一張是從「歐胡島檀香山」寄來的，厄爾並不喜歡把自己缺席的父親描述得多麼了不起，反正對一個保險業務員的兒子來說，有一個在知名搖擺樂隊吹薩克斯風的父親（還有一個染著淡金髮色的歌手母親）已經夠令人羨慕了，不過他說艾克斯曼先生受邀到了某個「私人住家」，看到已經蓋銷的一八一五年兩分錢夏威夷「傳教士」郵票，在夏威夷州成為附屬於美國的領土整整四十七年前所發行，這是令人無法想像的珍寶，價值十萬美金，而中央的圖案設計僅僅是一個阿拉伯數字二。

厄爾的郵票收藏是這附近最棒的，他教會我身為一個小孩知道有關郵票的一切，包括實用的及內行的知識，像是郵票的歷史、收集新印的或使用過的郵票，還有關於紙張、印刷、顏色、背膠、疊印、暗紋和特殊印刷等技術層面的知識，也有關於高明偽造和印刷錯誤等故事，而且，他對這門學問的研究真是驚人，他甚至還教導我，告訴我關於法國收藏家厄平先生的故事，就是他創造了

「郵票研究」一詞，解釋說這是從兩個希臘字詞衍生來的，而其中第二個字詞是 *ateleia*，意思是不必繳稅，我一直都不是很明白。無論是什麼時候，只要我們在他家廚房裡忙完了郵票的事情，他會暫時收斂起那副自命不凡的樣子，笑一笑然後說：「現在來做點壞事吧。」所以我才會看到他母親的內衣。

在夢中，我把郵票冊抱在胸前走往厄爾家，這時有人大喊我的名字並追著我跑，我鑽進一條小巷子又急忙回頭躲進某個車庫裡，低頭檢查收藏冊裡的郵票，擔心郵票可能從貼頁上脫落，因為我在逃離追趕我的人時絆了一跤，郵票冊就這樣掉落在我們經常玩「宣戰」的人行道上。翻到一九三二年華盛頓建國兩百週年紀念郵票組時（這是一套十二張的郵票，面值從半分錢的深棕色到十分錢的黃色），我嚇傻了，郵票上已經看不見華盛頓，每張郵票上方的設計不變（我已經學過，認出這些文字是白色的羅馬字體，排成一行或兩行），仍是歷久不衰的「美國郵政」；郵票的顏色也沒有改變，兩分錢的是紅色、五分錢的是藍色、八分錢的是橄欖綠等等，所有的郵票都是同樣的固定尺寸，而肖像外框也和原本的一樣有個別不同的設計，但是這十二張郵票上原本是不同的華盛頓肖像，如今卻已經不再畫著華盛頓，而是畫著希特勒的肖像。在每張肖像下的橫幅也不再寫著「華盛頓」這個名字，無論這些橫幅是像半分及六分錢郵票上那樣往下彎，或者像四分、五分、七分及十分錢上的往上翹，又或者是像一分、一分半、兩分、三分、八分及九分錢上的是由水平的兩端抬起，橫幅上拼出來的名字都是「希特勒」。

就在我看著郵票冊的對頁，想確認一九三四年國家公園一套十張的郵票有沒有怎麼樣時，我滾下了床，在地板上醒來，並且放聲尖叫。加州的優勝美地、亞歷桑納州的大峽谷、科羅拉多州的梅薩維德、奧勒岡州的火山口湖、緬因州的阿卡迪亞、華盛頓州的雷尼爾峰、懷俄明州的黃石、猶他州的錫安、蒙大拿州的冰川、田納西州的大煙山，每一張郵票上都畫著這些國家公園的景色，各處懸崖峭壁、森林、河流、山峰、間歇泉、峽谷和滿布花崗岩的海岸線，在各處湛藍深海及高聳瀑布，在這些原始保留區裡美國最藍、最綠、最白、最應該維護的一切，如今都印上了黑色的卐字。

# 第二章　多嘴的猶太人

一九四〇年十一月—一九四一年六月

一九四一年六月，就在林白就職典禮的六個月後，我們家開了四百八十幾公里路到華盛頓特區，參觀歷史古蹟和知名的公共建築。我母親已經在霍華儲蓄銀行的聖誕俱樂部帳戶存錢存了將近兩年，從每週的家用預算裡挪出一塊錢，以支應我們將來旅行的大筆花費。早在羅斯福總統還在第二任期、民主黨主掌參眾兩院時，我們就計畫好了這趟旅行，不過現在是共和黨掌權，白宮的新主人又是個陰險狡詐的敵人，家裡短暫討論過是不是要改往北去看尼加拉瓜瀑布，穿著雨衣搭上瀑布遊輪穿過聖羅倫斯河的千島群島，然後再開車跨越國境到加拿大造訪渥太華。我們有些朋友和鄰居已經開始在討論要離開這個國家，移民到加拿大，以免林白政府公開攻擊猶太人，這樣一來，到加拿大旅行也能讓我們熟悉一下可能逃離迫害的避風港。早在二月時，我堂哥艾爾文已經出發前往加拿大，如他所承諾過地加入了加拿大軍隊，為英國對抗希特勒而戰。

艾爾文在離家之前一直都是由我家照顧了將近七年時間。艾爾文的亡父是我父親的大哥，在他六歲時就過世了；他母親和我母親有同一對曾祖父母，也是她介紹我父母認識的，則在艾爾文十三歲那年過世。於是，他就讀威奎依高中的那四年期間就來跟我們同住，他是個反應機敏的孩子，經常賭博、偷竊，我父親一心要糾正他這些惡習。一九四〇年，艾爾文二十一歲，在瑞特街的擦鞋店樓上租了一間附家具的房間，就在菜市場街角附近，此時的他已經為史坦漢父子公司工作了快兩年，這是市內最大的兩間猶太建設公司之一，另一間則由拉其林兄弟經營。艾爾文透過老史坦漢而拿到這份工作，他是公司創辦人，也是我父親的保險客戶。

老史坦漢講話的口音很重，而且不會讀英文，但是用我父親的話來說，這個人「如鋼鐵般堅硬不易屈」，仍然會參加我們附近猶太會堂的新年假期禮拜。幾年前的贖罪日，這位老人在會堂外看到我父親跟艾爾文一起，以為我的堂兄是我哥哥，就問了：「這孩子有工作嗎？讓他過來幫我們做事。」亞伯．史坦漢將他父親的小小建築公司變成手握數百萬生意的大公司，只是經過了家族內一番腥風血雨之後，他的兩個兄弟都流落街頭，而他相當中意身材矮壯結實的艾爾文，還有他表現出的那股狂妄自信，因此亞伯並未將艾爾文安排在收發室或讓他在辦公室裡打雜，而是讓他當自己的司機：為他跑腿、送信，載著他在各個建築工地間來來去去好監看底下的小包商（亞伯稱這些人

「揩油的」，不過艾爾文說揩油的人是亞伯，他總在占別人的便宜）。夏天裡每個週六，艾爾文會開車載他到弗里霍德馬場，亞伯在那裡養了六匹快腿的好馬，會在舊賽馬道上競速，他喜歡將這些馬稱為「漢堡」，「我們今天有漢堡在弗里霍德要出賽。」然後他們就會坐在凱迪拉克裡迅速趕到，看著他的馬輸掉每場比賽。他從來沒贏過錢，但那不是重點。他每週六會在威奎依公園那片漂亮的賽道上為路馬協會賽馬，然後跟報紙記者們談論要修復霍利山的平坦賽道，畢竟那裡早已不復往日榮光，亞伯．史坦漢因此才能成為紐澤西州的賽馬委員，他車上鑲了一塊徽章，讓他能夠把車開上人行道、鳴喇叭，想停車在那裡就停。他也因此和蒙茅斯郡的官員熟稔起來，並且成為海岸城鎮愛馬社群的一分子，沃爾鎮和春湖的非猶太仕紳會帶他到他們的高級俱樂部用午餐，亞伯告訴艾爾文，在那裡，「每個人一見到我都會交頭接耳，忍不住壓低著聲音說：『瞧瞧有什麼來了。』但是他們卻不介意喝我帶來的酒，接受我宴請他們吃豪華晚餐，所以到頭來還是值得的。」他的休閒漁船就停在鯊魚河灣，他會開船載他們出去、灌醉他們，然後雇人幫他們抓魚，因此從朗布蘭奇到歡樂點海灘一帶，不管何時何地要蓋新旅館，都會蓋在史坦漢以相當低價購得的土地上——亞伯就和他父親一樣非常有智慧，只會在有折扣時才買東西。

每三天，艾爾文就會開車載著他，從他的辦公室到四個街區以外的寬街七四四號，在一樓的理髮店稍微打理門面，店門口有一攤賣雪茄的，亞伯．史坦漢就在這裡買戰神保險套和一塊半美金的雪茄。現在，寬街七四四號是州內最高的兩棟辦公大樓之一，紐華克埃塞克斯全國銀行就占了最上面的二十層樓，其他辦公室裡則有紐澤西最具盛名的律師與金融家，這些紐澤西最響噹噹的金融界人物經常造訪理髮店，而艾爾文一部分的工作就是要立刻通知理髮師準備好，亞伯要來了，不管誰坐在椅子上都要趕出去。艾爾文得到這份工作那天晚上，父親在晚餐時告訴我們，亞伯．史坦漢是紐華克史上最有趣、最熱情、最偉大的建築商，「還是個天才，」我父親說，「要不是天才可達不到那樣的成就，太聰明了。而且還相當英俊，一頭金髮、身材壯碩但不顯胖，總是一派瀟灑；一身駱毛外套、黑白相間的皮鞋、漂亮的襯衫，打扮得無可挑剔。還有個漂亮的太太，態度總是從容高雅，出身弗雷里希家族，是紐約的弗雷里希家族，光是她自己所擁有的就已經是個非常富有的女人。亞伯非常精明，而且這人還很有膽量，在紐華克隨便找個人問：就算是風險最高的案子，史坦漢照樣接下。艾爾文跟著他能學東西，他可以觀察亞伯，看看日夜不停為了屬於你的東西努力工作是什麼樣子。他可以成為艾爾文人生中的重要啟發。」

主要是這樣一來我父親可以就近注意他，我母親也可以知道他不是光靠吃熱狗過活，艾爾文每週會有幾天過來我們家吃一頓好的。艾爾文以前放學後就在艾索加油站工作，但是某天卻被抓到他的手伸進收銀機裡，我父親說服了老闆辛科維茲撤銷告訴，損失的錢由他來賠，否則艾爾文眼看著就要被送進拉威感化院了。在那之後有好一段日子，每晚在晚餐桌上艾爾文總得聽我父親的嚴厲說教，告訴他誠實、責任及辛勤工作的重要；但是現在艾爾文奇蹟一般地和我父親熱烈討論著政治，尤其是資本主義，自從我父親讓他提起興趣讀報紙、談論新聞之後，艾爾文就對這套系統相當感冒，但我父親則為資本主義說話，耐心地跟他浪子回頭的姪子講道理，不是以全國製造商協會的會員身分，而是作為羅斯福總統新政的堅定支持者。他對艾爾文耳提面命：「你不必跟史坦漢先生提卡爾．馬克思，那人馬上就會毫不猶豫轟你走。你是為了向他學習才會去那裡。跟他學著點，態度恭敬一點，這可能就是人生難得一遇的機會。」

但是艾爾文受不了史坦漢，經常罵他，說他很假、是個惡霸、鐵公雞、總是高聲抱怨、常常對人大吼大叫、是個騙子，還說他在這世界上一個朋友都沒有，任誰都不想接近他，而我，艾爾文說，還得開車載著他四處跑。他對自己的兒子很無情，甚至連孫子都沒興趣去看一眼，而他那瘦巴巴的妻子一直戰戰兢兢，深怕自己說了什麼、做了什麼會惹他不高興，但是他脾氣一來還是想罵就罵。史坦漢家族裡每個人都必須住在同一棟豪華大廈的公寓裡，這種大樓由亞伯建造，坐落在東奧蘭治市烏普薩拉大學附近一條街上，兩旁種滿大櫟樹和楓樹，他的兒子從日出到日落都待在紐華克為他工作，而他不斷對他們大吼大叫；到了晚上則會打電話到他們在東奧蘭治市的家裡，一樣大吼大叫。金錢就是一切，不過並不是用來買東西，而是要有錢才能夠一直呼風喚雨：保護他的地位、確保他的財產無虞，並且讓他能夠低價買進所有想要的房地產，這就是他在經濟崩盤之後還能發大財的祕訣。錢、錢、錢，身處在一片混亂之中，參與所有交易，賺取世界上所有的錢。

「有個傢伙四十五歲的時候賺了五百萬就退休，銀行裡有五百萬，簡直就跟天文數字差不多了，知道亞伯說什麼嗎？」艾爾文這話是在問我和我十二歲的哥哥。晚餐已經吃完了，他跟我們待在臥室裡，三個人都脫了鞋躺在被單上，山迪躺在他床上，艾爾文躺在我的床上，我則躺在他旁邊，窩在他強壯的手臂和堅實的胸膛間。真是一段快樂的時光：聽他談論人性的貪婪，感受到他那股熱忱、無比的活力及令人咋舌的自滿，而他說起這些故事的時候，我這位堂兄可是百無顧忌，即使我父親能做的都做了，這位充滿魅力的堂兄表達起情感仍然毫無修飾、節制可言，二十一歲的他必須一天刮兩次鬍鬚，剃掉黑色的鬍渣，才不會看起來像是歷經風霜的罪犯。故事裡，過去曾經居住在遠古森林裡的大猿猴演化出了食肉的後代，這些後代離開了森林，整天嚼食著樹葉，來到紐華克的市中心工作。

「史坦漢先生說什麼？」山迪問他。

「他說：『那傢伙有五百萬，那就是他的所有。他還年輕、正值壯年，有機會在某天賺到五千、六千萬，或許甚至可以賺到一億，然後他說：「我要帶著這一切就此收手。我不是你，亞伯，我可不想四處奔波等著心臟病發。我所擁有的已經足夠收手，打打高爾夫，過完下半輩子。」』然後亞伯說什麼呢？『這傢伙是個徹頭徹尾的呆瓜。』每週五他會進辦公室讓小包商來領錢，像是負責木材、玻璃、磚塊等等的，亞伯總說：『聽著，我們沒錢了，能給的就這麼多。』於是只付給他們一半或三分之一的酬勞，有時他能騙過去的話，甚至只給四分之一，然而這些人需要這筆錢才能活下去，這就是亞伯跟他父親學到的方法，他手上有太多建案，所以才能逍遙法外卻沒有人試圖殺掉他。」

「會有誰想要殺他嗎？」山迪問。

「有啊，」艾爾文說，「我。」

「跟我們說結婚週年紀念日的事。」我說。

「結婚週年紀念日，」他重複了一次，「對，他唱了五十首歌。他請了一位鋼琴師，」每一次我要求聽這個故事的時候，艾爾文就會像這樣說著亞伯站在鋼琴邊的故事，「沒有人可以插嘴，沒有人知道是怎麼一回事，所有賓客一整晚都在吃他準備的餐點，他就一身燕尾服站在鋼琴旁邊，唱了一首接一首，你能想到的流行歌他都唱了，甚至賓客跟他道別的時候也充耳不聞。」

「他會對你大吼大叫嗎？」我問艾爾文。

「對我？對每個人都一樣。他不管去到哪裡都大吼大叫。我星期天早上會載他到塔巴區尼克餐廳，大家都在排隊買燻鮭魚貝果，我們一走進去他就大吼，那邊排了六百個人喔，但他照樣大吼：『亞伯來了！』然後他們就讓開讓他排到隊伍最前面，塔巴區尼克從後面跑了出來，把所有人都推開，然後亞伯肯定點了有五千元價值的東西，接著我們開車回家。史坦漢太太就在家裡，她體重大概不到四十二公斤，知道什麼時候要滾得遠遠的。亞伯打電話給三個兒子，他們大概五秒鐘之內就到了，然後他們四個人一起吃了一頓足夠供給四百個人吃的飯。他唯一會花錢的東西就是食物，食物和雪茄，你跟他提到塔巴區尼克、卡茲曼等餐館，不管那裡有誰在、多少人，他都會買光整家餐館的食物。每週日早上，他們把桌上每一塊食物都吃個精光，不管是鱘魚、鯡魚、銀鱈、貝果、酸黃瓜等等，然後我載他到租賃仲介的辦公室，看看有多少公寓是空的、租出去多少、有多少在修繕當中。一週七天從不休息，從來沒放過假，沒有等一下——那就是他的口號。要是有誰一分鐘沒在工作，他就會抓狂。若是他不知道明天會不會有更多生意能夠賺到更多錢，他會睡不著覺，這該死的一切都讓我想吐。那男人對我而言就只代表一件事：他就是我們應該推翻資本主義的活廣告。」

我父親說艾爾文的抱怨都是小孩子的想法，要他保住這份工作，尤其亞伯已經決定要送艾爾文去羅格斯大學。你太聰明了，亞伯跟艾爾文說，卻又這麼笨。然後發生了某件事，是我父親怎麼想都不覺得現實生活中會發生的事，亞伯跟羅格斯大學的校長通電話，對**他**大吼大叫：「你要錄取這個孩子，他在哪裡讀完高中的不是問題，這孩子是個孤兒，可能還是個天才，你要給他全額獎學金，我就會幫你們大學蓋一棟大樓，世界上最漂亮的大樓，但是除非這個孤兒能免費進入羅格斯大學，否則我連間茅房都不會幫你蓋！」他對艾爾文解釋：「我從來就不喜歡正經八百的司機，那些人會開車但都是白痴，我喜歡你這樣有點想法的孩子。你要去讀羅格斯大學，暑假時回家來繼續當我的司機，然後等你以優異成績畢業，我們兩人就可以坐下來談了。」

一九四一年九月，亞伯原本打算讓艾爾文到加拿大的新布倫瑞克省當大一新生，念完四年大學之後衣錦還鄉再投入生意，但是艾爾文在二月時就跑去加拿大了。我父親對他發了好大的火，兩人吵了好幾個禮拜，最後艾爾文一聲不響地就從紐華克的賓州車站搭著特快車直達蒙特婁。「赫曼叔叔，我不懂你的道德標準，你不想要我去偷東西，但是我為小偷工作卻又沒關係。」「史坦漢不是小偷，他是建築商，他所做的就是他們做事的方式，」我父親說，「他們都必須這麼做，因為建築這一行都是割喉見血的生意。但是他蓋的樓房不會塌下來，不是嗎？他有犯法嗎，艾爾文？有嗎？」「沒有，他只是一有機會就要壓榨勞工。這也是我不懂你道德標準的一個原因。」「我的道德標準很爛，」我父親說，「城裡每個人都知道我的道德標準，但問題不在我身上，這是你的未來，要上大學，四年免費的大學教育。」「是因為他威逼羅格斯大學的校長才免費，就像他總是對整個該死的世界威逼恐嚇。」「那也是羅格斯大學校長的事！你是怎麼回事？你真的想坐在那邊跟我說，有史以來最糟糕的人類就是那個想讓你受教育、幫你在他的建築公司裡謀職的人嗎？」「不，不是，有史以來最糟糕的人類是希特勒，老實說，我寧願去跟那個狗東西打仗，也不想跟在像史坦漢這樣的猶太人身邊浪費時間，他只會讓我們其他猶太人蒙羞，那種該死的——」「喔，別跟我說那種幼稚的話，也不必開口閉口都是『該死的』，那個人不會讓誰蒙羞，你以為如果去幫愛爾蘭的建築商工作會比較好嗎？試試看，去幫尚利工作，你就知道他這個人多可愛。還有義大利人，你以為他們就比較好嗎？史坦漢口無遮攔，開口就傷人，但義大利人可會開槍。」「長腿的茨威爾曼[1]就不會開槍？」「拜託，我跟長腿很熟，我跟長腿是同一條街長大的，這跟羅格斯大學

1　艾伯納・茨威爾曼（Abner Zwillman）是出身紐華克的俄國猶太移民後裔，是當時相當活躍的幫派老大，被稱為紐澤西的艾爾・卡彭。綽號「長腿」（Longie）。

有什麼關係？」「這跟**我**有關係，赫曼叔叔，而且我這一輩子都要欠史坦漢的人情。他都已經毀了三個兒子，還不夠嗎？他們每個猶太節日、每個感恩節、每個新年前夕都得跟他一起度過，這還不夠嗎？連我也得在場聽他大吼大叫嗎？他們全部都在同一間辦公室工作、住在同一間大樓裡，他們等待著的就只有一件事：在他過世那天分道揚鑣。赫曼叔叔，我可以跟你保證，他們可不會哀傷太久。」「你錯了，大錯特錯，這些人在乎的不只是錢而已。」「**你才**錯了！他就是靠錢才把他們拿捏在股掌之間，這人就是個暴躁老頭，他們待在他身邊忍受這一切，就是害怕會失去他的錢！」「他們留下來是因為他們是一家人。家家有本難念的經，一個家裡總有戰爭也有和平，我們現在就是爆發一場小戰爭。我明白，我也接受，但是你以前錯過了上大學的機會，現在有機會了卻又要放棄，反而打算什麼都沒準備好就跑去打希特勒，實在沒有道理。」「看來，」艾爾文說這話的樣子彷彿他終於明白了，不只是對於自己的老闆，也理解了他這位監護人，「你終究也傾向孤立主義，你和班格斯多夫都一樣，班格斯多夫、史坦漢——兩人天造地設。」「天造地設的什麼？」我父親酸溜溜地問，他終於用盡了耐心。「一對假猶太人。」「喔，」我父親說，「現在也討厭猶太人了嗎？」「是那些猶太人，那些讓猶太人丟臉的猶太人，對，絕對討厭！」

這樣的爭辯接連持續了四個晚上，第五天晚上是個週五，艾爾文並未現身來吃晚餐，原本以為既然他會經常過來吃飯，我父親總能磨到艾爾文無力反擊，他就能清醒過來，畢竟是我父親獨自將這個男孩從一個懵懂的無用少年變成家裡的良知。

隔天早上我們從比利．史坦漢口中聽說了事情經過。比利是史坦漢的兒子中與艾爾文最親近的，也相當關心他，於是週六醒來第一件事就是打電話給我們，說艾爾文週五一拿到薪資袋，就把凱迪拉克的鑰匙丟到比利父親的臉上，轉身就走。我父親馬上開著車疾駛到瑞特街要去艾爾文的公寓，要知道到底怎麼回事，也要評估他對自己的未來造成了多龐大的損害，結果擦鞋店的老闆也就是艾爾文的房東，告訴我父親，這個房客已經付清了房租、打包行李，出發去打仗對抗有史以來最糟糕至極的人類，考慮到艾爾文火爆的脾氣有多可怕，不會有比那傢伙更邪惡的人了。

十一月的選舉結果甚至不算拉鋸。林白拿到了總票數的百分之五十七，選舉人票更是橫掃拿下了四十六州，只輸掉了羅斯福總統的家鄉紐約州，在馬里蘭州也只以兩千票之差落敗，因為大多數聯邦政府官員及職員都住在這裡，他們一面倒都投給了羅斯福總統，同時在民主黨的老南方選區中，總統也能保住近半數的忠誠，不過在梅森—迪克森[2]線以下的其他地方就沒辦法了。投票日過後的那天早上，雖然四處仍瀰漫著不敢置信的氣氛，尤其是進行民意調查的人，但是再過一天，大家似乎理解了一切，從廣播上的新聞評論者與報紙專欄作家的口氣聽起來，羅斯福的落敗像是早已

2　梅森—迪克森線（Mason–Dixon line），美國賓夕法尼亞州與馬里蘭州、馬里蘭州與德拉瓦州之間的分界線，由英國測量家查爾斯．梅森（Charles Mason，一七二八—一七八六年）和傑里邁亞．迪克森（Jeremiah Dixon，一七三三—一七七九年）共同勘測劃定。南北戰爭期間成為自由州與蓄奴州的界線。

注定。他們解釋說，實情是美國人表現出他們並不願意打破總統只做兩任的傳統，在羅斯福之前的歷任總統都沒有人膽敢挑戰這項由喬治．華盛頓建立的傳統。而且，經過了大蕭條的苦果，無論是年輕人或老人都再一次充滿信心，看見相對年輕的林白自然更是雀躍，再加上他優雅的運動員姿態，與羅斯福飽受小兒痲痺之苦而出現的嚴重身體障礙，形成了鮮明的對比。同時還有對於航空科技的奇蹟與嶄新的生活方式有所期待：林白已經是打破長途飛行紀錄的菁英，可以運用他的豐富知識帶領國人進入航空學未來的未知領域，並藉著自己拘謹而老派的態度向國人保證，現代的工程成就並不需要腐蝕傳統的價值。專家們總結道，到頭來二十世紀的美國已經厭倦了每十年就要面對新的危機，急切渴望著正常狀態，而查爾斯．A．林白所代表的正是一個被塑造出英雄形象的正常人，一位面容誠懇、聲音平淡的善良好人，卻對全地球的人類展現出願意承擔的勇氣及創造歷史的堅毅，當然還有超越個人悲劇的力量，實在令人驚奇。如果林白保證不會有戰爭，那就不會有戰爭，對絕大多數人而言就是這麼簡單。

對我們來說，比投票日還要更糟糕的是就職日之後接下來那幾週，新任的美國總統親自前往冰島和阿道夫．希特勒會面，經過兩天的「懇切」交流之後，簽署「一份協定」，保證德國與美國之間維持和平關係。數十個美國城市都舉辦了抗議冰島協定的示威遊行，在參眾兩院裡，在共和黨橫掃勝利下仍倖存下來的民主黨議員發表著慷慨激昂的演說，譴責林白和這位殺人如麻的法西斯暴君對等地來往，甚至雙方同意會面的這個島國歷來效忠於崇尚民主的君主，但現已被納粹占領，這對丹麥而言是國殤，對人民和他們的國王則完全是惡劣至極，林白的雷克雅維克之旅顯然巧妙地縱容了納粹的舉動。

總統從冰島回到華盛頓的時候，親自駕駛著新型的雙引擎洛克希德攔截機，由十架大型海軍反潛機伴飛組成編隊飛行回國，他對全國的演說就只有短短五句話：「現在可以確定，這個偉大的國家不會參與歐洲的戰爭。」這段歷史性談話就是這樣開始的，也藉此闡述並總結：「我們不會加入在這地球上任何一個地方交戰的團體，同時我們會繼續武裝美國，在軍隊中訓練我們的年輕人使用最為先進的軍事科技。我們要成為無懈可擊的國家，關鍵就在於發展美國航空，包括火箭科技。如此，我們的大陸邊境即使受到外來攻擊也能堅不可破，同時保持我們的堅定中立性。」

十天後，總統在檀香山與日本帝國政府總理大臣近衛文麿公爵及外交大臣松岡洋右簽署了夏威夷協定，昭和天皇派出這兩位使者，已經在一九四〇年九月到柏林，和德國、義大利簽署了三國同盟條約，日本政府支持由義大利和德國帶領下所建立起的「歐洲新秩序」，相對地，他們也會支持由日本建立的「大東亞新秩序」。這三個國家更進一步宣誓，若是有某個未參與歐洲戰爭或中日戰爭的國家攻擊他們其中之一，便會出兵互相協防。夏威夷協定就像冰島協定一樣，讓美國幾乎在名義上參與了軸心國的三國同盟條約，進一步認可了日本在東亞的主權，並且保證不會反對日本侵略亞洲，包括兼併荷屬東印度及法屬印度支那的行動。日本發誓會承認美國在自己這片大陸上的主權，尊重菲律賓美國自由邦的政治獨立（預計在一九四六年制定），同時接受夏威夷、關島和中途島等美國的太平洋領土永遠為美國所有。

簽署了這些協定之後，各個地方的美國人開始發出聲明：拒絕戰爭，不要再有年輕人戰死！林白可以搞定希特勒，他們說，希特勒因為他是林白而尊敬他，墨索里尼和昭和天皇因為他是林白而尊敬他。這些人說，反對他的人就只有猶太人。確實如此，所有猶太人只能憂心忡忡。比較年長的在街上不斷猜測著他們會對我們做什麼，又能仰仗誰來保護我們、我們該如何保護自己；像我這樣比較年輕的孩子從學校回到家裡時都滿懷恐懼又驚駭，甚至淚流滿面，因為年紀較大的孩子一直談論著，林白和希特勒兩人在冰島一起吃飯時，林白對希特勒是怎麼說我們，希特勒又對林白說了我們什麼。我父母之所以決定按照老早打算好的計畫造訪華盛頓，一個原因也是想讓山迪和我相信（無論他們自己相不相信），除了羅斯福不再是總統以外，其他一切如常，不管艾爾文是怎麼預言的，美國不是法西斯國家，未來也不會是。我們有了新總統、有了新國會，但是他們都必須遵守依照美國憲法所制定的法律。他們是共和黨、是孤立主義者，而且沒錯，他們當中有反猶太主義者，就像在羅斯福總統黨派的南方人當中確實也有這種人，但是他們離納粹還差得遠。再說，只要在週日晚上聽聽溫徹爾大肆抨擊新總統和「他的朋友小約．戈培爾」，或者聽他列出內政部正在考慮要建立集中營的地點（這些地點主要都位於蒙大拿州，這是林白政權代表「國家團結」的孤立主義民主黨副總統伯頓．K．惠勒的家鄉），就會安心知道我父親最喜歡的新聞記者仍然密切監看著新政府的狂熱信念，包括溫徹爾、朵羅西．湯普森、昆汀．雷諾斯和威廉．L．夏伊勒等等，當然還有

《PM》的所有員工。現在我父親晚上帶著報紙雜誌回家的時候，連我也會等著讀《PM》，不只是要看連載的四格漫畫《巴納比》或者翻閱照片頁，而是想親手捧著確切的證據，即使我們身為美國人的地位顯然正迅速改變，速度快到令人咋舌，我們仍居住在自由的國家。

林白在一九四一年一月二十日宣誓就職之後，羅斯福便和他的家人回到紐約州海德帕克的房子居住，至今再沒有他們的消息。他在海德帕克老家的童年時期開始對集郵感興趣（據說他母親將她自己小時候收集的集郵冊傳給了他），所以我想像他在那裡把所有時間都花在整理自己在白宮八年所積累的上百張郵票樣票。每個集郵者都知道，在他之前的總統沒有人會要求郵政局長發行這麼多種新郵票，也沒有其他美國總統如此關心郵政局事務，甚至親力親為。基本上，我拿到集郵冊的第一個目標，就是要收集到所有我知道羅斯福總統參與設計或親自提供建議的郵票，就從一九三六年面額三分錢的蘇珊・B・安東尼郵票開始，這是為了紀念婦女選舉權修正案通過的十六週年，另外還有一九三七年五分錢的維吉妮亞・戴爾郵票，紀念在三百五十年前於羅亞諾克誕生了第一個在美國出生的英國小孩。一九三四年的三分錢母親節郵票由羅斯福總統親手設計，在左邊一側呈現傳說中那句標語「紀念並榮耀美國母親」，右側中央為畫家惠斯勒筆下描繪其母的知名肖像畫；我母親送給我這一組四張的郵票，好讓我的收藏更完整。她也贊助我買下羅斯福總統第一年任內核准的七張紀念郵票，我想要主要是因為其中有五張都寫著「一九三三年」，我出生的那一年。

我們出發去華盛頓之前，我問爸媽能不能讓我帶著郵票冊一起去。我母親一開始害怕我會弄丟而心碎崩潰，所以說不行，但最後還是讓步，因為我堅持至少一定要讓我帶著總統郵票，也就是我擁有的一九三八年那一套陸續收集到的十六張郵票，從喬治・華盛頓到卡爾文・柯立芝[3]依面值排列。一九二二年的阿靈頓國家公墓郵票和一九二三年的林肯紀念堂及國會大廈郵票非常昂貴，貴到我根本買不起，但是我仍然拿來當成另一個帶著郵票冊上路的理由，說這三處知名建築已經清楚以黑白呈現在郵票冊中預留的頁面上。其實我是因為那場噩夢害怕把郵票冊留在空無一人的家中，唯恐我因為沒有拿掉郵票冊裡的十分錢林白航空郵票，或者是因為山迪對爸媽說謊但他的林白畫像仍好好地藏在他床底下，又或是因為我們共謀背叛父母，所以在我離家時會發生什麼邪惡的變化，讓我毫無防備的華盛頓都變成希特勒，在我的國家公園上印著卐字。

一進到華盛頓，我們就在車水馬龍中轉錯了彎，我母親正努力查看地圖好引導我父親把車開到我們旅館的時候，我們面前就出現了我所看過最大的白色物體。街道盡頭接著一條斜坡，美國國會大廈就矗立在坡頂，寬闊的階梯一路向上攀升到了柱廊，頂上覆蓋著華美的三層圓頂。我們一不注意就開著車直接進入到美國歷史的核心，無論我們是不是確實了解這一切，但這就是美國歷史，以最能發人深省的形式勾勒出來，我們正仰賴於斯保護我們免受林白所害。

「你們看！」我母親轉過頭來，對著後座的山迪和我說，「是不是很壯觀？」

答案當然是沒錯，但是山迪顯然已經陷入了愛國情懷的痴迷狀態，我看著他的樣子也明白了，同樣用沉默來代表我的驚嘆。

就在此時，一個騎著摩托車的警察在我們車子旁邊停下，「澤西來的，怎麼啦？」他大喊的聲音從敞開的窗戶傳進來。

「我們在找我們的旅館。」我父親回答，「是叫什麼名字啊，貝絲？」

我母親上一刻還因為國會大廈那股凌人的雄偉氣勢而深深折服，現在卻馬上臉色蒼白，她想要開口說話時的聲音也十分微弱，完全被交通蓋了過去。

「得讓你們離開這裡才行，」警察大叫著，「說大聲點，太太。」

「道格拉斯旅館！」我哥哥急切著對他大喊出聲，努力想好好看清楚那台摩托車，「警官，在K街上。」

「好孩子。」然後他高舉起手，示意我們後方的車輛停下，並且要我們跟著他，他把摩托車大轉彎調頭，往相反方向騎上賓夕法尼亞大道。

我父親大笑著說：「我們這可是皇室禮遇。」

「可你怎麼知道他要帶我們去哪裡？」我母親問，「赫曼，這怎麼回事？」

3 卡爾文・柯立芝（John Calvin Coolidge，一八七二—一九三三年），美國第三十任總統，於一九二三年副總統任期繼任病逝的華倫・哈定（Warren Gamaliel Harding，一八六五—一九二三年）成為總統。

警察在我們前方，我們行車經過了一棟又一棟聯邦大廈，山迪興奮地指著就在我們左手邊的一片綠草地，「那邊！」他大叫著，「白宮！」這時我母親哭了起來。

「不對，」她正想解釋的時候我們就抵達了旅館，警察跟我們揮手道別又呼嘯而去，「我們再也不像是住在正常的國家裡了。我真的很抱歉，孩子們，請原諒我。」這時她又開始哭泣。

在道格拉斯旅館後方的一個小房間裡，擺著一張給我父母的雙人床，還有兩張給我哥哥和我的小床。一位服務生幫我們開了房門，並且把我們的行李送進房裡安置妥當，我父親塞了點小費給他，我母親馬上恢復原來的樣子，至少假裝如此，一邊把行李箱裡的東西放進衣櫃裡，一邊讚嘆說抽屜裡鋪著全新的襯紙。

我們清晨四點就離家開車上路，一直到過了下午一點我們才回到街上找地方吃午餐。車子就停在旅館對街，旁邊站著一名面容線條鮮明的矮小男子，穿著雙排扣的灰色西裝，他拿下自己的帽子說：「各位好，我叫泰勒，我是國家首都的專業導遊，如果各位不想浪費時間，或許會想要雇用我這樣的人，我可以幫您開車以免迷路，也可以帶您到各個景點，幫您詳細介紹。我就在旁邊等著再開車去接各位。我會保證讓您吃到物美價廉的餐點，開您自己的車的所有費用一天是九塊錢。這是我的證書，」他一邊說，一邊展開一份好幾頁的文件給我父親看，「美國商會發的憑證，」他解釋道，「我的全名是弗爾林·M·泰勒，先生，自一九三七年起就是官方認證的華盛頓特區導遊，確切來說是一九三七年一月五日開始，正是第七十五屆美國國會開議的那一天。」

兩人握了握手，我父親拿出保險業務員的最佳洽公姿態翻閱過導遊的文件，然後把東西交還給他。「看來是沒問題，」我父親說，「但是泰勒先生，我覺得一天九塊錢不太可能，至少我們家是沒辦法。」

「我明白，但是先生，您自己開著車又不熟悉附近的路況，又想在市內找一個停車位——嗯，您和您的家人可看不到什麼東西，絕對沒有跟著我能看到的一半，而且您也無法玩得太盡興。我說，我可以載您去個好地方吃午餐，在您的車上等著各位，然後我們馬上就可以從華盛頓紀念碑開始，再穿過國家廣場到林肯紀念堂。華盛頓和林肯，這是我們兩位最偉大的總統，我總是喜歡從他們開始。您知道華盛頓從來沒有真的住過華盛頓，華盛頓總統選擇了這個地點，簽署法案讓這裡成為政府的永久位址，但是他的繼任者約翰．亞當斯在一八〇〇年才成為第一個搬進白宮的總統。確切來說是十一月一日。兩週後，他的妻子艾比蓋兒也搬來同住。白宮裡收藏著許多有趣的骨董，其中還有一樽芹菜玻璃瓶，就屬於亞當斯夫婦所有。」

「嘿，我還真不知道這些事，」我父親回答，「不過讓我跟我太太討論一下。」他壓低聲音問她，「我們的錢還夠嗎？他確實很懂自己在做什麼。」我母親悄聲說：「但是誰派他來的？他怎麼發現我們的車？」「那就是他的工作啊，貝絲，要找出觀光客在哪裡，這人就是靠這樣賺錢的。」

我哥哥和我縮著身子靠在他們旁邊，希望我們母親會閉上嘴巴，希望這段假期可以雇用這位削瘦臉龐、短腿又滔滔不絕的導遊。

「你們覺得呢？」我父親轉向問我和山迪。

「如果太貴……」山迪開口。

「別管價錢，」我父親回答，「你們喜不喜歡這傢伙？」

「爸爸，他挺有趣的，」山迪悄聲說，「他看起來很像那種鴨子誘餌，我喜歡他說『確切來說』。」

「貝絲，」我父親說，「這人是貨真價實的華盛頓特區導遊，我想他大概從來沒笑過，不過倒是個機靈的小夥子，而且他實在彬彬有禮。我看看他能不能接受七塊錢。」說到這裡他走了幾步退開，走向那名導遊，兩人一臉嚴肅地說了幾分鐘話，然後交易就談成了，兩人又握了我手，我父親高聲說：「好了，去吃飯吧！」他還是一樣那麼精力充沛，即使無事可做的時候也是如此。

很難說哪一點是最難以相信的：我人生第一次離開紐澤西、我跑到了離家五百公里遠的國家首都，還是我們全家坐在自家車上，由一個陌生人為我們駕駛，他的姓氏還跟美國第十二任總統一樣，這位總統的肖像就出現在十二分錢的紫紅色郵票上，正收藏在我大腿上的郵票冊裡，夾在藍色的十一分錢波爾克及綠色的十三分錢菲爾莫爾這兩位前後任總統之間。

「華盛頓，」泰勒先生正在跟我們說，「分成四區：西北、東北、東南和西南區，南北向的街道以數字命名，東西向的街道則以字母命名，只有幾條路是例外。在西方世界的所有現存首都中，只有這座城市完全是以容納國家政府為目的而發展起來的，所以華盛頓才會與眾不同，不只是與倫敦和巴黎不同，也跟我們自己的紐約和芝加哥不同。」

「聽到了嗎？」我父親轉過頭來看著山迪和我，問道，「貝絲，你們有聽到泰勒先生說華盛頓有多特別了嗎？」

「有。」她握著我的手，讓我知道現在一切都會沒事，藉此也讓自己安心。但是我從抵達華盛頓一直到離開前，心裡就只掛念著一件事：保護我的郵票冊不受傷害。

泰勒先生在一家餐館前面讓我們下車，這裡乾淨又便宜，食物就跟他說的一樣美味。我們吃完飯後往街上走，我們的車剛好在餐館門口前面並排停好車。「時間剛剛好！」我父親叫道。

「過了這些年，」泰勒先生說，「你就學會怎麼估計一家人吃午餐要花多久時間。怎麼樣，羅斯太太？」他問我們母親，「東西還合口味嗎？」

「非常好，謝謝。」

「那大家準備好出發去華盛頓紀念碑吧。」他說完我們就開車上路了。「各位當然知道紀念碑紀念的是誰，是我們的第一任總統，大多數人都認為他和林肯總統並列史上最佳的總統。」

「我會在那名單再列上羅斯福總統，你知道，這麼偉大的人，而這個國家的人民卻把他趕出白宮，」我父親說，「看看我們如今落得什麼處境。」

泰勒先生禮貌性地聽著，不過沒有回答。「好了，」他繼續說，「各位都看過華盛頓紀念碑的照片，不過照片不一定能夠忠實呈現出其雄偉。紀念碑高度有一百六十九公尺再加上十三公分，是世界上最高的石材建築。新蓋好的電梯能在一分鐘又十五秒內將各位帶到頂端，或者您可以徒步踩八百九十三階的迴旋階梯上去。從上頭能俯瞰方圓二十五至三十公里內的景色，非常值得一看。那裡，看到了嗎？」他說，「就在正前方。」

幾分鐘後，泰勒先生在紀念碑附近找到一個停車位，我們下了車之後，他邁著外八的腳快步跟在我們旁邊，解釋說：「就在幾年前才第一次清潔過紀念碑，想像一下這清理可是大工程哪，羅斯太太。他們在水裡混了沙子，用的是鋼絨刷，花了五個月再加上十萬元才完成。」

「是在羅斯福任內嗎？」我父親問。

「我想是的，沒錯。」

「人民知道嗎？」我父親問，「人民在乎嗎？不，他們只想讓一個航空郵件機師來治理這個國家。這還不是最糟的。」

我們進入紀念碑的時候，泰勒先生待在外面。在電梯前面，我們母親又再次牽起我的手，靠近我們父親悄聲說：「你不能那樣說話。」

「哪樣？」

「說林白的那些話。」

「那些？我只是在表達意見。」

「但你又不知道這個人**是誰**。」

「我當然知道，他是官方認證的導遊，還有文件可以證明。這是華盛頓紀念碑，貝絲，你卻叫我要把個人意見放在心裡，好像這華盛頓紀念碑是放在柏林一樣。」

他這樣直言不諱讓她更加心煩，尤其是其他等電梯的人也可能聽到我們的對話。我父親轉身看到另一個家庭的父親，站在他妻子還有兩個孩子身邊，便問：「你們是從哪裡來的？我們來自澤西。」「緬因州。」那男人回答。「聽到了嗎？」我父親對我哥哥和我說。這一群人包括了二十幾個小孩還有大人，一起進了電梯，大概裝了半滿，隨著電梯沿著鋼筋鐵架的外殼一路上升，我父親趁著升到頂端的這一分鐘十五秒詢問了剩下的家庭，問他們都是從哪裡來的。

我們結束行程的時候，泰勒先生就等在外面。他要山迪和我形容一下從一百五十公尺高的窗戶往外看看到了什麼，然後他帶著我們很快繞著紀念碑外圍走了一圈參觀，講述著其幾度停工又復工的建築史。接著他拿我們家的布朗尼相機幫我們拍了幾張家庭照，我父親再度不顧泰勒先生的反對，堅持要他和我母親、山迪和我一起在華盛頓紀念碑前面拍照，最後我們終於上了車，一樣由泰勒先生開車，沿著國家廣場朝林肯紀念堂前進。

這一次，泰勒先生在停車的時候警告我們，林肯紀念堂是世界上獨一無二的建築物，要我們最好做足準備迎接那片堂皇壯觀。然後他陪著我們從停車區域走到那棟巨大圓柱撐起的建築物，踏著寬闊的大理石階梯往上走，帶領著我們經過圓柱進入紀念堂內部，裡頭矗立著林肯的雕像，坐在他碩大的權座之座上，那雕塑的臉龐看在我眼裡就像是最為神聖的綜合體：上帝的臉再加上美國的臉，全都融為一體。

我父親肅穆地說：「然後他們卻開槍殺了他，那些骯髒的狗東西。」

我們四個人直接站在雕像底部，基座上裝了燈，讓亞伯拉罕．林肯周邊的一切看起來似乎都如此壯麗華美，平時看起來可能相當美麗的東西只會相形失色，無論大人或小孩都無法抵擋這股極盡渲染的莊嚴氣息。

「想想這個國家對最偉大的總統都做了些什麼……」

「赫曼，」我母親懇求道，「別再說了。」

「我沒說什麼，這就是可怕的悲劇，對不對啊兒子？林肯遭到暗殺的事情？」

泰勒先生走過來輕聲告訴我們：「明天我們要去福特劇院，他就是在那裡遭到射殺，接著到對街的彼得森住所，看看他過世的地方。」

「我才在說，泰勒先生，這個國家對其偉大之人做了罪大惡極之事。」

「謝天謝地我們有了林白總統。」這聲音屬於站在幾公尺外的一名婦女，她已經上了年紀，獨自一人站著正在讀導覽手冊上的說明，她的評論好像不是要說給誰聽的，但似乎是不經意聽到我父親的話才忍不住開口。

「拿林白跟林肯相比？老天，喔老天。」我父親哀號道。

其實這位老太太並不是獨自一人，而是跟著一群遊客一起來，當中有個男人的年紀跟我父親差不多，大概是她的兒子。

「有什麼問題嗎？」他問我父親，刻意朝著我們走近一步。

「不是我的問題。」我父親回答他。

「這位女士剛剛說的話有什麼問題嗎？」

「沒有，先生，這是個自由的國家。」

那陌生人張大了眼睛看著我父親看了良久，然後是我母親、接著山迪，最後是我。他看到了什麼呢？一個衣裝整齊、身材精實而胸膛壯碩的男人，身高有一百七十五公分，長相還算是英俊，一雙灰綠色的眼睛神色柔和，略顯稀疏的棕髮恰恰修剪到太陽穴處，兩隻耳朵面向著全世界的姿態有些太過滑稽。這個女人身材纖瘦但堅強，一身俐落整齊的打扮，一頭波浪的黑髮中垂下一綹在一邊眉毛上方，圓潤的臉頰上輕輕抹著嫣紅，再加上高挺的鼻子、結實的手臂、勻稱的雙腿和小巧的臀部，那雙活潑的眼睛看來像是屬於只有她一半年紀的少女。這兩個大人都太過保守也太有活力，身邊還帶著兩個小男孩，看起來也大概是溫和無害的樣子，年輕父母帶著年幼孩子，極度謹慎也非常健康，唯一無可救藥的只有他們的樂觀。

陌生人一番觀察之後終於得到了結論，他表現的方式是嘲弄似的把頭一歪，然後發出惱人的嘶嘶聲，才不會讓人誤解了他對我們的評價。他回到那老太太和觀光團身邊慢慢走開，走路時左搖右晃，再加上他寬闊的背影，似乎是想留下一個警告。就是那個時候，我們聽到他說我的父親是「多嘴的猶太人」，過了一會兒，那位老太太便稱：「只要能讓我賞他一巴掌，要我出多少都願意。」

泰勒先生很快帶我們離開了，到了大堂附近一個比較小的廳堂，那裡懸掛著一塊刻著蓋茲堡演說的石牌，還有一幅以解放奴隸運動為主題的壁畫。

「在這樣的地方聽到那種話，」我父親說，哽咽的聲音還因憤慨而顫抖著，「居然是在如斯偉人的聖殿上！」

同時，泰勒先生指著壁畫說：「看到那邊了嗎？真理天使正在釋放一名奴隸。」

但是我父親什麼也看不見。「如果讓羅斯福做總統，你認為會在這裡聽到那種話嗎？羅斯福當政的時候，人們才不敢，想都不敢想……」我父親說，「但現在我們的最大盟友是阿道夫．希特勒，現在美國總統最好的朋友是阿道夫．希特勒——如今他們就以為自己做什麼都不會被追究了。真是可恥，一切就是從白宮開始的……」

他在跟誰說話？除了我還會是誰？我哥哥正跟著泰勒先生詢問壁畫的問題，我母親則努力克制自己不去說什麼、做什麼，拚了命要壓下稍早在車裡同樣感到窒息的種種情緒，即使現在有正當理由，仍努力抑制自己。

「唸出來，」我父親指的是那塊刻著蓋茲堡演說的石牌，「唸唸看，『人人皆生而平等』。」

「赫曼，」我母親喘著氣說，「我再也受不了了。」

我們回到了日光底下，齊聚在最上面一階。華盛頓紀念碑的高聳塔柱離我們有八百公尺遠，倒影池的另一端就是林肯紀念堂，兩旁展開著一階階翠綠矮叢，四周則種植著榆樹。這是我所見過最美麗的風景，充滿著愛國情懷的天堂，在我們眼前展開的正是美國的伊甸園，而我們站在一起緊靠著彼此，成為遭到驅逐的家庭。

「聽著，」我父親把我和我哥哥拉到自己身邊說，「我想我們都應該休息一下，大家這一天也夠累的。不如我們回去旅館，休息一、兩個鐘頭，你覺得怎麼樣，泰勒先生？」

「由您決定，羅斯先生。吃過晚餐後，我想全家人應該會很喜歡坐車欣賞一下華盛頓的夜景，各個知名的紀念碑都有燈光照耀。」

「這才像話。」我父親告訴他。「貝絲，這樣好嗎？」但是我母親並不像山迪和我這麼容易就開心起來。「親愛的，」我父親告訴她，「我們遇到混蛋，兩個混蛋。我們就算去了加拿大，也可能遇到一樣惡劣的傢伙，不能讓那些人毀了我們的旅行。我們好好休息一下，所有人都是，泰勒先生會等著我們，然後再繼續旅程。看看，」他接著說，伸長了手臂掃了一圈，「每個美國人都應該看看這個，兒子們，轉過身去，再看看亞伯拉罕．林肯最後一眼。」

我們照他的話做了，但我再也不可能感受到那種愛國心爆發、體內一陣翻騰的感覺。我們沿著長長的大理石階梯往下走時，我聽見身後幾個小孩問他們的父母：「那真的是他嗎？他就埋葬在那些東西下面嗎？」我母親就走在我正後方的階梯上，努力表現得像是個不讓心中的焦慮不受控制的人一樣，我一時覺得該輪到我來支持住她，搖身一變成為英勇的新生物種，帶著某種林肯也堅持的精神，但是我所能做的就只有在她朝我伸出手時牽著她，緊緊握著她的手，一如我本來就是這樣的小毛頭，這個男孩對這全世界所知的一切，十有八九都來自他的郵票收藏裡。

泰勒先生在車裡把我們剩下這一天的行程都規劃好了，我們會回到旅館、小睡片刻，然後下午五點四十五分他會來接我們，開車載我們去吃晚餐，我們會回到聯合車站附近我們吃午餐的那家餐館，或者他會推薦其他幾家平價餐館，品質他也能擔保的。晚餐過後，他會帶我們夜遊華盛頓。

「泰勒先生，不管發生什麼你都不會慌，是嗎？」我父親說。

他只是不置可否地點點頭回應。

「你是哪裡人？」我父親問他。

「印地安納州，羅斯先生。」

「印地安納州，想不到吧，兒子們。那你在那邊的家鄉是哪裡？」我父親又問。

「沒有什麼家鄉，我父親是個技工，專修農耕機具的，一天到晚搬家。」

「好呀，」我父親說，泰勒先生想必是搞不懂怎麼回事，「我要脫帽向你致敬，先生，你應該以自己為榮。」

泰勒先生還是一樣只點點頭：他這人不說廢話，穿著貼身的衣服，做事的那股效率和風範有種應該是軍人出身的特色，就像個隱身起來的人，只是他沒什麼好隱藏的，與他私人無關的一切都攤在陽光底下了。談起華盛頓特區就滔滔不絕，對其他一切則閉口不言。

我們回到旅館的時候，泰勒先生停好了車就陪著我們進去，彷彿他不只是我們的導遊，更是我們的護衛，而且幸好他跟著來了，因為我們一進到那間小旅館的大廳就發現我們家的四口行李箱正立在服務台旁。

站在服務台前的生面孔自我介紹說他是旅館的經理。

我父親詢問為什麼我們的行李箱在樓下，經理說：「我必須向各位道歉，必須幫各位打包這些東西。我們下午站服務台的人員搞錯了，他給各位的房間是為另一家人保留的。這裡是您的押金。」他交給我父親一個信封，裡面裝著一張十元鈔票。

「但我太太寫信給你們，你們也回信了，我們幾個月前就訂了房間，所以才寄了押金來。貝絲，那些信件的謄本呢？」

她指著行李箱。

「先生，」經理說，「房間已經有人了，而且也沒有其他空房。我們不會收取各位今天使用房間的一切費用，也不會追究那塊不見的肥皂。」

「不見？」這句話已經超過了他所能忍耐的極限，「你是說我們**偷東西**？」

「不是的，先生，我不是這個意思。或許是哪個孩子拿走肥皂當紀念品，沒有關係。我們不會對這麼小的東西斤斤計較，也不打算搜索他們的口袋。」

「這是什麼意思！」我父親要求一個答案，並且就在經理的面前往服務台重重一捶。

「羅斯先生，如果您要在這裡大吵大鬧……」

「對，」我父親說，「我就是要在這裡大吵大鬧，除非我知道那個房間到底怎麼回事！」

「那好吧，」經理回答，「我也沒辦法了，只能報警。」

我母親原本攬著我哥哥和我的肩膀，把我們護在身邊，跟服務台保持著安全距離，此時她開口喊我父親的名字，希望阻止他進一步動作，但是已經太遲了。一直都太遲了，再說他也不可能乖乖聽話，靜靜按照經理想要的去他安排的地方。

「都是那個該死的林白！」我父親說，「你們這些小法西斯現在當家了！」

「先生，是要我叫轄區警察來，或者您要拿著行李和您的家人馬上離開？」

「報警，」我父親回答，「你就叫吧。」

現在大廳裡除了我們還有五、六名客人，他們都是在爭吵期間進來的，就在一旁等著想看看結果會是如何。

就在這個時候，泰勒先生站到我父親身旁說：「羅斯先生，您絕對是正當有理，但是報警是錯誤的方法。」

「不，這是**正確的**方法。報警。」我父親又對經理說了一次，「這個國家裡有法律對付你這樣的人。」

經理伸手拿電話，他在撥號的時候，泰勒先生走到我們的行李旁邊，一手拎起一個，將行李拿到旅館外頭。

我母親說：「赫曼，別鬧了。泰勒先生拿了行李。」

「不行，貝絲，」他忿忿地說，「我已經受夠他們的狗屁了。我要跟警察說說。」

泰勒先生快步回到大廳，也懶得跟服務台多說什麼，只讓經理說完他的電話。他壓低聲音只對我父親說：「不遠還有一家不錯的旅館，我剛剛從外頭的電話亭打電話給他們，他們有空房可以給您。那家旅館品質好、地點也好，我們開車過去登記入住吧。」

「謝謝你，泰勒先生。但是現在我們要等警察來，我想要他們來提醒這個人蓋茲堡演說裡的句子，我今天才看見這話刻在石牌上的。」

旁觀的人聽到我父親提到蓋茲堡演說，都相視微笑了。

我悄聲問我哥哥：「怎麼了？」

「反猶太主義。」他悄聲回答。

從我們站的地方，我們看見兩名警察騎著摩托車抵達了，看著他們關掉引擎進入旅館，其中一個就站在門內，就能注意著大廳內每一個人的動靜，另一個則走到服務台示意經理靠近，這樣兩人說話就不會被別人聽見。

「警官——」

那名警察轉過身來說：「先生，兩邊起爭執，我一次只能處理一邊。」然後繼續跟經理說話，一手若有所思地托著下巴。

我父親轉身對我們說：「兒子們，必須要處理這件事。」他對我母親說：「沒什麼好擔心的。」

警察跟經理討論完之後走過來跟我父親說話。他站著聽經理說話的時候，還會不時露出微笑，現在卻一點笑容也沒有，不過倒也沒有顯露一絲怒氣，一開始聽起來似乎還滿友善的。「羅斯，怎麼回事？」

「我們付了訂金給這家旅館訂了一間房要住三個晚上，也收到了信件確認一切，我太太的行李裡就有文件。我們今天抵達、登記入住、住進了房間、打開行李，然後我們出去觀光，可是等我們回來卻遭到驅逐，因為這房間保留給別人了。」

「那有什麼問題？」警察問。

「警官，我們一家有四口人，從紐澤西一路開車過來，不能就這樣把我們趕到街上。」

「但是，」警察說，「如果有別人訂了那間房——」

「但是沒有別人！就算是有，為什麼我們就要讓給他們？」

「可是經理把押金退還給你了，甚至還幫你們把行李都打包好了。」

「警官，您沒聽懂我的話。為什麼我們的預訂要退讓給別人？我剛才跟我的家人去了林肯紀念堂，那邊牆上刻著蓋茲堡演說，您知道那裡寫了些什麼嗎？『人人皆生而平等』。」

「但這不代表所有旅館的預訂都是平等的。」

警察的聲音大到連站在大廳邊上的旁觀者都聽見了，有些人再也忍俊不住。

這時我母親讓山迪和我兩人自己站著，她好走向前介入。她一直在等一個時機，好讓自己不會把事情變得更糟，雖然她急促喘著氣，似乎也相信木已成舟了。「親愛的，我們走吧，」她懇求著我父親，「泰勒先生幫我們在附近找了個房間。」

「不要！」我父親大叫，甩開了我母親伸上前去想抓住他手臂的手，「這個警察知道為什麼我們被趕走，他知道，經理知道，大廳裡的每個人都知道。」

「我想你應該聽你太太的話，」警察說，「我想你應該照她說的做，羅斯，離開旅館吧。」他朝著門口的方向偏了偏頭，說，「別等到我耐心用光。」

我父親還想繼續反抗下去，但是他心裡還存著一些理性，能夠理解自己爭辯的說法除了他自己，已經沒有其他人在意。我們離開旅館的時候，眾人都看著我們，唯一說話的人是另一名警察，他就駐守在入口附近的盆栽旁邊，他和善地點點頭，我們走近的時候他便伸出手來撥亂我的頭髮。「怎麼樣啊，小夥子？」「很好。」我回答。「你們怎麼來的？」「我的郵票。」我一邊說，腳步仍一邊往前走，以免他接著要求看我的收藏，我又得讓他看才不會遭到逮捕。

泰勒先生站在外面的人行道上等著，我父親對他說：「我這輩子從來沒發生過這種事，我總是在外頭跟人們來往，見過各種背景的人、各行各業的，從來沒有……」

「道格拉斯旅館換人經營了，」泰勒先生說，「有了新老闆。」

「可是我們有朋友來住過，對這裡是百分之百的滿意。」我母親告訴他。

「羅斯太太，就是換了人經營。不過我幫各位在常青旅館訂了房間，一切都會沒問題的。」

就在那時，一架飛機低空掠過華盛頓上空，發出了轟然巨響，街道上有些人正出外散步，他們都停下腳步，其中一人朝著天空高舉雙手，彷彿在這六月天下起了雪。

山迪可以從飛行物體的剪影就辨認出是什麼，聰明的他舉手指著大叫：「是洛克希德攔截機！」

「是林白總統，」泰勒先生解釋道，「每天下午大約這個時候，他都會順著波多馬克河繞一圈，飛上阿勒格尼山脈，接著沿藍嶺山脈而下，再飛到乞沙比克灣。大家都很期待。」

「這是世界上最快的飛機，」我哥哥說，「德國的梅塞施密特一一〇時速有五百八十七公里，攔截機每小時能飛八百〇五公里，能贏過世界上任何一架戰鬥機。」

我們都跟山迪一同看著，山迪完全掩飾不住自己的著迷，看著眼前這一架攔截機，正是總統飛行往返冰島跟希特勒見面的那一架。飛機發動巨大的推力急速爬升，接著消失在雲端。人們爆出一陣掌聲，有人高喊著：「林白萬歲！」然後他們又繼續往前走。

在常青旅館，我父母一同睡在一張單人床上，我和山迪則睡另一張。在這麼短的時間內，泰勒先生最多只能幫我們找到兩張單人床的房間，不過經過道格拉斯旅館的事情後，沒有人抱怨什麼，也沒有抱怨床鋪沒有整理好而不好睡、這房間比我們先前的房間還小，還有那個火柴盒大小的浴室，雖然已經泡著濃濃的消毒劑，聞起來卻還是怪怪的；特別是我們抵達的時候，服務台有位笑臉迎人的女士親切地歡迎我們，而且還有一位年長的黑人穿著行李服務員的制服，把我們的行李堆到一台獨輪手推車上，那位女士叫這位身材高瘦的人愛德華．B，我們的房間在地下一樓，位於通風井的正下方，他打開門的時候以幽默的口氣宣布：「常青旅館歡迎羅斯一家來到國家首都！」並且邀我們快進去，好像這處燈光昏暗的地穴其實是巴黎麗思酒店的雅房。我哥哥從愛德華．B在幫我們搬行李時就一直盯著他看，隔天早上其他人都還沒起床的時候，他就偷偷摸摸穿好衣服、抓起素描簿衝去大廳畫他。結果，當值的是另一位黑人行李服務員，並不像愛德華．B那樣滿臉凹陷和皺紋如此獨特，不過從藝術觀點來看也不失為一個好發現，他的膚色非常深，臉部具有強烈的非洲特色，山迪以前除了從《國家地理雜誌》的舊刊中找照片，沒畫過這樣的人。

整個早上我們幾乎就跟著泰勒先生，他帶我們參觀國會山莊和議會大廈周邊，稍後又去了最高法院及國會圖書館。泰勒先生知道每座圓頂建築的高度、每座大廳的面積，以及每一塊大理石地板是來自什麼地方，還有我們進入的每座政府建築中各幅畫作及壁畫上畫了什麼主題、紀念什麼事件。「你可真了不起，」我父親說，「從印地安納州來的小鎮男孩，你應該去上《請問一下》那個問答節目。」

午餐過後，我們沿著波多馬克河往南開，到維吉尼亞州去參觀維農山莊。「當然了，維吉尼亞州的里奇蒙，」泰勒先生解說道，「這是南方十一州脫離合眾國後成立美利堅邦聯的首都，內戰期間有許多重要戰役都是發生在維吉尼亞，往西邊走大概三十幾公里就是馬納薩斯國家戰場公園，公園裡就是邦聯軍兩次在牛奔河這條小溪附近擊退合眾國軍隊的兩處戰場，第一次是一八六一年七月在P．G．T．博瑞嘉將軍及J．E．強斯頓將軍的指揮下，接著則是一八六二年八月在羅伯特．E．李將軍和石牆傑克森將軍的指揮下作戰。李將軍指揮著維吉尼亞軍團，而在里奇蒙統治美利堅邦聯的總統則是傑佛森．戴維斯，各位歷史課學的還記得吧？在西南方距離此地約兩百公里處就是維吉尼亞州的阿托馬塔克斯，各位知道那裡的法庭在一八六五年四月發生了什麼，確切來說是四月九日，李將軍向U．S．格蘭特將軍投降，內戰也就此結束。各位都知道六天後林肯發生了什麼事：他遭人射殺。」

「骯髒的狗東西。」我父親又說。

「好了，到了。」泰勒說，此時映入眼簾的正是華盛頓的家。

「喔，真是太美了，」我母親說，「看看那門廊，看看那落地窗。孩子們，這棟不是複製品，這是喬治．華盛頓真正住過的房子喔。」

「還有他的妻子瑪莎，」泰勒先生提醒她，「跟他的兩名繼子，將軍非常寵愛這兩個孩子。」

「是嗎？」我母親問，「我不知道呢。我小兒子有一張郵票上就有瑪莎．華盛頓，」她告訴他，「拿你的郵票給泰勒先生看看。」我馬上就找到了，棕色的一九三八年一分五毛錢郵票，畫著第一任總統夫人的側面像，我剛拿到郵票的時候問我母親她頭上戴著的是什麼東西，母親說那應該是介於軟帽和頭巾之間的帽飾。

「沒錯，那就是她本人，」泰勒先生說，「而且，我相信各位也知道，她也有出現在一九二三年的四分錢郵票，還有一九〇二年的八分錢。一九〇二年的那一張啊，羅斯太太，是第一張出現美國女性的郵票。」

「你知道這件事嗎？」我母親問我。

「知道。」我說著，感覺我們這一家子猶太人身處在林白主政的華盛頓特區中，一切錯綜複雜的難題就這樣煙消雲散，我感覺自己就像在學校裡一樣，在集會開始時要站起身來唱國歌，注入所有感情去唱。

「她是華盛頓將軍身邊最佳良伴，」泰勒先生告訴我們，「她結婚前的姓名是瑪莎・丹崔吉，第一任丈夫丹尼爾・帕克・卡斯提斯上校過世後就守寡，有兩個兒子叫作派斯和約翰，跟著亡夫姓帕克・卡斯提斯，而她嫁給華盛頓時，帶上了在維吉尼亞州相當龐大的一筆財富。」

「我就是一直這樣跟我兒子們說的，」我父親笑著說，我們一整天都沒聽見他笑了，「要結婚就要像華盛頓總統這樣，一旦愛上了，無論對方富有或貧窮都不在乎。」

造訪維農山莊是我們這趟旅程中最快樂的時光，或許是因為那片風景、花園、樹木和房屋的美麗，莊嚴地坐落在俯瞰波多馬克河的斷崖上；或許是因為那些家具、裝潢和壁紙在我們眼中看來是如此獨特，而泰勒先生也對這些壁紙瞭若指掌；或許是因為我們能夠只隔著短短幾步的距離就看到華盛頓曾睡過的四柱大床、看到他曾伏案書寫的書桌、他曾配戴的長劍，還有他有過、讀過的書本；又或許只是因為我們距離華盛頓特區有二十幾公里遠，能夠脫離那個處處都縈繞著林白精神的地方。

維農山莊的閉館時間是四點三十分，所以我們有大把時間可以參觀所有房間和附屬的建築，在這片莊園裡四處漫步，再去逛紀念品店，我在那裡看上了一把拆信刀，著迷到無法自拔，那是一把仿照革命時期火槍加刺刀、長約十公分的錫製複製品。我為了隔天要去參觀鑄印局的郵票處而存了十五分錢，結果花了十二分錢買下這把刀，山迪就謹慎多了，用他的儲蓄買了一本圖文並茂的華盛頓傳記，他可以參照書中的圖片，為自己床底下資料夾中的愛國系列多加幾幅肖像畫。

這一天接近尾聲，我們外出到餐館裡喝點東西，這時遠方一架飛機低空飛行，呼嘯著往我們這個方向而來，隨著引擎轟隆聲越來越響，人們大喊：「是總統！是林白！」男男女女、大人小孩都跑到外頭寬闊的大草坪上，朝逐漸接近的飛機揮手，飛機掠過波多馬克河的時候機翼稍稍傾斜。

「萬歲！」人們吶喊著，「林白萬歲！」同樣是我們前一晚在城市上空見到的那架洛克希德戰鬥機，我們也別無選擇，只能像個愛國人士一樣站在那裡跟其他人一同看著，飛機橫著傾斜飛了一下，又回頭飛過喬治．華盛頓家宅的上空，然後才又掉頭沿著波多馬克河往北。

「不是總統先生，是夫人！」有人聲稱自己能看到駕駛艙裡，話就這樣傳開了，說攔截機的駕駛是總統夫人。也有可能是真的，林白和妻子還在新婚時確實教過她開飛機，她也常常陪伴他一起飛行，所以現在人們開始告訴自己的孩子，他們剛剛見到飛過維農山莊上空的飛機駕駛是安妮・莫洛・林白，這樣歷史性的一刻，他們永遠也不會忘記。這個時候，她能夠駕駛最先進的美國飛機，這般的膽大無畏，再加上出身權貴階級、教養良好的端莊氣質，以及出版過兩本抒情詩詩集的文采，這一切都讓她在各項調查中成為全國最受仰慕的女性。

就這樣，我們完美的出遊便毀了，這還不僅僅是因為一連兩天，林白家某個人都正好開著飛機出遊，就這麼巧飛過我們頭上，更是因為正如我父親所說，眾人都為此而驚豔神往不已，除了我們家以外。「我們知道情況很糟，」我們回到家，父親一坐下來打電話給朋友馬上就說，「但不會是這麼糟。你得親自去看看情況都成什麼樣子了，他們住在美夢裡，我們卻住在噩夢裡。」

這是我聽他說過最能打動人心的一句話，可以說比起林白夫人所寫的任何詩句更加精確，因而更加出色。

泰勒先生開車載我們回到常青旅館梳洗休息，接著準時在五點四十五分回來載我們到火車站附近的平價餐館，他說我們稍後再集合，可以繼續前一天沒來得及完成的華盛頓夜遊。

「不如你今晚一起來吧？」我父親告訴他，「總是自己一個人吃飯一定很寂寞。」

「羅斯先生，我不想打擾您的隱私。」

「聽著，你這個導遊太優秀了，我們會很歡迎你的，讓我們請客。」

晚上餐館裡的人比白天時更多了，每張椅子都坐著人，三位穿著白圍裙、戴白帽子的廚師忙碌無比，顧客排隊等著他們將自己選的菜色舀進餐盤裡，廚師們忙到都沒時間停下來擦擦自己滿臉的汗。我們坐在餐桌前，我母親仍然扮演著母親在用餐時都要扮演的角色，藉此讓自己安下心神：「親愛的，吃東西的時候注意不要讓下巴沾到盤子上了。」而我們讓泰勒先生坐在旁邊一起吃飯，好像他是個親戚或家族的朋友，這樣的經歷雖說沒有被趕出道格拉斯旅館那麼新穎，也讓我們有機會觀察在印地安納州長大的人都怎麼吃飯。只有我父親在注意餐館裡用餐的其他人，他們都大聲說笑、抽著菸，大口大口吃著法式的晚間特餐，烤牛肉佐肉汁再配上冰淇淋胡桃派，不過父親只是坐在那裡，手指畫著玻璃水杯，似乎是努力想理解為什麼他們人生中的課題會跟他自己的如此不同。

等到他終於想說出自己在想什麼（他仍然放著餐點沒動），並不是對著我們家裡的誰，而是對著正要享用點綴著美國起司的派的泰勒先生說。「泰勒先生，我們家是猶太人，假如你先前還不知道，現在也該知道了，因為那就是我們昨天被趕出去的原因，真是晴天霹靂，」他說，「很難就這樣忘掉昨天的事，之所以晴天霹靂是因為，雖然就算這傢伙不是總統也可能發生這種事，但他現在是總統了，而他不是猶太人的朋友，倒是阿道夫．希特勒的朋友。」

「赫曼，」我母親悄聲說，「你會嚇到小的。」

「小的已經什麼都知道了。」他說，又繼續對泰勒先生說話，「你有聽過溫徹爾的節目嗎？我引述一句華特．溫徹爾的話給你聽：『他們在外交上還達成了什麼共識？他們還談了什麼其他的？

還同意了什麼其他的？他們對美國的猶太人達成了什麼共識嗎？如果有，是什麼？』溫徹爾就是這麼有膽量，他就是有膽量敢向全國的人說這些話。」

突然，有人大步朝著我們這一桌靠得老近，幾乎半個人俯視著我們，這個人身材魁梧、留著小鬍子，也有點年紀了，一條白色紙巾塞在他腰帶裡，不管他心裡想說什麼，似乎都能點燃紙巾。他原本坐在附近的餐桌，他那一桌的朋友都往我們這邊靠過來，急著想聽聽接下來會發生什麼。

「嗨，怎麼樣啊，老兄？」我父親說，「後退一點好嗎？」

「溫徹爾是猶太人，」那男人朗聲說道，「收了英國政府的錢。」

我父親猛力將雙手從桌面抬起，彷彿要把自己的刀叉往上送進那陌生人渾圓滾滾、像塞滿餡料的節日烤鵝肚子裡，他毋須進一步解釋以表達自己的憎惡，但是蓄鬍的男人並不讓步。他的鬍鬚不像希特勒那樣仔細修剪成了深色一小方，看起來沒有那麼幹練、多了點詼諧的味道，一撮多到顯眼的白色鬍鬚，像是海象一般，就像是一九三八年珊瑚紅五十分錢郵票上的塔夫特總統。

「要是出了一個多嘴的猶太人掌握著太多權力——」

「夠了！」泰勒先生大喊一聲便一躍而起，雖然他身材矮小，仍是擋在了睥睨著我們的大個子以及我怒氣沖沖的父親之間，被這兩個看來可笑的大塊頭壓了下去。

多嘴的猶太人。不到四十八小時就聽到了第二次。

餐檯後方兩名繫著圍裙的男人急忙衝到餐館當中，一人一邊抓住了這個騷擾我們的人。「這裡不是您在街角的沙龍，」其中一人告訴他，「您可別忘了，先生。」他們將他帶到他那一桌壓著他在椅子坐下，然後那個斥責他的人過來對我們說：「各位可以盡量續杯咖啡，要喝多少都隨意。讓我招待兩個孩子再來一份冰淇淋吧。各位就留在這裡吃完晚餐，我是這裡的老闆，叫我威柏，各位想吃什麼甜點都由本店招待，同時，我先幫各位拿點順喉的冰水。」

「謝謝。」我父親說話時就像台機器一樣，冷冰冰地相當詭異，「謝謝，」他不斷說著，「謝謝。」

「赫曼，拜託，」我母親悄聲說，「我們就走吧。」

「絕對不可以，不行。我們要把飯吃完。」他清了清喉嚨繼續說，「我們要夜遊華盛頓，沒有夜遊完不回家。」

也就是說，我們不能被嚇跑了，一定要把這天晚上過到底。對山迪和我來說，這表示要再吃一大碗新添的冰淇淋，由餐檯其中一位服務員拿來。

過了好幾分鐘，餐館裡才又恢復了生氣，充滿著椅子拉動的嘰嘎聲、刀叉碰撞的鏗鏘聲，以及輕敲瓷盤的噹啷聲，還得加上晚餐時間的熱鬧喧嚷聲。

「要再來點咖啡嗎？」我父親對母親說，「你聽到老闆說的了，他想要你再喝一杯。」

「不，」她低聲說，「不用了。」

「那你呢，泰勒先生？喝咖啡嗎？」

「不用，我夠了。」

「那，」我父親對泰勒先生說，他的態度還有些僵硬、不自然，不過已經開始擺脫了逐漸湧上來的各種可怕念頭，「你在這份工作之前還做過什麼？還是說你一直都在華盛頓當導遊？」

就是在這個時候，我們又聽到那個站出來警告我們的男人開口了，說華特．溫徹爾就像以前獨立戰爭時期那個班乃迪克．阿諾德[4]一樣，已經賣給了英國，「喔，你們別擔心，」他向自己的朋友保證道，「猶太人很快就會發現的。」

一片安靜中，他說了什麼再清楚不過，尤其是他根本沒打算掩飾話裡的嘲諷之意。餐館裡大半的用餐者甚至沒有抬頭看，假裝什麼都沒有聽到，但有好幾個人轉過頭來直直看著惹出麻煩的人。

我只在一部西部片裡看過一次塗柏油沾羽毛這種公開羞辱的私刑，但我現在想著：「我們就要被潑柏油、沾上羽毛了。」想像著一切羞辱都黏在我們皮膚上，就像一層厚厚的汙穢，怎麼洗也洗不掉。

我父親遲疑了一下，因為他必須再一次決定是要試圖控制局勢或者乾脆攪和進去，「我剛剛是問泰勒先生，」他突然握住我母親的雙手對她說，「問他在當導遊之前做過什麼工作。」他看著她

4　班乃迪克．阿諾德（Benedict Arnold，一七四一—一八〇一年），美國獨立戰爭將領，一七八〇年倒戈英國，並任英軍將領對抗革命軍。

的樣子就像在施咒的人，這咒語的魔力就是要讓你的意志逃不出他的掌握，讓你無法自由行動。

「是，」她說，「我聽到了。」然後，她的痛苦再度讓她眼裡盈滿淚水，但還是在椅子上挺直了背脊，對泰勒先生說：「請告訴我們吧。」

「繼續吃冰淇淋，兒子，」我父親說著，伸手出來拍拍我們的前臂，我們便和他四目交接，「好吃嗎？」

「好吃。」我們說。

「好啊，你們就繼續吃，慢慢吃。」他微笑了，讓我們也微笑，然後他對泰勒先生說，「在這之前的工作，你以前的工作——先生，你以前是做什麼的？」

「羅斯先生，我以前在大學裡教書。」

「是嗎？」我父親說，「聽到了嗎，兒子？你們是跟大學老師一起吃晚餐呢。」

「大學的歷史老師。」泰勒先生為了準確而補充道。

「早該猜到了。」我父親坦白說。

「是在印地安納州西北部的一所小型大學，」泰勒先生告訴我們四人，「在三二年時關閉了大半，我的工作也就沒了。」

「那你後來怎麼辦呢？」我父親問。

「這個，您也想像得到。失業了又遭遇一連串打擊，我什麼都做過一點。在印地安納的黑泥地裡幫忙種薄荷、在哈蒙德的屠宰場裡做包裝肉品、在東芝加哥的庫達西公司做包裝肥皂、在印地安納波利斯的真絲紡織廠裡做過一年，我甚至在洛根斯波特工作過一段時間，在那裡的精神病院工作，幫那些患了精神疾病的人整理勤務。辛苦了好一段時光才終於讓我擺盪到這裡來。」

「你以前教書的那所大學叫什麼名字？」我父親問。

「沃巴什。」

「沃巴什？嘿，」我父親一聽到這名字就舒心了，「大家都聽過的。」

「才四百二十六個學生？我可不會肯定大家都聽過，大家聽過的是我們一位傑出畢業生說過的話，只是人們不一定知道他是沃巴什畢業的，他們知道他在一九一二年至二〇年是美國的副總統，就是兩度擔任副總統的湯瑪斯・萊利・馬歇爾。」

「當然，」我父親說，「馬歇爾副總統，是印地安納州的民主黨州長，後來也在另一位偉大的民主黨人伍德羅・威爾遜之下擔任副總統。威爾遜總統實在值得敬重，就是威爾遜總統，」他說，經過這兩天泰勒先生的教導之下，他現在也想要賣弄一番了，「才有勇氣任命路易斯・D・班蘭德斯擔任最高法院的大法官，他可是最高法院第一個猶太成員，兒子們知道嗎？」

我們知道，這也不是他第一次跟我們說這件事了，不過這是第一次他在華盛頓特區像這樣的餐館裡扯開了喉嚨說這件事。

泰勒先生也乘勢繼續說：「而從此，副總統說的話便聞名全國。一天在美國參議院裡，副總統正主持著一場參議員之間的辯論，他對在場的參議員說：『這國家需要的就是一根上好的五分錢雪茄。』」

我父親笑了，確實就是這麼一句看似親民樸實的評論，讓他贏得了整個世代的民心，甚至我和山迪也因為父親的重述而知道這件事。於是，他笑得一派和氣，接下來說的話不只讓他的家人吃驚，或許也嚇到了餐館裡每一個人，他已經稱頌伍德羅．威爾遜任命一名猶太人擔任最高法院大法官的作為，現在他更宣布：「這國家現在需要的就是一位新總統。」

沒有人引起什麼暴動。什麼都沒有。確實如此，他沒有放棄，似乎也讓他獲得最終的勝利。

「不是還有一條沃巴什河嗎？」我父親接著問泰勒先生。

「俄亥俄河最長的支流，長達七百六十四公里，直接從印地安納東部流到了西部。」

「還有一首歌呢。」我父親一副發了美夢似的回想著。

「確實沒錯，」泰勒先生回答，「非常有名的歌，或許就跟《洋基歌》差不多有名，一八九七年由保羅．德雷瑟創作的《在遙遠的沃巴什河岸上》。」

「正是！」我父親大叫。

泰勒先生說：「這是一八九八年美西戰爭中我們士兵最喜歡的歌，一九一三年經採用而成為印地安納州的州歌，確切來說是三月四日。」

「沒錯，沒錯，我知道那個。」我父親告訴他。

「我希望每個美國人都知道。」泰勒先生說。

突然間，我父親打著輕快的節奏唱起了這首歌，歌聲響亮到全餐館的人都聽見了。「『透過梧桐樹葉，燭光忽明忽滅……』」

「很好，」我們的導遊發出讚美，「唱得非常好。」我父親發揮了自己男中音的音色，莫名其妙就這樣唱起歌來，馬上就迷住了泰勒先生，這位嚴肅矮小的百科全書終於微笑了。

「我丈夫，」我母親把眼淚擦乾，「唱起歌來很好聽。」

「確實如此。」泰勒先生說。唱完後除了餐檯後的威柏以外沒有人鼓掌，我們在因這波小小勝利樂過了頭，還有那個留著總統鬍鬚的男人抓狂之前，趕緊起身離開。

# 第三章　跟蹤基督徒

一九四一年六月—一九四一年十二月

一九三九年，希特勒和史達林這兩名獨裁者簽署了互不侵犯條約，幾天後他們便入侵瓜分了波蘭，但是在一九四一年六月二十二日，希特勒毫無預警違反了這項條約，此時的他已經橫掃歐洲大陸，便膽大妄為向東發起大規模進攻，攻擊史達林的軍隊，意圖征服從波蘭起橫跨亞洲直達太平洋的這片袤廣大陸。那天晚上，林白總統在白宮中向全國發表談話，發表自己對希特勒發起如此龐大規模戰爭的看法，而他公開稱頌這位德國元首讓舉國譁然，甚至我父親都深感震驚。「以此次行動，」總統宣示，「阿道夫．希特勒已經讓自己成為全世界最強大的守衛，抵抗共產主義及其邪惡的擴散。這點並未是要貶低日本帝國的努力，日本人也非常盡心盡力要讓蔣介石領導下腐敗封建的中國邁向現代化，同樣盡心盡力要拔除那些少數狂熱的中國共產黨，這群人的目的就是要控制住這個泱泱大國，就像俄羅斯的布爾什維克黨人一樣，要將中國變成共產黨的監獄集中營。但是今晚，全世界都必須感激希特勒攻擊了蘇聯，如果德國軍隊能夠成功打敗蘇維埃的布爾什維克主義，我也完全相信他們能夠做到，美國永遠都不必害怕貪婪的共產國家威脅，擔心他們要將邪惡體系加諸到世界其他地方。我只能希望，仍然在美國國會中服務的國際主義者能夠認知到，如果我們讓自己的國家被拖進這場世界大戰，站在大英帝國和法國那一邊，那麼我們現在就會發現這個偉大的民主國家和蘇聯這個邪惡政權結成同盟。今晚，德國軍隊可以說是發動了原本可能要由美國軍隊來打的戰爭。」

但是我們的軍隊都是整裝待發的，而且總統也提醒國人，未來很長一段時間都會如此，因為國會在他的要求下擬定了和平時期法案，年滿十八歲的公民都要接受二十四個月的義務軍事訓練，接下來的八年間也要以預備役的身分待命，此舉對於要完成他的雙重目標大有助益，也就是「讓美國不必攪入所有外國戰爭，也要將所有外國戰爭阻隔於美國之外」，以及「美國的獨立命運」，林白在他的國情咨文演說中重複這個詞大概有十五次，並在六月二十二日晚上的談話尾聲又說了一次。我問我父親這些話是什麼意思，我最近腦子裡總充斥著各家報紙頭條，一堆焦慮的念頭又壓得我喘不過氣，於是越來越常問這一切都是什麼意思，我父親聽了皺起眉頭說：「意思是要背棄我們的朋友，意思是要跟他們的敵人做朋友。你知道這是什麼意思嗎，兒子？意思是要摧毀美國所代表的一切。」

林白新成立了一個叫作美國統合辦公室（Office of American Absorption，簡稱為ＯＡＡ）的單位，推出一項叫作老實人的計畫，按照林白的描述，這是「一套義工計畫，讓城市裡的年輕人認識內陸生活的傳統方式」，我哥哥就是接受了這項計畫的贊助，在一九四一年六月最後一天離家到肯塔基州一位菸草農夫的家裡進行暑期「實習」。因為他以前從來沒有離開家裡，因為這個家以前從來沒有過著這樣不確定的生活，也因為我父親極力反對ＯＡＡ的存在對我們身為公民的地位有何涵義（還有艾爾文的緣故，他離家去為加拿大軍隊效力，總是讓我們家為他擔心不已），所以山迪離家這天的送別就更是離情依依。我母親那位活潑外向的妹妹艾芙琳如今是萊昂內爾．班格斯多夫拉比的行政助理，新政府又任命拉比擔任紐澤西州ＯＡＡ辦公室的第一任主任，所以艾芙琳阿姨打從開始便鼓勵並支持山迪申請這項計畫，也讓他有勇氣反駁我父母的論點。ＯＡＡ聲稱他們的目的是要執行各項計畫，「鼓勵美國的信仰及種族少數族群，更進一步融入大社會裡」，不過看起來在一九四一年春天，ＯＡＡ認真看待、鼓勵參與的少數族群就只有我們。老實人計畫的意圖就是要將十二歲至十八歲上百名猶太男孩帶離他們居住、上學的城市，到離家幾百公里遠的農家裡待八個星期，在戶外的農場上幹活、打零工。在總理大道小學及隔壁的威奎依中學布告欄上都張貼著讚揚這項新暑期計畫的公告，中學的學生組成和我們小學一樣，幾乎百分之百都是猶太人。四月的某一天，紐澤西ＯＡＡ的一位代表過來向十二歲以上的男孩說明這項計畫的任務目標，那天晚上吃晚餐時，山迪就拿出一張空白的申請表要父母簽名。

「你明白這項計畫實際上是想做什麼嗎？」我父親問山迪，「你知不知道為什麼林白想要讓像你這樣的男孩離開父母，把他們送到鄉下去？你到底知不知道這一切背後有什麼目的？」

「但這跟反猶太主義一點關係也沒有，難道你認為會是這樣嗎？你心裡就只想著一件事。這就是一次大好機會，僅此而已。」

「什麼機會？」

「住在農場上、去肯塔基、去畫那裡的所有東西，拖拉機、穀倉、動物，各種動物。」

「但他們不是大老遠把你送去那裡畫動物，」我父親告訴他，「他們送你去那裡是拿餿水去餵動物，他們送你去那裡挑糞幫田地施肥，一天的工作結束後你會筋疲力盡，根本站都站不起來，更別說要畫一張動物的畫了。」

「還有你的手，」我母親說，「農場上都有鐵絲網還有刀刃銳利的機器，你可能會傷到手，那這樣你還能去哪裡？你永遠都不能再畫畫了。我還以為你今年暑假要到藝術高中上課，要跟李歐納老師學畫畫。」

「那些以後再做也不遲，但這是見識美國的機會！」

隔天晚上，我母親趁山迪到朋友家做功課的時候邀艾芙琳阿姨來吃晚餐，這樣他就不會看見艾芙琳阿姨和我父親為了老實人計畫吵得劍拔弩張。當她一踏進家門，氣氛確實就火爆起來，她表示山迪的申請書一送到辦公室她就會馬上處理。「不必幫我們的忙。」我父親臉上毫無笑容。

「你是想告訴我，你們不讓他去？」

「我應該嗎？我幹嘛讓他去？」他問她。

「你有什麼好不讓他去？」艾芙琳阿姨回答，「除非你也是一個畏首畏尾的猶太人。」

兩人的爭執在晚餐當中越吵越烈，我父親堅持老實人計畫就是林白打算讓猶太孩童與父母分離的第一步，要削弱猶太家庭的團結，而艾芙琳阿姨也不甚隱晦地暗示，說她姊夫這樣的猶太人最大的恐懼，就是自己的孩子或許能夠逃過一劫，不會落得像他這樣心胸狹窄又滿懷恐懼。

如果說艾爾文是我父親家族中的反叛分子，艾芙琳阿姨就是我母親家族中的獨行俠，她是紐華克地區的小學代課教師，幾年前相當積極參與創立了立場偏左、大部分都是猶太人的紐華克教師工會，成員有幾百個人，他們和另一個較為保守、不泛政治化的教師團體互相競爭，要和市政府協商工作合約。艾芙琳在一九四一年剛滿三十歲，我外婆自從冠狀動脈病變後就臥病了十年，都是艾芙琳在照顧她，母女倆一起住在杜威街上一棟小型家庭住宅的頂層小公寓裡，距離霍桑大道小學不遠，她也經常在這裡代課，一直到兩年前外婆因心臟衰竭過世。有些日子裡，如果鄰居沒有空偶爾過來看看外婆的狀況，我母親就會搭公車到杜威街照顧她，等到艾芙琳下班回家；而艾芙琳在週六晚上到紐約去跟她那群有學識的朋友看劇時，我父親會開車載外婆過來我們家消磨晚上的時光，或者我母親就會回去杜威街照顧她。有許多個夜晚，艾芙琳阿姨並沒有從紐約回來（即使她說好了要在午夜前回家），我母親就不得不拋下丈夫和孩子在外頭過夜；還有那些下午，艾芙琳學校下課之後也一直都沒有回來，因為她和一位北紐華克來的代課教師維持了一段長期關係，兩人分分合合好幾次，他和艾芙琳一樣都是工會的活躍人物，不過和艾芙琳不同的地方是，他已經結婚了、是義大利裔，還是三個孩子的父親。

我母親總會說，若不是這些年來艾芙琳都耽誤在家裡照顧無法自理的母親，她在拿到教師執照之後就能嫁個好人家，也不必落得最後只能跟其他已婚的男教師維持這樣一段又一段「苦澀的」戀情。即使艾芙琳阿姨長了一個大鼻子，人們還是說她「明豔動人」，確實也是如此，正如我母親所言，身材嬌小的艾芙琳相當外向活潑，一頭棕髮再加上玲瓏窈窕的曲線（雖然是小了一號），臉上一雙深色大眼像貓一樣挑起，還有絕對閃閃發光的鮮紅嘴唇，不管到哪裡，人人都會轉頭過去看一眼，無論男女。她的頭髮上抹了髮油，散發出金屬般的光澤，挽到腦後梳成髮髻，眉毛顯然也是拔過、整理過的，她去代課時總是穿著顏色鮮豔的裙子及搭配過顏色的高跟鞋，套上一件粉色的薄紗上衣並繫著白色寬皮帶。我父親認為她的穿衣打扮實在不適合學校教師，霍桑小學的校長也這麼覺得，但是我母親總是為了艾芙琳必須「犧牲青春年華」來照顧外婆而自責不已（無論這麼說有沒有道理），也就無法太過嚴厲批評她妹妹的大膽作風，即使艾芙琳辭去教職、退出工會，而且似乎是毫無猶豫就放棄了自己的政治信念，轉而進入林白的OAA為班格斯多夫拉比工作。

我父母還要過好幾個月才會發現艾芙琳阿姨其實是拉比的情人，拉比早先曾受邀到紐華克教師工會發表演講，題目是〈在教室中培養美國理想〉，兩人在演講後的招待宴會上認識之後便開始交往。班格斯多夫要離開紐澤西OAA前往華盛頓擔任全國總部的部長，臨走時向紐華克的報紙透露六十三歲的自己訂婚了，對象是熱中參與政治的三十一歲助理，我父母才發現這件事。

艾爾文一開始離家去跟希特勒打仗時，認為加入戰爭最快的方法就是登上一艘加拿大驅逐艦，跟著去保護那些運送物資給大英帝國的商船。報紙上經常有報導說德國潛水艇在北大西洋海域中擊沉一艘或更多的加拿大船隻，有時候甚至就在紐芬蘭的沿岸漁場這般靠近本土的地方，這對英國而言是尤其不祥的發展，因為一旦林白政府推翻了羅斯福時期國會所制訂的援助法案，加拿大基本上就會成為他們的武器、食物、藥品與機械零件的唯一來源。艾爾文在蒙特婁遇見了一個年輕的美國逃兵，他要艾爾文放棄海軍這條路，真正衝鋒陷陣的是加拿大突擊隊，由他們在納粹占領的土地上執行夜間突襲、破壞德國人的重要設施、炸毀彈藥軍火庫，同時也和英國突擊隊聯手，配合歐洲的地下反抗運動，破壞西歐海岸線沿岸的碼頭與船塢設施。就在他對著艾爾文滔滔不絕講述突擊隊能夠教你的種種殺人方法，艾爾文便放棄了原本的計畫，轉而加入突擊隊。突擊隊就和加拿大其他武裝部隊一樣，都很急著招攬符合資格的美國公民加入軍隊，於是在經過十六週的訓練之後，艾爾文就被分配到一個相當活躍的突擊隊單位，搭著船到了不列顛群島上一處祕密的集結整備區域。一直到了這個時候我們終於收到他的消息，信上只有七個字，寫道：「去打仗，很快回家。」

山迪隻身一人搭上跨夜列車前往肯塔基州，幾天之後我父母就收到第二封信，不是艾爾文寫的，而是渥太華的戰爭部，告知艾爾文所指定的親近家屬說他們的姪子在戰爭中受傷了，住進英國多塞特的一間復健醫院。那天收拾過晚餐後，我母親在餐桌前坐下，拿出鋼筆，以及只有要寫重要信件時才會拿出來用的一盒印著姓名縮寫的文具，我父親坐在她對面，我則站在母親身後看著她如何寫下整齊展開的草寫字，這是她以前當秘書時學來的書寫技巧，也早早就教給了山迪和我，中指和無名指彎起撐著手掌，食指的位置要比拇指更靠近筆尖，在寫下每一句之前她都會大聲覆誦一次，以免我父親想要修改或者補充什麼。

最親愛的艾爾文，

今天早上我們收到加拿大政府的信，告訴我們你在戰鬥中受傷了，如今正在英國的醫院，信中除了能寄信給你的郵寄地址以外就沒有更明確的訊息。

現在我們都坐在餐桌前，赫曼叔叔、菲利普還有貝絲嬸嬸，我們都想知道你目前狀況的一切細節。山迪今年暑假出遠門了，但是我們會馬上寫信給他說你的事。

你有沒有可能被送回加拿大？若是如此，我們就可以開車去那裡探望你。藉著這封信，我們送上我們的愛，也希望你能從英國寫信給我們。務必寫信，或者找人為你寫，無論你想要我們做什麼都可以。

還是一樣，我們愛你，也想念你。

我們三個人都在這封信上簽名。過了將近一個月，我們才收到回覆。

親愛的羅斯先生與太太，

艾爾文・羅斯下士已經收到您在七月五日寄來的信件。我是他病房裡的資深護理師，為他把這封信唸了好幾次，以確保他了解是誰寄的、寫了什麼。

羅斯下士現在不願說話。他的左腳自膝蓋以下都沒了，右腳也嚴重受傷。右腳的傷已經在復原中，傷勢應不致讓他無法行動，等他的左腳準備好了就能裝上義肢，我們會教他如何行走。

現在對羅斯下士而言是一段黑暗的時期，但我想向各位保證，不消多久他應該就能夠回歸平民生活，且不會有嚴重的身體障礙。這家醫院專責照顧截肢者及燒燙傷者，我見過非常多人也和羅斯下士一樣經歷過同樣的心理障礙，但是大多數人都挺過來了，我也認真相信羅斯下士能夠做到。

誠摯的，

A・F・庫柏中尉

山迪每週會寫一封信回家，說他很好，告訴我們肯塔基州有多熱，最後用一句話總結農場上的生活，例如「收穫了好幾籮筐的黑莓」或者「蒼蠅都把公牛搞瘋了」或者「今天他們要割苜蓿」或者「開始割草頭了」，也不知道到底什麼意思。然後在他的簽名底下，或許是要向父親證明自己即使工作了一整天仍有餘力創作藝術，他會素描畫下一頭豬（「這頭豬，」他註記道，「超過一百三十六公斤！」）或者一隻狗（「這是歐靈的狗蘇西，專長是把蛇嚇跑。」）或者一頭羊（「馬威尼先生昨天帶了三十頭羊去畜欄。」），或者是穀倉（「他們剛在這裡刷上了木焦油，噁！」）。通常信上的畫會比字句占去更多空間，而我母親最失望的是，她自己每週也會寫信去問他需不需要衣服、藥品或者錢，但這些問題卻很少得到答覆。當然我知道我母親對她每個孩子都付出同樣的關愛，但是一直到山迪去了肯塔基，我才知道他對她有多麼重要，和他的弟弟完全不同。雖然母親並不想為了和已經十三歲的兒子分開八週而日漸沮喪，但整個夏天都能隱約感覺到一股悲哀的波動，從特定的姿態和面部表情就能看出來，特別是在餐桌上，她拉出了第四張椅子準備吃晚餐，但過了一個又一個晚上仍空在那裡。

八月底的星期六，我們要去賓州車站接山迪回家，他就要回來紐華克了，艾芙琳阿姨也和我們一起。我父親一點也不想讓她同行，但是就像先前一樣，儘管他並不贊同這件事，最後還是答應讓山迪申請老實人計畫並且接下在肯塔基州的暑期工作，他這次也讓步接受了他小姨子對兒子的影響力，以免讓這層尷尬更加難過，畢竟現在還不是完全清楚最後會造成什麼危險。

在車站裡，艾芙琳阿姨是第一個認出山迪的人，他步出火車車廂走上月台，比起離開時大概壯了四．五公斤，而頂著夏日豔陽在田裡工作也讓他的棕髮顏色變淺了些。他也長高了好幾公分，所以長褲根本蓋不住鞋面了，整個看起來讓我覺得哥哥假扮成了另一個人。

「嗨，種田的，」艾芙琳阿姨大喊，「這邊！」山迪便邁開大步慢慢朝我們跑來，背在肩上的行李在他兩側晃動，走路的姿態也變成了習慣在戶外活動的樣子，剛好配合他的新體型。

「歡迎回家，陌生人。」我母親說著，看起來就像個少女一般，開心地伸手攬住他的脖子在他耳邊低語（「哪裡來這麼英俊的男孩子？」），讓他抱怨著說：「媽！別鬧了！」其他人都大笑起來。我們都擁抱了山迪，他站在自己搭乘了一千兩百公里的火車旁邊伸展著二頭肌，讓我能摸摸看。在車上，他開始回答我們的問題，我們聽到他的聲音已經變得嘶啞，也第一次聽到那種拖長、帶著鼻音的南方口音。

艾芙琳阿姨一副大獲全勝的姿態。山迪談起自己在田地裡的最後一項工作，他跟著馬威尼家一個兒子歐靈在田裡四處跑，撿起在收穫期間掉落的菸草，這些通常都是長在草莖上最低的地方，山迪說，這些被稱為「飛葉」，其實是相當高級的菸草，可以在市場上賣得高價。但是那些人要負責收割一千多公畝的菸草田，根本懶得理掉在地上的葉子，他告訴我們，他們一天得割下三千多株的菸草，才能在兩週內把全部收穫存放到熟化室裡。「哎呀，哎呀，『一株』是指什麼啊，親愛的？」艾芙琳阿姨問道，山迪也很樂意提供盡可能最長的解釋。那什麼是熟化室呢？她問，什麼是割草頭？什麼是萌孽？什麼是驅蟲？艾芙琳阿姨問的問題越多，山迪就顯得越專業，甚至我們都到了高峰路上，父親將車停在巷子裡的時候，他還滔滔不絕講著種植菸草的事，彷彿希望我們全部都直接前往後院，開始整理垃圾桶旁邊那一塊長滿雜草的土壤，好種下紐華克第一株白肋菸草。「是因為在拉奇種的甜味白肋菸草，」他告訴我們，「抽菸才有味道。」這個時候我還一直想著再摸摸他的二頭肌，同樣讓我驚奇不已的還有他那一口地方口音（如果是這麼回事的話），他說 can't 的時候聽起來像 cain't、remember 聽起來像 rimember、fire 聽起來像 fahr、again 聽起來像 agin，還有該說 walking 和 talking 的時候卻說 awalkin' 和 atalkin'，不管你想叫那種編出來的英文是什麼，都不是我們紐澤西本地人說話的方式。

艾芙琳阿姨大獲全勝，我父親卻是一敗塗地，幾乎什麼都沒說，那天晚上吃晚餐時，山迪終於能夠好好解釋馬威尼先生是多麼優秀的典範，父親一聽更是悶悶不樂。山迪說，首先，馬威尼先生畢業於肯塔基大學農學院，而我父親就和紐華克貧民窟裡大多數出生在大戰前的其他小孩一樣，中學以後就沒有再受過教育。馬威尼先生不只擁有一座農場，而是三座，另外兩座比較小的租給佃農了，這些土地大約是從拓荒者丹尼爾・布恩生活的十八世紀時就屬於他的家族，而我父親除了一輛開了六年的車就沒其他更值得炫耀的東西。馬威尼先生會騎馬、開拖拉機、操作打穀機、駕駛施肥機，無論是帶著一群騾子或者公牛，在田地裡工作都是輕輕鬆鬆的。他懂得輪耕及管理員工，無論白人、黑人都有雇用；他懂得修理工具、如何磨尖犁頭鐵和割草機的刀片、架籬笆、拉鐵絲網、養雞、給羊餵藥、給小牛去角、殺豬、燻培根、做蜜汁火腿，而且他還會種出山迪吃過最甜、最多汁的西瓜。馬威尼先生種植菸草、玉米和馬鈴薯，他的生活所需都直接取自土地，而到了週日晚餐時間（這位身高一百九十公分、體重一百零四公斤的農夫能吃下一大盤炸雞佐奶油肉汁，比桌上其他人加起來的都要多），也只吃自己所生產的食物，而我父親所能做的就只有賣保險。不消多說，馬威尼先生是基督徒，長久以來都是這壓倒性絕大多數群體的一分子，這群人發起革命、建立這個國家、征服了荒野、讓印地安人臣服、奴役黑人又解放黑人然後隔離黑人；他是這數百萬良善、乾淨而努力工作的基督徒其中之一，這群人定居在邊疆地區、耕種田地、建立城市、治理州府、進入國會、入主白宮，累積財富、獲取土地、擁有煉鋼廠、球隊、鐵路和銀行，他們甚至擁有並主導著語言，他屬於這群無疑是來自北歐及盎格魯—薩克遜的清教徒，他們統治著美國，也會一直統治下去，他們成為了將領、顯貴、富豪及大亨，這些人制定法律、手握最終決定權，想要的話就能祭出嚴厲警告——而我父親，當然只是個猶太人。

艾芙林阿姨一回家，山迪就知道了關於艾爾文的消息。我父親坐在餐桌前忙著看帳簿，準備晚上出門去收錢，而我母親跟山迪在地下室裡整理他從肯塔基帶回來的衣服，決定哪一件該縫補、哪一件要丟，再把其他剩下的都扔進水槽裡。我母親總是會馬上做該做的事，在上床睡覺之前就已經決定要丟掉山迪的髒衣服。我也和他們在下面，實在無法讓哥哥離開我的視線，他一直都知道一切我所不知道的事，而如今他從肯塔基回來，知道得更多了。

「我得告訴你艾爾文的事，」我母親對他說，「我不想在信裡提，因為……唉，我不想嚇到你，親愛的。」然後，她先打起精神，確定自己不會哭，才壓低聲音說：「艾爾文受傷了，住在英國的醫院裡，他在那裡等著傷口復原。」

山迪都嚇呆了，問：「是誰傷了他？」好像她說的是某件發生在家附近的意外，而不是在納粹占領的歐洲，那裡不時都有人因戰爭殘廢、受傷或身亡。

「我們完全不清楚細節，」我母親說，「但不是皮肉傷，我得告訴你一件非常難過的事情，山佛德，」儘管她希望讓大家都能鼓起勇氣，一開口卻能聽到她的聲音在發抖，「艾爾文失去了一隻腳。」

「一隻腳？」彷彿沒有幾個字比「腳」更深奧難懂，他費了一番功夫才理解這件事。

「對，他的一位護理師寫給我們的信上是這麼說的，他的左腳膝蓋以下都沒了。」像能安慰他幾分一樣，她又說：「如果你想讀這封信，信就在樓上。」

「可是，他以後要怎麼走路？」

「他們要幫他裝義肢。」

「可是我不懂是誰傷了他，他怎麼會受傷的？」

「他們就去跟德國人打仗了呀，」她說，「那肯定是其中一個了。」

山迪似乎漸漸聽懂了卻又還沒反應過來，他問：「哪一腳？」

她盡可能將語氣放柔，又說了一次：「左腳。」

「整隻腳嗎？全部？」

「沒有沒有沒有，」她急忙安撫他，「我說過了，親愛的，只有膝蓋以下。」

突然，山迪開始哭泣，因為他的身材比起春天時更加壯碩，肩膀和胸膛更寬闊、手腕也更粗了，他的手臂如今就像男人的一般粗壯，不像小孩那樣細瘦，所以我見到他曬得黝黑的臉上滿布淚水更是驚訝，於是我也跟著哭了。

「親愛的，這是很糟糕，」我母親說，「但是艾爾文沒死，他還活著，現在至少他不必再打仗了。」

「**什麼**？」山迪突然爆發，「你聽到你剛剛跟我說了什麼嗎？」

「你在說什麼？」她問。

「你沒聽到自己說什麼嗎？你說：『他不必再打仗了。』」

「是啊，當然，而且因為他不必再打仗，現在他可以回家了，否則不知道他還會出什麼事。」

「但是他到底為什麼**會**去打仗啊，媽？」

「因為……」

「都是因為爸爸！」山迪大喊著。

「親愛的，不對，不是這樣的。」她馬上伸手遮住自己的嘴，彷彿那些無可饒恕的話語出自她的嘴裡。「才不是**這樣**，」她反駁道，「艾爾文一聲不響就跑去加拿大了，那個週五晚上他就離開了。你也記得那件事有多糟。沒有人想要艾爾文去打仗，他就這麼去了，他自己去的。」

「可是爸爸想要整個國家都去打仗，不是嗎？難道他不是因為這樣才投票給羅斯福？」

「拜託你小聲點。」

「你先是說感謝上帝艾爾文不必再打仗了——」

「**小聲**一點！」這時一整天的緊張情緒已經完全攫住了她，讓她再也壓抑不住脾氣，對這個自己朝思暮想了一整個夏天的男孩怒斥，「你根本不知道自己在說什麼！」

「但你都聽不進去，」他大叫著，「要不是因為林白總統——」

又是那個名字！要我再多聽到一次這個一直折磨著我們的名字，還不如讓我聽到炸彈爆炸的聲音。

就在此時，我父親從地下室樓梯最上面那一階的昏暗燈光中冒了出來，我們三人站在洗衣服的深水槽旁邊，只能看見他的長褲和鞋子，或許這樣也好。

「他是因為艾爾文的事情才生氣。」我母親說，抬起頭來解釋剛剛的大吼大叫是怎麼回事。

「是我的錯，」她對山迪說，「我實在不應該今天晚上告訴你，你一個孩子經歷過這麼多事情之後才剛回到家，要面對不容易……要從一個地方旅行到另一個地方本來就不容易……再說，你也太累了……」然後她實在沒辦法了，不掩自己的疲累說：「你們兩個都一樣，都上樓去，讓我洗衣服吧。」

於是我們轉身走上樓梯，幸好我父親已經不在梯階上，他開車出門收帳款了。

一個小時之後，我們躺在床上，整間屋裡的燈都關了。我們輕聲交談。

「你真的過得很開心嗎？」

「非常開心。」

「有什麼好開心的？」

「待在農場上很棒。可以清晨起床，一整天都待在外面，還有各種動物。我畫了很多動物，之後拿我的畫給你看。我們每天晚上都吃冰淇淋，馬威尼太太自己做的，那裡有新鮮的牛奶。」

「牛奶都是新鮮的。」

「不是，我們直接從牛身上擠的，還溫熱著。我們把牛奶倒進鍋子裡煮沸，直接把上層的奶油撈出來就可以喝了。」

「這樣不會生病嗎？」

「所以要煮沸呀。」

「可是你不能喝剛從牛身上擠出來的吧。」

「我有試過，但味道不太好喝。太濃了。」

「你有擠過奶嗎？」

「歐靈教過我怎麼做，很難。歐靈會把奶擠到噴出來，貓就會靠過來想要接到牛奶。」

「你有交到朋友嗎？」

「有啊，歐靈就是我最好的朋友。」

「歐靈．馬威尼？」

「對，他跟我同年，在那裡上學，也在農場上工作。他早上四點就起床幹活，跟我們不一樣。他上學要坐校車，車程大概要四十五分鐘，他晚上回來再做些工作，接著做功課，然後上床睡覺。隔天早上又是四點鐘起床。當個農夫的兒子真辛苦。」

「但是他們很有錢對不對？」

「他們滿有錢的。」

「為什麼你現在講話像那樣？」

「不行嗎？他們在肯塔基都是這樣說話的，你應該聽聽馬威尼太太說話，她是喬治亞州的人。她每天早上都會做鬆餅當早餐，配上培根，馬威尼先生自己做煙燻培根，在煙燻室裡，他知道怎麼做。」

「你每天早上都吃培根？」

「每天早上，非常美味。而且星期天，我們一起床就有鬆餅、培根和雞蛋，雞蛋是他們自己養的雞下的，蛋黃幾乎是紅的，非常新鮮。走去雞舍拿到屋裡就直接吃了。」

「你有吃火腿嗎？」

「我們一週大概有兩天的晚餐會吃火腿。馬威尼先生自己做火腿，他們家有祖傳的特別食譜，他說如果火腿沒有吊起來熟成個一年他就不想吃。」

「你有吃香腸嗎？」

「有啊，他也會做香腸。他們用絞肉機絞香腸。有時候我們不吃培根就改吃香腸，很好吃。還有豬排，也很好吃，非常美味。我實在不知道為什麼我們不吃。」

「因為那是豬肉[1]做的。」

「那又怎麼樣？你以為農夫為什麼要養豬？養給人看的嗎？那就像你吃進去的其他東西，吃就對了，而且非常好吃。」

「你會一直吃嗎？」

「當然。」

1 猶太教信仰中認為豬肉不潔：「豬因為蹄分兩瓣，卻不倒嚼，就與你們不潔淨。／這些獸的肉，你們不可吃；死的，你們不可摸，都與你們不潔淨。」（《利未記》11:7-8）

「不過那裡真的很熱吧？」

「白天是這樣。但是我們午餐時間就會進屋裡吃番茄美乃滋三明治，配上檸檬水，有很多檸檬水可以喝。我們在屋子裡休息，再出去外面的農場做自己該做的工作，像是除草，整個下午都在除草，幫玉米除草、幫菸草除草。我跟歐靈有一塊菜園，我們也會除那裡的草。我們會跟雇來的幫手一起工作，當中有幾個黑人，就是打零工的。有個黑人叫藍道夫，原本也是受雇幹活的，現在已經爬起來當佃農了。馬威尼先生說他是第一流的農夫。」

「黑人說話你聽得懂嗎？」

「當然。」

「你會學嗎？」

「他們會說『菸草』（tobacco）是『啊草』（'bacca），『我以為』（I declare）是『我依為』（I 'clare），我依為這個、我依為那個，但他們的話不多，大部分時間都在工作。要殺豬的時候，馬威尼先生會讓克里特和老亨利來清理豬內臟，他們是黑人，是兄弟，會把大腸那一類內臟拿回家炸來吃。」

「你會吃嗎？」

「我看起來像黑人嗎？馬威尼先生說黑人開始離開農場了，因為他們覺得自己在城裡能賺更多錢。有時候老亨利在週六晚上會被逮捕，喝酒的關係，馬威尼先生會付罰金把他弄出來，因為週一需要他工作。」

「他們有鞋子嗎？」

「有些人有。小孩都是光腳的。馬威尼家如果有不穿的衣服就會給他們，但他們很快樂。」

「有人說過什麼反猶太的話嗎？」

「他們甚至都不會想這件事，菲利普。我是他們見過的第一個猶太人，這是他們說的，但是他們從來沒說過什麼惡意的話。那是肯塔基，那裡的人真的很友善。」

「那，你回家來開心嗎？」

「算是吧，我不知道。」

「你明年要回去嗎？」

「當然。」

「萬一爸媽不讓你去呢？」

「我還是會去。」

似乎是受了山迪吃下培根、火腿、豬排和香腸的直接影響，我們的生活已經失控。班格斯多夫拉比要來吃晚餐，是艾芙琳阿姨要帶他來的。

「為什麼是我們？」我父親對母親說。吃過晚餐，山迪正在床上寫信給歐靈・馬威尼，只有我跟他們待在客廳，既然如今我們身邊的一切都要改變了，我想看看我父親對這個消息作何感想。

「她是我妹妹，」我母親說，口氣透露出一絲不悅，「他是她老闆，我不能跟她說不行啊。」

「我就可以。」他說。

「你才不會這麼做。」

「那再解釋解釋，我們是怎麼得了如此天大的榮幸？這位大人物沒有比來這裡更要緊的事得做了嗎？」

「艾芙琳想讓他見見你兒子。」

「真是荒謬，你妹妹一直都這麼荒謬。我兒子在總理大道中學念八年級，整個夏天都在除草。這一**切**都太荒謬了。」

「赫曼，他們星期四晚上要來，我們要讓他們賓至如歸。你可以討厭他，但他可不是什麼普通人。」

「我知道，」他不耐煩地說，「**所以**我才討厭他。」

他在屋裡走來走去的時候，手裡經常抓著一份《PM》，有時捲起來像要當成武器一樣，就好像是準備好收到徵召就上戰場，又或者翻到某一頁的文章大聲讀給我母親聽。這一天晚上還有個問題讓他相當困惑，那就是為什麼德國人能夠不斷輕易攻占俄羅斯領土，於是在一陣惱怒下把雜誌翻得咂咂作響，接著馬上叫喊著：「為什麼那些俄羅斯人不**反抗**？他們有飛機，為什麼不用？為什麼那裡都沒有人起身反抗？希特勒要走進一個國家，就這樣跨過邊境直接走進去，然後成啦，那就是他的了。」他宣布說：「英國是歐洲唯一一個起身對抗那隻狗的國家，他每一晚都轟炸著那些英國城市，但他們還是回頭繼續跟隨英國皇家空軍與之對抗。感謝上帝，多虧了有英國皇家空軍這些人。」

「希特勒什麼時候要入侵英國？」我問他，「為什麼他不現在就入侵英國呢？」

「那是他和林白先生在冰島訂定協議中的一部分，林白想當人類的救星，」我父親向我解釋，「想要協議和平以終結戰爭，這樣一來，希特勒拿下俄羅斯、拿下中東，再等到他得到其他一切可能想要的東西之後，林白就會召開一場虛偽的和平會議，就是德國人最喜歡的那種。德國人會參加，而換取世界和平以及德國不入侵大英帝國的代價，就是在英國建立一個英國法西斯政府，把一個法西斯首相送進唐寧街。只要英國說**不行**，**那時候**希特勒就會入侵，而我們這位維持和平的總統默許一切。」

「這是華特．溫徹爾說的嗎？」我問，認為他跟我解釋的這一切聽起來太聰明了，不像是他懂得的。

「這是**我**說的。」他告訴我，或許也是真的。事態發展所帶來的壓力讓每個人都必須加快學習的腳步，我自己也是一樣。「但謝天謝地還有華特．溫徹爾，若是沒有他，我們都要迷失了。廣播上就剩他一個還敢站出來說些反對這些髒狗的話。真是噁心，比噁心還慘，這情勢雖然慢但肯定會發生，美國再也沒有人願意說話反對林白去拍希特勒的馬屁了。」

「那民主黨的人呢？」我問。

「兒子，別問我民主黨人的事，我已經夠生氣了。」

週四晚上，我母親要我幫她布置飯廳裡的餐桌，然後回房間換上漂亮衣服。艾芙琳阿姨和班格斯多夫拉比會在七點鐘到，比我們通常在廚房裡吃完晚餐的時間還晚四十五分鐘，但是因為拉比的公務繁忙，七點鐘已經是他能夠到我們家最早的時間了。我父親平時非常尊敬猶太教的神職人員，但他卻曾經大聲指控他是個叛徒，在麥迪遜花園廣場代表林白發表「一篇愚蠢又謊話連篇的演講」，艾爾文則說這個「猶太假貨」親手「為非猶太人給林白加上猶太認證」才確保了羅斯福落敗，如今看著爸媽又要這樣勞心勞力招待他吃飯，實在令我困惑。我自己事先得到了指示，不能使用廁所裡的新毛巾，也不要靠近我父親的扶手椅，因為那是在我們吃晚餐前給拉比坐的。

一開始我們都挺直了身子坐在客廳裡，我父親則詢問拉比要不要來一杯威士忌調酒，或者如果他想要的話，也可以喝杯烈酒，這兩種都讓班格斯多夫拒絕了，他比較想要一杯自來水。「紐華克的飲水是世界上最棒的。」拉比說，而且就和他說起其他話一樣，都是那般經過深思熟慮的樣子。他滿懷感激地從我母親手中接過水杯，底下還有杯墊，我一直到了十月都還能記得，母親原本一直坐在收音機前，才不必聽他稱讚林白的話。「您的家布置得十分舒適，」他對她說，「一切物品都各安其位，一切位置安排也非常完美，說明了您喜愛井然有序，我自己也是這樣。看得出來您偏好綠色。」

「森林綠。」我母親說，努力擠出微笑想表示友好，但是好不容易才說出話來，也還無法看著他。

「您應該很以自己美麗的家為榮，我能夠來這裡作客，感到相當榮幸。」

拉比相當高，身形跟林白有點像，這位禿頭的瘦男人穿著深色的三件式西裝，搭著閃閃發光的黑皮鞋，光是他挺拔的姿態在我看來，似乎一心服務人類最高理想。我在收音機上聽到的南方口音相當悅耳，藉此我想像出的形象是個看起來遠不如這般嚴肅的人，不過就看他的眼鏡也很嚇人，一部分是因為那副眼鏡的橢圓鏡片就像貓頭鷹的眼睛一樣，夾住了鼻子才能戴穩在臉上，就像羅斯福戴的那種，而另一部分也是因為他戴著眼鏡，還會透過眼鏡縝密觀察著你，讓人清楚他這人不容反駁，語調卻是那麼溫暖友善，甚至令人信服。我一直等著他輕慢我們或者頤指氣使的，但是他就只有用那樣的口音說話（跟山迪的一點也不像），語調輕柔，有時候你還得屏住呼吸才能聽見他的學識淵博。

「你一定就是那個孩子了，」他對山迪說，「讓我們所有人都引以為榮的男孩。」

「先生，我就是山迪。」山迪回答，臉紅得像火燒一樣。在我心中，這回答十分高明，要是換了另一位有所成就的男孩來回答，想要表現出如此恰到好處的謙遜風度，可能就沒辦法面對這樣的問話。現在什麼也無法讓山迪回到從前的樣子，無論是那身肌肉、那頭日曬而趨淡的頭髮，還有他未經任何人允許就偷偷吃下肚的那一大堆豬肉，都讓他無法回頭。

「那是什麼感覺？」拉比問，「頂著炙熱的太陽在肯塔基農場上工作？」他說話時幾乎聽不到捲舌音，work 唸成 wuhk、burning 唸成 buhning，there 則唸成了 theyuh，而且是按照「肯塔基」的拼字來發音，並不像山迪現在唸的，彷彿前三個字母成了 K-i-n。

「我學了很多東西，先生，學了很多跟我的國家有關的事。」

艾芙琳阿姨臉上盡是讚賞，她也應該讚賞，因為前一天晚上她打電話來，已經幫他準備好了這個題目的答案。由於她一直都想壓過我父親，沒有比能夠在他面前這樣手把手教會他的長子更令她開心的事情。

「你艾芙琳阿姨告訴我，你去了一處菸草田。」

「是的，先生，種的是白肋菸草。」

「山迪，英國人在美洲建立第一個永久居住地就是以菸草作為經濟基礎，就在維吉尼亞州的詹姆斯鎮，你知道嗎？」

「我不知道，」他坦白說，但接著又說，「不過我知道後也不意外。」而就在那一轉瞬，最糟的時刻過去了。

「在詹姆斯鎮開墾的先人遭受種種不幸所苦，」拉比告訴他，「但是讓他們免於飢餓致死，也讓居住地的人口不致滅絕，正是因為種植了菸草。想想，若是沒有菸草，那麼新世界的第一個代議政府便永遠也不會如歷史記載那般於一六一九年在詹姆斯鎮會面；沒有菸草，詹姆斯鎮殖民地就會瓦解，維吉尼亞州的殖民便宣告失敗，而維吉尼亞州顯要家族的財富正是從種植菸草而來，這些人也就永遠無法建立起繁盛的家族。你也應該記得，維吉尼亞州的顯要家族正是維吉尼亞州政治家的前輩，這些政治家又成為我們國家的建國先賢，因此要感謝菸草，對我們共和國的歷史具有如此關鍵的重要性。」

「確實如此。」山迪回答。

「我自己，」拉比說，「出生於美國的南方，是經過內戰這場悲劇的十四年後出生的。我父親是為邦聯軍作戰的年輕人，他的父親則是一八五〇年從德國來到路易西安納州定居，是個叫賣的小販，他帶著一匹拖了拖車的馬還留著長鬍鬚，不僅賣東西給黑人也賣給白人。你有沒有聽過猶大・班傑明？」拉比問山迪。

「沒有，先生。」但是他很快又修正了自己的回答，這一次回覆道：「請問他是誰呢？」

「他嘛，他是個猶太人，在邦聯政府中是僅次於總統傑佛遜・戴維斯的人物，他是一名猶太律師，擔任戴維斯的檢察總長、戰爭部長，接著成為國務卿。在南方分裂出去之前，他也在美國參議院中服務，是路易西安納州兩名參議員之一。在我看來，南方決定開戰的原因既不合法也不道德，但是我一直對猶大・班傑明抱持著最高的崇敬，在那段日子裡，猶太人在美國是極少數，北方的情況也不比南方好，不過從前應該也不需要面對反猶太主義的問題。即使如此，猶大・班傑明在邦聯政府中幾乎就要達到了政治成就的最高峰。在輸掉內戰之後，他遷到海外居住，在英國成為相當出名的律師。」

這時我母親起身離開去了廚房，說是要去看晚餐好了沒，而艾芙琳阿姨對山迪說：「或許現在正好讓拉比看看你在農場上畫的畫。」

山迪站起來將好幾本素描簿拿到拉比坐的椅子前，裡面都是他在暑假期間的畫作，我們齊聚在客廳時他就一直抱在腿上。

拉比拿起一本慢慢翻閱著。

「跟拉比稍微介紹一下每張畫。」艾芙琳阿姨提議。

「這是穀倉，」山迪說，「收成了菸草後就掛在這裡熟成。」

「對，這是穀倉沒錯，而且畫得還很漂亮。我非常喜歡光影的配置，山佛德，你很有才華。」

「這是正在成長的菸草，看起來就像這樣，看見了嗎？形狀像是三角形，長得很高大，這株頂上還開了花。這是割草之前的樣子。」

「而這株菸草，」拉比翻到下一頁說，「上頭還繫著袋子，我從來沒見過這種東西。」

「他們就是這樣採種子的，這是種子植株，他們會拿紙袋蓋住花綁緊，能夠讓花維持住他們想要的樣子。」

「很好，非常好。」拉比說，「要準確畫出植物的樣子還能畫成藝術作品，實在不容易。看看你怎麼給葉子背面打上陰影的，真的很厲害。」

「那個當然就是犁，」山迪說，「還有這是鋤頭，是一把手鋤，用來除草的。不過光用雙手也可以。」

「你常常除草嗎？」拉比開玩笑地問。

「天啊，常常，」山迪說，班格斯多夫拉比微笑著，現在他看起來一點也不可怕，「那隻是他們養的狗，」山迪繼續說，「是歐靈的狗，正在睡覺。然後那是其中一個黑人，叫老亨利，那是他的雙手，我覺得很有特色。」

「那這個是誰？」

「是老亨利的兄弟，叫克里特。」

「我喜歡你描繪他的樣子，這男人看起來多麼疲憊，那樣駝著背。我認識這些黑人，跟他們一起長大，也很尊敬他們。這個呢？這又是什麼？」拉比問，「這個，有風箱的。」

「喔，裡面有個人，他就是這樣噴藥對付菸草上的蟲。他得穿成這樣，從頭到腳都包著大大的手套，而且厚重的衣服都扣得緊緊的，這樣才不會灼傷。他透過風箱把除蟲劑噴出去的時候，可能會燒灼到自己。藥粉是綠色的，等他結束工作，衣服上都會覆蓋著這些粉。我努力想畫出粉塵的樣子，想要讓蓋著粉的地方顏色淡一點，但是我覺得好像沒畫好。」

「我想肯定是的，」拉比說，「要畫粉塵很困難。」然後他開始稍微加快速度翻閱剩下的頁面，最後終於看完圖上素描簿。「肯塔基這段時間的經驗對你來說沒有白費，是不是啊，年輕人？」

「我非常喜歡。」山迪回答。而我父親，自從把他最喜歡的椅子讓給拉比坐下之後就一直沉默不語，坐在沙發上一動也不動，這時站起來說：「我得去幫貝絲。」那樣子彷彿是在說：「現在我要從窗戶跳下去自殺。」

「美國的猶太人，」拉比在晚餐時對我們說，「跟世界歷史上任何其他猶太人社群都不同，他們擁有我們族人在現代最佳的機會。美國猶太人可以完全參與這個國家的公民生活，他們再也不必在群體之外徘徊，只能流連在與其他人區分開來的教區社群中，而這一切只需要勇氣，就像您的兒子山迪單獨前往未知的肯塔基州，暑假時在那裡的農場上幫忙，便展現出了勇氣。我相信，山迪和其他像他這樣的猶太男孩參與了老實人計畫，應該就能成為典範，不只是啟發這個國家正在成長的每一位猶太孩子，對每一位成年猶太人亦然。而這不只是我的夢想，也是林白總統的夢想。」

我們的考驗突然間出現可能是最糟糕的變化，我沒有忘記在華盛頓的時候，我父親是如何起身反駁那位旅館經理及惡霸行徑的警察，如今在他家裡卻有人以如此崇敬的口吻說起林白總統的名字，我以為他起身反駁班格斯多夫的時刻終於到了。

但拉比終究是拉比，而他並沒有。

我母親和艾芙琳阿姨端菜上桌，有三道菜，最後是今天下午才從我家烤箱新鮮出爐的大理石蛋糕。我們用「高級的」銀器吃完了「高級的」餐點，而且還是坐在飯廳裡吃飯，這裡有我們最好的地毯、最好的家具、最好的亞麻桌布，我們自己也只有特殊場合才會在這裡吃飯。從我坐的這一邊正面對著餐具櫃，櫃子上是我們家的回憶聖壇，擺放著過世家人的肖像照片，那邊的相框裡有我們的爺爺和外公、外婆、一位阿姨和兩位叔伯，其中一個就是傑克大伯，他是艾爾文的父親，也是我父親敬愛的哥哥。經過班格斯多夫拉比提起林白的名字這麼一嚇，我變得更加困惑了。拉比終究是拉比，但此時的艾爾文正待在蒙特婁的加拿大軍醫院裡，在跟希特勒打仗丟了自己的左腿之後，現在正學著裝上左腿義肢走路，而我在自己的家裡，大人叫我只能穿上最好的衣服，我得打上唯一一條領帶、穿上唯一一件西裝外套，要讓拉比留下好印象，卻也正是這位拉比的幫忙才選出了這位跟希特勒交朋友的總統。我怎麼能不困惑？我們的恥辱和榮耀竟是一體兩面？某個必要的關鍵遭到摧毀而消逝，我們受到不得已的逼迫，再也不能當過去的美國人了，但是在水晶吊燈的照耀下，我們坐在飯廳裡沉重的整組深色家具中，吃著我母親做的燉牛肉，陪伴著我們所招待過的第一位知名訪客。

這時班格斯多夫突然談起艾爾文，他從艾芙琳阿姨那裡聽到關於他的事情，讓我的思緒更加混亂，也為這番神遊深思付出一切代價。「我為您家人遭受損傷而十分難過，我的心與你們所有人同在。艾芙琳告訴我，等您的姪子能夠出院了，就會過來同住進行復健。想必您也知道，花樣年華的少年受了這樣的傷，他心中會有多麼痛苦，需要您盡己所能付出所有愛與耐心幫助他，讓他能夠回歸有用的生活。他的故事特別悲慘，因為他根本沒有必要跨越國境到加拿大，加入他們的軍隊。艾爾文．羅斯出生就是美國公民，而美國並未與誰交戰，也無意與誰開戰，根本不需要哪一個年輕人在戰火中犧牲生命或缺手殘腳。我們有些人用盡心思才讓事情變成如此。我在一九四〇年大選中支持林白陣營，因此而接收到來自猶太社群成員相當大的敵意，但是我仍然堅持自己憎惡戰爭的立場。年輕的艾爾文在歐陸戰場上失去了一隻腳，卻和美國的安全或者美國人民的福祉無關，這已經太糟了……」

他繼續說，大概就是重複自己在麥迪遜花園廣場所說的，支持美國保持中立，但是我現在關心的只有艾爾文。他要來跟我們住？我看著我母親，她都沒跟我們提這件事，他什麼時候會到？要睡在哪裡？我母親在華盛頓時說過，我們已經不是住在一個正常的國家了，這還不夠慘，現在我們再也不能住在正常的家裡了，我身邊逐漸形成了一種更多磨難的生活，我想要大叫：「不行！艾爾文不能住在這裡，他只有一條腿！」

我實在太生氣了，過了好一會兒才發現飯廳裡已經不管什麼禮儀規矩了，我父親再也不能忍受自己被忽略，似乎終於克服了班格斯多夫的身分與自身的不足所造成的阻礙，他不再因為拉比的身分高貴而畏懼，同時控制不住那股風雨欲來的感覺，也因為對方高高在上的態度而大為光火，他決定要讓班格斯多夫好看，管他是不是戴著夾鼻眼鏡。

「希特勒，」我聽到他說，「希特勒可不是一般情況，拉比！這個狂人發起的戰爭不像一千年前的那樣，他發起的戰爭是這地球上從未有人見過的，他征服了歐洲、與俄羅斯開戰，每天晚上都將倫敦轟炸成瓦礫堆、殺害幾百個無辜的英國平民。他是史上最可怕的反猶太主義者，而他的至交，也就是我們的總統居然還相信他，相信希特勒告訴他的，說他們有『共識』。希特勒也和俄羅斯人有共識，他守信了嗎？希特勒的目標是征服世界，那也包括了美利堅合眾國，而既然他每到之處必射殺猶太人，等時機成熟，他就會來殺了這裡的猶太人。到時候，我們的總統會怎麼做？保護我們？捍衛我們？我們的總統連根指頭都不會動一下，**那**就是他們在冰島達成的共識，要是有誰覺得不會這樣，肯定是瘋了。」

班格斯多夫拉比對我父親的話並未露出不耐的樣子，而且相當尊重他，繼續聽著，似乎是對於自己所聽到的這些話，有一部分還能感到同情。只有山迪好像怎麼努力也無法壓抑自己的情緒，聽到我們的父親以輕蔑的口氣稱林白是「我們的總統」時，他轉過來對我做了個鬼臉，顯示出他只是像一般美國人一樣適應了新政府，卻已經遠遠脫離了我們的家庭核心。我母親坐在父親的右邊，他說完之後，母親便伸手抓住了他的手，只是不知道這是要表示她有多麼以他為榮或者是要示意他閉嘴。至於艾芙琳阿姨，她完全臣服於拉比的影響力，裝出一副仁慈忍耐的模樣來隱藏心思，看著她那膚淺的姊夫居然憑著那一點貧瘠的字彙也敢反駁會說十種語言的學者。

班格斯多夫並沒有馬上回應，反而是裝模作樣地說了一段故事，默默加入自己的答辯：「我昨天早上才剛到白宮跟總統說話。」說到這裡他拿起玻璃杯喝口水，讓我們有時間冷靜下來。「我是要向他道賀，」他繼續說，「因為他在三〇年代晚期曾到德國去，自那時起便有許多猶太人懷疑他的用心，不過他對於減輕猶太社群的疑心已經大有進展，其實當時他是祕密為美國政府去評估德國空軍的實力。我告訴他，我自己的教眾中所有當時投票給羅斯福的人現在都已經大力支持他，感激他確立了我們的中立性，讓我們的國家免於經歷再一次大戰的折磨。我告訴他，老實人這類的計畫已經開始說服美國的猶太人，知道他絕對不是他們的敵人。確實，在他成為總統之前，有時候會說出一些根基於反猶太陳舊觀念的公開言論，但他當時說那些是出於無知，今日也坦承不諱。我很樂意告訴你，我只是單獨跟總統講了兩、三次課便讓他放棄了那些錯誤觀念，開始欣賞美國的猶太人生活中多樣化的本質。他不是個惡人，怎麼說都不是，他這個人既有天縱英才且廉潔自持，個人的勇氣膽識也確實值得崇敬，他現在希望招攬我協助他消弭因無知而生的障礙，就是這些障礙才一直讓基督徒和猶太人之間無法交融。不幸的是，在猶太人當中也有這樣的無知，許多人仍堅持認為林白總統是美國希特勒，但他們卻十分明白總統並不是靠著政變而獲得權力的獨裁者，而是民主領袖，在公正自由的選舉獲得壓倒性勝利才得以入主白宮，絲毫未曾顯露出專制統治的傾向。他並未犧牲人民來贏取國家的榮耀，反之，他獎勵具有創業精神的個人主義，並支持不受聯邦政府干涉的自由企業體系。哪裡有什麼法西斯國家主義？哪裡有什麼法西斯暴行？哪裡有什麼納粹衝鋒隊和祕密警察？您何時看見我們的政府顯露出一點法西斯反猶太的意向了？希特勒在一九三五年通過紐倫堡法案對德國猶太人所犯下的事，和林白總統決定透過建立美國統合辦公室要為美國猶太人所做的事，是絕對相反的兩回事。紐倫堡法案剝奪了猶太人的公民權並且盡一切可能讓他們無法成為國家的一員，而我鼓勵林白總統去做的事情，是發起計畫邀請猶太人盡量融入這個國家的生活，想多融入就可以多融入，我相信您也會同意我們就與其他人一樣有權利享受這樣的生活。」

我們家餐桌上從來沒有出現過像這樣飽含學識而滔滔不絕的演講，大概在我們這個街區也從來沒有過，拉比最後作結時的問話語氣相當溫和，甚至有些親暱：「告訴我，赫曼，我剛剛解釋的這些能稍稍撫平您的恐懼嗎？」結果我父親居然只是淡淡回答：「不，沒有，一點也沒用。」接著，他也不管自己可能是語出冒犯，不只會惹得拉比不快，還會侮辱了他的尊嚴，引得他懷恨在心的鄙棄，我父親又說：「聽到像你這樣的人那樣說，坦白講，只是讓我更加警覺。」

隔天晚上，艾芙琳阿姨打電話來喜孜孜地告訴我們，今年夏天在老實人計畫資助到西部去的一百名紐澤西男孩當中，山迪雀屏中選成為全國「招募官」，要以學長的身分向有資格申請的猶太年輕人及他們的家人演講，解釋OAA計畫的諸多益處並且鼓勵他們申請。就這樣，拉比出手報復，我們父親的長子現在成為了新政府的榮譽成員。

山迪開始會在下午時到艾芙琳阿姨在市區的OAA辦公室去，不久之後我母親也穿上自己最好的衣服，這是一套量身訂做的灰色外套搭裙子，花色是淡淡的細條紋，她總穿著這套衣服參加家長會會議以及在選舉時到學校地下室擔任監票員，現在她要出去找工作。晚餐時，她宣布自己在市區一家規模頗大的百貨公司漢恩百貨找到了賣女裝的工作，這家百貨提早雇用她來協助假期旺季，一週工作六天再加上週三晚上，不過因為她有辦公室秘書的經驗，所以也心存希望，或許接下來幾週在百貨的行政部門會有開缺，這樣她在聖誕節之後就能成為固定員工。她對我和山迪解釋說，她的薪水是用來支應艾爾文回來後就會增加的家庭開銷，不過其實真正的目的（只有她丈夫才知道）是要將她的薪水支票郵寄存入一家蒙特婁銀行的帳戶，以免我們必須逃離這個國家，到加拿大從零開始。

我母親不在、我哥哥不在，艾爾文很快也要回家來了。我父親開車到蒙特婁去軍醫院裡探望他。某個週五早晨，離我和山迪起床上學還有好幾個小時，我母親幫父親做早餐、裝滿他的保溫瓶再帶上食物，她準備了三個紙袋，用山迪的粉蠟筆寫上**午**代表午餐、**點**代表點心、**晚**代表晚餐，然後他就出發到北邊五百六十公里遠的國境。因為他的老闆只能讓他在週五請假，所以他必須週五開一整天的車過去，週六探望艾爾文，週日再開車一整天回來趕上週一早上的員工會議。去程他爆了一顆胎，回家時又爆了兩顆，而為了趕上會議，他只能過家門而不入，直接從高速公路開車到市區。等到我們晚餐看到他的時候，他已經一天以上沒睡覺，又更久沒有洗澡。他告訴我們，艾爾文看起來就像行屍走肉，體重大概只剩四十五公斤左右。聽到這裡，我很好奇他失去的那隻腳有多重，那天晚上還想在浴室的磅秤上量量看自己的腳，但沒辦法。「他都沒胃口，」我父親說，「他們把食物擺在他面前，他就推開。那孩子雖然強悍，卻已經不想活了，除了躺在那裡讓那張可怕悲慘的臉日漸消瘦以外什麼也不要。我說：『艾爾文，你一出生我就認識你了，你有鬥志，不會放棄。你遺傳了你父親的堅強，你父親就算受了最嚴重的打擊也仍會繼續向前，你的母親也是。』我告訴他：『你父親過世的時候，你母親得絕地重生，她沒有選擇，因為懷了你。』但我不知道他聽進去多少，希望多少有一點，」他說話的聲音逐漸沙啞，「因為我在那裡的時候，四周的床位上都躺著病重的男孩，我在那家醫院裡坐在他床邊的時候——」他就只能說到這裡。那是我第一次見到我父親哭泣，這是童年的一座里程碑，看見別人落淚會比自己的更加難受。

「是因為你實在太累了。」我母親對他說，她從椅子上站起來走了過去，撫摸他的頭，想安撫他的情緒。「等你吃完了，」她說，「去洗個澡然後直接睡覺。」

他往後一仰，讓自己的頭穩穩落在她雙手裡，無法控制地啜泣起來。「他們把他的腳炸掉了。」他告訴她，聽到這裡，我母親示意我和山迪離開，讓她獨自安撫他。

我開始了一段全新的人生。我看著父親崩潰，再也無法回到過去那樣的童年了。原本待在家裡的母親如今整天都在漢恩百貨上班，隨傳隨到的哥哥現在每到放學就跑去幫林白工作，而那個在華盛頓挑釁似的對著餐館裡那群可憐的反猶太主義者唱歌的父親，現在卻張開嘴大聲嚎哭，既像個遭人拋棄的嬰孩，也像是遭受折磨的男人，只因為他無力阻止未能預見的意外，而林白打贏選戰這件事讓我再清楚不過，設想不到的意外展開就代表了一切。轉錯了一個彎就會造成無窮無盡的意外，這是我們在學校裡學到叫作「歷史」的東西，無害的歷史，每一件在當時被視為意外的事件記錄到了書頁上就成了無可避免，而歷史的科學隱匿了意外的可怕之處，將災難化為史詩。

既然只剩我一個人，我放學後的時間都開始跟厄爾．艾克斯曼在一起，他是我的郵票啟蒙者，而我們一起也不只是拿著我的放大鏡細細研究他的收藏，或者看看他母親衣櫃裡那堆各式各樣令人困惑的內衣。因為我的功課用不了多久就做完了，唯一要負責的家事只有晚餐前擺好餐具，所以現在我完全可以去調皮搗蛋；既然每天下午，厄爾的母親似乎總會出門，要不是去美容院就是到紐約去逛街，厄爾就有時間陪我玩了。他比我大了快兩歲，由於他時髦的父母離婚了（也是因為他們時髦才如此），他似乎從來就沒打算當個模範兒童。最近，因為我對於自己一個人越來越覺得惱火，於是會在床上喃喃自語：「那就來做點壞事吧。」每次厄爾對於我們想做的事情感到無趣時，他就會這麼提議，總是讓我既興奮又不安，冒險的刺激遲早會吸引我，但是我內心總覺得家庭正隨著國家漸漸離我遠去，因而消弭了這份刺激，一個出身模範家庭的男孩一旦不再利用自己年幼的純真來取悅所有人，發現了自己祕密行動時那種罪惡的愉悅感，我已經準備好去熟悉這樣的自由不羈。

我開始跟著厄爾一起跟蹤別人，他每個禮拜都會做好幾次，如今已經跟了幾個月了，放學後就自己跑到市區裡在公車站牌附近閒晃，尋找下了班準備回家的人，等到他盯上的人搭上公車就跟著上車，不動聲色地跟對方一起搭車，等那人下車也馬上跟著下車，然後保持著一段安全距離一路尾隨他回家。「為什麼？」我問。「看看他們住哪裡。」「就只有這樣嗎？這樣？」「這樣可多了，我四處跑，甚至還離開紐華克，想去哪裡就去哪裡，每個地方都有人住。」厄爾解釋道。「你怎麼在你母親回家之前到家？」「祕訣就在這裡，有多遠就去多遠，然後在她回來之前回家。」他已經坦承搭公車的錢是從他母親的手提包裡偷的，看他那歡天喜地的樣子，彷彿撬開的是諾克斯堡國家金庫的鎖，他拉開臥室裡一處抽屜，各式各樣的手提包就亂七八糟地一個堆著一個。週末他會去紐約跟父親同住，便從他父親衣櫃裡掛著的西裝口袋裡偷，有時在週日，卡薩羅馬樂隊會有四、五名樂手過來他父親的公寓打撲克牌，厄爾會幫忙將他們的外套堆在床上，趁機摸過他們的口袋再將零錢藏在自己行李箱底一隻髒襪子裡，接著他便滿不在乎地晃進客廳裡看他們打牌一整個下午，聽聽他們說起在派拉蒙飯店、艾塞克斯酒店及格倫島賭場裡表演時的趣事。一九四一年，樂隊才剛從好萊塢回來，他們參演了一部電影，於是在牌局間聊起那些明星和明星的樣子，厄爾將這些內部消息透露給我，我又告訴山迪，他總是說：「狗屁。」警告我不要再跟厄爾．艾克斯曼鬼混。「你這個朋友，」他告訴我，「小小年紀懂得的東西太多了。」「他的郵票收藏很棒。」「對啦，他那個媽媽，」山迪說，「跟什麼人都願意來往，甚至和年紀跟她差很多的男人出去。」「你怎麼知道？」「高峰路上的每個人都知道。」「我就不知道。」我說。「對啊，」他告訴我，「還有你不知道的呢。」我則是沾沾自喜地想著：「或許也有你不知道的事情。」但是又緊張地不得不想，我最好朋友的母親該不會是那些大男孩口中的「蕩婦」。

結果，習慣偷我父母的錢遠比我所能相信的還要簡單，而且跟蹤別人也比我所想的還簡單，只是前幾次我無時無刻不感到震驚，首先便是下午三點半在市區卻無人看顧。有時候我們會一路跑到賓州車站去尋找目標，有時會去寬街及市場，有時還穿過市場去法院，在那裡的公車站牌等候並鎖定獵物。我們從來不跟著女人，厄爾說她們沒什麼有趣的地方，我們也從來不跟著認為是猶太人的人，他們沒什麼有趣的地方。我們的好奇心只針對男人，那些一整天在紐華克市區工作的成年基督徒男子，他們回家時都去了哪裡？

我們走上公車付錢的時候就是我最焦慮的時候，車票錢是偷來的、我們不應該在這裡、也不知道要去哪裡，而等到我們到了不知何處的時候，緊繃的情緒讓我暈頭轉向，厄爾低聲在我耳邊說出這地方的名字時我根本聽不懂他說什麼。我毫無頭緒，像個迷失男孩，我就是這樣偽裝自己。我要吃什麼？要睡在哪裡？狗會咬我嗎？我會被逮捕關進牢裡嗎？會有某個基督徒收留我、領養我嗎？或者我最後會不會像林白的兒子那樣被綁架？我假裝自己是迷失在某個自己陌生的遙遠地區，又或者在林白的縱容之下，希特勒終於入侵美國，厄爾和我正要逃離納粹。

這一路上我的恐懼不斷攻擊著我自己，我們躡手躡腳地拐過街角、穿過街道、蹲伏在樹後面以免被人看見，這趟冒險的最高潮就是我們跟蹤的男人到了家，我們就會看著他打開門走進去。接著我們站在一段距離以外的地方看著那棟房子，此時的門又關了起來，厄爾會說些什麼，像是「草皮真大」或者「夏天都結束了，為什麼還拉著紗窗？」又或者「看到車庫裡面了嗎？那是新款的龐帝克。」然後，如果說想要試著在不被注意到的情況下從窗戶偷看屋裡，即使厄爾．艾克斯曼這樣愛好偷窺的猶太人也覺得太誇張了，所以他就帶頭走回公車站再回到賓州車站。通常到了那個時候，大家都忙著下班回家，於是回到市區的公車大概除了我們就沒有其他乘客，感覺就像駕駛成了我們的私家司機，公共汽車就是我們的私人禮車，而我們兩人是世界上膽子最大的兩個男孩。厄爾的伙食非常好，一個白白淨淨的十歲男孩已經有些福態，嬰兒肥的臉頰十分飽滿再配上長長的深色睫毛，黑色的小捲髮上擦了他父親的髮油而散發香味，若是公車上沒有其他人，他就會躺在後方的長椅上擺出帕夏[2]的姿勢，充分展現出他那種不可一世的態度；而我直挺挺坐在他旁邊，瘦得皮包骨的樣子臉上掛著微笑，就像個有些羞愧的小跟班還想表現出高尚的樣子。

我們從賓州車站搭上十四路公車回家，這天下午第四次搭上公車冒險。晚餐時我會想：「我跟蹤了一名基督徒，沒有人知道，我可能被人綁架也不會有人知道。用我們兩個人手上的錢就可以……如果想要的話……」有時候差一點就要露餡被我那個目光精明的母親抓個正著，因為我的膝蓋在餐桌底下總忍不住抖個不停（厄爾在籌謀著什麼壞主意的時候也總是這樣）。夜復一夜我上床睡覺時總揣著興奮之情，想著我為自己八歲的人生找出的偉大新目標：逃離。在學校裡我聽見敞開的窗戶外頭傳來公車呼嘯著爬上總理大道山坡，一心只想著搭上車，整個外面的世界成了一輛公車，正如對一個南達科他州的小男孩而言那是一匹小馬，能夠載著他盡可能奔馳往前。

2 帕夏（Pasha）為鄂圖曼土耳其帝國時期和中東地區使用的一個頭銜，類似於總督或軍隊的高級將領。

十月底，我開始跟著厄爾學習怎麼說謊、偷竊，而且我們的祕密小冒險也絲毫未減其重要性，隨著十一月的天氣越來越冷，接著進入十二月，市區開始掛起聖誕節裝飾，幾乎每個公車站牌都有一大堆男人可選。市區的人行道上擺售著聖誕樹，我從來沒見過這樣的事，這些聖誕樹一棵賣一塊錢，兜售的人都是小孩子，看起來若不是生活困苦就是剛從感化院放出來的叛逆小子。一開始我很驚訝看見他們就這樣光天化日之下把錢交到另一人手上，以為這樣是不是犯了法，但是似乎沒有人覺得有必要遮掩住這些交易。這裡的警察多如牛毛，配戴警棍的警察穿著寬大的藍色大衣在街上巡邏，但是他們看起來相當愉快，似乎也很享受，自然是享受聖誕節的氣氛。才剛過感恩節，一週裡就颳起兩次風勢強勁的暴風雪，因此清掃過後的街道兩旁堆起了不少髒兮兮的小雪丘，已經堆得跟汽車一般高了。

到了下午，人逐漸多了起來，但這對小販來說不算什麼阻礙，他們從一堆聖誕樹中拽起一棵，走了好長一段路把樹扛到人潮洶湧的人行道上，憑著鋸掉的樹幹立在路旁供顧客打量挑選。這景象看來奇怪，這些樹都是在離城市數公里遠的地方由樹農照顧養大，如今卻排列靠在城市裡歷史最悠久的教堂前鍛鐵欄杆上，成堆倚放在雄偉富麗的銀行及保險公司大樓前方；同樣奇怪的還有，站在市區街道上卻能聞到樹木散發出強烈的鄉村氣味。在我們家附近沒有人在賣樹，因為沒有人會買，所以如果要說十二月有什麼氣味，也是某隻流浪貓鑽進某人後院裡的垃圾桶翻找食物後被拎出來嘶嘶叫的味道；還有某間公寓爐子上燒得過熱，將熱氣蒸騰的廚房窗戶開了個小縫讓巷子裡的空氣流進去的味道；也有從爐灶煙囪上噴吐出的有害煤氣；更有從地窖裡抬上來一桶桶灰，要用來撒在門外溜滑的人行道路面上。紐澤西北部的春天溼氣重，夏天也屬濕熱，秋天則是陰晴不定又泥濘一片，相較於這些時候的氣味，冷冽的冬天幾乎讓人察覺不到什麼味道，或者說我原本是這麼認為，一直到跟厄爾跑到市區晃蕩，看到那些樹又聞了一口，這才發現對基督徒來說十二月是另一回事，就和其他許多事情一樣。市區裡掛起了數千條燈飾、處處都看得見人們唱著聖誕頌歌、救世軍樂隊陶醉地演奏音樂，每拐過一個街角就會看到一位聖誕老人呵呵笑，這一切都讓我知道在一年的這一個月，我出生之地的核心地帶昇華成了他們的地方，且專屬於他們。軍事公園裡有一棵十二公尺高的聖誕樹，裝飾得十分華麗，公共服務大樓的正前方也矗立著巨大的金屬聖誕樹，以泛光燈照明，《紐華克新聞報》說那樹有二十四公尺高，我只勉強算是一百三十七公分高。

在我們的聖誕假期前幾天某個下午是我最後一次跟厄爾出門，我們跟著一個男人搭上了往林登站的公車，這人兩手都提著裝滿了禮物的百貨公司購物袋，上頭裝飾著應景的紅與綠。僅僅十天後，艾克斯曼太太就要面臨精神崩潰，在半夜裡被救護車載走，而在那之後不久便是一九四二年的新年元旦，厄爾的父親便急忙來將他帶走，連帶著他的郵票收藏及一切東西。稍後在一月，出現了一輛搬家卡車，我就看著他們將厄爾家中所有家具都搬走，包括裝滿厄爾母親內衣的衣櫃，高峰路上再也沒有人見過艾克斯曼家的人。

到了寒冷的冬天，日落後的暮光很快就消逝，於是從公車站跟著人回家讓我們更加自滿，彷彿是在午夜過後良久，其他孩子都已經熟睡幾個小時了，我們仍在外頭辦事。提著購物袋的男人一直待在公車上，經過了希爾賽德線一路進入伊莉莎白區，過了大墓園之後就下車，距離我母親幼時生活住在她父親雜貨店樓上的街角不遠。我們靜悄悄地跟在他後面下車，我們兩人穿著統一規格的冬衣偽裝，就跟當地其他一千個學童差不多，毫無起眼之處，一件連帽的方格紋厚毛呢短大衣、厚羊毛手套，還有毫無剪裁可言的燈芯絨長褲，褲管塞進了不合腳的橡膠防水套鞋，鞋上有一半不聽話的拴扣都鬆開了。但是，因為我們以為在越發深沉的暗影中可以隱藏得更好，又或者是因為時間一長，我們沒有過去那麼機靈了，肯定在跟蹤他時不如先前練習時那麼熟練，所以「無敵二人組」就這樣曝光了，這是厄爾為我們這一對跟蹤基督徒的搭檔而取的自負稱號。

我們要穿過兩個長長的街區，街區兩旁排列著富麗堂皇的紅磚房宅，裝飾著閃亮的聖誕節燈飾，厄爾認出後低聲說這是「百萬富翁的豪宅」；接著又有兩段比較短的街區，規模小得多，兩旁是比較樸素的木造房屋，我們如今已經遊歷過上百條街道，這樣的房子也看得很多，每棟屋子門上都掛著聖誕花圈。男人走到這兩個街區的第二個便轉彎踏上一條狹窄的鋪磚道路，曲折的道路通往一棟矮小的木瓦房屋，在積雪的地面上兀自站著這麼一棟小巧可愛的房子，彷彿是糖霜大蛋糕上頭可食用的裝飾品。屋裡樓上樓下都點著光線黯淡的燈，而從前門旁邊一扇窗戶裡可以看到閃閃發光的聖誕樹。正當那個男人放下購物袋要拿出鑰匙時，我們越來越靠近那片忽高忽低的白色草坪，直到透過窗戶也能清楚認出掛在樹上的裝飾品。

「你看，」厄爾悄聲說，「看到最上面了嗎？樹的最上面，看到了嗎？是耶穌！」

「不是，那是天使。」

「你以為耶穌是什麼？」

我也悄聲回答：「我以為他是他們的神。」

「還是天使長，那就是他！」

於是，這就是我們歷險的最高潮——耶穌，在他們看來他就是一切，而在我看來卻搞砸了一切：因為如果不是基督，就不會有基督徒；沒有基督徒就不會有反猶太主義；而如果沒有反猶太主義，就不會有希特勒；沒有希特勒，林白永遠也不會成為總統；而如果林白不是總統……

突然間，我們跟蹤的那個男人正拿著購物袋站在敞開的門口，這時竟轉過身來開口，他的聲音很輕柔，彷彿要吐出煙圈一樣，喚道：「孩子。」

我們大驚失色，沒想到居然被發現了，我便覺得自己聽到叫喚，必須站出來走到通往房子的路上，就像我兩個月前那樣還是個聽話的乖孩子，我會告訴他我的名字以免良心不安。只是厄爾伸手拉住了我。

「孩子，不用躲了，沒有必要。」男人說。

「現在怎麼辦？」我低聲對厄爾說。

「噓——」

「孩子，我知道你們在那裡。孩子，天色暗到伸手不見五指了，」他用友善的聲音警告，「你們在那裡不是很冷嗎？你們想不想喝杯熱可可？進來吧，孩子，趕快在下雪前進來。有熱可可，我還有香料蛋糕、種籽蛋糕，也有薑餅人。我有各種顏色的動物糖霜餅乾，也有棉花糖。有棉花糖喔，孩子，我們可以拿櫃子裡的棉花糖放在火上烤。」

我再次看著厄爾想知道怎麼辦，他已經起身往紐華克的方向走。「快跑啊，」他轉過頭來對我大叫，「快逃，菲利普——是想拐小孩的仙子！」

# 第四章 斷肢

一九四二年一月—一九四二年二月

艾爾文一開始先捨棄了輪椅，接著是拐杖，然後經過一段漫長的醫院復健期，加拿大軍隊的護理師訓練他如何在無人攙扶的情況下靠義肢走路，終於在一九四二年一月出院。他每個月都會收到加拿大政府給的殘障津貼，有一百二十五元，大概比我父親每個月從大都會壽險領到的薪水少一半再多一點，另外還有三百元的復員費。他這樣的殘障退伍軍人若是選擇留在加拿大，還能享有更多福利，而且自願加入加拿大軍隊的外國人如果想要的話也可以在退伍後馬上拿到公民身分。那他為什麼不當加拿大人呢？蒙提伯伯問，既然他根本受不了美國，為什麼不乾脆留在那邊拿點好處？

蒙提是我的叔伯中最橫行霸道的人，這大概也能解釋為什麼他是最有錢的，他就在鐵路旁邊的米勒街市場裡批發蔬果來賺錢，這生意還是艾爾文的父親傑克大伯起頭的，並讓蒙提加入，在傑克大伯死後，蒙提就拉來了他最小的弟弟，也就是我的賀比叔叔。當時我父母剛結婚、還身無分文的時候，他也邀我父親一起，但我父親拒絕了，因為他在成長過程已經受夠了蒙提的欺凌。我父親和蒙提同樣都擁有驚人的無窮精力，也能夠忍受各種艱苦，其堅忍過人並不亞於蒙提，但是他從少年時的交手就知道自己贏不過這位革新者。蒙提最早便放手一搏要讓紐華克在冬天有熟成的番茄可吃，他從古巴買了好幾車綠番茄，放在他米勒街倉庫的二樓一間木板搭成的特殊暖房催熟，等番茄熟了，蒙提就裝成四個一箱高價賣出，從此贏得了番茄王的稱號。

我們家還住在紐華克某棟公寓住宅二樓的五房小屋，付租金過日子，而做批發生意的叔伯們則住在楓木城郊區的猶太區裡，每人都有一棟裝了百葉窗的白色大宅子，還是殖民地風格的建築，門前有一片綠色草坪，車庫裡停著打蠟到發亮的凱迪拉克。諸如亞伯·史坦漢、蒙提伯伯或者班格斯多夫拉比這樣顯然充滿野心、積極作為的猶太人，似乎都因為自己身為新移民的後代而感到腹背受敵，必須奮發向前去爭取身為美國人所能成就的最大江山，也不知是好是壞，但這樣崇高的利己主義並不存在我父親的性格裡，他也完全不想著要登峰造極，雖說他也經常為了個人的榮譽而奮鬥，絲毫不缺堅忍不拔又好戰的個性。不過就和那些人一樣，我父親光憑著自己出身貧困、常被其他小孩叫作猶太佬這樣委屈的過往，也足以讓自己有所成就（倒不是贏盡天下），而且不至於毀壞了自己身邊人們的生活。我父親生來懂得競爭卻也會保護，而且不會因打敗敵人感到心情愉快，倒是他幾個哥哥都樂意為之（更別提其他那些生性兇殘的創業大人物）。有些人天生是發號施令的老闆，也有人是聽令行事的員工，而這些老闆之所以為老闆通常都有其原因，這些老闆從事的生意也有其原因，無論這門生意是建築業、製造業、擔任拉比或者是賺取暴利，都是他們所能想到最能暢通無阻的生意之道，也自認不會受到羞辱，尤其是不會受到新教徒階級意識的歧視，就是這樣的意識讓百分之九十九的猶太人都受雇於大企業，安分守己而任勞任怨。

「要是傑克還活著，」蒙提說，「那孩子根本就出不了前門。你就不該讓他去的，赫曼，他逃家去了加拿大打仗當英雄，結果落得這個下場，下半輩子都是個該死的瘸子。」這天是星期日，接下來的星期六艾爾文就回家了，蒙提伯伯穿著一身乾淨的衣服，不像平時在市場裡總穿著沾染大片髒汙的風衣及噴濺上汙水的舊長褲，還戴著一頂髒兮兮的平頂帽，此時他正靠在我們家廚房的水槽邊，嘴裡叼著一根菸。我母親不在場，通常蒙提過來的時候她就會找藉口離開，有時私底下，她對蒙提的粗魯言行實在惱怒到無法壓抑的時候，就會叫他是頭大猩猩，但我只是個小男孩又對他相當著迷，彷彿真把他當成了猩猩看待。

「艾爾文受不了你的總統，」我父親回答，「所以他才去了加拿大。不久之前你也受不了那個人，但現在這個反猶的傢伙是你的朋友了。大蕭條結束了，你們這些有錢的猶太人都告訴我，不是多虧了羅斯福而是多虧了林白先生，股市上漲了、利潤上漲了、生意大發利市——為什麼呢？因為我們有林白的和平而非羅斯福要的戰爭。對你們這些人來說，還有什麼比起數鈔票更重要？」「赫曼，你說這話像是艾爾文說的，聽起來像個孩子。有什麼比錢更重要？你的兩個兒子。你想讓山迪哪天像艾爾文這樣回家嗎？你想要菲利普，」他說著，轉頭過來看著坐在餐桌前聽他們談話的我，「哪天像艾爾文這樣回家嗎？我們沒有參戰也會一直不參戰，林白對我沒造成什麼我能看見的傷害。」我等著我父親回答：「你等著瞧。」但或許是因為有我在，而且也已經夠害怕了，於是他沒有。

蒙提一離開，我父親就對我說：「你叔叔沒動腦，像艾爾文那樣回家——那種事情可不會發生。」「但要是羅斯福又當上總統了呢？那就要打仗了。」我說。「也許會，也許不會，」我父親回答，「沒有人能事先預測到那種事。」「但要是開戰了，」我說，「要是山迪的年紀夠大，那他就會被徵召到戰場上打仗，要是他到戰場上打仗，艾爾文發生的事也**可能**發生在他身上。」「兒子，任何人都可能發生任何事，」我父親說，「但是通常不會。」「但就是有可能。」我想著，可是我不敢說出口，因為他聽到我的問題已經很生氣，若是我繼續下去，甚至可能不知道該如何回答。既然蒙提伯伯對他說那些有關林白的話就跟班格斯多夫拉比對他說的一模一樣，而且也跟山迪偷偷對我說的一樣，我開始懷疑我父親到底知不知道自己在說什麼。

林白就任後過了將近一年，艾爾文搭著跨夜列車從蒙特婁回到紐華克，剩下的腳沒了一半，身邊有一位加拿大紅十字會的護理師。我們開車到市區的賓州車站去接他，就像先前的夏天我們去接山迪一樣，只是這一次山迪也跟我們一起。幾週以前為了家庭和樂，我獲准可以跟著山迪和艾芙琳阿姨一起出門，到了紐華克南方約六十四公里之外的新布朗斯維克，坐在猶太會堂的觀眾席裡聽他在會眾面前滔滔不絕，說著他在肯塔基州的冒險故事並且展示畫作，鼓勵他們為孩子申請參加老實人計畫。我父母已經清楚告訴我，我不需要向艾爾文提及山迪在老實人的工作，他們會親自解釋一切，但必須先讓艾爾文有時間習慣在家的感覺，也能更理解在他去加拿大之後美國改變了多少，然後才說，這無關乎要隱瞞艾爾文什麼，也不是要騙他，而是要保護他不受任何可能干擾他復元的事情影響。

那天早上從蒙特婁過來的火車誤點了，為了打發時間，也因為我父親現在每天時刻關心政治局勢，他買了一份《新聞日報》，坐在賓州車站的長椅上瀏覽，這份報紙是立場偏右的紐約小報，他總是稱為「廢紙」，同時我們其他人則在月台上走來走去，焦急地等著我們新生活的下一階段開始。廣播公告說蒙特婁的火車會比預期還要晚抵達，我母親便牽著我和山迪的手帶我們走回長椅坐下一起等，此時我父親已經將《新聞日報》中他所能讀下去的部分讀完了，順手丟進垃圾桶。我們的家境總是錙銖必較，因此看到他把才剛買了不久的報紙就這樣扔掉，就跟我一開始看到他讀這份報紙一樣感到困惑。「你能相信這些人嗎？」他說，「這條法西斯狗**還是**他們的英雄。」他沒有說出口的是，因為遵守競選承諾讓美國不參與世界大戰，現在這個國家幾乎每份報紙都稱這條法西斯狗為英雄，除了《PM》以外。

「好了，」火車終於進站開始減速準備停車，我母親說，「你姪子到了。」

「我們該做什麼？」母親催促我們站起來的時候我問她，我們四個人往前靠近月台邊。

「打招呼啊，這是艾爾文，歡迎他回家。」

「那他的腳呢？」我悄聲說。

「怎麼了，親愛的？」

我聳聳肩。

此時我父親伸手按著我的肩膀，「不要怕，」他對我說，「不要害怕艾爾文，也不要害怕他的腳。讓他看看你長多大了。」

山迪先從我們身邊跑了出去，追趕上從三、四十公尺外的軌道上就準備好要停車的車廂。艾爾文坐在輪椅上由一位穿著紅十字制服的女人推出車廂，而一面疾奔向他、大聲喊著他名字的那個人卻是我們當中唯一一個被另一邊收服的人。我已經不知道該怎麼看待我哥哥了，但話說回來，我也不知道該怎麼看待自己，光是要努力記得藏住每個人的祕密就夠我忙的，同時還得盡全力壓抑住恐懼，努力不要失去信念，仍然要相信我父親及民主黨和羅斯福，還有其他所有不會讓我跟著其他國民一起崇拜林白總統的人。

「你回來了！」山迪叫喊著，「你回家了！」然後我看著我哥哥，他才剛滿十四歲，卻已經跟個二十歲的年輕人一般強壯，雙膝跪倒在月台的水泥地上，這樣才更容易伸出雙臂攬住艾爾文的脖子。我母親這時又開始哭泣，我父親很快牽起我的手，或許是想這樣做才不會讓我的情緒崩潰，又或許是要避免自己讓混亂的情感影響。

我想著接下來肯定輪到我該跑向艾爾文了，於是我掙脫了父母的手奔向輪椅，然後一到那裡就模仿山迪伸出**我的**雙臂抱住他，結果才發現他身上的味道難聞極了。我一開始以為這股味道一定是從他的腳傳來的，但卻是從他的嘴。我屏住呼吸閉上眼睛，才剛鬆開抱著艾爾文的手就感覺到他坐在輪椅上往前傾，和我父親握手。我這才注意到輪椅裡兩旁各繫著一根木拐杖，也是第一次鼓起勇氣直接看著他。我從來沒有看過瘦成這樣皮包骨的人，也沒見過如此失意的人，但是他的眼神中並未顯露出恐懼，也沒有哭泣的跡象，那雙眼睛惡狠狠地盯著我父親，彷彿是這位監護人犯下了無可饒恕的罪過，害得病房裡多了一個殘廢。

「赫曼。」他開口，但也就說了這麼多。

「你來了，」我父親說，「你到家了，我們會帶你回家。」

接著我母親俯身親吻他。

「貝絲嬸嬸。」艾爾文說。

他左腳長褲的褲管直接從膝蓋處垂了下來，大人通常能夠習慣這樣的景象但我看了卻很驚訝，即使我已經知道有個人完全沒有腳，那個人的身體只有臀部以上，全身就跟塊樹墩差不多高。我以前見過他，在我父親市區辦公室外面的人行道上乞討，不過雖然我對這樣極度怪異的景象深受震撼，卻從來不必多想，因為我不用不擔心有一天他可能過來住進我家。他的乞討生意在棒球季的時候最好，在那裡工作的人在一天勞動結束後便離開大樓，他會用與自己外表不搭的深沉宏亮聲音複誦那天下午的比賽結果比數，每個人就會在他拿來當成乞討缽的舊洗衣籃裡丟幾個銅板。他在一小塊夾板下面安裝了溜冰鞋，坐在上面四處移動（事實上，他似乎也住在這上面）。我除了記得他一年到頭都戴著厚重而歷盡風雨的工作手套（為了保護他用來移動的雙手），無法描述他剩下的衣著外表，因為害怕一直盯著他看再加上看見他就很可怕，讓我根本無法長時間看著他，也就記不得他究竟穿著什麼。不過他居然能夠穿衣服，就和他似乎還能夠大小便一樣像個奇蹟，更別說他還能記得球賽比數。每次週六早上我跟著父親一起去到空盪盪的保險公司辦公室（主要是想趁著父親處理這一週的信件時可以坐在他的辦公椅上繞圈圈玩），父親和樹墩男總會友善地點點頭互打招呼，我這才發現這個遭受人生不公待遇的半身怪人不只真的存在，更令人摸不著頭腦的是，他還是個叫作羅伯特的人，竟然是這麼常見的男性名字而且跟我的名字一樣有三個字。「小羅伯特，你好嗎？」我和父親兩人一起經過他身邊進入大樓時，父親這樣說。「赫曼，你好嗎？」小羅伯特會這樣回答。最後我問我父親：「他姓什麼？」「你有姓氏嗎？」我父親問我。「有啊。」「那他也有啊。」「叫什麼？小羅伯特什麼？」我問。我父親想了一會兒，然後笑著說：「老實說，兒子，我不知道。」

打從我一知道艾爾文要回來紐華克待在我們家裡復健，僵直著身體躺在黑暗中想逼自己入睡時，總忍不住想像待在那塊夾板上的羅伯特，戴著他的工作手套：一開始是想像我的郵票收藏上出現卐字，接著是活生生的樹墩小羅伯特。

「我以為你能靠他們給你的腳站起來，要不然他們怎麼讓你出院了？」我聽見我父親對艾爾文說，「發生什麼事？」

艾爾文根本看都不看他一眼就怒斥：「斷肢裂開了。」

「那是什麼意思？」我父親問。

「沒什麼，別擔心。」

「他有行李嗎？」我父親問護理師。

護理師還沒來得及回答，艾爾文說：「我當然有行李，你以為我的腳在哪裡？」

山迪和我跟著艾爾文及他的護理師一起前往車站大廳的行李櫃台，我父親則急著到雷蒙大道的停車場去把車開過來，我母親在最後一刻才決定要跟著父親一起去，想必是要好好談談他們沒有預料到艾爾文的心理狀態會是如此。在月台上，護理師找來一位幫忙搬行李的工人一起幫艾爾文站了起來，搬運工負責搬起輪椅，護理師則走在艾爾文身邊陪他一起跳到電扶梯口，她站到他身前當起人肉盾牌，艾爾文跳著跟上她，扶著扶手跟著電扶梯往下。山迪和我站在艾爾文身後，終於擺脫了他那難聞的口氣，而且在這個位置，萬一艾爾文失去平衡，山迪就能反射性準備好接住他。那名搬運工把輪椅倒過來高舉過頭，拐杖仍然繫在兩邊，他走電扶梯旁邊的樓梯，等艾爾文跳下電扶梯、我們也跟在後面走下來時，他已經在大廳等著迎接我們。搬運工把輪椅擺正放在大廳地板上，穩穩抓牢讓艾爾文能夠坐回來，但是艾爾文繼續靠著自己的一條腿用力跳走，沒有對護理師說謝謝或再見，就這樣讓她看著自己迅速跳過人潮洶湧的大理石地板，往行李櫃檯的方向過去。

「他不會跌倒嗎？」山迪問護理師，「他跳得好快，萬一他滑倒摔跤了呢？」

「他？」護理師回答，「那孩子想跳去哪裡都沒問題，他可以跳好遠呢，不會跌倒的，他可是跳跳走的世界冠軍。要是他能從蒙特婁一路跳過來，而不是讓我幫他搭火車過來，他會更高興。」然後她看著我們這兩個受到良好保護的孩子，完全不懂得失去的痛苦，說出了真心話，「我以前也見過憤怒的人，」她說，「我見過失去**雙手雙腳**的人憤怒不已，但是以前從沒有人像他如此憤怒。」

「憤怒什麼？」山迪急著問。

護理師是位豐滿的女人，有一雙嚴肅的灰色眼睛，在她灰色紅十字會帽子底下的頭髮短得像士兵一樣，但是她說話時卻散發著最溫柔的母性光輝，那樣的溫和又是另一個在那天令我意外的地方，那語氣彷彿是將山迪當成了自己負責照顧的病人，解釋道：「就是人們會感到憤怒的事情——為了事情怎麼會變成如此。」

我和母親得搭公車回家，因為家裡那輛小斯圖貝克的空間不夠大，艾爾文的輪椅雖然是笨重又無法摺疊的老舊款式，不過還是能塞進後車廂裡，只是要繞好幾圈繩子才能將後車廂頂蓋閉緊。他的帆布旅行袋（義肢就放在裡面某處）塞得十分滿，即使有我的幫忙，山迪也提不起來，於是只能放在地上拖到車站大廳另一頭，穿過大門走到街上，再交給我父親接手，山迪和他兩人將袋子平放在後座，山迪窩在袋子上整個人胸膛貼著大腿彎著腰，就這樣一路坐回家，同時艾爾文的拐杖也橫放在他大腿上，包覆著橡膠的頂端就從後座一邊車窗伸了出去，我父親還把自己放在口袋裡的手帕綁在拐杖一端以警告其他駕駛。我父親和艾爾文坐在前座，我原本不太樂意地準備要擠進他們之間，打算窩在變速桿右邊，這時我母親說她想要我陪她一起坐公車。她想要的只是不讓我再看到更多悲慘之事。

「沒關係，」她這樣說著，此時我們正要繞過街角走往地下道，準備搭十四號公車的人們已經在那裡排起了隊，「會覺得生氣是自然不過的事，我們都一樣。」

我矢口否認自己有任何憤怒的情緒，卻發現自己在公車站環顧四周想找個人來跟蹤，光從賓州車站這一站出發就有十幾條不同的路線，就在我和母親站在地下道一旁等著一輛十四號公車出現時，正好有一輛維爾斯堡的公車要前往遙遠的北紐華克打開門讓乘客上車，我發現了適合跟蹤的人選，是個拿著公事包的生意人，雖然說我對於識人的技巧尚不純熟，沒有厄爾那般信手捻來的精通，不過對方在我看來似乎不是猶太人。我只能帶著期盼的眼神，看著公車門在他上車後關閉，就這樣揚長而去，也沒辦法坐在附近監視他。

我母親等到只有我們兩人坐在公車上時才開口：「告訴我，你在煩惱什麼？」

我沒有回答，她便解釋艾爾文在火車站的行為。「艾爾文是覺得羞愧，他覺得讓我們看見他坐著輪椅很丟臉，他離開的時候身強力壯又獨立自主，現在他只想躲起來、想要大叫、想要發洩情緒，他的處境確實悲慘。而且這件事對像你這樣的男孩也很悲慘，得看著自己的大堂哥變成這樣。不過這一切都會改變的，只要他能理解，無論是他的外表或者是他所發生的事，都不算什麼羞愧的事，然後他就能開始養回先前瘦下去的體重，就能用他的義肢四處走，也會恢復你所記得的他離家去加拿大之前的樣子……感覺比較好了嗎？我說的這些，你聽了有比較安心嗎？」

「我不需要人安慰。」我說，但其實我想要問的是：「他的斷肢——裂開了是什麼意思？我一定要看嗎？我以後得摸那個地方嗎？他們會修好嗎？」

幾週前的某個週六，我跟我母親在地下室幫她整理好幾個紙箱，裡面裝滿了艾爾文的東西，這是我父親在艾爾文逃家去加拿大參軍之後從他瑞特街的房裡拿回來的，只要是能洗刷的東西，我母親都放在地下室水槽的洗衣板上刷洗，水槽分成兩邊，一個泡肥皂水、一個是清水，然後放進絞乾機裡折騰一段時間，我就搖著曲柄把手將水絞出來。我很討厭絞乾機，每件洗好的衣物經過機器裡一對滾輪一絞，就成了扁平一片出來，看起來就像被卡車輾過一樣，無論我為了什麼原因要下來地下室，總是很怕背對著這東西。不過現在我鼓起勇氣，把每一件被絞得看不出原樣的溼衣服放進洗衣籃裡拿到樓上，這樣我母親就能在後院的曬衣繩上把所有衣服晾乾。母親站在窗口往前傾把洗好的衣物掛出去時我就拿曬衣夾給她，而那天晚上吃過晚餐，她站在廚房裡熨燙我剛剛幫她收進來的襯衫及睡衣，我就坐在餐桌前把艾爾文的內衣褲摺好，並且將每一雙襪子捲成球狀，決心要當個大家心目中最乖的小男孩，要比山迪更乖，甚至比我自己都乖，希望藉此讓一切的結果圓滿。

隔天放學後，我得跑兩趟路才能將艾爾文的好衣服拿到轉角的裁縫店讓他們幫忙乾洗，那一週稍晚我去拿衣服，回家後把所有衣物以木製衣架掛起來，包括禮帽、西裝、運動外套和兩件長褲，掛在臥室衣櫃裡我分配給他的那一半空間，剩下的乾淨衣服則收進了原本是山迪使用的上面兩層抽屜。因為艾爾文要睡在我們臥室（這樣他要去廁所的路徑是最輕鬆的），山迪已經準備好要搬到公寓前方的日光室去睡，他將自己的東西都放在飯廳的櫥櫃裡了，就放在亞麻桌巾和餐巾旁邊。在艾爾文預定返家的幾天前某個晚上，我擦亮了他那雙棕色皮鞋，還有一雙黑色皮鞋，盡量不去在意自己心中的不確定性，狐疑著到底還要不要把四隻鞋子都擦亮。將這些鞋子擦得晶亮、將他的好衣服洗乾淨、將清洗乾淨的衣物都整齊疊在衣櫃抽屜哩，這一切只是一段禱告，是一段隨機應變出的禱告，祈求這個家的守護神保護我們簡陋的五個房間及房內所有一切，免得那隻失去的腳記恨在心而對我們大發雷霆。

我試著從公車窗外所看到的景象來估算還要多久才會抵達高峰路，我的命運既已揭開，想再密封起來也太遲了。公車走到了克林頓路，剛剛經過海景飯店，我一直都記得我的父母就是在這裡度過新婚之夜。我們已經離開市區，快到家了，正前方就是亞伯拉罕猶太會堂，這座雄偉的橢圓形堡壘落成後就迎來城內富有的猶太人信眾，我對這個地方十分陌生，大概就跟對梵蒂岡差不多。

「我可以去睡你的床，」我母親說，「如果你是在煩惱這個的話。目前，在大家能夠再次習慣其他人以前，我可以睡在你的床上，睡在艾爾文的隔壁，你可以去跟爸爸睡我們的床，這樣好不好？」

我說我寧可自己一個人睡在我自己的床上。

「如果山迪從日光室挪回來睡自己的床，」我母親提議，「艾爾文睡你的床，然後你就睡在山迪原本要睡的地方，就是日光室裡那張沙發床，怎麼樣？你願意一個人睡在屋裡前頭，還是說你就想要這樣？」

我想要嗎？當然樂意至極。但是山迪現在為林白工作，他怎麼可能跟一個因為去跟林白的納粹朋友打仗而失去腳的人同睡一個房間？

我們從克林頓路站轉上克林頓廣場，有黑色字母作招牌的羅斯福戲院就在一個街區之外。在山迪拋棄我轉而投入艾芙琳阿姨的辦公室之前，我們經常在週六下午到這處熟悉的住宅區去看兩場電影連映。很快公車就要駛過克林頓廣場上那一整列狹窄的巷子及能容納兩個半家庭的小房屋，這裡的街道看起來跟我們的很像，不過這裡的房子前廊都以紅磚砌起了山牆，一點都不像我們的房子能讓人回想起童年時的情感；接著公車抵達了總理大道上最後一個大轉彎，從這裡就要開始一路換著檔爬上坡，經過一棟新落成的高中，美輪美奐的校舍墩座上刻著高雅的凹紋，可以看到立在小學前方的粗壯旗桿，在山坡的最高處有一座小村落，據我們三年級的老師說那裡住著一群北美洲原住民倫尼萊納佩人，他們在燒熱的石頭上烹煮食物，還會在鍋子上畫著圖樣。越過高處再往下走，就到了我們的目的地高峰路站。對街街角的安娜梅甜點店，邊框襯著蕾絲的窗戶裡陳列著一盤盤裝飾華麗精緻、才剛做好的巧克力，經過了印地安人的高圓錐帳篷之後就會看到這家甜點店，散發出迷人的香味，讓走回家裡這兩分鐘路程都充滿了甜膩氣味。

也就是說，能夠答應搬到日光室去睡的時間正在流逝，從戲院到甜點店再到了墩座，我依然只說不用、不用，我睡原本的地方就很好，最後我母親也沒有其他安慰的話可說，雖然她還保持著鎮定，一路上也保持著陰鬱的沉默，感覺很是不祥也毫不遮掩，彷彿這一整個早上的繁雜忙碌終於擊敗了她，就像我遭到擊敗一般。我不知道自己還能隱瞞自己根本無法忍受艾爾文多久，因為他少了一隻腳、長褲裡有一邊是空的、嘴裡有難聞的味道、他的輪椅和枴杖，還有他說話時不肯抬頭看著我們其中一人，於是我開始假裝自己跟蹤著公車上某個看起來不像猶太人的人，就在這時我才發現，運用厄爾傳授給我的技巧比對，我母親看起來就像個猶太人，她的頭髮、鼻子、眼睛，**毫無疑問**就是猶太人的樣子，不過這樣一來，長得和母親如此相像的我，肯定也很像猶太人。我以前都不知道。

艾爾文的口氣這麼臭都是因為他嘴裡一口爛牙。「你出了問題就會掉牙。」利博法伯醫師用他的小鏡子看了一圈，喊著十九次「喔喔」以後解釋道，而且那天下午他就開始鑽牙了。他的一切治療都不收費用，因為艾爾文自願從軍去對抗法西斯，那些「有錢的猶太人」以為自己在林白的美國能夠安然無事，我父親聽了總是瞠目結舌，但是利博法伯醫師卻未受蠱惑，認為「這世界上還有許多希特勒」可能就等著我們。十九顆嵌金的牙齒所費不貲，但這是他表現團結一致的方式，和我父親、母親、我還有民主黨站在一起，對抗著蒙提伯伯、艾芙琳阿姨、山迪，以及如今正沐浴在國人敬愛中的所有共和黨人。同時，十九顆嵌金的牙齒也要花很長時間，尤其他這位牙醫過去是在夜校裡受訓，白天在紐華克港碼頭打包貨櫃賺錢，他的手勁從來就不輕巧。利博法伯要鑽上好幾個月的牙，幸好前幾週的療程就足以挖除腐爛的部分，我晚上可以說就是睡在艾爾文嘴巴的旁邊，這時也就不再那麼難捱了。斷肢則是另一回事了，「裂開」就是說斷肢的一端惡化了：出現傷口裂開又受了感染，化膿生瘡又水腫，沒辦法裝上義肢走路，因此必須先脫下來改用拐杖，等到痊癒了能夠承受壓力不會再裂開為止。這問題應該怪罪義肢的契合度，醫生告訴他：「你太瘦了才會合不上。」但是他並沒有瘦到穿不上義肢，他從來就**沒有**契合上，艾爾文說，因為製作義肢的人一開始根本就沒有量對尺寸。

「要花多久才會復元？」那天晚上他終於告訴我「裂開」是什麼意思，我便這樣問他。山迪待在屋裡的前頭，我父母在他們的臥房裡都已經熟睡了好幾個鐘頭，本來艾爾文和我也是，只是他突然大喊著：「跳舞！跳舞！」然後倒抽一大口氣，十分嚇人，在自己床上一下坐直起來，完全清醒過來。我打開夜燈看見他全身冒汗，便起身打開臥室的門，好像自己突然間也全身冒汗一樣，我踮起腳尖走過後頭的小走廊，但不是為了去我父母的房間告訴他們發生什麼事，而是到廁所裡幫艾爾文拿條毛巾。他拿毛巾擦擦臉和脖子，脫下睡衣的上衣擦拭胸膛和腋下，這時我終於能夠看見在這個男人的下半身被炸碎之後，上半身變成了什麼樣子，沒有傷口、縫線或者醜陋的傷疤，但是也不顯強壯，只是個病懨懨的男孩一身蒼白的皮膚，依附在嶙峋的骨頭上。

這是我們睡同一個房間的第四個晚上。前三天晚上艾爾文很謹慎，在廁所裡換上睡衣然後跳回來把衣服掛在衣櫃裡。由於他早上還要再用廁所來換衣服，我還不必看到他的斷肢，也可以假裝我對那裡的東西一無所知。晚上我會面向牆壁，所有的憂慮讓我十分疲倦，因此馬上就會睡著，一路睡到半夜某個時刻，會聽到艾爾文起床跳到廁所再跳回床上。他做這一切動作都沒有開燈，我躺在床上，害怕他會撞上某個東西倒地。晚上他的每個動作都讓我想要逃走，而且不僅僅是因為害怕斷肢。到了這第四天晚上艾爾文終於用毛巾擦乾了自己，只穿著睡衣褲子躺在那邊，然後拉起睡褲左腳去看看斷肢。我想這應該是有希望的徵兆，至少在我看來他漸漸沒有那種激動發狂的樣子，但是我還是不想往他那裡看……於是我看了，努力想在自己床上當個勇敢的士兵。我看見從他膝關節延伸出大約十二至十五公分長的東西，看起來好像是某種形體不明的動物被拉長了頭部，感覺山迪只要在恰當的地方畫幾筆，就能畫出眼睛、鼻子、嘴巴、牙齒和耳朵，把這個東西畫成像是老鼠的模樣。我看到的就是「斷肢」這個字所形容的樣子：某個整體所餘留的塊狀物，某個屬於那裡的東西，原本也該在那裡。如果你不知道腳長什麼樣子，大概會覺得這個東西很正常，畢竟截斷面相當圓滑還包覆著沒有毛髮的皮膚，就像是自然的手工藝品，而不是一連串艱難的醫療截肢手術後的結果。

「復元了嗎？」我問他。

「還沒。」

「還要多久？」

「永遠都不會好了。」他回答。

我嚇壞了，那麼這就沒有結束的一天了！我想著。

「簡直煩死人了，」艾爾文說，「你穿上他們幫你做的腳，然後斷肢就裂開；你架起拐杖，傷口就腫起來。不管做什麼，斷肢都會惡化。幫我拿衣櫃裡的繃帶。」

我照他說的做了，我以後就要負責那些米白色的彈性繃帶，他拿下義肢之後要用繃帶來避免斷肢腫脹。繃帶捲了起來放在抽屜一角，他的襪子旁邊，每一條繃帶大約有七．六公分寬，一端別著一枚大大的安全別針以免繃帶散開。我一點也不想伸手進去抽屜裡找東西，就跟我不想下去地下室把手伸進絞乾機一樣，但我還是做了，當我一手拿著一捲繃帶回到床邊時，他說：「好乖。」拍拍我的頭，好像對待小狗一樣，讓我笑出聲來。

雖然害怕看見接下來的事情，我還是坐在自己床上看著。

「包上繃帶，」他解釋說，「才不會爆開來。」他一手扶著斷肢，另一手解開安全別針，將繃帶以十字交錯的方式展開來包覆斷肢，再往上包到膝關節處，然後又往上多包了好幾公分。「包上繃帶才不會爆開來，」他又說了一次，語氣相當疲倦，刻意表現出耐心，「但是不要把繃帶包到傷口上，這樣裂開的地方就不能復元了，所以就這樣一直來來回回到發瘋為止。」他將繃帶全部纏上後又插入安全別針來收緊末端，他讓我看看結果。「要拉緊了，看到了嗎？」他拿起第二捲繃帶重複類似的程序，等他將斷肢處包覆好，又讓我想起某種小動物，這一次是那種必須特別謹慎在口鼻上戴著口套的動物，以防止牠將如刀鋒般銳利的牙齒刺入捕捉者的手上。

「你怎麼學到的？」我問他。

「不用學啊，包上去就對了。只是，」他突然表示，「該死的太緊了，或許是得學一下。該死的王八蛋！要不是操他媽的太鬆就是操他媽的太緊，這整件該死的事情都要讓人抓狂了。」他拿掉收緊第二條繃帶的安全別針，把兩條繃帶都鬆開好重新開始。「你可以看看，」他一邊對我說，一邊努力壓抑著自己**什麼事情**都做不好的厭惡感，「你會變得多擅長做這件事。」然後又繼續重新包繃帶，這件事就和他的復元一樣，顯然註定要永遠在我們的臥室裡進行下去。

隔天放學後我直奔回家，我知道家裡不會有人在：艾爾文去看牙醫了，山迪則跟艾芙琳阿姨去了某個地方，總之這兩人是在幫林白達到他的目的，而我父母要等到晚餐時間才會下班回家。艾爾文已經決定白天時不包覆繃帶讓裂開的傷口能癒合，等到晚上再包起斷肢以防止腫脹，所以我很快就在衣櫃上層抽屜一角找到兩捲繃帶，是他那天早上捲好了放回去的。我坐在床邊捲起左邊褲管，這才驚覺艾爾文的腳剩下的部分也不比我自己的大多少，然後我把繃帶纏在自己腳上。我整天在學校，心裡都在演練前一晚看著他的動作，下午三點二十分回到家，我才剛動手將第一條繃帶包裹在我自己想像中的斷肢上，就感覺到膝蓋下方的皮肉有點異樣，那是一塊從艾爾文斷肢潰爛的底部掉下來的痂，這塊痂肯定是在晚間掉落，艾爾文可能是沒理會又或者沒注意到，現在正黏在我的皮膚上，這實在完全超過了我所能承受的，在臥室裡就開始覺得胃裡翻攪，衝往後門又急忙從後頭的樓梯下到地下室，總算能夠在嘔吐的前幾秒把自己的頭按進雙邊水槽裡。

不管在任何情況下，發現地下室這處潮濕洞穴中只有我一個人在都是莫大考驗，而且可怕的還不只有絞乾機。粉刷過的牆壁裂了好幾條縫，冒出一大片髒汙的綠霉白斑，上頭的汙垢有各種色調的排泄物和滲漏形成的斑塊，看起來就像是從屍體上滲出來的東西，整個地下室就是個有別於外頭的醜惡國度，占據著整棟房屋底下的空間，雖然有六條細長的玻璃窗能望向外頭巷子的水泥地和雜草蔓生的前院，但玻璃上布滿汙垢也透不進一點光。混凝土地板中央有個往下沉的凹陷處，底部陷著好幾個小碟子大小的排水溝，每個溝口都密蓋著一塊沉重的黑盤，中央圓心嵌著十分錢硬幣大小的孔洞，我總是很容易就能想像如蒸氣般的邪物從土地深處透過孔洞冒出，進入我的生活。地下室這個地方不只缺乏一扇透入陽光的窗戶，也沒有一絲讓人安心的地方。我在高一時開始讀希臘羅馬神話，在課本中讀到黑帝斯、地獄犬及冥河等描述，總是會讓我想起家裡那處地下室。在我嘔吐的水槽上方懸著一顆三十瓦的燈泡，在煤爐附近還有一顆，熾亮的燈泡排列在一起彷彿就是我們這處冥界三位一體的冥神，剩下的一顆幾乎總是燒壞了燈絲，只憑著一條電線懸掛在每個儲物箱子上。

我絕對無法勝任以後勢必落在我身上的冬日家務，每天早上第一件事就是要鏟煤送進自家的煤爐裡，晚上睡覺前鏟灰將火悶住，每天還要將滿滿一桶冷掉的灰燼拿出去倒進後院的垃圾箱。如今山迪已經身強力壯，可以接替我父親做這項工作，再過幾年他就會像其他十八歲的美國男孩一樣離家，到林白總統新成立的國民軍隊裡接受二十四個月的軍事訓練，屆時就要由我接下這份工作，等到我也同樣受召入伍了才能放下。九歲的我，想像在未來獨自一人在地下室的煤爐前工作，這念頭就如同想起了人不免一死那般令人沮喪，而後者也開始每天晚上折磨著躺在床上的我。

不過我對地下室的恐懼主要還是因為那些已經過世的人：我的祖父、外公、外婆，還有過去曾與艾爾文共組家庭的大伯與伯母，他們過世之後，遺體雖然已經埋葬在紐華克至伊莉莎白鐵路線上國道一號附近的墓地，但他們的鬼魂為了監看我們的日常舉止，還留在我們公寓的兩層樓底下。我記不太得他們任何一個，幾乎完全沒有記憶，除了在我六歲時才過世的外婆以外。當我要自己去地下室時，會很認真一個個警告說我正要過去了，拜託他們保持距離，別在我走到他們當中時圍住我。山迪在我這個年紀的時候，經常會以武裝來對抗自己的恐懼，一邊快步走下地下室樓梯，一邊大喊著：「壞蛋，我知道你們在那裡，我有槍喔。」我則是一邊下樓一邊低聲說：「我為我過去所做的任何壞事感到抱歉。」

絞乾機、排水溝、亡者，在我朝著我和母親清洗艾爾文衣物的雙邊水槽裡嘔吐的時候，這些亡者的鬼魂就在一旁看著指指點點；這裡也有流浪貓，有時外頭的後門沒關緊，貓就會從巷子溜進來，蹲伏在黑暗某處發出長長的嚎叫聲；也會聽到住在我們樓下的威許諾先生痛苦的咳嗽聲，在地下室聽到他的咳嗽聲感覺就像有人拉著一把雙人鋸要將他切成兩半。威許諾先生和我父親一樣是大都會壽險的保險業務員，但是他已經領失能津貼超過一年了，他飽受口喉癌所苦，什麼事情也做不了，只能待在家裡，在醒著和沒有咳嗽的時間聽著日間的廣播連續劇。幸虧有居家辦公室，他的太太接手了他的工作，成為紐華克區歷史上第一位女性保險業務員，她現在的工時和我父親一樣長，通常吃完晚餐還要出門收帳，而且幾乎每個週六或週日都會出門尋找潛在客戶，因為只有在週末才有可能碰到經濟支柱在家聽業務員滔滔不絕。我母親在漢恩百貨擔任銷售員以前，一天會下樓好幾次去察看威許諾先生的狀況，而現在，若是威許諾太太打電話來說她來不及回家好好煮晚餐，不管我們當天吃什麼，我母親都會多準備一些，讓我和山迪在可以坐下來享用自己的晚餐以前一人拿著一個托盤到一樓去，上面各擺著一盤熱呼呼的食物，一盤給威許諾先生、一盤給威許諾家的獨子謝爾登。謝爾登會幫我們開門，我們就小心端著托盤走過門廊進到廚房，一心只專注著不要潑灑出來地將盤子放上桌。威許諾先生會坐在桌前等著，睡衣上圍塞著一條紙餐巾，他的樣子看起來無論亟需營養，都絕對無法自己吃飯。「你們兩個孩子都好嗎？」他會這樣用自己僅剩氣若游絲的聲音問我們，「小菲利，不如說個笑話給我聽聽，我真想好好笑一下。」他還能這樣說，但話中不帶苦澀、不帶傷感，只是表現出溫和而防衛著自己的友善親切，就像是個似乎沒什麼原因而只是硬撐著的人。謝爾登一定是告訴他父親我在學校裡常逗得其他小孩大笑，他才會這樣取樂似的要我跟他說個笑話，但光是走到他身邊就已經扼殺了我說話的能力。我最多就是努力看著一個我知道就快死亡的人（最糟的是，他已經**接受了**死亡的結果），而不要讓我的眼睛看著他身體所受到的苦難，那可怕的景象證明了他的無能為力，只能一步步通往我們的地下室，和其他亡者一起過著幽魂的生活。有時候，謝爾登必須到藥局去補充威許諾先生的藥物時，他會趕快上樓來問我要不要一起去，而因為我父母告訴我謝爾登的父親已經藥石罔效，也因為謝爾登自己表現得一副毫不知情的樣子，就算我從來就不喜歡跟一個如此明顯渴望朋友的人來往，也實在想不到什麼藉口能拒絕他。謝爾登這個孩子顯然深受自己的寂寞所影響，他的生活中不該充滿這麼多傷感，他也太過努力維持著臉上永不消退的笑容，他是學校裡其中一個瘦弱蒼白、長相和善的男孩，丟球時像個小女孩，讓人不忍看，不過他也是我們班上最聰明的孩子，還是學校裡的算術神童；奇怪的是，體育課上全班到了體育館，從高高的天花板垂下了繩索，竟沒有人比謝爾登更擅長在這些繩索爬上爬下，我們有位老師就說，他在空中的敏捷動作必定和他在數字上打遍天下無敵手的熟練有關係。他已經是西洋棋的小冠軍，這是他父親教他的，所以每次我陪他到藥局去，就知道待會兒不免總是要在他們家昏暗的客廳裡下一局西洋棋，這裡的光線陰暗是為了省電，二來也因為他們家隨時拉下窗簾，免得附近有些人懷著病態的好奇心要偷看謝爾登一步步失去父親的情況。孤獨的謝爾登（這是厄爾．艾克斯曼給他起的綽號，厄爾的母親在一夜之間精神崩潰也是另一種嚇人的父母慘劇）並未因為我堅決反抗而退卻，仍然第一百萬次努力教我如何移動棋子、下棋，同時在後方的臥房門後，他的父親不時咳嗽，咳得相當厲害，感覺就像不只有一位父親，而是有四、五、六位父親在房裡同時要把自己咳死。

不到一個禮拜便已經由我接手幫艾爾文的斷肢包上繃帶，而不是他自己來，這時我已經在自己身上練習了很多次（也沒有再嘔吐），艾爾文沒有抱怨過繃帶太鬆或太緊，一次也沒有。我每天晚上都這麼做，即使後來斷肢已經痊癒，他也經常套上義肢走路，仍沒有停止，這是為了避免再出現腫脹。正當斷肢逐漸痊癒的時候，那支義肢一直放在衣櫃深處，不過因為地板上放著鞋子、衣櫃桿子上也掛著長褲，所以看不太到。我還是得花些功夫才能不去注意，不過我心意已決，也不知道那是什麼做的，直到那天艾爾文把義肢拿出來套上。那支義肢除了仿製真人下肢小腿形狀的詭異外型，其他的一切特色也都相當可怕，既可怕也很引人好奇，首先是艾爾文所謂的韁繩：一條深色的皮革大腿束甲繫在前方，接著從臀部下方拉到膝蓋關節上方，以金屬絞鍊關節將義肢固定在膝蓋兩邊。斷肢上先套了長長的白色羊毛襪，恰恰好鑽進義肢上方鋪著軟墊的凹槽。義肢是以中空木頭製成並打出氣孔，而不像我過去想像的是一條長長的黑色橡膠，看起來就像漫畫書裡的大棒子。在義肢底部接著只能小幅度活動的人工足部，足底則貼著海綿鞋墊，足部以螺絲穩穩栓進腿部，看不見一點金屬零件的痕跡；雖然看起來更像是木製鞋撐而非有五根分開腳趾的活人小腿，不過艾爾文穿上鞋襪之後（襪子是我母親洗的，鞋子則是我擦亮的），會讓人以為兩隻腳都是他的。

艾爾文穿回義肢的第一天，在巷子裡從最遠端的車庫走到包圍著小前院的細窄樹叢，來來回回練習著，但從來不多踏出去一步，走到街上的人可能看見他的地方。第二天，他仍在早上獨自練習，我放學回家後又帶著我出門練習了一回，這一次不只專心在走路上，還要假裝自己不擔心斷肢是否完全復元了、義肢舒不舒服，還有自己這個獨腳人要面對的長遠未來。接下來那一週，艾爾文在家裡整天都穿著義肢，然後又過了一週，他對我說：「拿足球來。」只是我們家沒有足球，擁有足球就像是擁有釘鞋或肩墊一樣了不起，能擁有足球的小孩沒一個不是「有錢人」，而且我也不能到學校後面的操場去登記借一顆球出來，除非我們要直接在那裡踢球。我這個人除了從父母口袋裡偷點零錢以外從沒偷過什麼，卻連一刻遲疑都沒有就走到奇爾路上，那裡兩旁矗立著獨棟住宅，前後都有草坪，我檢視著每條車道直到看見自己在找的東西：一顆可以偷走的足球，那是一顆真正皮革製的威爾森牌足球，因為放在人行道上而有些磨損，皮革繫帶已經老舊，還有可以充氣的氣囊，某個有錢的小孩就這樣放著不管。我把球夾在手臂底下就跑了，一路跑上山坡到了高峰路，彷彿我是為了聖母大學隊進攻回跑。

那天下午我們在巷子裡練習接傳球將近一個小時，到了晚上，我們在臥室裡關起門來一起檢視他的斷肢，看不出一點裂開的跡象，就算艾爾文用左手丟出完美的螺旋球給我時，將全身重量都壓在義肢上也沒有影響。「我別無選擇。」如果那天我在奇爾路上犯案被抓了，我就會用這句話來為自己辯解，我的堂哥艾爾文想要一顆足球，法官大人，他在跟希特勒打仗時失去了一隻腳，現在他回家了，想要一顆足球，我還能怎麼辦呢？

這時距離在賓州車站那次糟糕的接風洗塵已經過了一個月，雖然不是讓人特別開心，但提起這件事也不會覺得討厭，我早上在找鞋子穿的時候就會順便伸手到衣櫃深處去拿艾爾文的義肢，遞給只穿著內褲坐在床上、正等著用廁所的他。他漸漸褪去冷酷的態度，也開始長胖了，在三餐之間不時就打開冰箱抓到什麼吃什麼，頭髮又變回濃密的樣子，黑色的捲髮甚至閃耀著上了髮蠟般的光澤。看著他每天早上那樣坐著，露出斷肢時有些無助的樣子，對一個曾經崇拜他的男孩來說仍然有值得崇拜的地方，先前令人感到同情的地方也沒那麼難忍了。

很快，艾爾文便不再把自己的行動範圍限制在巷子裡，也不必依靠枴杖這類他在人前使用會備感羞辱的工具，他套著義肢就能走遍各地，幫我母親到肉舖、烘焙坊及蔬果店買東西，在街角幫自己買個熱狗，搭著公車到克林頓路上去看牙醫，也搭車一路到市場街的拉奇服飾店幫自己買新襯衫，另外，我當時還不知道，他也會在高中後面的操場稍作停留，口袋裡揣著復員費看看在那附近徘徊的人有誰想要打撲克或者玩骰子。一天放學後，我們兩人在儲物箱裡整理出空間放輪椅，晚餐之後，我對母親說我在學校突然想通了某件事，無論我在哪裡、無論我應該在做什麼，總是發現自己在想艾爾文的事情，想著如何能夠讓他忘記自己的義肢，於是我對母親說：「如果艾爾文的褲管旁邊有條拉鍊，這樣就方便多了對不對？他套著義肢的時候也能穿脫褲子。」隔天早上，我母親去上班的路上便順便將艾爾文一件軍隊長褲交給附近在自己家裡開業的女裁縫，女裁縫想辦法剪開了褲邊的縫線，在未縮口的左邊褲管縫上一條長度大約十五公分的拉鍊。當天晚上，艾爾文拉下拉鍊並穿上褲子時，褲管輕輕鬆鬆就拉起來蓋住了義肢，他也就不用只是為了穿好衣服咒罵世界上每一個人，而且拉起拉鍊後根本看不出來，「甚至不知道有拉鍊呢！」我叫著。到了早上，我們將他其他褲子都裝進紙袋裡，讓我母親拿給女裁縫修改。「沒有你我都不知道怎麼過日子了，」那天晚上我們上床睡覺時，艾爾文這樣對我說，「沒有你我連褲子都穿不上。」他將自己那枚加拿大勳章永遠交給我保管，這是為了褒揚他「在特殊情況下的傑出表現」，這塊銀色的圓形勳章一面刻著英王喬治六世的側面像，另一面則刻著大獲全勝的雄獅站在惡龍的屍體上。我當然非常珍惜且常常配戴著，勳章上頭綁著一條細長的綠緞帶，我掛在頸上並貼在內衣裡面才不會讓人看見而質疑我對美國的忠誠。只有在上體育課的日子，因為必須脫掉外衣運動，我才會把勳章收在家中抽屜裡。

那麼山迪又在做什麼呢？因為他自己實在太忙了，一開始似乎沒有發現我已經搖身一變成為一位受勳的加拿大戰爭英雄的貼身男僕，這位英雄如今也頒發勳章給我；在他發現了之後先是感覺悲傷，並不全是因為艾爾文跟我變得親近，畢竟以我們現在晚上睡覺的安排一定會如此，同時也是因為艾爾文對他表現出充滿敵意的冷漠。如今要剝奪我這層重要的助手身分（以及噁心棘手的工作）已經太遲了，我可以說是不得不接下這份責任，而讓山迪感到意外的是，這也讓我對過往一直以來擔任他弟弟的身分有了更昇華一層的認知。

而這一切的進展當中，我從來沒有提過山迪透過艾芙琳阿姨和班格斯多夫拉比與我們現今邪惡政府建立起的關係，一次都沒有。包括我哥哥在內的每一個人都避免在艾爾文在場時提起ＯＡＡ

和老實人計畫，如今林白的孤立主義政策越來越受到歡迎，甚至漸漸贏得了許多猶太人支持，同時對山迪這個年紀的猶太男孩來說，會對老實人計畫提供的冒險機會感到心動，似乎也不再顯得有什麼背叛的味道，眾人都認為要等到艾爾文能理解了再說，畢竟他是我們當中自我犧牲最多、最堅定憎恨林白的人，我們實在沒辦法能安撫他的怒氣。只是艾爾文似乎已經察覺到山迪讓他失望了，也發揮本性懶得掩飾自己的感受。我沒說什麼，我父母沒說什麼，山迪自然也沒有說什麼讓自己在艾爾文眼中變得更罪大惡極的話，到頭來艾爾文還是知道了（或者是表現得彷彿已經知道），在火車站第一個過來歡迎他回家的人也是第一個與法西斯分子共事的人。

沒有人知道艾爾文接下來該做什麼，要找工作可能會有問題，畢竟不是每個人都願意雇用一個人人認定是瘸子、叛徒，或者兩者皆是的人。但是我父母說若是不想想辦法，艾爾文可能下半輩子都只能無所事事、抑鬱自憐，靠著自己的退伍津貼勉強度日，因此絕對要盡力阻止這種事發生。我母親想要他用自己每個月的殘障津貼來唸完大學，她已經四處打聽過，知道如果艾爾文能在紐華克學院讀一年書，並且將他在威奎依高中只拿D和F的科目考到B的成績，就很有機會在隔年進入紐華克大學就讀。但是我父親不認為艾爾文會自願回去讀十二年級，即使是在市區的私立學校。可是艾爾文都二十二歲了又經歷了這麼多事情，他必須盡快找到有前途的工作，為此我父親提議艾爾文跟比利・史坦漢聯絡。以前艾爾文在當亞伯的司機時就和他這個兒子相當友好，如果比利願意向他父親提起這件事，再給艾爾文一次機會，或許他們會願意在公司裡為艾爾文找個職位，現在可能是份低階的工作，但能夠讓他挽救自己在亞伯．史坦漢眼中的形象。若有需要，只是萬不得已的時候，艾爾文也能跟著蒙提伯伯工作，他已經過來表示願意讓自己的姪子在菜市場裡工作。那時艾爾文才剛回來，他的斷肢裂口還非常嚴重，日子並不好過，大部分時間都躺在床上，不肯讓人把我們房間裡的百葉窗拉起來，因為害怕自己可能看見那個過去他仍四肢完整時所生活的小小世界，就連看一眼都不行。從賓州車站開車回家的路上，他和我父親及山迪坐在車裡，威奎依高中一映入眼簾他就閉上了雙眼，不願想起自己數不清有多少次在一天結束時從那棟建築物蹦蹦跳跳跑出來，絲毫不受身體殘缺的折磨，準備好去追尋自己想要的任何一切。

就在蒙提伯伯過來拜訪的前一天下午，我從學校回來的時間有一點晚了（那天輪到我留下來擦黑板），回到家時發現艾爾文不在，無論在床上、廁所或者家裡其他地方都找不到他，於是我跑到外面的後院去找他，就在我不知所措地跑回家裡的時候，隱約聽見呻吟聲從樓梯底下傳上來——是鬼，艾爾文的父母親飽受折磨的鬼魂！我慢慢順著樓梯走下地下室，想著除了鬼魂的聲音，會不會還能看見他們，但是卻看到艾爾文正靠在地下室前方的牆上，自己從與他視線平行的小玻璃窗往外窺探，看著高峰路的路面，他穿著浴袍，一隻手抓著窄小的窗台幫助自己保持平衡，另一隻我看不見的手正在做某件我還太小而不明白的事情。窗戶上有一小圈玻璃已經擦掉了汙垢，他正看著住在奇爾路上的高中女生從威奎依高中沿著我們這條街走路回家，他大概只能看見她們的雙腳在前方樹叢旁邊靈活移動，但是這些已經足夠讓他呻吟出聲，我以為他是因為自己再也無法用兩隻腳走路而悲從中來。我靜靜走上樓梯並退出後門，蹲在我們車庫最遠的那個角落，計畫著要逃家到紐約去跟厄爾．艾克斯曼同住，但是因為天色漸漸暗了，我又有功課要做，這才回到家裡，還先停下腳步偷看地下室確認艾爾文還在不在。他不在，於是我壯起膽子走下樓梯，快步衝過絞乾機並繞過排水溝，一到了窗戶邊就踮起腳尖，我只是打算要像他那樣看看外面的街道，這時我發現窗戶底下粉刷過的牆壁上沾黏著一大堆又稠又滑的黏液，因為我當時還不知道自慰這回事，自然也不知道什麼是射精，我還以為是膿、以為是痰。我不知道該怎麼想，只知道那東西很糟糕，看著這一團在我心中仍然相當神祕的噴發物，我想像著這是某種在人體內潰爛的東西，在他被悲傷完全淹沒時從口中噴射出來。

一天下午，蒙提伯伯順路過來探望艾爾文。他正要去市區的米勒街，他從十四歲起就已經在那裡的市場工作一整晚，大約五點抵達後一路工作到隔天早上九點才回家，吃頓大餐後再睡上一整天，這就是我們家族裡最有錢的成員所過的生活。他的兩個孩子就過得比較舒服，琳達和安妮特的年紀比山迪大一點，總是表現出女孩子無可救藥的害羞，在她們的暴君父親身邊小心翼翼，不過她們擁有許多衣服，在楓木城郊區的哥倫比亞高中上學，那裡還有更多像她們這樣的猶太小孩，父親也跟蒙提一樣，自己開著凱迪拉克轎車，車庫裡還停著第二輛車方便妻子及長大了的孩子使用。我的祖母跟他們一起住在楓木城大房子裡，她也有許多衣服，都是她最有出息的兒子買給她的，而她只有在高聖日的時候穿，或者蒙提週日要帶全家出門吃飯時也會要她打扮體面，那些餐廳以她的標準來看都不夠符合猶太食物標準，所以她每次都只會單點麵包和水，就像犯人吃的一樣，再說她從來就不知道在餐廳裡該有的行為禮儀，有一次她看見一名服務生捧著一大疊搖搖欲墜的盤子要回去廚房，她就站起身來想過去幫忙，蒙提伯伯大叫：「媽！不要！Loz im tsu ru！別管那孩子！」祖母把他的手拍開，蒙提只能拉著她那件縫著誇張亮片的洋裝袖子才把她拉回桌前。他們找了位黑人女性，都叫她「那女孩」，一週有兩天會從紐華克搭公車過去打掃房子，但這也阻止不了祖母，沒有人在她身旁的時候她就會跪下來刷洗廚房及廁所的地板，或者在洗衣板上洗衣服，絲毫不管蒙提家的地下室裡已經裝設了價值九十九塊錢的全新班迪斯家庭洗衣機。蒙提的妻子，也就是我的提莉伯母，老是抱怨個不停，說她的丈夫一整天都在睡覺，晚上又從來不在家，不過家族裡其他人都認為這是她運氣好，比她新買了一輛奧茲摩比還要有福氣。

一月的那一天蒙提第一次過來探望艾爾文，艾爾文在下午四點還穿著睡衣躺在床上。只有蒙提敢問出那個問題，而我們沒有人知道答案到底是什麼：「你他媽怎麼搞的會丟了一條腿？」因為艾爾文一直都很難相處，我放學回家後不管說什麼、做什麼想要讓他開心一點，都只能得到他發出厭惡的悶哼聲，所以我實在不認為我們這位最不受歡迎的親戚能夠挖出什麼答案。

但是蒙提伯伯光是站在那裡就令人畏懼，再加上他嘴角總是叼著一根菸，即使是艾爾文才剛回來的那段日子，他也無法叫他閉嘴走開。艾爾文剛剛以截肢者的身分回家時，尚且能夠裝出一派暴躁睥睨的態度，在眾人注目下單腳跳著跳過賓州車站大廳，但是那天下午他也沒辦法了。

「法國。」艾爾文敷衍著回答這個大哉問。

「世界上最爛的國家。」蒙提說，而且一點保留態度都沒有。一九一八年夏天，二十一歲的蒙提自己也在法國參與了第二次馬恩河浴血戰役，對抗德國人，接著協約國突破了德國西部前線時又到了阿爾貢森林中作戰，因此，他當然非常了解法國。

「我不是問你在哪裡，」蒙提說，「是問你怎麼傷的。」

「怎麼傷的。」艾爾文重複了一次。

「快說出來，孩子，對你有好處。」

他也很了解這個——什麼對艾爾文有好處。

「你中彈的時候，」他問，「在哪裡？別跟我說什麼『不該在的地方』，你這輩子都待在不該在的地方。」

「我們在等著船接我們出去。」

說到這裡他閉上眼睛，彷彿是希望再也不要張開，但他並沒有像我心中所祈求的那樣就此打住——「開槍打了一個德國人。」他突然說。

「然後呢？」蒙提說。

「他就在那邊尖叫了一整晚。」

「然後呢？然後呢？繼續說，他在尖叫，然後呢？」

「然後天快亮的時候，船就快來了，我爬過去他躺著的地方，大概有四十五公尺遠。那時候他已經死了，但是我爬過去站在他身上，朝他的頭又開了兩槍，然後我朝那個狗東西吐口水。就在那一刻，他們丟了手榴彈，炸到我兩條腿，我一條腿的足部扭了一圈，斷了也扭了，那條他們還醫得好，他們在那條腿上動手術、打石膏就解決了；但另一條腿沒了，我低頭只看見一隻腳往後扭、另一隻垂掛著，左腳已經跟截肢差不多了。」

原來如此，一點也不像是我膚淺想像中的英雄實情。

「獨自一人跑到無人之地，」蒙提對他說，「有可能你根本是讓自己人擊中了。天根本還沒亮，只是濛濛亮，某個人聽見槍響就慌了——賓果，他拔掉了插銷。」

對於這樣的揣測，艾爾文無話可說。

其他人或許能夠理解並心軟，畢竟看見艾爾文額頭上冒出豆大的汗滴，流下的汗在他喉嚨的凹陷處積成一小灘，而且他仍然不肯張開眼睛，這樣的景象也夠了，但我的叔叔可不然，他理解了卻不心軟，「你怎麼沒給丟在那裡？一時衝動幹了那樣的蠢事，他們怎麼沒乾脆讓你在那等死？」

「那裡到處是泥巴，」艾爾文只是這樣虛無飄渺地回答，「地上很泥濘，我只能記得到處是泥巴。」

「是誰救了你這廢物？」

「他們救了我，我肯定是昏迷了，他們過來把我帶走。」

「我努力要想像你腦裡在想什麼，艾爾文，但我沒辦法。吐口水，他吐了口水，然後這就是他怎麼丟了一條腿。」

「有些事情你就是不知道自己為什麼要做，」說話的人是我，我知道什麼呢？但我這樣對叔叔說，「你就是做了，蒙提伯伯，不能不做。」

「你不能不做，小菲利，因為是個專業廢物才這樣，」他對艾爾文說，「那現在要怎樣？你打算躺在那邊靠殘障津貼過活嗎？打算活得像個時運不濟的無賴嗎？還是說，或許你願意考慮一下自力更生，就像我們其他這些愚蠢的凡人一樣？等你離開床舖，市場裡有份工作給你，你從基層開始做，清洗地板、挑選番茄，跟那些討厭鬼和蠢蛋一樣從基層做起，但是跟著我你就有工作可做，每個禮拜有薪水可領。你在艾索加油站偷拿了一半的錢，但是我姑且相信你，因為你還是傑克的孩子，為了我哥哥傑克我什麼都會做，要是沒有傑克就沒有今日的我，傑克帶我進了農產這一行就死了。史坦漢想過要教你建築業的事，但沒有人能教你，廢物，居然把鑰匙丟到史坦漢臉上，亞伯・史坦漢對你來說還算不上大人物，只有希特勒才是艾爾文・羅斯心中的大人物。」

在廚房放著隔熱墊和鍋爐溫度計的抽屜裡，我母親收著一根長長的硬針和粗線，在感恩節火雞肚裡塞滿填料後用來縫合的。除了絞乾機之外，那是我想到我們家裡擁有唯一的刑求工具，我很想走進廚房拿出來，用來縫合我叔叔的嘴。

蒙提準備要離開去市場了，他站在臥室門口又轉頭回去做了總結，惡霸都喜歡做總結，絮絮叨叨的訓斥總結，除了傳統的鞭刑之外大概沒有能與之比擬的了。「你的同伴賭上了一切去救你，在火力攻擊之下衝進去把你拉出來，不是嗎？為了什麼？好讓你能夠下半輩子跟馬古利斯賭骰子？讓你在學校附近玩七張梭哈？讓你回去幫人加油，順便把辛科維茲偷個精光？書上說你不該犯的錯誤你全都犯了，你做的每件事都做錯，就連開槍打死德國人都做錯了，為什麼這樣？為什麼你要朝人丟鑰匙？為什麼吐口水？某個早就死透的人，你還去吐口水？為什麼？因為沒有人用大銀盤盛著大好人生端到你面前，就像羅斯家其他人這樣嗎？要不是為了傑克，艾爾文，我根本就不會站在這裡浪費口舌。沒有什麼是你應得的，咱們要把話說清楚了，沒有。二十二年來你一直就是一團糟，我這麼做是為了你父親，小子，不是為了你。我這麼做是為了你祖母，她告訴我『幫幫那孩子』，所以我要幫你。等你想清楚了要怎麼賺錢，套上你的假腳過來，我們談談。」

艾爾文沒有哭、沒有咒罵、沒有大吼大叫，即使蒙提已經從後門走了出去上了車，他盡可以釋放出自己所有邪惡的念頭，卻也沒有動作。他那天已經氣力盡失，吼不出來了，甚至想發瘋也沒有。但是我瘋了，即使我求他他也不肯張開眼睛看著我；只有我瘋了，後來我獨自待在家裡某處，在這裡我知道自己可以隔絕在活人以及他們不能不做的一切之外。

# 第五章 從來不曾

一九四二年三月—一九四二年六月

艾爾文是這麼打算跟山迪作對的。

艾爾文剛回來的第一個週一，早上我母親要出門留他一個人在家之前要他答應，他會自己用拐杖來四處移動，等到我們有人回到家來幫他。但是艾爾文實在太討厭用拐杖走路，即使只有他一個人在家，他也不願意使用能讓他走路更穩的拐杖。到了晚上，我和艾爾文關了燈躺在各自的床上，艾爾文解釋起為什麼使用拐杖並不如我母親所想的那麼簡單，讓我哈哈大笑，「你去了廁所，」艾爾文說，「拐杖總是會掉，老是喀喀響個不停，一直發出該死的噪音。你去了廁所，拄著拐杖，想要掏出老二但掏不出來，因為拐杖礙了事，你得先把拐杖擺到一邊，然後你就單腳站著了，那可不太妙，身體不是往左倒就是往右歪，噴得到處都是。你父親還叫我坐下來尿尿，知道我說什麼嗎？『要是你坐著尿我就坐，赫曼。』該死的拐杖。單腳站著、掏出小鳥，老天，尿尿本來就已經有夠難的了。」我現在笑到停不下來，不只是因為他這樣在黑暗的房裡壓低了聲音說這個故事特別好笑，更是因為以前從來沒有人在我面前說話這麼直白，這樣輕鬆自在就說出禁語，還大方說著上廁所的玩笑。「拜託，」艾爾文說，「小子，承認吧，尿尿可不像看上去那麼簡單。」

事情就發生在他獨處的第一個週一早上，截肢對他而言仍是無盡的損失，他認為這件事會永遠阻礙、折磨著他，這一天他跌倒了，整個家裡除了我沒有其他人知道。那時他正靠著廚房水槽站著，沒有拐杖的輔助，要倒杯水喝，在他轉身準備回到臥室時，他忘記（各種可能的原因都有）自己只剩一隻腳，因此沒有單腳跳，而是像我們家裡其他人那樣，他往前走，於是自然就翻倒了。從他斷肢底端往上竄起的疼痛比起失去那截腳的疼痛還要慘烈，那天晚上我第一次看著他安置在我旁邊圍起的床鋪上，艾爾文便對我解釋那痛，「緊抓著你就不肯放手。」就算已經沒有能引起疼痛的肢體了，「有些是你知道在哪裡的痛，」艾爾文抓準著該是時候說些俏皮的話來安慰我了便這樣說，「有些是你不知道在哪裡的痛，真不知道是誰想出來的。」

英國的醫院會給截肢者嗎啡來抑制疼痛，「你總是要嗎啡，」艾爾文告訴我，「不管你什麼時候要，他們都給。你按個按鈕叫護理師來，等她過來了你就說：『嗎啡、嗎啡。』然後你差不多就不痛了。」「在醫院裡的時候有多痛？」我問他。「那可不是開玩笑的，小子。」「是你覺得最痛的一次嗎？」「我最痛的一次，」艾爾文回答，「是我六歲的時候，我父親關車門的時候正好夾到我的手指。」他笑了，於是我也笑了，「我父親說，他看見我哭得呼天喊地的，這小東西腫得有這麼高，我父親就說：『別哭了，哭也沒有用。』」艾爾文又輕聲笑了一陣，才說：「那話大概比疼痛還糟。也是我對他最後的記憶，那天後來他突然就倒下去死了。」

倒下的艾爾文蜷曲著躺在廚房鋪的油氈上，沒有能夠呼救的對象，更別提要求一針嗎啡，大家若不是出門上學就是上班了，於是，過不了多久，他也必須摸索著爬出廚房和門廳回到床上。但是就在他擺好姿勢，正準備將身體從地板上撐起來時，他發現了山迪的畫作資料夾，山迪還在用這個資料夾來保管自己大幅的鉛筆及炭筆畫，每張畫之間夾了張描圖紙，若是有需要帶著畫作去某處展覽時才會拿走。資料夾很大，沒辦法放在日光室裡，於是他留在我們的房間裡。僅是出自於好奇心的驅使，艾爾文想辦法把資料夾從床底下撈了出來，不過因為他沒辦法一眼就看出這資料夾是做什麼用的，而且因為他真正想要的就是回到被窩裡，於是他看見有條緞帶將資料夾兩邊綁在了一起時便打算不理會了。生存於世毫無價值，活著也難以忍受，而他在廚房水槽前那無心的意外仍讓他感到一陣一陣的疼痛，於是不為了什麼原因，只是他覺得自己再也無力執行比這件事更勞累的體力活，所以他把玩著那條緞帶，就這樣解開了結。

他在裡面發現三幅飛行員查爾斯・A・林白的肖像畫，山迪在兩年前就告訴我父母他已經把畫毀了，當中還有林白當選總統之後，艾芙琳阿姨交代他畫的作品。我自己有看過那些新的畫作，因為艾芙琳阿姨曾帶著我一起到新布朗斯維克的猶太會堂地下室，聽山迪的老實人計畫招募演講，「這一張畫的是林白總統將全國徵兵制法案簽署生效，這項法案希望透過教導年輕人保護及防衛國家的必要技能，來維護美國的和平。這一張畫的是總統站在繪圖員的繪圖板前，為國家最新型的戰鬥轟炸機設計加上他的航空學建議。這裡我畫的是林白總統和他們家的寵物狗在白宮裡放鬆片刻。」

每一張新繪製的林白肖像畫都在山迪的新布朗斯維克演講前展出，艾爾文就坐在臥室地板上細細檢視著，他在這些美麗的肖像畫中能看出山迪花費了多麼細膩的技巧，因而胸中升起一股大肆破壞的衝動，但是儘管如此，他仍將畫作放回描圖紙之間，將資料夾推回了床底下。

等到艾爾文能夠出門在附近走動時，即使不倚靠山迪的林白畫像他也能明白，正當他在法國攻擊彈藥庫時，羅斯福的共和黨接班人在猶太人心中的形象已有了改變，就算不是完全信任他，但至少目前還算是可以忍受，即使是我們的那些鄰居，一開始都跟我父親一樣恨他恨得牙癢癢的，如今也緩和了。華特·溫徹爾在週日晚上的廣播節目上仍持續抨擊總統，這條街上的每個人也還是死忠觀眾，總準時收聽支持，他們聽著溫徹爾對總統政策提出令人不安的詮釋，不過林白就職後並未發生任何他們害怕的事情，我們的鄰居漸漸開始更加相信班格斯多夫拉比的樂觀保證，而聽不進溫徹爾的危急預言。不只是這些鄰居，還有全國各地的猶太領袖都開始公開認可紐華克的萊昂內爾·班格斯多夫，原來他在一九四〇年大選中支持林白並不是背叛他們，而是相當有先見之明，知道這個國家未來會走向何方，因此他受到拔擢成為美國統合辦公室主任，同時也是政府在猶太事務上會第一個諮詢的對象，正是因為他在早期就表示支持林白，這高明的行動贏得了林白的信任。如果總統的反猶太傾向似乎有所緩和（或者更了不起的話，是根除了），猶太人都願意將這項奇蹟歸功於這位可敬拉比的影響力，而這位拉比很快就會成為我和山迪的姨丈，這又是一項奇蹟。

三月初某一天，我在未受邀請的前提下晃到了學校操場後面的那條死巷裡，如果下午的天氣夠暖和也沒下午，艾爾文就會在這裡玩骰子和梭哈撲克。現在我放學回家已經很少看到他在家了，雖然通常他會在五點半之前回來趕上晚餐，不過吃完甜點後又會出門，到離我們家一個街區外的熱狗攤跟他高中時的老朋友碰面，其中有幾個人以前也在辛科維茲開的艾索加油站工作，在他偷老闆的錢之後跟著遭到開除。等到他深夜回家的時候我已經熟睡了，只有他脫下義肢跳過去廁所又跳回來我才會睜開眼，含糊不清地喊了他的名字後再陷入熟睡。在他搬到我隔壁的床上睡覺之後過了大約七週，我已經不再是他不可或缺的幫手，突然間我也失去了一位能夠代替山迪陪伴我的有趣同伴，而山迪早已從我身邊消失，化身為艾芙琳阿姨所一手打造的明星。這位殘疾而受苦受難、不待見於社會的美國人漸漸占據了我的生活，比起我所認識的其他人都要重要，包括我的父親，在他心中糾結不已的掙扎也成為我所在乎的，我應該在課堂上聽老師講課時也都在煩惱他的未來，而他卻開始又跟那群遊手好閒的傢伙成群結黨，就是這些人讓他在十六歲就成了無用的小偷。顯然他在戰爭中不只失去了一條腿，也失去了他在我父母監護下所學得的一切良好習慣；而且，僅僅兩年前，沒有人能拉住他不讓他去參軍，如今他卻再也沒有表現出任何繼續對抗法西斯主義的意願，事實上他之所以每天晚上都套著義肢溜出家門到處跑，至少在一開始，主要就是為了逃避，不想坐在客廳裡聽我父親大聲唸出報紙上的戰事報導。

只要有針對軸心國的作戰活動，我父親總是憂心不已，尤其在情勢對蘇聯及大英帝國不利的時候，而且他們顯然亟需美國遭到林白與共和黨國會禁運的武器援助。我父親說英國、澳洲與荷蘭必須阻止日本，此時的日本已經橫掃東南亞，以優越種族之姿進行各種自認為正義的殘酷暴行，正要往西征伐印度、往南攻打紐西蘭、乃至於澳洲，談起來雄辯滔滔，說起各種戰略專家的術語可說相當運用自如。一九四二年的前幾個月，父親唸給我們聽的太平洋戰爭報導一貫都是壞消息：包括日本成功進占緬甸、日本拿下馬來亞、日本轟炸新幾內亞，以及經過海上與空中的毀滅性攻擊並且俘虜了成千上萬名英國及荷蘭的地面部隊之後，新加坡、婆羅洲、蘇門答臘和爪哇都相繼淪陷。不過最讓我父親擔憂的是俄羅斯戰事的進展，前一年德國軍隊眼看要侵占蘇聯西部各大城市的時候（包括基輔，我外祖父母在一八九〇年代就是從這附近移民到美國），我開始熟悉起俄羅斯一些更是沒沒無聞的城市名字，例如彼得羅札沃茲克、諾夫哥羅德、丹伯貝佐斯基以及塔甘羅格等等，就跟四十八州的首府那樣熟悉。一九四一至四二年的冬天，俄羅斯人發動了不可能的反攻，攻破了列寧格勒、莫斯科以及史達林格勒的圍城，但是到了三月，德國在經過了冬天的災難之後便重整旗鼓，而且從《紐華克新聞報》上繪出的部隊行進路線所示，正在加強軍力要在春天發動攻擊，征服高加索地區。我父親解釋著一旦俄羅斯淪陷會預示著多麼可怕的未來，這等於是向全世界宣示德國的戰爭機器所向無敵，而且蘇聯境內廣大的自然資源都將落入德國手中，俄羅斯人民也會被迫服侍納粹德國。最糟的是，「對我們而言」，隨著德國往東征伐進占，數以百萬計的俄羅斯猶太人就會落入占領軍隊的掌控，從各個方面都能夠實行希特勒的救世主計畫，將人類從猶太人的股掌中解救出來。

據我父親所言，幾乎在各個地方都即將迎來反民主軍國主義的殘酷勝利，我們幾乎可以預見俄羅斯猶太人就要遭到屠殺，其中也包括了我母親的遠房親戚，而艾爾文一點也不在乎。其他人的苦難再也不會壓在他的心頭上，他只在乎自己的苦難。

我發現艾爾文的時候，他以完好的腳單膝跪地、手裡拿著骰子，身邊一疊鈔票用一塊水泥碎塊壓著，他的義肢伸直在自己前方，看起來就像一個俄羅斯人蹲伏跳著瘋狂的快節奏斯拉夫舞步。他身邊緊挨著其他六名賭徒，圍成了一圈，有三個人還在玩，手裡抓著剩下的賭資，有兩個沒錢了便只是站在旁邊（我大概認出他們應該是以前遭威奎依高中退學的學生，現在已經二十幾歲），還有一個高個子的傢伙站在艾爾文身後俯視賭局，是艾爾文的「搭檔」，蘇喜．馬古利斯，他是個穿著高腰寬褲西裝的瘦皮猴，但肌肉結實、行動敏捷，從以前艾爾文在加油站工作時就是他的跟班，我父親最討厭的就是他。我們小孩子都知道蘇喜是彈珠王，因為他常常吹噓自己有個偷拐搶騙的叔叔就是個彈珠王，而那位叔叔在他橫行霸道的費城也很懂得靠非法的吃角子老虎機賺錢。蘇喜同樣花了很多時間在附近糖果店裡打彈珠台累積分數，他玩的時候經常推打機器、大聲咒罵、用力左右搖晃機台，直到遊戲結束，可能是因為機台上跑出彩色的亮光字體寫著「傾斜」或者老闆把他趕跑了。蘇喜出了名地愛搞笑，總能逗得仰慕者哈哈大笑，例如以滑稽的動作將點燃的火柴扔進高中對面那個綠色大郵筒投遞口，還有一次為了打賭將一隻活生生的螳螂吞下肚，在他短暫的學涯中便喜歡在熱狗攤外讓圍觀群眾捧腹大笑，他會一跛一跛地穿越總理大道，舉起一隻手示意來往的車輛減速禮讓，他跛著腳的樣子看來悽慘又可悲，但其實他根本什麼事都沒有。這時他已經三十出頭了，還跟他做裁縫的母親同住，兩人住在溫瑞特街猶太會堂隔壁那棟兩個半家庭房屋上頭的一間小公寓裡，大家都帶著同情，稱蘇喜的母親為「可憐的馬古利斯太太」，我母親就是將艾爾文的褲子拿去給她縫上拉鍊，可憐的寡婦馬古利斯太太靠著為下頸區的洋裝成衣商做按件計酬的工作，領取微薄的酬勞過活，她那無賴兒子似乎老不務正業，只會幫在撞球間外頭工作的賭注組頭跑腿，這間撞球間就在他們家附近街角，沿著這條街走就會看到李昂斯路上的天主教孤兒院。

孤兒院就在聖彼得教堂那片圍欄圍起的土地當中，這座教區教堂坐落在我們這片不可能改宗的住宅區核心地帶，居然還占了大約三方街區。教堂的建築頂上有一座高聳的鐘樓，鐘樓上還有一座尖塔，尖塔頂上有一把十字架，突出在電話線之上更顯神聖。在這附近看不到其他這般高的建築物，除非你要沿著李昂斯路上坡走將近一．六公里，走到我出生的貝斯以色列醫院，我認識的每個男孩也都是在這裡出生，而且八天大的時候就在醫院的聖堂內進行割禮。教堂鐘樓的兩旁各有一座較小的尖塔，我從來沒興趣細看，因為有人說尖塔的石材牆面上刻著基督教聖人的臉，而教堂裡高聳細窄的彩繪玻璃窗上則描述著我不想知道的故事。教堂附近有一間小小的神職人員住所，這棟房子也和附近其他大多數建築一樣，位於這片黑色鍛鐵柵欄圍起的陌生世界裡，都是上個世紀末葉所蓋好的，比我們這附近第一棟房屋落成的時間早了好幾十年，當時威奎依地區西部邊線也尚未形成紐華克的猶太邊境。教堂後面有一間讓孤兒上學的文法學校，他們大概收留了一百名孤兒，還有一小部分是當地的天主教孩童。學校和孤兒院由一群修女負責管理，我記得有人說她們都是德國修女。即使是像我這樣在比較寬容的家庭中長大的猶太小孩，難得有幾次在過馬路時看見那些修女，穿著彷彿巫婆般的裝束朝著我們呼嘯而來，通常就會想起家裡常說的那段故事。我哥哥還很小的時候，某天下午獨自一人坐在家門前的台階上，看見兩名修女從總理大道走了過來，便興奮地對我母親叫喊道：「媽媽你看——秀女。」

孤兒院的建築隔壁就是修道院，兩棟房屋都是簡單的紅磚建築，夏天的黃昏時分有時候能看見那群孤兒，有男有女的白人小孩，年約六歲至十四歲，坐在屋外的逃生梯上。我不記得曾經在其他地方看見那些孤兒成群出現，肯定也不像我們能夠自由自在到街上亂跑，若是他們一大群人都跑了出來，我大概會坐立難安，就像修女的出現也總會引起騷動，主要是因為他們沒有父母，但也是因為聽說他們既是「無人聞問」又「十分貧困」。

在住所建築的後面有一片蔬果農場，在我們這附近都看不到像是這樣的地方，或者在人口將近五十萬的工業城市中也看不到這類地方，而就是這樣的農場才讓紐澤西有了「花園之州」的稱號，過去在紐澤西州未開發的鄉間地區到處可見許多小型而密集、賺取少許利潤的家庭蔬果農場。在聖彼得種植收穫的食物能夠供養孤兒、十幾名修女、負責管理此地的老神父，以及擔任他助手的年輕司鐸。這塊土地由一位居住此地的德國農夫耕種，孤兒也會一起幫忙，這名農夫姓泰姆斯——要是我沒記錯的話，聖彼得的神父也姓泰姆斯，他已經管理這個地方好多年了。

不到一公里以外就是我們的公立小學，我們謠傳說在那所學校上課教導孤兒的修女經常會用木尺敲打最笨小孩的手背，若是小男孩的惡作劇太過分了，超過她們能夠容忍的程度，她們便會找來神父的助手用鞭子打小男孩的屁股，農夫也是用這條鞭子來鞭打那兩匹做苦工的瘦弱工作馬，春天要播種時會用牠們來拖犁。我們都知道也認得這兩匹馬，因為牠們不時會一起從農場那一端閒晃過來聖彼得教堂區域南邊樹林茂密的草地上，從大門上方好奇地探出頭來，大門後頭便是通往葛斯密路，我撞見的那場骰子賭局就是在這裡玩。

靠近葛斯密路這邊的操場邊架起了大約兩公尺高的鐵絲網柵欄，另一頭蔬果農場的樹林邊則在木樁上架起鐵絲網圍籬，這附近還沒蓋起什麼房子，幾乎沒什麼人車會經過，這一小塊有樹木遮掩的隱密之地正好讓這附近一小撮遊手好閒的人找找樂子，也不必擔心受傷。在這之前我最接近這類邪惡密會的一次是某次在操場上遊戲的時候，我追著一顆滾到這裡來的球，看見他們正在柵欄外頭聚在一起，互相叫罵著，只有對著骰子才會說出好聽話。

說起來，我並不是什麼仇視擲骰子遊戲的正義之士，某天下午我還曾經拜託艾爾文教我怎麼玩，那時他還拄著拐杖，我母親交代我要陪著他去看牙醫，坐公車時幫他投車資和拿拐杖，等他從公車後門跳到街上。那天晚上，其他人都去睡了，我們也將兩張床中間床頭櫃上的檯燈關了，我打開手電筒透出光芒，他看著光芒露出笑容，我則低聲說：「骰子乖乖。」然後不發出一點聲音在我床單上骰出了連三次七點。但是我現在看著他跟這些不入流的傢伙鬼混，想起了我的家犧牲了那麼多就是不想讓他變成另一個蘇喜，我和他當室友時跟他學到的一切下流念頭湧入我的腦中，實在太糟糕了。我為了我父親、我母親，尤其是我那遭到排斥的哥哥狠狠咒罵他，我們所有人願意忍受艾爾文對山迪那般令人反感的態度，難道就是為了這個嗎？難道他就是為此才逃家去參戰？我想著。「拿走你的混蛋獎牌，你個瘸子，去你的！」若是他把自己的殘障津貼輸到一文不剩，或許還能學到教訓，但事實是他怎麼也阻擋不了運氣，就像他再也無法阻止自己放棄想要成為誰的英雄這個想法，已經贏了一大疊鈔票。他拿著骰子貼到我嘴邊，用低沉沙啞的聲音指示我（大概是想逗朋友笑一笑）：「吹一下，寶貝。」我吹了，他一擲骰子又贏了。「六點和一點，結果是什麼？」他問。

「七點，」我乖乖回答了，「最難骰到的。」

蘇喜伸手撥亂我的頭髮，叫我是艾爾文的吉祥物，好像「吉祥物」這個身分就可以完全定義我從艾爾文回家就決定要為他扮演的角色，好像如此空洞而幼稚的一個詞就能夠解釋為什麼艾爾文的喬治國王勳章會貼在我內衣裡。蘇喜穿著一身巧克力色的華達呢雙排扣西裝，搭配錐形褲，肩膀處有寬大的墊肩配上華麗的翻領，每次他在附近四處閒晃、彈著響指時都喜歡穿著這樣的衣服（用我母親的話來說，就是「浪費他的人生」），他母親則在同住的窄小閣樓公寓裡，得一天幫一百件裙子縫邊才能支應家庭的開銷。

艾爾文在輸掉一局以後，一把收起自己贏得的錢，洋洋得意地將一大疊鈔票塞進口袋，這男人在學校後面將眾人贏得一毛不剩。他抓著鐵絲網柵欄撐著自己站直身子。我知道前一晚在他的斷肢上冒出了大膿包（不只是因為他一跛一跛痛苦地移動），而且那一天他的身體狀況也不是最佳狀態，但是他再也不肯讓外人看見他拄拐杖。他轉身跟無賴的蘇喜一起離開之前，在斷肢上套了義肢，毫不在乎這會讓他多痛苦。艾爾文藉著鬼混，直白地厭棄之所以讓他成為瘸子的理念。

「做這支假腳的王八蛋。」他就只說了這句，站起來伸手搭著我的肩抱怨道。

「我現在可以回家了嗎？」我輕聲問。

「可以啊，怎麼不可以？」然後他從口袋裡拿出兩張十塊錢鈔票，這幾乎是我父親一半的週薪，在我手掌心上攤平。我以前從來沒看過像這樣彷彿是活生生的錢。

我沒有從操場回家，而是走了另一條比較遠的路，從葛斯密路高坡往下走到哈伯森街，這樣我抬頭就能近看著孤兒院的馬。我從來不敢靠過去碰觸牠們，在那天之前我也從來沒有像其他小孩那樣跟牠們說話，而是諷刺地叫這兩匹全身濺到泥巴、嘴巴流著黏糊糊口水的巨獸是「奧馬哈」和

「旋風」，這是我們那時候兩匹最厲害的肯塔基州德比賽馬贏家的名字。

我保持著安全距離，看馬匹深邃而閃閃發光又突出的雙眼，看牠們窺探著孤兒院圍欄以外的世界，百無聊賴的眼神穿透過長長的睫毛注視著那塊無人之地，將聖彼得教堂這片堡壘和圍欄之外的猶太社區分隔開來。馬匹身上並無鎖鏈圈著，鍊條只是掛在門邊而已，我只需用力拉開門閂並推開大門，那兩匹馬就能自由自在地奔跑出逃了。這吸引力實在太強烈了，其中的惡意亦然。

「去他的林白，」我對馬匹說，「操他個納粹王八蛋林白！」我害怕萬一推開大門，馬匹沒有逃走反而用牠們的大牙齒咬住我，把我拖進孤兒院；於是我快步回到街上，拐過哈伯森街就快速跑過那一整排可住進四個家庭的集合住宅，跑到了總理大道的街角，我認得在那邊的雜貨店、烘焙坊和肉舖出入的主婦太太，有些我知道名字、年紀較大的男孩正騎著腳踏車玩耍，還有裁縫師的兒子兩邊肩膀上都扛著一整疊剛燙好的衣服準備送出去，義大利歌手的歌聲也從鞋匠的門口流洩到街上，鞋匠的收音機一如往常收聽著WEVD，電台名稱中的EVD是為了表揚受到迫害的社會主義英雄尤金·V·戴布斯[1]。在這裡我便安全了，遠離了艾爾文、蘇喜、馬匹、孤兒、神父、修女以及教會學校裡的鞭子。

我轉彎走上坡道往家裡的方向走時，有個打扮整齊、穿著日常西裝的男人走到了我身邊，這個

1 尤金·V·戴布斯（Eugene Victor Debs，一八五五—一九二六年），美國著名工會領袖，曾五度參選美國總統。

時間若是有附近的工人要下班回家吃晚餐還嫌太早，於是我馬上就知道要提高警覺。

「菲利普先生？」他揚起大大的微笑詢問，「菲利普先生，您收聽過《幫派剋星》嗎？聽說過J．艾德格．胡佛和聯邦調查局嗎？」

「有。」

「那好，我就是為胡佛先生工作，他是我的上司。我是聯邦調查局的探員，來，」他說完就從外套內裡的口袋拿出一個皮夾，掀開來讓我看他的徽章，「如果您不介意的話，我想要問幾個小問題。」

「我不介意，但我正要回家，我得回家了。」

我馬上想起了那兩張十塊錢鈔票。如果他搜我身，如果他有搜索票可以搜我身，會不會發現那些錢然後認定是我偷的？誰不會呢？就在十分鐘以前，我這一輩子一直都是口袋空空四處走，走在街上的我名下沒有一毛錢！我一週的零用錢有五分錢，都存在一個果醬罐裡，山迪用他男童軍萬用刀上的開罐器刀刃幫我在蓋子上鑿出一條溝，如今我卻像是剛搶了銀行的搶匪走來走去。

「別害怕，冷靜一點，菲利普先生。您聽過《幫派剋星》的節目，我們是同一國的，我們會保護您。我只是想要問幾個跟您堂哥艾爾文有關的問題。他還好嗎？」

「他很好。」

「他的腿狀況如何？」

「很好。」

「他可以正常走路嗎？」

「可以。」

「我剛剛看到你從另一邊走過來，不是跟他一起嗎？操場後面那個人不就是艾爾文？在人行道上的那兩人是不是艾爾文跟蘇喜．馬古利斯？」

我沒有回答，於是他說：「如果他們是在擲骰子，沒關係，那沒有犯法，只是大人生活的一部分。艾爾文在蒙特婁的軍醫院裡一定常常擲骰子。」

我還是沒有講話，他又問：「那些人在聊什麼？」

「沒什麼。」

「他們整個下午都在那裡，什麼都沒聊？」

「他們只有說自己輸了多少。」

「沒別的了？沒有聊總統的事？您知道總統是哪位，對吧？」

「查爾斯．A．林白。」

「菲利普先生，沒有跟林白總統有關的事？」

「就我聽見的沒有。」我老實回答。

但是他該不會是無意聽見了**我**對那些馬說的話吧？不可能，儘管這時候我已經很確定他知道我的一舉一動，自打艾爾文從戰場返家開始，連他把勳章給我都知道，不用懷疑他肯定知道我正戴著那面勳章，否則他為什麼要從頭到腳打量我？

「他們有談到加拿大嗎？」他問，「說要去加拿大？」

「沒有，先生。」

「不如就叫我唐吧，好嗎？然後我叫你小菲。你知道什麼是法西斯分子，對不對，小菲？」

「應該知道。」

「你還記得他們曾經叫過誰是法西斯嗎？」

「不記得。」

「別急，別急著回答。需要想多久都可以，努力回想一下，這很重要。他們曾經叫過誰是法西斯？他們有沒有說過跟希特勒有關的事？你知道希特勒是誰。」

「大家都知道。」

「他是壞人，對不對？」

「對。」我說。

「他很討厭猶太人，對不對？」

「對。」

「還有誰討厭猶太人？」

「德裔美國人聯盟。」

「還有誰？」他問。

我很清楚不該提起亨利·福特、美國第一委員會、南方民主黨人或者孤立主義的共和黨人，更別提到林白。過去這幾年來，我在家裡聽到很多討厭猶太人的美國重要人物姓名，名單比這個還長得多，然後還有普通的美國人，幾萬、幾十萬個，或許還有幾百萬人，他們就像我們在聯合鎮上不想比鄰而居的啤酒酒吧客人、華盛頓旅館的老闆，以及在聯合車站附近的餐館當眾辱罵我們的大鬍子客人。「不要說。」我告訴自己，難道一個備受呵護的九歲男孩會跟一群罪犯鬼混還有所隱瞞？但我一定老早把自己當成一個小罪犯了，因為我是猶太人。

「還有誰？」他又問了一次，「胡佛先生想要知道還有誰，從實招來，小菲。」

「我**已經說了**。」我堅持道。

「你的艾芙琳阿姨還好嗎？」

「她很好。」

「她要結婚了，是不是啊，她要結婚了？你至少可以回答這個吧。」

「對。」

「你知道她要跟誰結婚嗎？」

「知道。」

「你很聰明，我想你知道的更多，多太多了。但是你很聰明，所以不肯告訴我，對不對？」

「她要嫁給班格斯多夫拉比，」我說，「他是ＯＡＡ的主任。」

我說的話讓他笑了。「好吧，」他對我說，「你回家吧。回家吃你的無酵餅，你就是吃了這個才這麼聰明的，不是嗎？都是吃了無酵餅的關係？」

我們現在站在總理大道和高峰路的交叉口，已經可以看到我家的階梯就在街區尾端處。「拜拜！」我大叫著，不等燈號轉換就穿越回家，免得落入他的陷阱，也可能我已經是甕中之鱉。

我們家門口的街上停了三輛警車，一輛救護車擋住了我們的巷子，還有幾個警察站在階梯上交談，另一名警察則守在後門旁邊。街區上的女人大多還繫著圍裙，站在自家門口的階梯上想要搞清楚到底發生什麼事，所有孩子都聚在我們家對面街邊的人行道上，從一整排停在路邊的車輛間探頭看著警察和救護車。我從來就不記得看過他們那樣靜靜聚在一起，滿臉焦慮的樣子。

我們樓下的鄰居死了。威許諾先生自殺了，所以我們家門外現在才會出現那麼多我沒預期會見到的景象。他的體重勉強只有三十六公斤，居然有辦法將客廳窗簾的繫繩綁在後門廊外套衣櫃的木桿上纏繞自己的脖子，搬來廚房的椅子坐在衣櫃裡往前倒，就這麼勒死自己。謝爾登放學回家要掛外套的時候，發現他父親臉朝下，穿著睡衣吊死在衣櫃地板上，身旁圍著家人的橡膠雨鞋。我聽到這個消息的第一個念頭是，以後我自己待在地下室裡的時候，再也不用害怕聽見一樓公寓那位瀕死之人發出的連連咳嗽，獨自躺在樓上臥室床上墜入夢鄉時也不會再聽見他的聲音。但是我又發現，威許諾先生的鬼魂現在應該已經加入了住在地下室的那群鬼魂，因為我慶幸他的去世而糾纏一輩子。

我不知道自己還能做什麼，於是與其他孩子一樣跪在一旁停放的車輛邊。他們也完全無法想像這件事對威許諾家來說是多麼天翻地覆的變化，但是我從他們的交頭接耳中拼湊出威許諾先生的死因與發現過程，也知道謝爾登和他的母親正在屋子裡跟一名警察與醫護人員一起，還有屍體。那些孩子都在等著要看屍體，我跟他們一起等著，而不想在我從後方走道進入房子時正好撞上他們抬著威許諾先生下樓，我也不想回家，因為這樣我就得一個人在家裡等著我母親、我父親或者山迪出現。至於艾爾文，我再也不想看到他，或者讓誰問起有關他的事。

結果陪著醫護人員從那房子裡出現的女人並不是威許諾太太，而是我母親。我不明白為什麼她會丟下工作，接著才突然想到，他們要抬走的那具屍體的真實身分。沒錯，當然了——**我**父親自殺了。他再也受不了林白以及林白要放任納粹對俄羅斯猶太人所做的事，還有林白在這裡對我們家所做的事。他吊死了自己——在**我們的**衣櫃裡。

我對他沒有太多回憶，只有一段，我覺得這似乎也不是很重要，不是我該擁有的回憶。艾爾文對他父親最後的回憶是他關車門的時候夾到兒子的手指，我對父親的回憶則是他對一個每天在他辦公室大樓外頭乞討的殘障男子打招呼，「你好嗎，小羅伯？」我父親說，而那名殘障男子回答：

「你怎麼樣啊，赫曼？」

就在此時我鑽過了那排緊密停靠的車輛，迅速衝到對街。

我看見白布蓋著我父親的屍體和臉，他根本不可能還有呼吸。我嚎啕大哭。

「別、別哭，親愛的，」我母親說，「沒有什麼好怕的。」她伸出雙手抱住我的頭，將我緊緊抱著又說，「沒有什麼好怕的。他生病了而且受苦了很久，他死了，現在他不必再受苦了。」

「他在衣櫃裡。」我說。

「不是，不是的，他躺在自己床上，他是在床上死去的。他病得很重、很重，你也知道的，所以他才老是咳嗽。」

這時候救護車的門往外敞開要接收擔架，醫護人員小心翼翼將擔架推進去，自己也上車後便關上門。我母親跟我肩並著肩站在街上，握著我的手，讓我吃驚的是她看起來非常鎮定。直到我甩開她的手追著救護車大喊「他不能呼吸了！」她才明白我為什麼痛苦。

「是威許諾先生，死的是**威許諾**先生。」她搖晃著我，輕輕前後搖晃著要讓我清醒過來，「是謝爾登的父親，親愛的，他今天下午病逝了。」

我看不出來她是不是在說謊免得我越來越歇斯底里，或者她說的是美好的真相。

「謝爾登在衣櫃裡發現他的？」

「不是，我跟你說了，不是。謝爾登發現他父親躺在床上，謝爾登的母親不在家於是他報了警。我來是因為威許諾太太打電話到百貨公司給我，請我來幫忙。你懂了嗎？爸爸在上班，他在工作。喔，你到底在想什麼啊？爸爸很快就會回家吃晚飯了，山迪也是。沒有什麼好怕的，大家都會回家，大家都要回家了，我們會一起吃晚飯，」她對我再三保證，「一切都會沒事的。」

但是一切並非「沒事」，在總理大道上拷問我關於艾爾文的那位聯邦調查局探員，稍早也去了漢恩百貨女裝部去訊問我母親，又去了大都會壽險的紐華克辦公室訊問我父親，接著山迪剛離開艾芙琳阿姨的辦公室要回家，探員也搭上我哥哥搭的公車，坐在他旁邊又進行一輪拷問。艾爾文並沒有回家吃晚飯來聽到這一切經過，我們才剛要坐下吃飯，他就打電話來告訴我母親不必幫他留飯菜了，看起來每一次艾爾文在撲克或骰子賭局上大殺四方後，他就會帶蘇喜一起去市區的山核桃木燒烤餐廳，吃一頓炭烤牛排大餐，我父親稱蘇喜是「艾爾文的犯罪搭檔」，他那天晚上則大罵艾爾文，說他不知感恩、愚蠢、衝動、無知又無藥可救。

「還怨天尤人呢，」我母親傷心地說，「因為他的腳怨天尤人。」

「哼，我實在受不了了，也不想再管他的腳了，」我父親說，「是誰叫他去打仗的？我沒有、你沒有、亞伯・史坦漢也沒有。亞伯・史坦漢想送他去上大學，結果他自己去打仗，他沒被殺死就算好運，他運氣好才只丟了一隻腳。就這樣了，貝絲，我受夠那孩子了。聯邦調查局還來訊問我的孩子？他們來騷擾你和我就已經夠糟了，還跑到我辦公室來，跟你說，就在我上司面前！不行，」

他對她說，「不能再這樣下去，現在就要阻止。這是一個家，我們是一家人，他要跟蘇喜去市區吃晚餐？那就讓他去跟蘇喜住吧。」

「要是他願意去上學就好了，」我母親說，「要是他願意找份工作都好。」

「他有工作啊，」我父親回答，「當無業遊民。」

我們吃完之後，我母親準備了一份餐點給謝爾登和威許諾太太，我父親幫她一起把盤子拿下樓，留我和山迪一起清洗晚餐的碗盤。我們就像大多數晚上一樣一起在水槽前做事，只是我忍不住講個不停，我跟他說了賭骰子的事、那位聯邦調查局探員的事、威許諾先生的事，「他不是在床上過世的。」我說，「媽媽沒跟我們說真話，他是自殺的，只是她不想說。謝爾登放學回家後在衣櫃裡發現他，他是上吊自殺，所以警察才會來。」

「他有變顏色嗎？」我哥哥問我。

「我只有看到他被白布蓋著，也許是有顏色，我不知道，我**不想**知道。他們晃動擔架的時候會看到他在動，那樣已經夠糟了。」我一開始還以為白布蓋著的是我父親，但是我沒有說出來，擔心萬一我說了就會成真。事實是我父親還活著，活蹦亂跳的，在生艾爾文的氣，還威脅要將他趕出家門，不過這也不影響我胡思亂想。

「你怎麼知道他原本是在衣櫃裡？」山迪問。

「所有小孩都這麼說。」

「那你相信他們說的？」有了名氣的他現在變得很難相處，談起我或者我的朋友時總是帶著十足的自信，聽起來越來越像高人一等的傲慢。

「不然，為什麼這裡那麼多警察？就因為他死了嗎？一天到晚都有人死。」我說，但還是努力不去相信，「他是自殺的，一定是。」

「那自殺有犯法嗎？」我哥哥問我，「他們想怎麼樣，因為自殺就抓他去坐牢？」

我不知道，我已經不知道法律是怎麼規定的，所以我也不知道這樣到底有沒有犯法。我也不知道剛剛才跟著我母親下樓的我父親，是不是真的還活著？或者假裝還活著，或者死透了被救護車載來載去？我不知道為什麼艾爾文現在這麼壞，而沒有學好；我不知道那個聯邦調查局探員在總理大道上訊問我是不是我在作夢。一定是夢，但要是其他人都說自己也遇到訊問就不可能是夢，除非這個夢就是這樣。我頭暈目眩，以為自己就要昏倒了。我以前除了電影裡從來沒有看過誰昏倒，我自己以前也從未昏倒過。我以前從來沒有躲在對街什麼地方遠遠看著我家，希望那是別人的家。我口袋裡從來不曾有二十塊錢，我以前從來不知道有誰看過自己的父親吊死在衣櫃裡。我以前從來不曾以這樣的步調長大。

從來沒有，這是一九四二年的絕妙排比。

「你最好去叫媽過來，」我告訴我哥哥，「去叫她，叫她馬上回家！」但是山迪還沒能走到後門衝到樓下的威許諾家，我已經對著自己手上還拿著的擦碗布嘔吐，我倒在地板上，因為我的腳被炸斷了，到處都是我的血。

我發高燒躺在床上躺了六天，十分虛弱又毫無活力，家庭醫師每天晚上都過來檢查我的病況，這樣的童年疾病也不算罕見，叫作：為什麼一切都不一樣了。

隔天對我來說是週日，已經是傍晚時分，蒙提伯伯要過來。艾爾文也在，我從床上聽見他們在廚房裡所說的話，從內容聽來，自從威許諾先生在週五自殺以後就沒有人見過艾爾文，他拿著自己從賭骰子贏來的一大把五元、十元和二十元鈔票溜走了。我自己則跟著在週五晚餐後溜了，跟著馬匹和馬蹄跑了，被萬花筒般千變萬化的幻覺包圍著，孤兒院那兩匹工作馬一直追著我跑到世界盡頭。

現在，蒙提伯伯又來了，攻擊著艾爾文，我實在不敢相信在我們家當著我母親的面，他居然敢說出那些話。不過蒙提伯伯確實懂得如何制服艾爾文，他的方法是我父親做不來的。

夜深了，所有吼叫都平息下來，轉而成為哀悼我已逝世的傑克大伯，蒙提洪亮的聲音也變得沙啞，艾爾文終於接受了菜市場的工作，儘管蒙提一開始提出時他連考慮都不考慮。就像他那天早上在壯碩的加拿大護理師照顧之下抵達賓州車站，坐在輪椅上倍受失敗打擊，甚至不敢看著我們哪個人的眼睛，艾爾文同意自己不會再和蘇喜合作，並且放棄在街道賭博的惡習。他一向討厭流淚，就像他討厭卑躬屈膝一般，因此眾人都相當驚訝，看見他突然爆出罪惡的眼淚哀求我們的原諒，並且同意不再對我哥哥惡言相向、不再對我父母忘恩負義，也不會再對我有不良影響，對我們展現出我們應得的感激之心。蒙提伯伯警告艾爾文，若他不信守承諾又繼續在赫曼家裡搞破壞，那麼羅斯家就會從此和他斷絕往來。

雖然艾爾文看起來是很努力要做好自己這第一份粗重的苦差事，但是他在市場卻待不久，並未做到比掃地跑腿更高一階的工作。某一天，他在那裡才剛待了一個禮拜，聯邦調查局就過來詢問有關他的問題，又是同一位探員，就像他問我家人和我一樣那些討厭而看似無害的問題，只是他現在向菜市場裡其他工人暗示道，艾爾文自認是個叛徒，正與和他一樣反美的反叛分子密謀要刺殺林白總統。這樣的指控十分荒謬，但即使艾爾文那一整個禮拜都相當溫馴，就像他發誓並且堅持自己會繼續這樣乖巧聽話，還是馬上遭到開除，而且市場裡一個負責園事的傢伙還告訴他，永遠別再靠近市場一步。我父親打電話給他的兄弟想知道發生了什麼事，蒙提回答說他別無選擇，是長腿的手下命令他趕走他的姪子。紐華克的長腿茨威爾曼就跟我父親和他的兄弟一樣，都是在老舊的猶太貧民窟裡以移民之子的身分長大，在當時就把持著紐澤西的非法勾當，統治著一切無法無天，從賽馬賭注、破壞罷工乃至於強行包下像是蒙提．羅斯（全名是貝爾蒙）這些商人的蔬果進出貨載運業務。長腿最不需要的就是讓聯邦調查局的人過來打探消息，所以艾爾文就這麼丟了工作，他打包行李離開我們家，不到一天便離開這座城市，這一次並不是跨越國境到蒙特婁去和加拿大突擊隊會合，而只是借道德拉瓦去了費城，蘇喜那個賭博機器之王叔叔有份工作給他，這位幫派老大似乎比起自己在北澤西無可比擬的同伴更願意容忍叛徒。

一九四二年春天，為了慶祝冰島協定的成功，總統與林白夫人在白宮舉辦國宴來表彰德國外交部長約亞希姆・馮・里賓特洛普，眾所皆知就是他向自己的納粹同僚推薦了林白，說他是德國最理想的美國總統候選人，甚至比共和黨在一九四〇年大會上徵召林白參選還要更早。馮・里賓特洛普在冰島會議上一直都坐在希特勒身邊參與協商，而在法西斯分子在將近十年前掌權以來，他也是第一位由政府官員或機構邀請到美國的納粹領袖。白宮一公開發表將宴請馮・里賓特洛普的消息之後，自由派的媒體馬上發表強烈批評，全國各地都舉辦了集會與遊行抗議白宮的決議。自從前總統羅斯福卸任以來，這是他第一次離開隱居的生活，在海德公園發表了簡短的全國演說，敦促林白總統收回邀請，「為了所有愛好自由的美國人，尤其是上百、上千萬來自歐洲的美國人，他們祖先的國家如今必然是生活在納粹壓迫的枷鎖之下」。

副總統惠勒馬上抨擊羅斯福，說他批評現任總統的外交運作是在「玩弄政治手段」，他說此舉不僅偏激，而且羅斯福過去當政時，倡導新政的民主黨人所主導的國家政策也只會將美國拖進血腥的歐洲戰爭，前總統還為此辯護實在太不負責任。惠勒自己也是民主黨員，先前連做三任蒙大拿州參議員，並且是自從一八六四年，林肯選擇安德魯・強生作為自己競選連任的搭檔以來，第一次也是唯一一次有總統候選人選擇對手政黨的成員與自己共同競選。惠勒的政治生涯從早期開始的立場便一直相當左傾，他甚至曾經積極為蒙大拿州比尤特的激進勞工運動領袖發聲，這群勞工要對抗的是巨蟒銅礦公司，這家採礦公司幾乎將蒙大拿州當成自家商場在經營。惠勒最早也是羅斯福的支持者，在一九三二年也有人提名他成為羅斯福的競選搭檔。他在一九二四年第一次離開民主黨與威斯康辛州的改革派參議員羅伯特・拉福萊特搭檔，代表工會所支持的進步黨參選總統，接著他拋棄了屬於非共產黨美國左派的拉福萊特及其支持群眾，轉而加入林白與右派孤立主義者的陣營，協助建立了美國第一委員會，以反戰論述來攻擊羅斯福，如此極端的論調讓羅斯福總統必須將他的批評定調為「我這一代人在公開場合上所說過最虛假、最卑鄙又最不愛國的言論」。共和黨選擇惠勒擔任林白的競選搭檔，一部分是因為他自己在蒙大拿的政治影響力在三〇年代末便幫助了共和黨員選上議員、前進國會，不過主要是讓美國民眾看見集結兩黨支持的孤立主義有多麼強大，同時讓選票上出現一位好戰、和林白不同的候選人，他的工作就是一有機會便攻擊、唾罵自己的政黨，就像他在副總統辦公室所舉行的這場記者會，他預測道，如果羅斯福在海德公園的演說中這番「帶有戰爭意識的」魯莽言論，可以定調民主黨在即將來臨的選戰中意圖主打的論述，那麼他們會比一九四〇年的共和黨大勝中失去更多國會席次。

接下來的週末，德裔美國人聯盟將麥德遜花園廣場塞了個水洩不通，幾乎達到容量上限，大約有兩萬五千人都現身力挺林白總統邀請德國外交部長的決定，並且譴責民主黨又再一次試圖「挑起戰爭」。在羅斯福的第二任期間，聯邦調查局和國會委員會調查了該聯盟的活動後，認定他們是納粹的前線組織並且指控聯盟的高層領袖犯下各種罪行，結果讓這個組織解散；但是在林白當政之下，政府已經不再試圖騷擾或嚇阻聯盟成員，於是他們又能重新集結起來，不只是自詡為擁有德國血統的忠誠美國人，反對美國參與外國的戰爭，而且視蘇聯為死敵。讓聯盟成員團結起來的共識深處其實就是法西斯主義，如今卻在可能爆發全球共產革命的風險下，淹沒在大聲疾呼的愛國主義呼籲當中。

德裔美國人聯盟自認為反共產主義而非支持納粹的組織，他們就和過去一樣抱持著反猶太主義，公然在宣傳傳單上將布爾什維克主義與猶太主義畫上等號，而且不斷強調有多少「支持戰爭的」猶太人，例如財政部長摩根索與金融家伯納德・巴魯克，他們都曾是羅斯福的親信，同時，聯盟當然也堅持他們在一九三六年第一次集會時正式聲明中所表述的目的，也就是「要對抗莫斯科所主導的赤色世界威脅狂言及其桿菌猶太帶原者」，並且推動「由基督徒統治的自由美國」。不過在一九四二年的麥迪遜花園廣場集會中卻看不見納粹旗幟、卐字臂章、伸直了手臂的希特勒敬禮、納粹衝鋒隊制服，以及在一九三九年二月二十日第一次集會所展示的元首巨幅肖像，聯盟當年在宣傳時稱那次活動是為了「喬治・華盛頓日慶生演練」；牆上也看不見寫著「醒來吧美國——消滅猶太共產黨分子！」的橫幅標語，也沒有演講者稱富蘭克林・D・羅斯福為「富蘭克林・D・羅森費爾德」，藉此暗指他有猶太血統。聯盟成員的衣領上別著現場分發的白色大徽章，上頭以黑色字體寫著：

美國
拒絕參與
猶太戰爭

於此同時，華特．溫徹爾繼續稱這些聯盟成員是「幫派分子」，知名記者兼小說家辛克萊．路易斯的妻子朵羅西．湯普森也持續譴責他們的政治宣傳。她曾經在一九三九年的聯盟集會中遭到驅逐出場，因為她行使了自己所謂「在公共場所嘲笑荒謬言論的憲法權利」，離場時仍不斷大喊：「胡說、胡說、胡說！就是一字不漏，照搬《我的奮鬥》！」在聯盟的集會之後，溫徹爾在自己週日晚上的節目中便極力陳辯，語氣一如往常果斷堅定，認為越來越多人反對以國宴招待馮．里賓特洛普，這表示美國人對查爾斯．A．林白的蜜月期已經結束了，「本世紀的總統級大錯，」溫徹爾稱道，「我們這位熱愛法西斯的總統手下那群反動派共和黨員犯下了大錯中的大錯，在十一月的選舉中就會賠上自己的政治生涯。」

白宮一向習慣了幾乎人人將林白視為神一般的存在，這次對手如此快速就鼓動起強烈的反彈情緒，似乎讓政府備受阻礙，而雖然他們想要跟德裔美國人聯盟在紐約的集會切割開來，但是民主黨已經決定要將林白與這個組織的可恥名聲扯上關係，於是也在麥迪遜花園廣場舉辦了他們的集會，一位又一位講者嚴厲譴責「林白的德裔美國人聯盟分子」，最後出現讓眾人意外的驚喜，羅斯福本人出現在講台上，他的現身讓眾人鼓掌鼓了十分鐘，原本還會更久，只是前總統在一片喧嘩聲中用力大喊著：「我的美國同胞，我的美國同胞，我有幾句話要給林白先生及希特勒先生，此時此刻我必須直接了當表明，他們不能搞錯了，我們才是主宰美國命運的主人，不是他們。」這番話令人如此激動又慷慨激昂，集會中的每一個人（以及我們客廳裡、在我們這條街家家戶戶客廳裡的每一個人）都深受震撼，心中升起歡樂的錯覺，認為這個國家就要得救了。

「我們唯一要害怕的，」羅斯福告訴他的觀眾，這句話讓人想起他在第一次就職演說時那句名言的開頭[2]，「便是查爾斯．A．林白對他的納粹友人卑躬屈膝一再退讓，世上最偉大民主國家的總統居然忝不知恥，對一個犯下無數罪行及野蠻行為的暴君逢迎諂媚，如此殘忍野蠻的暴君在人類罪行歷史上無人能出其右。但是我們美國人不會接受一個由希特勒主導的美國，我們美國人不會接受由希特勒主導的世界。今日，整個世界已經分成了人類奴役及人類自由兩邊，我們——選擇——自由！我們只願接受奉獻給自由的美國！若是在國內有任何反民主的陣營密謀算計，策畫著建立法西斯美國的叛國藍圖，或者是貪求權力與霸權的外國勢力試圖這麼做，密謀鎮壓以美國權利法案為基礎而大幅增長的人類自由，意圖汰換美國的民主，而以暴君統治的絕對霸權取而代之，就像被征服的歐洲人民所受到的奴役一般，讓那些膽敢密謀對我們的自由不利的人知道，美國人無論面對任何威脅或任何危險，都不會放棄建國先賢在美國憲法中為我們制訂的自由保證。」

林白在幾天後給出回應，他穿上自己的孤鷹飛行裝備，在某天一大早便駕著雙引擎洛克希德攔截機從華盛頓起飛，要跟美國人民面對面，向他們再三保證，他所做的每個決定都只是為了讓他們更安全並確保他們的福祉無虞。每當危機逼近，哪怕只是小小危機，他都會這麼做，以攔截機的非凡神速，每一天都飛到國內各地的四、五個城市，落地時總有一大把廣播麥克風等著他，同時還有地方的重要人物、通訊社的自由記者、城市本地的記者以及上千名市民，都聚在機場想一睹他們的年輕總統，穿著他著名的飛行員風衣和皮帽。每一次他落地都會清楚表明，他在國內飛行時並無隨行人員，無論是祕勤局或空軍都沒有提供保護，因為他認為美國領空就是這麼安全，現在這個**國家**就是這麼安全，他的政府只花了一年多一點的時間就去除了所有可能開戰的疑慮。他提醒群眾，自從他就任以來，美國沒有一個男孩的生命受到威脅，而且只要他任職總統一天，他們就不會有危險。美國人將他們的信念託付於他的領導，而他也遵守了自己所做的每一項承諾。

他所說的或者要說的就只有這些，從未提及馮．里賓特洛普或羅斯福的名字，也沒有提到德裔美國人聯盟或者冰島協定的事。他沒有說任何支持納粹的話，沒有說出任何顯示自己與他們的領袖友好並認同其目標的話，甚至沒有以讚許的語氣指出德國軍隊已經從冬季的挫敗中回過神來，此時

2　一九三三年三月四日，羅斯福以「我們唯一應當恐懼的，就是恐懼本身」（The only thing we have to fear is fear itself.），回應彼時大蕭條帶來的恐慌。

在俄羅斯整條邊境上，蘇聯共產黨不得不往東撤退，朝著最終敗局而去。不過，所有美國人都知道，總統以及在他政黨內主導的右派人士都堅定不移地相信，要防止共產主義傳播到整個歐洲並進一步入侵亞洲與中東地區，乃至於我們這個半球，最好的方法就是以第三帝國的軍力完全摧毀史達林的蘇聯。

林白就這樣以自己低調、寡言又迷人的風格，對著在機場的群眾以及收音機前的聽眾說明自己的身分及他的作為，在他回頭登上飛機要起飛前往下一站時，他根本就可以直接宣布，在白宮宴請了馮·里賓特洛普之後，第一夫人就會邀請阿道夫·希特勒及他的女友來白宮作客，以佳節賓客的身分在林肯臥房度過美國國慶週末，而他的國民仍然會擁戴他為民主的救星。

我父親的童年好友薛普西·特許威爾是寬街上新聞影片戲院的放映師兼剪輯師，這家戲院自一九三五年開幕以來就是市內唯一只放映新聞的電影院。新聞影片的節目有一小時長，內容包括新聞片段、短片以及時代公司發行的《時代在前進》，每天都從一大早開始一路播放到午夜時分。包括像百代及派拉蒙等影視公司都會提供好幾公尺的新聞影片，每週四，特許威爾先生和其他三名剪輯師都會從中選擇報導，再拼接成最即時的節目，這樣像我父親的常客（他在克林頓街上的辦公室距離只有幾個街區）就能接收到最新的全國新聞、世界各地重大消息以及運動賽事冠軍戰中的精采時刻，在過去那個收音機年代中，除了去電影院，否則沒有其他地方能夠看見這些報導。我父親每週都會想辦法騰出一個小時去看一場完整的節目，他看過之後當天晚餐時間就會跟我們講述自己看到什麼、誰又發生什麼，日本總理大臣東條英機、投降納粹的法國將領貝當、古巴軍事強人巴蒂斯塔、愛爾蘭總理德·瓦勒拉、巴拿馬總統艾里亞斯、菲律賓總統奎松、卡馬喬、蘇聯外交官里維諾夫、蘇聯國防部長祖科夫、赫爾、威爾斯、哈里曼、狄厄斯、海德里希、布魯、奎斯林、甘地、隆美爾、蒙巴頓、喬治六世、拉瓜迪亞、法蘭柯、教宗庇護十二世，這些都是在新聞影片中出現的重要事件人物，這已經是縮減過的，名單還能列出更多大人物，我父親告訴我們未來某一天想起這些事件，就知道這是值得傳承給我們自己子女的歷史。

週末時若是特許威爾先生上班的時候，我父親就會帶山迪和我到新聞影片戲院接受更多教育，特許威爾先生會在售票口留下免費通行證給我們，而每一次節目結束後，我父親都會帶我們到上面的放映室再聽一次同樣的公民教育，他會告訴我們，在民主國家中接收最新的事件消息就是公民最重要的義務，而且多早知道當天的新聞都不嫌太早。我們會靠近影片放映機，他就告訴我們每個部分的名稱，然後我們會看著牆上掛著的裱框相片，都是戲院開幕當晚的盛大場合中拍攝的，當時紐華克第一位也是唯一一位猶太市長梅爾·艾倫斯坦受邀剪綵，特許威爾先生指著相片告訴我們，其中就有前美國駐西班牙大使以及班伯格百貨公司的創辦人。

我最喜歡新聞影片戲院的就是座位的設計，就算是成人坐在位子上都不需要站起身來讓別人通過，還有據說是靜音的放映室，以及大廳的地毯上設計成了影片膠捲的圖樣，你走進走出時都能踩在上面。我其實不太記得戲院中的節目了，只記得羅威爾．湯瑪斯播報大部分政治新聞的聲音，以及比爾．史登播報體育新聞時的激動語氣，但卻還記得一九四二年連續好幾個週六，當時山迪十四歲、我九歲，我父親特地帶我們到新聞影片戲院，一週看著德裔美國人聯盟的集會，下一週又看到羅斯福在花園廣場集會中發表反對里賓特洛普的談話，我忘不了德裔美國人聯盟的集會，因為我看見那些聯盟分子站起來齊聲呼喊著馮．里賓特洛普的名字，彷彿現在他才是美國總統，讓我心中充滿憎恨情緒；而我忘不了羅斯福的演說，因為他對著反對里賓特洛普的群眾宣告：「我們唯一要害怕的便是查爾斯．A．林白對他的納粹友人卑躬屈膝一再退讓。」戲院裡有一大半觀眾都發出不滿的噓聲，剩下的一半，包括我父親在內，則盡全力大聲拍手，我都要懷疑這大白天的，該不會就要在寬街上爆發戰爭了吧；會不會我們離開燈光黯淡的戲院之時，就會發現紐華克市區已經淪為斷垣殘壁，到處都是冒著煙的廢墟並熊熊燃燒著。

那兩個週六下午對山迪來說，他很難在新聞影片戲院裡好好坐著看完節目，而他在這之前就已經明白這件事不容易，原本拒絕了我父親的邀請，不過後來我父親命令他必須去，他才同意一同前往。在一九四二年春季，山迪還差幾個月就要上高中了，長成了高高瘦瘦又英俊的男孩，服裝乾淨、頭髮梳得整齊，無論站坐的身姿都直挺得像個西點軍校學生；而且他過去身為老實人計畫主要的年輕發言人，讓他多了一股權威感，在這麼年輕的人身上很難得看見這樣的風範。山迪證明了自己很懂得如何影響大人，還吸引了附近年紀較小的孩子追隨著他、對他崇拜不已，這些孩子都急切著向他看齊，希望自己有資格能夠申請美國統合辦公室的夏季農場計畫，讓我父母相當吃驚，而且家裡有這樣一位長子也比過去更讓他們膽戰心驚，以前大家都認為山迪只是一個脾氣溫和、相當平凡的男孩，擁有畫出逼真肖像的才華。對我來說，因為他比較年長，所以一直都相當厲害，而如今他似乎比以前更加厲害了，很容易就激起我對他的欽慕，雖然我曾經因為艾爾文形容他是個投機分子而離棄他，不過就算是投機分子（前提是艾爾文說對了，而這個用詞也準確），聽起來似乎也是相當了不起的成就，這代表他生性沉穩而有自知之明，刻意迎合了這個世界運作的方式。

當然，九歲的我實在說不上了解投機主義的概念，不過從艾爾文說出這番指控時那樣的厭惡之情，再加上他刻意誇大，也足以讓我明白其中的道德程度。當時艾爾文才剛出院，情緒低迷到根本懶得控制自己的反應。

「你哥哥才不算什麼，」一天晚上他躺在床上這樣對我說，「什麼東西都算不上。」他就在這時候說山迪是個投機分子。

「是嗎？為什麼？」

「因為人就是這樣，他們會找尋對自己有利的東西，其他的就都不管了。山迪就是個他媽的投機分子，你那個挺著大奶的婊子阿姨也是，那個偉大的拉比也是。貝絲嬸嬸和赫曼叔叔都是老實人，但山迪……居然馬上就投靠了那群王八蛋？這樣的年紀？這樣的才華？你這個哥哥就是徹底的混帳好傢伙。」

投靠，又是我沒聽過的話，但這時也沒有比「投機分子」更難懂。

「他只是畫了幾張畫。」我解釋道。

但是艾爾文可沒心情聽我想辦法淡化那些畫像的存在，尤其是他已經不知怎地得知了山迪與林白的老實人計畫有密切關係。我沒有勇氣問他怎麼知道這件我已經決定永遠不告訴他的事，不過我的推測是，在他意外發現床底下的畫作之後，他一定是直接去搜查了飯廳餐具櫃裡的抽屜，山迪把學校筆記本和寫字紙都收在那裡，艾爾文便在那裡發現了所有必要的證據並決定要永遠怨恨山迪。

「這不代表事情如你所想的那樣，」我說，但是我馬上就得想出來那到底**可以**代表什麼，「他這麼做是為了保護我們，」我宣示道，「這樣我們才不會惹上麻煩。」

「因為我。」艾爾文說。

「不是！」我抗議道。

「但他就是這樣告訴你的，這樣家裡才不會因為艾爾文而惹上麻煩，他就是這樣合理化自己打算做的這些狗屁。」

「可是如果不是這樣，他又為什麼**要**這樣做？」我這麼問時盡量擺出無辜孩童的樣子，同時又充滿了孩童的狡猾，完全不知道該怎麼從這場衝突中脫身，畢竟我為了幫哥哥辯解而說了愚蠢的謊話，只是讓氣氛更加緊張，「如果他是為了幫忙，那麼他做這些又有什麼錯？」

他只是回答：「我不相信你，天才。」因為我贏不了艾爾文，便也不再試著相信自己的話。但是，如果山迪**真的**告訴我他過著雙重生活就好了！如果他**真的**是在努力要扭轉這糟糕的境況，扮演成林白的忠實追隨者來保護我們，該有多好！然而我曾經在新布朗斯維克猶太會堂地下室看過他對著一群猶太成人演講，我知道他有多麼相信自己所說的一切，了解他有多麼享受這一切帶來的注目。我哥哥發現了自己具有成為大人物的非凡才華，於是他在演講中讚揚林白總統、展出自己的林白畫作，並且公開講述（以艾芙琳阿姨為他擬的講稿）自己在基督徒核心地帶當猶太農場幫手的那八週，稱頌這段經驗為他帶來多麼豐富的益處，而在他這麼做的時候，真要說實話，其實我也不介意自己這麼做，他的行為在美國各地看來都是正常而愛國的，只有在他自己家裡才屬於異常而怪誕，但山迪正處於自己人生的高峰。

接下來出現了歷史上又一次特大號入侵行動：查爾斯・A・林白總統伉儷寄來了雕版印刷的精美邀請函，邀請萊昂內爾・班格斯多夫拉比以及艾芙琳・芬克爾小姐參加一九四二年四月四日週六晚上的國宴，以向德國外交部長致敬。林白獨自一人飛行橫跨全美國造訪三十座城市，此舉讓人人讚賞他是個言出必行的務實主義者且說話誠懇樸實，聲望比起先前甚至更高，接著溫徹爾就稱這場馮・里賓特洛普晚宴是「本世紀最大的政治錯誤」，國內大多已經由共和黨掌握的媒體很快便刊出社論，高聲批評說犯錯的是羅斯福以及民主黨人，他們刻意將國宴錯誤解讀成邪惡的陰謀，但這場晚宴明明就只是白宮招待外國政要以表親切。

儘管我父母知道了邀請函的事情後非常震驚，卻也不能做什麼。早在幾個月前，他們便已經跟艾芙琳表明了他們對她的失望，她居然加入那一小群受到誤導的猶太人，成為當政者的爪牙。現在再去質疑她和美國總統之間拐了好幾個彎的行政關係也沒什麼道理了，尤其他們已經知道她的動力並非意識形態上的信念，就像她過去在工會時似乎是如此，也不只是可悲的政治野心，而是因為班格斯多夫拉比拯救了她才會如此興奮，她再也不是那個住在杜威街閣樓公寓裡的代課教師，而是像灰姑娘的奇蹟一般住進了宮殿。但是一天晚上，她突然打電話來告訴我母親，她和拉比已經安排好了要帶我哥哥一起去參加馮．里賓特洛普的晚宴……至少，一開始沒有人願意相信她所說的話。光是要接受艾芙琳自己一夜之間便踏出了我們當地這個小社區，一躍成為了《時代在前進》節目裡的名流，已經相當不容易了，如今連山迪也一樣嗎？他在猶太會堂地下室裡為林白傳教還不夠令人難以置信嗎？這件事就是不能答應，我父親堅持道，表示絕對不可以，先不管可不可信，這件事實在太令人噁心了，「這只證明，」他對我哥哥說，「你阿姨瘋了。」

或許她是瘋了，因為太過誇大自己忽然新得的重要性而一時瘋了，否則她怎麼能如此膽大包天，居然想讓自己十四歲的外甥受邀參加這麼重大的晚宴？若不是不屈不撓跟那個自私自利的瘋子堅持到底一路往上求，她怎麼能夠說服班格斯多夫拉比，對白宮提出如此反常的要求？在電話上，我父親盡可能以平靜的語氣跟她說話：「艾芙琳，別再說這些蠢話了，我們又不是什麼重要人士，放過我們吧，拜託，普通人該忍受的事情就已經夠多了。」但是我阿姨一心想要幫助自己傑出的外甥，讓他脫離這位無知姊夫無關緊要的冷漠枷鎖（這樣外甥才能像她一樣在世界上占有一席之地），如今這份心意已經無人能擋。山迪參加這場晚宴的目的是為了見證老實人計畫的成功，他正是要以老實人計畫的全國代表參加，絕對不能讓他出身貧民窟的父親阻止他——還有她。她坐上自己的車，十五分鐘後，敲門聲就來了。

我父親掛上電話後，像蒙提伯伯那樣不掩憤怒地吼著。「在德國，希特勒至少還有些分寸，將猶太人排除在納粹派對之外，他們戴了那樣的臂章、設了那些集中營，至少清楚表明他們不歡迎骯髒的猶太人。但是在這裡，納粹竟然假裝要邀請猶太人**進去**，為了什麼？好哄睡他們，用那些荒謬的夢引他們入睡，讓他們以為美國一切都好。但搞**這套**？」他大叫，「搞**這套**？邀請他們去握一名納粹罪犯沾滿血腥的手？真是不敢相信！他們的謊言和陰謀可是一刻都沒停過！他們找來了最優秀的孩子，最有才華、最努力工作、最成熟的孩子……不行！他們對山迪做的那一切，這樣嘲弄我們也夠了！他哪裡都不能去！他們已經偷走了我的國家——不能再偷走我兒子！」

「但是根本就沒有誰，」山迪吼道，「在嘲弄**誰**，這是大好**機會**。」「對投機分子來說確實是。」我心想著，但閉緊了嘴。

「不准去。」我父親對他說，就這樣，話中那股低聲的嚴厲比憤怒更加有力，讓山迪明白自己即將面臨人生中最糟的時刻。

艾芙琳阿姨在敲門，我母親起身打開了後門。「這女人**現在**想做什麼？」我父親在她身後喊著，「我已經叫她放過我們，然後她就來了，這女人真是瘋到底了！」

我母親絕對不是不同意我父親的決定，不過她離開廚房時仍然對他投以懇求的眼神，希望自己能夠讓他多少留點情面，儘管艾芙琳這樣利用山迪的滿腔熱忱，這番魯莽的愚蠢行為或許也不值得多少同情。

艾芙琳阿姨相當震驚（或者假裝是這樣），我父母居然無法理解受邀到白宮對山迪這個年紀的孩子有多麼重大的意義，能夠成為白宮晚宴的賓客對他的未來有多麼重要……「我才不在乎**那個白宮**！」我父親大叫，在艾芙琳阿姨第十五次提到「白宮」時往桌上一拍讓她閉嘴。「我只在乎是誰住在那裡，而現在住在那裡的人是納粹。」「他不是！」艾芙琳堅持。「那你是想告訴我，馮．里賓特洛普先生也不是納粹囉？」為了回應我父親的話，她說我父親是怕了、眼界偏狹、沒有文化又心胸狹隘……他則說她沒在思考、好騙又趨炎附勢……兩人在餐桌兩端針鋒相對，各自吐出強烈的指控讓對方更是怒火中燒，最後艾芙琳阿姨說了一句（事後想起來，這句話還算是溫和，只是說了班格斯多夫拉比為了山迪動用多少關係），這句荒謬的話已經超過了我父親所能容忍的，於是他從餐桌前站起來叫她離開。他走出廚房到後方門廊，打開通往樓梯的門對她說：「出去，快走，不要再回來。我再也不想在這家裡看見你。」

她不敢相信會聽到這句話，就跟我們其他人一樣不敢相信，我聽起來像是在說笑，就像喜劇拍檔艾伯特與科斯泰羅在電影裡丟出的台詞：出去，科斯泰羅，你要繼續這樣就離開這個家，永遠別回來。

我母親這時從原本一起坐著喝茶的飯廳起身到門廊。

「這女人是個白癡，貝絲，」我父親對她說，「這個幼稚的白癡什麼都不懂，是最**危險**的白癡。」

「拜託，把門關上。」我母親對他說。

「艾芙琳，」他大叫，「現在，馬上，離開。」

「別這樣。」我母親輕聲說。

「我在等你妹妹離開我家。」他回答。

「是我們的家。」我母親說完就回到廚房，「小艾，回家吧，」她柔聲說，「這樣一切都能平息。」艾芙琳阿姨低頭對著桌面，臉埋在手裡。我母親拉起她的手讓她站起來，陪她走到了後門並離開，我們這位自信敢言又積極活躍的阿姨看起來就像中了一槍，要被人丟出去等死。然後我們聽到我父親甩上門。

「這女人以為是場**派對**，」我和山迪走進門廊想看看戰爭留下的結果，我父親對我們說，「她以為是**遊戲**。你們去過新聞影片戲院，是我帶你們去的，你們知道自己在那裡看見了什麼。」

「知道。」我說。因為我哥哥現在不願意說話，我就覺得自己必須說些什麼。他一直勇敢隱忍艾爾文毫不留情的排擠，隱忍新聞影片戲院，現在他也隱忍自己最喜歡的阿姨遭到驅逐。他才十四歲，已經變得與家裡最固執的男人一樣，決心面對任何挑戰。

「聽著，」我父親說，「那**不是**遊戲，是戰爭，記住了，是戰爭！」

我又說了知道。

「在外面的世界……」但他說到這裡就停了。我母親沒有回來，九歲的我以為她永遠不會回來了，我四十一歲的父親那時或許也是這麼想的：我父親擺脫了多年艱辛生活的恐懼，卻沒有擺脫失去他寶貴妻子的恐懼。在每個人的心中都覺得災難不再是遙遠的不可能之事，他看著自己的孩子，彷彿我們就和那晚的厄爾．艾克斯曼一樣，在艾克斯曼太太精神崩潰後就突然失去了母親。我父親走到客廳從前面的窗戶看出去，山迪和我也緊跟在後，艾芙琳阿姨的車已經不在了，我母親既沒有在人行道，不在階梯，也不在巷子裡，甚至對街也看不到人。我父親跑到地下室去喊著她名字時她沒有出現，她也沒有陪著謝爾登和他母親，我父親去敲他們的門，我們三人走進去時發現他們正在廚房裡吃飯。

我父親對威許諾太太說：「你有看見貝絲嗎？」

威許諾太太的身材壯碩、高挑，動作有些笨拙，總是握緊了拳頭走來走去，而讓我感到驚奇的是，據說以前我父親剛認識她時，她是個愛笑又愉快的女孩，在世界大戰之前和她家人住在第三區。現在她既是母親也要負責養家，我父母經常稱讚她是多麼盡心盡力為了謝爾登而努力工作，無庸置疑的是，**她的**人生就是一場戰鬥：看看她的拳頭就知道了。

「怎麼了？」她問他。

「貝絲不在這裡嗎？」

謝爾登離開廚房餐桌出來跟我們打招呼。自從他父親自殺後，我對他的厭惡感更加強烈，放學時我如果知道他在學校前面等著跟我一起走路回家，便會躲到學校後面。雖然我們家距離學校只有短短一個街區，早上我都躡手躡腳下樓梯，比預定時間提早十五分鐘離開家門，免得在門口撞見他。但是傍晚時分我總不免會遇見他，就算我在總理大道山丘的另一頭幫家裡跑腿，謝爾登總會跟在我身後，一副他剛好出現在這裡一樣。無論他什麼時候過來想要教我下西洋棋，我都會假裝不在家而不去應門。如果我母親在一旁，她就會勸我去跟他玩，總是提醒了我最想要忘記的那件事：「他父親是非常厲害的西洋棋手，很多年前還是青年會的冠軍，他教了謝爾登，但現在謝爾登沒有對象能一起玩，就想跟你一起玩。」我本來想告訴她我不喜歡也搞不懂西洋棋，不知道該怎麼玩，但是最後別無選擇，於是謝爾登帶著棋盤與棋子出現，我只好跟他在餐桌面對面坐下來，他馬上就會提醒我他父親是怎麼做好這副棋盤又找到棋子。「他去了紐約，他知道該去哪裡，然後就找到合適的棋子。很漂亮對不對？這些是用特殊的木頭做的，然後他做了這副棋盤，找了木頭切割好——你有看到這些不同的顏色嗎？」而我發現要讓他別再一直談論那個可怕的亡父，唯一的方法就是不斷把我在學校聽來的最新廁所笑話說給他聽。

回家的時候，我知道我父親打算要娶威許諾太太了，很快在某天晚上，我們三個人就會從後面的樓梯把行李搬下樓和她與謝爾登同住，以後上下學再也沒有方法能躲避謝爾登，以及他總是想將友誼寄託在我身上的需求。一回到家，我就得把外套放在謝爾登父親上吊自殺的那個衣櫃裡，山迪會睡在威許諾家的日光室，就像艾爾文還跟我們同住時他在我們家裡睡的地方一樣，我會睡在後面的臥房裡，就在謝爾登旁邊，我父親則要睡在另一間臥房裡，以前謝爾登父親睡的地方，旁邊躺著謝爾登的母親與她緊握的拳頭。

我想要到街角搭上公車一走了之，艾爾文給我的二十塊還藏在衣櫃底一只鞋的鞋頭，我可以帶著錢搭到賓州車站，買一張單程票坐上往費城的火車去找艾爾文，再也不跟我家人同住，而是跟著艾爾文照顧他的斷肢。

我母親哄著艾芙琳阿姨睡著之後就打電話回家，班格斯多夫拉比在華盛頓，但是他跟艾芙琳通過電話，也跟我母親保證自己比她那糊塗的丈夫更了解狀況，知道什麼對猶太人有利、什麼不利，說他不會忘記赫曼是如何對待艾芙琳，特別是在他依著艾芙琳的要求而盡全力為了她外甥所做的一切。拉比最後告訴我母親，他會等待時機採取適合的手段。

大約十點，我父親開車去接我母親載她回家，等到她進來我和山迪的房間時，我們已經穿上了睡衣，她坐在我的床上拉著我的手。我從來沒看過她如此精疲力竭的樣子，不是完全像威許諾太太那樣氣力放盡的模樣，卻也已經不是過去那個總是心滿意足、永不喊累的母親，總是全身充滿活力、一派輕鬆，唯一的煩惱就只有怎麼用丈夫一週不到五十元的薪水養活一家人。她在市區有一份工作、有個家要打理、一個容易衝動行事的妹妹、一個意志堅定的丈夫、一個固執的十四歲兒子、一個滿心憂慮的九歲兒子，就算這些麻煩事同一時間都拿著自己嚴苛的要求要將她淹沒，對這麼能幹的女人來說也不會是太沉重的負擔，只是偏偏還有個林白。

「山迪，」她說，「我們該怎麼做？我應該跟你解釋為什麼爸爸認為你不應該去嗎？我們可以悄悄一起做嗎？到了某個時間，我們總得把一切說開，就只有你和我單獨談談。有時爸爸可能會大發雷霆，但我不會，你知道的。你可以相信我會聽你說，但是我們必須換個角度去思考現下發生的事情，因為若是你再繼續參與這樣的事情，或許對你真的不是件好事。或許艾芙琳阿姨做錯了，她興奮過頭了，親愛的，她生來就一直是那樣，只要發生一點超乎尋常的事她就什麼常識都不管了。爸爸認為……我要繼續說嗎？親愛的，還是你想睡了？」

「你想怎麼做就怎麼做吧。」山迪淡淡地說。

「繼續說。」我說。

我母親對我微笑，「為什麼？你想知道什麼？」

「大家都在吼什麼。」

「因為大家對事情有不同看法，」她親了親我道晚安，又說，「因為大家心裡都有許多想法。」不過她朝著山迪的床彎腰下去要親吻他時，他卻把臉埋進枕頭裡了。

通常我父親在我和山迪起床以前便出門上班了，我母親會早起跟他一起吃早餐，然後做好我們午餐要吃的三明治，包在蠟紙裡放進冰箱，看到我們兩人準備好上學了才出門上班。但是隔天，我父親並未先去辦公室，而是想藉這個機會跟山迪說明，為什麼他不能去白宮，以及為什麼他不能再參加任何由ＯＡＡ贊助的活動。

「馮・里賓特洛普的這些朋友，」他向山迪解釋，「不是我們的朋友。希特勒強加在歐洲身上的每一項骯髒詭計、他跟其他國家所說的每個可恥謊言，都是從馮・里賓特洛普先生的口中說出來的。總有一天你會學到在慕尼黑所發生的事，你會學到馮・里賓特洛普先生所扮演的角色，知道他是如何騙了張伯倫先生簽下條約，那些文字根本就不配寫在紙上。讀一讀《ＰＭ》是怎麼描寫這個人，聽聽溫徹爾怎麼說這個人，溫徹爾叫他『里賓特虛偽外交部長』，你知道他在戰前是靠什麼維生的嗎？賣香檳，他就是個酒商，山迪，就是個騙子——花錢消災的財閥、竊賊和騙子，就連他姓氏裡的『馮』也是騙來的。但你對此一無所知、對馮・里賓特洛普一無所知、對戈林一無所知，你對戈培爾、希姆萊和赫斯這些納粹一無所知，但我**知道**。你有沒有聽說過在奧地利有一座城堡，馮・里賓特洛普先生就是在那裡和其他納粹罪犯飲酒設宴？知道他怎麼得到那座城堡？他偷來的。希姆萊將擁有城堡的貴族扔進了集中營，城堡就成了酒商的財產了！山迪，你知道但澤在什麼地方、發生了什麼嗎？你知道凡爾賽條約是什麼嗎？你有沒有聽說過《我的奮鬥》？去問問馮・里賓特洛普先生，他會告訴你。我也會告訴你，只是不會從納粹的角度來解釋，我一直追蹤著消息，也讀了很多東西，我知道這些罪犯是什麼人，兒子，我不會讓你靠近他們一步。」

「我永遠不會原諒你這麼做。」山迪回答。

「但你會的，」我母親對他說，「總有一天你會明白，爸爸為你做的都只是對你最好的，他是對的，親愛的，相信我——你跟那些人沒有關係，他們只是把你當成工具。」

「那艾芙琳阿姨呢？」山迪問，「艾芙琳阿姨也把我當成『工具』嗎？帶我去白宮，那樣是把我當工具？」

「沒錯。」我母親傷心地說。

「不對！不是那樣！」他說，「對不起，但是我不能讓艾芙琳阿姨失望。」

「你的艾芙琳阿姨，」我父親告訴他，「才讓我們失望。老實人計畫，」他輕蔑地說，「這個所謂的老實人計畫唯一的目的就是把猶太小孩訓練成內賊，讓他們跟自己的父母反目成仇。」

「狗屁！」山迪說。

「別說了！」我母親說，「馬上閉嘴，你知道這街上只有我們家要忍受這種事嗎？這整個社區只有我們家這樣，其他人都知道如今只能繼續過選舉前的生活，忘掉現在的總統是誰，我們也要這麼做。壞事發生了，但現在都過去了，艾爾文走了，現在艾芙琳阿姨也走了，一切都要恢復正常。」

「那我們什麼時候要搬去加拿大？」山迪問她，「還不都是因為你們的迫害妄想症？」

我父親伸出手指說：「別學你那愚蠢的阿姨，不准再像那樣頂嘴。」

「你是個獨裁者，」山迪對他說，「你這個獨裁者比希特勒**更糟**。」

我父母成長的背景很像，兩人家裡傳統的父親對於用傳統的強迫手段來管教孩子是毫不猶豫，因此他們從來就沒辦法動手打山迪或是我，也反對任何人使用體罰。結果，我父親聽到自己的孩子稱他比希勒特更糟，他的回應就只有滿臉嫌惡地轉過身去出門上班，但是他還沒走出後門，我母親已經舉起手來打了山迪一巴掌，把我嚇得瞪大雙眼，她說：「你知道你父親才為你做了什麼嗎？」她大吼著，「難道你還不明白自己打算要做的是什麼事嗎？吃完早餐去上學，放學就回家，你父親已經定了規矩，你最好聽話。」

山迪挨打時並未退縮，如今他心中充滿抗拒，藉著這股氣繼續逞英雄，於是直接了當告訴她：「我要跟艾芙琳阿姨去白宮，我不在乎你們這些貧民窟猶太人喜不喜歡。」

彷彿是嫌這天早上的場面還不夠難看、認為我們家這一切難以置信的混亂還不夠讓人神經緊繃，她讓他為自己的不孝反抗好好付出了代價，再一次打了他一巴掌，這一次他痛哭出聲，若是他沒哭，恐怕我們這位謹慎的母親還會抬起她溫柔和善的母親之手，繼續打他第三下、第四下、第五下。「她不知道自己在做什麼，」我想著，「她變了個人——**大家**都一樣。」我抓起我的課本從後面的樓梯衝到巷子裡跑到街上，好像這一天還不夠悲慘似的，謝爾登就在前面的階梯上等著跟我一起上學。

幾週之後，我父親在下班回家的路上先去了新聞影片戲院，收看馮・里賓特洛普晚宴的報導影片，這天在節目結束後他到樓上的放映室去找薛普西・特許威爾，這時他才得知他的童年好友要在六月一日離開，帶著他的妻子、三個孩子、母親以及他妻子的年邁雙親一起搬到加拿大的溫尼伯，溫尼伯有個小猶太社群，那裡的代表幫助特許威爾先生找了份工作，在附近的電影院擔任放映師，還為他們全家人在純樸的猶太社區找了一間公寓，跟我們的很像。加拿大人還安排了一筆低利貸款來支付特許威爾一家搬離美國的費用，還能協助照顧他的岳父母，等到特許威爾太太在溫尼伯找到工作，能夠支付她父母的生活開銷為止。特許威爾先生告訴我父親，他很討厭自己得離開他出生的城市以及親愛的老朋友，當然也很不情願離開自己在紐華克最重要的戲院這份難得的工作，要分開的、要失去的都很多，但是過去這幾年來，他看著世界各地的新聞工作者拍攝好送來所有未剪輯的毛片，他相信一九四一年林白與希特勒簽署冰島協定時還有祕密協議，只要希特勒先打敗蘇聯，接著入侵並征服英國（同時日本必須先征服中國、印度和澳洲，就能完成建立他們的「大東亞共榮圈」），那麼美國總統就能建立「美國法西斯新秩序」，這是以希特勒為範本的極權獨裁政權，如此一來舞台便搭好了，終於能夠擊敗最後一塊大陸，也就是讓德國入侵、征服、納粹化南美洲。在未來的兩年間，希特勒的納粹卐字旗幟將飄揚在倫敦的國會大廈上，日本的旭日旗也會在雪梨、新德里和北京等地升起飛揚，林白將連任總統再做四年，美國與加拿大的邊境將會關閉，兩國之間的外交關係中斷，為了讓美國人民將焦點放在必須限縮人民憲法權利的重大內政危機上，美國將會展開針對國內四百五十萬猶太人的集體屠殺。

隨著馮・里賓特洛普造訪華盛頓，對於林白的美國支持者當中最危險的那群人而言，這場晚宴代表著何等的勝利，因此特許威爾先生有了上述的預測，這比我父親所預期的還要更加悲觀，於是他決定不再對我們重複一次，而他那天晚上早早就從新聞影片戲院回家吃晚餐，也沒有提到特許威爾一家很快就要離開，他很確定這個消息會嚇壞我、激怒山迪，並讓我母親吵著要馬上移民。自從林白一年半前就職以後，預估只有兩、三百個猶太家庭搬遷到加拿大的庇護地接受永久居留的身分，而在這類逃亡者當中，特許威爾家是第一個我父親認識的家庭，得知他們的決定讓我父親動搖了。

另外讓他吃驚的，是在影片上看到林白總統伉儷在白宮柱廊熱切歡迎納粹馮・里賓特洛普及他的妻子，他也很驚訝看到所有政商名流從禮車中走出來，想著待會兒能夠在馮・里賓特洛普在場時飲宴跳舞，臉上都掛著期待的微笑，而在所有賓客中，顯然就和其他人同樣對這場噁心的宴會感到興奮的，是萊昂內爾・班格斯多夫拉比以及艾芙琳・芬克爾小姐。「我不敢相信，」我父親說，「她臉上的笑容都咧到耳朵了，還有她那個未婚夫呢？看起來好像以為這場宴會是為了他辦的。你真該看看這個男人，看見每個人都點頭，好像自己真是什麼大人物了！」「你又何必去看呢？」我母親問他，「你知道自己看了一定會像這樣生氣的。」「我去，」他告訴她，「是因為我每天都問自己一樣的問題：這怎麼會發生在美國？這樣的人怎麼可以治理我們的國家？若是我不是親眼看見，我會以為只是自己胡思亂想。」

雖然我們才剛開始吃晚餐，山迪卻已經放下餐具喃喃說：「可是美國又沒發生什麼，**什麼都沒有**。」然後就離開了餐桌，那天早上我母親打他巴掌以來，也不是第一次了，現在吃飯的時候只要提到新聞，哪怕只有一點點關係，山迪就會站起來，沒有解釋也不道歉，直接走進我們房間關上門。前幾次我母親會跟著他站起來，走進房間跟他談話，邀他回來吃飯，但山迪只是坐在書桌前把炭筆削尖，或者在素描簿上塗鴉，等著她放棄理會他。我哥哥甚至不肯跟我說話，有時候單純是因為寂寞，我壯著膽子問他這樣的行為還要持續多久。我開始懷疑他會不會打包行李離家，不去找艾芙琳阿姨，而是去肯塔基州的農場跟馬威尼家同住，他會把名字改成山迪・馬威尼，我們再也不會見到他，就像我們再也不會見到艾爾文一般。而且也沒有人會想到要綁架他，他自己就會做了，他會把自己交給基督徒，這樣就永遠不必再跟猶太人扯上關係。沒有人需要綁架他，因為林白已經綁架了他，還連帶綁架了其他人！

山迪的行為讓我非常困擾，晚上我會跑到看不到他的地方，在餐桌上做功課，所以我才會偷聽到我父親說話（他跟我母親在客廳裡讀著晚報，而山迪仍不屑跟我們一起，獨自待在公寓後面與外界隔絕），他提醒我母親，我們私底下這些紛紛擾擾正是林白那群反猶太主義者進行老實人計畫的目的，就是希望在猶太父母與其子女之間掀起紛爭，但儘管他明白了這一點，卻只是讓他的決心更加堅定，不想跟著薛普西・特許威爾那樣離開。

「你在說什麼？」我母親說，「你是在告訴我特許威爾家要去加拿大了嗎？」「對，六月。」他回答。「為什麼？為什麼是六月？六月會發生什麼？你什麼時候知道的？為什麼都沒說？」「因為我知道你聽了會坐立難安。」「確實沒錯，我怎麼會心安。為什麼？」她一定要知道答案，「赫曼，為什麼他們是六月離開？」「因為薛普西認為時機成熟了，先別討論這個了，」我父親輕聲說，「小的還在廚房裡，他已經夠害怕了。如果薛普西認為時機到了，那是他為他自己和全家做的決定，祝他好運。薛普西每天都坐著看好幾個小時的最新新聞，新聞就是薛普西的生活，而新聞報導看來很糟，這也影響了他的想法，這就是他做出的決定。」「他做出這樣的決定，」我母親說，「因為他**知道消息**。」「我也知道消息，」他馬上反駁，「我知道的沒有比較少，我只是得到了不同的結論。你還不懂嗎？這些反猶太的王八蛋就是**想要**我們逃走，他們想讓猶太人受夠了這一切，」他告訴她，「這樣就會永遠離開，這樣這個美好的國家都全都歸非猶太人所有了。好啊，我有個更好的點子，為什麼不是**他們**離開？那一大群人，為什麼他們不全部搬到納粹德國受他們的元首管轄？這樣**我們**就能擁有美好的國家！聽著，薛普西可以去做他認為該做的事，但是我們哪裡也不去，這個國家還有個最高法院，多虧了富蘭克林．羅斯福，這是個自由的最高法院，有這個法院來照顧我們的權利，有道格拉斯大法官、有弗蘭克福特大法官、有莫菲大法官以及布萊克大法官，有他們捍衛法律。這個國家裡還有好人，有羅斯福、有艾克斯、有拉瓜迪亞市長，十一月就是國會選舉了，還有選票箱以及所有仍然可以投票的人們，沒有誰可以命令他們。」「他們要投票給誰？」我母親問，然後馬上自己回答，「美國人會投票，」她說，「然後共和黨會變得更加強大。」「安靜，你能不能小聲點？等到了十一月，」他告訴她，「我們會知道結果，到時候還有時間可以決定該怎麼做。」「萬一沒有時間呢？」「會有的，拜託，貝絲，」他說，「不能每天晚上都這樣。」他就說了這最後一句話，不過可能只是因為我在廚房做功課，所以我母親逼自己不要再多說。

隔天一放學，我沿著總理大道往下繞到克林頓廣場，走到高中前面，我想在這裡大概不會有人認得我，就在那裡等著往市區的公車要去新聞影片戲院。我前一晚已經在報紙的時刻表上查過了，三點五十五分會有一場一小時的節目，這表示我可以在戲院對面的寬街站搭上五點鐘的十四路公車，安全準時回家吃晚餐，或者甚至可以更早，就看馮．里賓特洛普的新聞落在節目的哪一段。無論如何，我都得看看在白宮的艾芙琳阿姨，不過跟我父母的想法不同，這不是因為我對她的所作所為覺得反感與憤怒，而是因為我覺得她能去到那裡似乎是很了不起的一件事，大概比其他家族成員能夠做到的都了不起，除了艾爾文所發生的事以外。

《納粹大人物成為白宮座上賓》，這是戲院三角形天棚上兩邊以黑色字體寫出的頭條標題，因為我獨自一人在市區，身旁沒有我哥哥、沒有厄爾．艾克斯曼、也沒有我父母親陪同，在我走到售票口要買一張票時，覺得自己完全就像個罪犯一樣。

「沒有大人陪同嗎？不行，先生。」賣票的女人告訴我。「我是孤兒，」我告訴她，「我就住在李昂斯路上的孤兒院，修女要我做一份林白總統的報告。」「她的字條呢？」我在公車上很小心地寫了一張，寫在我筆記本上的空白頁，從售票口塞了進去，字條是模仿我母親同意我參加校外教學的內容，只是簽名是「聖彼得孤兒院，瑪麗・凱瑟琳修女」。女人看著字條但沒有唸出來，然後招招手要我把錢塞過去，我給她一張艾爾文給我的十元鈔票，對於我這個身高的孩子來說是很大的面額，更別說是來自聖彼得的孤兒，但是她正忙著，就找了我九塊五的零錢，沒再多問什麼就塞了一張票給我，只是她沒有把字條還給我。「我還要用。」我說。「走吧，小朋友。」她不耐煩地說，示意我讓位給後面排隊的人。

我走進去的時候燈光正好暗下來，軍樂響起，影片開始放映。看起來幾乎紐華克每位男性（戲院吸引來的女性觀眾很少）都想要看看這位不可能的白宮賓客，這場週五下午的節目幾乎滿座，我只能在戲院樓座的尾端找到一個空位，現在才進來的人都得站在交響樂團最後一排的後面了。我心中湧起極度興奮的感覺，不只是因為我成功完成了別人意想不到的事，更是因為戲院裡充滿了上百根香菸以及五分錢雪茄的濃烈氣味，我深深沉浸在這陽剛的魔法中，一個小男孩扮成了男人混進一群男人中。

英軍登陸馬達加斯加接管法國海軍基地。

維琪法國政府領袖皮耶・拉瓦爾譴責英軍的行動為「侵略之舉」。

英國皇家空軍連續第三晚轟炸斯圖加特。

英軍戰鬥機在馬爾他上空激烈空戰。

德國軍隊再度於克赤半島攻擊蘇聯。

緬甸曼德勒落入日軍手中。

日軍在新幾內亞叢林內再次發動攻擊。

日軍從緬甸挺進中國雲南省。

中國游擊隊掠奪廣東市，殺死五百名日軍士兵。

影片中出現各式各樣的頭盔、制服、武器、建築、港口、海灘、花花草草，還有各個種族的人臉，但除此之外都是一次又一次不斷上演的地獄場景，這無可超越的邪惡帶來的恐懼，在所有泱泱大國中只有美國倖免於難。一張又一張苦難的照片永無止盡：建築物的砂漿爆裂開來、步兵彎下腰來奔跑、陸戰隊舉起步槍涉水上岸、飛機丟下炸彈、飛機爆炸成碎片並繞著圈子落地、屍體多到只能集體掩埋、牧師雙膝跪倒、臨時拼湊成的十字架、沉船、溺斃的水手、海面上燃起火焰、遭炸斷的橋樑、坦克轟炸、遭到鎖定的醫院斷裂成兩半、炸彈炸毀的油槽冒出半天高盤旋而上的火柱、犯人被關在泥地當中、擔架上躺著尚有氣息的人體、遭刺刀殺傷的平民、死去的嬰孩、斷頭的屍體仍冒著血……

接著是白宮的新聞。日光漸暗的春天傍晚，草坪上光影交錯，茂盛的灌木叢以及繁花盛開的樹木，制服筆挺的司機開著禮車過來，而從禮車出來的人們都穿著正式禮服，柱廊的門扉敞開通往大理石門廳，弦樂團演奏著去年最受歡迎的流行歌曲，因為華格納歌劇《崔斯坦與伊索德》的主題曲而聲名大噪。露出親切的笑容、輕聲的談笑，出現的是備受敬愛、身材高瘦又英俊的總統，身邊是才華洋溢的女詩人兼勇敢無畏的女飛行員，這位端莊名媛是他們遭殺害孩子的母親。接著是那位喋喋不休、一頭銀髮的貴客，身段優雅的納粹妻子則穿著緞面的長禮服。歡迎之語、妙語如珠，舊世界的華麗風貌充滿著王室宮廷的誇張言行，他那一身晚禮服看起來價值上百萬，他親吻第一夫人的手，看來相當迷人。

若不是他身上那枚鐵十字勳章，由他的元首授予這位外交部長，裝飾在口袋上方，僅僅幾公分下就塞著一條絲質手帕，這打扮簡直無可挑剔，差點讓人以為這個假貨真是什麼文明人，實在是狡詐的人類能夠設計出最有說服力的相貌。

就在那裡！艾芙琳阿姨和班格斯多夫拉比，他們經過了陸戰隊護衛，進了門口就消失了！

他們出現在銀幕上大概不會超過三秒鐘，但是接下來的片段，無論是全國新聞或者結尾的運動賽事片段，我都看不進去了，一直希望影片能倒回去我阿姨閃亮現身的那一刻，因為她身上戴著原先屬於拉比亡妻的首飾。即使這許多令人難以置信的時刻在攝影機的紀錄下也成為無可辯駁的真實，但艾芙琳阿姨這番可恥的勝利對我來說卻是最不真實的。

節目結束後燈光亮起，一位穿著制服的服務人員站在走道上以手電筒示意，「你，」他說，「跟我來。」

他帶著我走進正離開大廳的人群，用鑰匙打開一扇門後便走進去，然後我們走上一道狹窄的樓梯，我知道這是哪裡，以前山迪和我被帶來看麥迪遜花園廣場的馮．里賓特洛普集會時也來過。

「你幾歲了？」服務人員問我。

「十六。」

「答得好，繼續裝嘛小子，繼續惹更多麻煩。」

「我現在要回家了，」我告訴他，「我會錯過公車。」

「你會錯過的東西還有更多。」

他急切地敲了敲新聞影片的放映室那扇有名的靜音門，特許威爾先生就開門讓我們進去。

他拿著那張瑪麗．凱瑟琳修女的字條。

「我不知道我為什麼不把這個拿給你父母看。」他對我說。

「只是開玩笑。」我說。

「你父親要過來接你，我剛剛打電話給他的辦公室，告訴他你在這裡。」

「謝謝。」我回答時盡量保持禮貌，就像我所受的教育如此。

「請坐。」

「但我只是開玩笑。」我又說了一次。

特許威爾先生正在準備下一場節目的影片膠捲。我趁隙環顧四周，發現戲院那些許多重要賓客的簽名照片已經從牆上取下，我這才想起特許威爾先生已經開始整理東西，準備將這些紀念品帶到溫尼伯，然後我也發現，光是這個動作的重要性或許就足以解釋他為什麼對我如此嚴厲，不過我也認為他就是那種經常會將責任感延伸到與自己無關事情上的大人。從他的外表或談話中，很難判斷他是不是跟我父親一起在紐華克的集合住宅中一起長大，他的打扮低調，明顯比我父親更加精明、更加自傲，這樣一個未受到太多教育的貧民窟小孩，幾乎是全靠著自己機警又有計畫的勤奮努力，才擺脫了移民父母的貧困生活。對這些人來說，熱忱就是他們賴以前進的動力，社會地位較高的基督徒總覺得他們咄咄逼人，其實通常都是因為，熱忱才能造就一切。

「如果我出去外面，」我說，「還搭得到公車，趕得及回家吃晚餐。」

「請你留在原地。」

「但是我做錯了什麼？我只是想看我阿姨，這不公平，」我說著說著，險些就要哭出來，「我想要看我阿姨在白宮的樣子，只是這樣而已。」

「你阿姨。」他說完便咬著牙齒，才不再繼續說下去。

終於，他對艾芙琳阿姨的輕蔑惹得我流下眼淚，這時特許威爾先生失去了耐心。「你很痛苦嗎？」他鄙夷地問，「怎麼，你在痛苦什麼？你知道世界各地的人們都經歷了什麼嗎？難道你剛剛看了那些都不明白嗎？我只希望未來你不會有真正需要哭泣的理由，我希望也祈禱著，在未來的日子裡，你家——」他突然住口，顯然是不習慣突然間不理性發脾氣這般不體面的行為，尤其是在處理一個不起眼的小孩。就連我都可以明白，他這麼說其實是在說其他與我無關的事，但是畢竟是衝著我發脾氣，我還是相當震驚。

「六月會發生什麼事？」我問他，前一晚我偷聽到母親這樣問父親，但沒有答案。特許威爾先生只是一直看著我的臉，好像試圖要判斷我有多少智慧。「冷靜一下，」他終於開口，「來，」他將他的手帕遞給我，「眼淚擦一擦。」

我聽話照做了，但是又問了一次：「會發生什麼事？為什麼你要去加拿大？」突然間，他的聲音裡已經聽不到惱怒之意，而是出現了更為強悍卻也更溫和的東西——**他的**智慧。

「我在那裡有份新工作。」他回答。

他有事情瞞著我不說嚇壞了我，我又流淚。

大概過了二十分鐘，我父親來了。特許威爾先生把我為了進戲院而寫的字條交給他，但是我父親沒有花時間讀過，而是先拉著我的手肘將我拖出戲院走到街上。這時他打了我。先是我母親打我哥哥，現在我父親讀了那張瑪麗．凱瑟琳修女寫的字句，有史以來第一次毫不留情地刮了我一巴掌。這時的我已經非常緊繃，而且也不像山迪那般堅忍，於是完全控制不了自已地在售票亭旁邊崩潰大哭，所有基督徒都看得清清楚楚，他們正從市區辦公室趕回家要享受在林白治理的和平美國中又一個無憂無慮的春季週末，這個獨立存在的堡壘與世界大戰的戰區隔著重重海洋，除了我們，沒有人處在危機之中。

# 第六章　他們的國家

一九四二年五月—一九四二年六月

**一九四二年五月二十二日**

親愛的羅斯先生：

依照美國內政部美國統合辦公室四二年家園計畫的要求，公司為您這類資深員工提供轉調機會，經評估認定您符合資格，能夠加入ＯＡＡ大膽創新的全國倡議行動。

自一八六二年美國國會通過公地放領法，至今正好居滿八十年，根據這項美國獨有的知名法規，將近六十五公頃的無人公有土地可以說是無償提供給願意遷居的農夫，在新開墾的美國西部定居。自此以後便未再進行可堪比擬的行動，未能讓富有冒險精神的美國人握有令人振奮的新機會，擴展自己的視野並讓國家更加強大。

大都會壽險相當榮幸能夠與各大美國企業及金融機構一同，率先獲選參與這項新的公地計畫，目的便是提供正要發跡的美國家庭一次畢生難逢的機會，由政府出資搬遷家園而能夠在先前無法到達的美國新興地區落地生根。四二年家園提供充滿挑戰的環境，讓家庭沉浸在我國最為悠久的傳統當中，世世代代的父母與子女都能更深入融合美國文化。

接到此份公告，您應馬上聯絡麥迪遜大道辦公室的四二年家園計畫代表威爾弗列德・克斯先生，他將親自回答您的所有問題，他的團隊也將盡其所能提供親切的協助。

恭喜您及您的家人獲選，成為大都會壽險中無數應得此機會的候選家庭之一，成為公司第一批的一九四二年「公地開墾」先鋒部隊。

您誠摯的

何莫・L・卡森

人事部副總

我父親等了好幾天，總算恢復冷靜自若的樣子，然後才將公司的信件拿給我母親看，並且宣布從一九四二年九月一日開始，他就要從大都會壽險的紐華克辦公室轉調到肯塔基州丹維爾新成立的辦公室。克斯先生交給他的四二年家園計畫小包中有一張肯塔基州的地圖，父親為我們指出了丹維爾，然後他打開商會宣傳手冊，標題寫著《藍天綠地之州》，念出其中一頁：「丹維爾是鄉村地區博伊爾郡的郡治，坐落在肯塔基州美麗的鄉間，大約在列星頓南方九十六．五公里處，列星頓則是肯塔基州在路易維爾之後的第二大城。」他翻閱這本手冊，想找些更有趣的介紹來大聲朗讀，似乎這樣就能緩解這場情勢變化的荒謬無意義。「『在丹尼爾．布恩的幫助之下開拓了荒野之路，展開了拓墾肯塔基州的道路……一七九二年，肯塔基州成為阿帕拉契山脈以西第一個加入聯邦的州地……一九四〇年，肯塔基州的人口有兩百八十四萬五千六百二十七人。』丹維爾的人口，讓我找找，丹維爾的人口是六千七百人。」

「那丹維爾有多少猶太人呢？」我母親問，「在這六千七百人當中嗎？整個州又有多少？」

「你已經知道了，貝絲，少之又少。我只能告訴你還會更糟，可能是蒙大拿州，蓋勒家就是要去那裡；可能是堪薩斯州，舒瓦茲家要去那裡；也可能是奧克拉荷馬州，布洛迪家要去那裡。有七個人要離開我們的辦公室，我是最幸運的，相信我。肯塔基州的風光明媚、氣候宜人，這不是世界末日，我們最後住在那裡就跟我們住在這裡的日子一樣，或許還更好，畢竟那裡什麼東西都比較便宜，天氣又那麼舒服。那裡有給兒子上的學校，也會有我的工作，還有給你的房子，或許我們還會有能力負擔買下自己的房子，讓兒子有各自的房間，後面有可以玩耍的庭院。」

「他們哪來這麼邪惡的念頭能對人做這種事？」我母親問，「我真是嚇壞了，赫曼，我們的家庭在這裡，一輩子的朋友在這裡，孩子的朋友也在這裡，我們這一輩子都平安無事生活在這裡，我們離紐澤西最好的高中只有一個街區的距離，我們的兒子是在猶太人當中長大的，跟其他猶太小孩一起上學，和其他小孩也是相安無事，沒有辱罵、沒有打架，他們從來就沒有像我小時候那樣感覺受到排擠和寂寞。我不敢相信公司會這樣對你，你為了那些人努力工作，你所投入的那些時間和心力，而這個，」她氣憤地說，「就是獎賞。」

「兒子，」我父親說，「你們想知道什麼就問我。媽媽說的對，這對我們所有人都非常出乎意料，都有點嚇壞了，所以心裡有什麼想問的就問吧，我不希望有誰對什麼事情感到困惑。」

但是山迪並不感到困惑，看起來也完全沒有嚇壞的樣子。山迪興奮極了，幾乎藏不住他的喜悅，而且這一切都因為他完全知道怎麼在地圖上找到肯塔基州的丹維爾，那裡距離馬威尼家的菸草農場只有二十二．五公里。也有可能他早就知道我們家要搬去那裡，比我們任何人都更早知道。我父母或許沒有說太多，但正是因為大家都不說，就連我也能明白，我父親獲選為這一區七名「公地開墾」猶太人之一，就像他轉調到公司的丹維爾新辦公室一樣都絕非偶然，當他那天打開後門，叫艾芙琳阿姨離開這個家且永遠不要再回來，我們的命運大概就沒有其他轉圜的餘地了。

吃完晚飯後我們都在客廳享受片刻不受打擾的寧靜，山迪在畫些什麼，沒有問題要問，而我把臉貼在敞開窗戶的紗窗上看著外頭，也沒有問題要問，於是我父親陰鬱地沉浸在自己的思緒中，知道自己遭受挫敗，開始在客廳裡踱步，而我母親坐在沙發上低聲喃喃自語著什麼，不願意接受眼前的命運。在這一場對峙的鬧劇中，面對著我們並不知曉是什麼的挑戰，我們每個人所扮演的角色都是在華盛頓旅館大廳裡另一個人所扮演的。我知道事情已經發展到什麼地步，現在的一切又是多麼混亂到難以理解，而災難來臨時，又會是如何猝不及防。

大約從三點開始就不斷刮著強風，大風帶來了傾盆大雨，可是突然間雨就停了，陽光露臉，刺眼得就像是時鐘指針被往前轉了，好似明日的早晨就從今天下午六點開始。我們家前這一條如此樸素的街道，不過只是沾上了雨水而閃閃發光，怎麼能夠引人如此歡喜呢？嘩啦啦的大雨帶來一波洪水，在人行道上形成一片跨不過去、布滿落葉的水窪，分隔出青草茂密的小庭院，怎麼會散發出令我如此欣喜的氣味，彷彿我是在熱帶雨林中出生的一般？高峰路渲染上一層暴風雨過後的光芒，閃耀著生命的光彩，就像一隻寵物，屬於我的、毛髮柔順而搏動著心跳的寵物，一陣一陣的雨水將其洗刷得乾淨，現在正伸展開身體浸淫在這份幸福之中。

沒有什麼能夠讓我離開這裡。

「孩子們要跟誰一起玩？」我母親問。

「肯塔基州有很多小孩可以一起玩。」他向她保證。

「那我能跟誰說話？」她問，「我在那裡可以找到誰，可以像這裡一輩子的好朋友一樣？」

「那裡也有婦女。」

「基督教的婦女。」她說。通常我母親不會鄙視他人來抬高自己，但此時話語中卻滿是輕蔑，她現在就是這麼困惑，就是這樣覺得危機重重。「善良的基督教婦女，」她說，「她們會迫不急待讓我感覺像在家裡一般。他們沒有權力這麼做！」她宣示道。

「貝絲，拜託——在大公司工作就是這樣，大公司一天到晚都在轉調員工，他們要調你走，你就得打包行李上任。」

「我說的是政府，**政府**不能這麼做。他們不能逼人打包就走，我從來沒聽說過哪條憲法這樣寫的。」

「他們沒逼我們。」

「那為什麼我們要走？」她問，「他們當然是在逼我們，這樣是**違法**的，你不能只挑猶太人就因為他們是猶太人，逼他們住在你想讓他們住的地方，你不能挑個城市，想怎樣就怎樣。要擺脫現在的紐華克，讓猶太人像其他人一樣住在這裡？這跟他們有什麼關係？這樣是違法的，大家都**知道**這樣違法。」

「對啦，」山迪根本沒有抬頭，只是繼續專心自己的素描，「不如我們控告美國好了？」

「可以告啊，」我告訴他，「告到最高法院。」

「別理他，」我母親對我說，「在你哥哥學會怎麼當個文明人之前，我們繼續不理他。」

聽到這裡，山迪站起來拿著自己畫畫的工具走進臥房，而我再也無法忍受我父親毫無反駁能力、我母親苦悶不已這樣的場景，於是打開前門衝下前面的階梯跑到街上。用過晚餐的小孩吃完冰棒便把棍子丟進水溝，它們排成一列穿過鐵柵蓋進入淙淙流動的下水道，水流中還參雜著自然草木的碎屑，像是暴風雨從刺槐樹上搖下來的落葉，還有捲進水流的糖果紙、甲蟲、瓶蓋、蚯蚓、菸屁股，還有很神祕的、無法解釋卻又可以預期的，一塊黏糊糊的橡膠。大家都在外面把握上床睡覺前最後一次玩樂的機會，而他們所有人都還能夠玩樂，因為他們的父母都不是在四二年家園計畫的合作企業裡工作，他們的父親要不是自己開業，就是跟兄弟或連襟合夥，於是他們不會必須離開到其他地方去。但是我哪裡都不去，我不會讓美國政府把我從這條街上趕走，這裡的水溝裡正淌流著生命的源泉。

艾爾文正在費城胡作非為，山迪則在我們家遭到流放，而我父親身為保護者的權威若不是全毀了，至少也出現明顯的軟化。兩年前，為了保護我們所選擇的生活方式，他鼓起勇氣開車到總公司去跟大老闆面對面拒絕了升遷的機會，即使他的職涯能再進一步並且加薪，但代價卻是要讓我們住在德裔美國人聯盟當道的紐澤西。現在他已經無力反抗這樣刨除根基的局面，即使這件事的風險並沒有比較低，但他認定抗爭也是徒勞，我們的命運已不在他的掌控中。最讓人震驚的是，我父親的公司已經認為他無力反抗，能夠順從聽話地與國家合作。除了我，沒有人能夠保護我們了。

隔天放學後，我再一次偷偷搭上往市區的公車，這一次搭的是七路公車，路線離高峰路大約有一．二公里，在孤兒院遙遠另一頭的農地旁，那裡的聖彼得教堂就正對著李昂斯路的通道，而在那處教堂十字架尖塔的陰影下，更不可能有鄰居、同學或者家族友人看見我，比起我獨自穿過高中校園沿山坡往下走到克林頓廣場搭十四路公車安全多了。

我在教堂外面的公車站牌等車，旁邊有兩位修女，她們穿著那一身粗糙厚重的深黑衣袍，看起來一模一樣，我先前從來不像這天一樣有機會好好觀察。一位修女的外袍下擺長得能碰到鞋子，搭配上鮮明的白色，漿過的衣服拱成一頂帽子恰巧襯托出她的臉部線條，並遮掩住了眼睛看著周邊的視線，這條僵硬的頭巾蓋住了頭皮、耳朵、下巴和脖子，頭巾裡也包覆著一條白色大包巾，這一切都讓穿著傳統服飾的天主教修女成為我所見過打扮最古老的人，若在我們家附近見到總是令人吃驚不已，甚至比打扮如殯葬業人士般詭異的牧師都奇特。修女身上看不見有鈕扣或口袋，因此無法推敲出這一襲厚重的外袍是怎麼固定在身上，也不知道該怎麼脫掉，或者修女究竟會不會脫掉這身衣服，畢竟在這一身衣物上還掛著一條金屬大十字架，長長的項鍊掛在她們脖子上還串著念珠，念珠又大又閃亮就像是「殺手級」彈珠，項鍊往下垂，比腰間的黑色皮帶還要低十幾公分。另外在頭上的包巾還扣著一條黑色面紗，後方的布料寬大，直接垂到了腰間。除此之外，唯一露出皮膚來的小小一塊地方就是那張包著頭巾、樸素而無裝飾的臉，沒有毛髮、沒有柔和線條，任何地方都看不出一絲紊亂。

我想這兩位修女應該是負責看管孤兒生活並且在教會學校裡教書的，兩人都沒看我，而我獨自一人，身邊又沒有像厄爾·艾克斯曼那樣機靈的跟班，除了不時偷看幾眼也不敢一直盯著她們看，不過就算我只是盯著自己的兩隻腳，那種聰明小孩能夠自我約束的能力也已經離我遠去，讓我一次又一次面對各種謎團，都是與她們的女體及其最下流的功能有關的問題，一切思緒不斷往墮落的一方靠攏。雖然這天下午的祕密任務十分嚴肅，一切都要看任務的結果如何，我卻無法處理有位修女在身邊的狀況，更別說有兩位，心裡全是我那些不太純潔的猶太思想。

修女在司機後方的兩個座位坐下，儘管車輛更後方的大部分座位都空著，我仍坐到她們兩人對面，中間隔著狹窄的走道，就在車門及收費箱後面。我原先並不打算坐在那裡，不懂為什麼自己要這麼做，但是我並沒有移動到其他位置好讓自己遠離這種不羈好奇心的影響，而是打開筆記本假裝要做學校功課，同時既期待又害怕自己會不小心聽到她們說什麼跟天主教有關的事。可惜，她們很安靜，我猜是在祈禱吧，而且在公車上這麼做也沒有什麼好看的。

從市區開車開了大概五分鐘，我聽見玫瑰念珠發出悅耳的喀答聲，她們一同站起來準備在高街及克林頓路的大十字路口下車，路口的一邊有一間賣汽車的店面，另一邊則是海景飯店。她們走過我面前時，比較高的那位修女站在走道上低頭對我微笑，她低語的聲音中隱約透露出傷感，或許是因為在我沒發現的時候彌賽亞來了又走了，她對自己的同伴說道：「真是個乾淨可愛的小男孩。」

她應該聽聽我剛剛在想什麼，不過或許她知道。

幾分鐘後，公車在寬街最後一次大轉彎，開到了雷蒙大道往位於賓州車站外的最後一站前進，到站後我也下了車，朝著華盛頓街上的聯邦辦公室大樓直奔而去，艾芙琳阿姨的辦公室就在這裡。在大廳裡，電梯服務員告訴我ＯＡＡ辦公室在頂樓，等我抵達後便說我想見艾芙琳・芬克爾。「你是山迪的弟弟，」接待人員表示，「你簡直是他的小雙胞胎了。」語氣中滿是讚賞。「山迪比我大五歲。」我告訴她。「山迪真是個很棒、很棒的孩子，」她說，「大家都很喜歡他來這裡。」然後她通知艾芙琳阿姨的辦公室，「芬克爾小姐，您的外甥菲利普來了。」她說道，接著不到幾秒鐘，艾芙琳阿姨已經拉著我走過六、七張辦公桌，好幾位先生小姐正在打字機前工作，她帶我進到她的辦公室，從窗外能俯瞰公共圖書館及紐華克博物館。她對我又親又抱，跟我說她有多麼想念我，儘管我憂心忡忡，尤其害怕被父母發現我來見這位與家裡疏遠的阿姨，我還是按照自己的計畫進行，向艾芙琳阿姨坦承我偷偷一個人去了戲院看她去白宮赴宴的新聞。我坐在她辦公桌旁邊的椅子上，這張桌子跟我父親在克林頓街那邊的辦公桌相比，絕對大了兩倍有餘，要求她告訴我跟總統伉儷共進晚餐是什麼感覺。她鉅細靡遺地回答，急切地想要在我面前表現，這實在沒什麼道理，我只是一個早因她大大的背叛崩潰的孩子——我實在無法相信自己竟然這麼容易就騙倒她，讓她以為這就是我來這裡的目的。

在她辦公桌後方的牆上有一面巨大的軟木公告欄，上面釘著兩張大地圖，地圖上還釘著許多彩色大頭釘，比較大的地圖是美國的四十八州，比較小的只畫了紐澤西，與鄰近的賓州之間的邊境是一條蜿蜒的內陸河，我們在學校裡學到可以將這條河看作是有點奇怪的印地安酋長側影輪廓，眉毛上面是菲利普斯堡，鼻孔下方是斯塔克頓，接著從下巴逐漸往內靠攏到脖子就到了特倫頓附近。紐澤西州最東角的人口稠密，包括了澤西市、紐華克、巴賽克與帕特森，延伸到北邊就到了與紐約州最南邊的筆直邊界，也就是印地安人羽毛頭飾頂上的後半部。我那時就是這麼看待這個地方，我也一直如此看待著，不僅僅是用五感，那段時間像我這種背景的小孩有一種第六感，是地理上的感覺，敏銳感覺到自己所居住的地方以及身邊的人事物。

在艾芙琳阿姨廣闊的辦公桌面上，除了分別有相框裝著我過世的外婆及班格斯多夫拉比的相片，還有一張大的簽名相片，是林白總統伉儷並肩站在橢圓辦公室裡，另一張比較小的相片是艾芙琳阿姨穿著晚禮服與總統握手。「那是接見隊伍，」她解釋道，「要進入國宴宴會廳的路上，賓客會列隊經過總統和第一夫人還有當晚的貴賓面前，有人會通報你的名字，他們就拍張照片，然後白宮會把照片寄給你。」

「總統有說什麼嗎？」

「他說：『很高興邀請到你。』」

「那你可以回什麼話嗎？」我問。

「我說：『這是我的榮幸，總統先生。』」她毫不掩飾地表現出這段對話對於她是多麼重要，或許對美國總統也是。艾芙琳阿姨一直都是如此，她的熱忱中總是透露著相當得意洋洋的味道，不過在我家如今這樣的混亂局面之下，我也看得出來她的態度有多麼恐怖。我這一輩子從來沒有如此嚴厲批判過哪個大人，對我的父母沒有、甚至對艾爾文或蒙提伯伯都沒有，而我也是一直到那時候才明白，這些忝不知恥又虛榮的愚蠢之人居然握著主宰他人命運的生殺大權。

「你有見到馮．里賓特洛普先生嗎？」

她這時幾乎就像個少女般面露羞赧，回答：「我還跟馮・里賓特洛普先生共舞呢。」

「在哪裡？」

「晚宴後，白宮草坪上搭了一座大帳棚，在那裡舉辦舞會。那一晚真是美好，有交響樂團、跳舞，萊昂內爾和我經引介給外交部長和他的妻子，我們就有機會交談，然後他向我行禮邀我跳舞。大家都說他很擅長跳舞，也確實如此沒錯，他在舞會中翩翩起舞實在是奇妙無比，而且他的英文完美無缺，他曾就讀倫敦大學，年輕時也在加拿大住過四年，他說那是他偉大的青春冒險。我覺得他是位十分迷人的紳士，而且**非常**聰明。」

「他說了什麼？」我問。

「喔，我們談了些總統的事、談ＯＡＡ，還有我們的生活，我們什麼都談。他還會拉小提琴，你知道嗎，他就跟萊昂內爾一樣見識豐富，他對什麼事情都能侃侃而談。這裡，你看，親愛的，看看我穿的衣服，你看到我帶的皮包了嗎？皮包上鑲著金網格，看到這個了嗎？看到這些聖甲蟲了嗎？黃金、搪瓷和綠松石製成的聖甲蟲。」

「什麼是聖甲蟲？」

「就是一種甲蟲，把寶石切割成甲蟲的樣子，而且就是第一任班格斯多夫太太的家族在紐華克這裡製作的，他們的珠寶工作室是世界知名的，曾經為國王、王后以及美國最有錢的人們製作珠寶。看看我的訂婚戒指，」她說著便把噴了香水的小手貼近我的臉，我突然覺得自己像隻小狗一樣想舔舔她的手，「看見這顆寶石了嗎？我最親愛的小親親，這是綠寶石喔。」

「是真的嗎？」

她吻了吻我說：「是真的！看看這張照片，這裡——這條手鍊是黃金再鑲上藍寶石和珍珠，都是真的！」她又吻了吻我，繼續說：「外交部長說他在其他地方都沒看過這麼漂亮的手鍊，你再猜猜我脖子上的是什麼？」

「項鍊嗎？」

「花綵的項鍊。」

「什麼是『花綵』？」

「是一圈的花，用花朵編成花圈，你知道『張燈結綵』，你知道『綵球』，也知道『剪綵』吧，對不對？是啊，這些詞彙都有關係。再看看這兩枚胸針，看到了嗎？都是藍寶石，親愛的，蒙大拿的藍寶石鑲嵌在黃金裡。你看到是誰戴著這些珠寶了嗎？誰？那是誰？是艾芙琳阿姨！是杜威街上的艾芙琳．芬克爾！去了白宮呢！是不是讓人很不敢相信？」

「我想是吧。」我說。

「喔，親愛的，」她把我拉了過去，在我臉上親了個遍，「我想也是。真高興你來看我，我好想念你。」然後她搓了搓我的身體，好像是要找我的口袋裡有沒有塞著贓物，一直到了多年後我才慢慢了解，她那雙手搓圓捏扁的功夫了得，大概就是靠這個，像萊昂內爾．班格斯多夫這樣聲譽卓著的人物才會讓艾芙琳阿姨的生活迅速有了徹底改善，儘管這位拉比既優秀又博學，即使他只為了自己著想也比其他人都強，艾芙琳阿姨在他身邊也絕對從未感覺到不知所措。

當然那時的我還沒有發現自己接下來落入了什麼樣的天堂境界。無論我將兩隻手放在何處，總能觸摸到她柔軟的身體；無論我將臉移到何處，總能聞到她身上濃濃的香味；無論我看著何處，總能看見她的衣服，她春季新衣的布料輕盈薄透，甚至遮不住襯裙的光澤。她的雙眼彷彿成了另一個人的眼睛，我從來沒有見過這樣的雙眼，我還不到懂得慾望的年紀，當然也因為「阿姨」這個稱呼而盲目，但還是發現自己的陰莖頂端不知怎地微微僵硬，我總是覺得這東西是個令人困惑的麻煩，同時也對此時的喜悅感到困惑，我窩在母親三十一歲的妹妹身上，靠在她曲線窈窕的身體上，感覺那東西就像個小巧活潑的拇指仙子，絲毫沒有膽怯，形狀就像小山丘和蘋果一般，我感受到一股沉悶的狂喜，僅此而已，彷彿一枚印刷有瑕疵的罕見寶貴郵票，我知道那一定價值連城，卻意外出現在一封平凡的信件上，郵差將之投遞進了我們在高峰路上的郵箱裡。

「艾芙琳阿姨？」

「親愛的。」

「你知道我們要搬去肯塔基州了嗎？」

「嗯哼。」

「艾芙琳阿姨，我不想去，我想要留在我的學校。」

她猛然放開我向後退了一步，這時的她完全褪去了戀人的態度，問道：「菲利普，誰派你來的？」

「派我來？沒有。」

「誰派你來見我？老實說。」

「是真的，沒有人。」

她坐回到辦公桌前的椅子，她眼神讓我必須用盡一切努力才不會站起身來逃跑，但是我實在太想要得到我想要的東西，不能就這樣跑了。

「在肯塔基州沒有什麼好怕的。」她說。

「我不是害怕，只是不想搬家。」

即使她保持沉默，氣勢仍十分懾人，若是我真的是在說謊，那麼她絕對能從我口中逼出供來。可憐的女人，她的生活就是一直處在緊繃當中。

「不能換成謝爾登和他母親去嗎？」我問。

「誰是謝爾登？」

「住在我們樓下的男孩，他父親死了，他母親現在在大都會壽險上班，為什麼我們就要去，他們卻不用？」

「親愛的，難道不是你父親讓你來的嗎？」

「不是、不是，根本沒有人知道我在這裡。」

但我看得出來，她還是不相信我。她實在太厭惡我父親了，可不是明顯的事實就能輕易撼動的。

「謝爾登想要跟你們去肯塔基州嗎？」她問我。

「我沒問他，我不知道，我只是想問問你能不能換成他們去。」

「我親愛的孩子，你看見這張紐澤西的地圖了嗎？看見地圖上這些圖釘了嗎？每一個都代表了一個獲選搬遷的家庭。再看看全國的地圖，看到那裡所有的圖釘了嗎？那些就代表了每個紐澤西家庭被指派的地點。進行這些任務需要跟許多、許多人合作，在這間辦公室裡、在華盛頓的總部，還有每個家庭要搬遷過去的各州地方政府。紐澤西最大也最重要的企業跟四二年家園計畫合作，將他們的員工轉調到各處，還包括了非常多計畫，非常、非常多，超過你所能想像，才促成了這一切。當然，這些決定不是一個人就能做的，但就算是，如果是我來做決定，而我可以想辦法讓你待在你的朋友和學校附近，我也會一直想著，至少你可以比其他猶太小孩更有成就，因為他們的父母讓他擔心受怕，永遠都不敢離開貧民窟，但你卻能獲益良多。看看你家對山迪做了什麼，你那天晚上也看到你哥哥在新布朗斯維克的樣子，你看到他對那麼多人講述自己在菸草農場上的冒險，你還記得那一晚嗎？」她問我，「難道你不覺得他很棒嗎？」

「很棒。」

「那聽起來住在肯塔基州會很可怕嗎？山迪有害怕過嗎？」

「不會。」

她說到這裡，伸手進辦公桌裡翻找著，然後站起身來又走到我坐的這一邊，她那張美麗的臉上五官分明又濃妝豔抹，在我眼中突然荒謬無比，因為貪得無厭的瘋狂而顯出慾念，我母親認為她這位感性的妹妹就是落入貪欲的陷阱中而無法自拔。確實，就算是在法國路易十四宮廷中長大的孩子，擁有如此野心勃勃又自滿的親戚，那股不可一世的氣焰也絕對沒有艾芙琳阿姨對我這樣的嚇人，而由班格斯多夫拉比這樣一位牧師提升自己世俗的地位，若是我父母在宮廷裡受拔擢為侯爵及侯爵夫人，似乎也就不算什麼醜聞了。即使我在李昂斯路的公車上向那兩位修女尋求慰藉，大概也不會比向眼前這個人求助更糟，這人已經陶醉在常見而可悲的腐敗所帶來的歡愉當中。只要還有人為了一點點提升地位的好處而競爭，這種事就會繼續下去，而我的作為或許已經好很多了。

「要勇敢，親愛的，做個勇敢的孩子。你是想要下半輩子都坐在高峰路家門口的台階上，或者你想要像山迪那樣出去闖一闖，證明自己就跟別人一樣優秀？你以為像你父親那樣的人說了什麼總統的壞話、咒罵他，我就不敢到白宮面見總統嗎？你以為，因為他們都在咒罵外交部長，我就會害怕見到他嗎？若是你害怕一切自己不熟悉的東西，那麼哪裡也去不了，你不能長大成為像你父母那樣擔驚受怕的人。答應我你不會。」

「我答應你。」

「來，」她說，「我有禮物給你。」她手上一直拿著兩個小紙盒，這時交給我一個，「我在白宮幫你拿了這個，我愛你，親愛的，我想送給你。」

「這是什麼？」

「餐後巧克力甜點，在巧克力外面包著金箔，你知道巧克力上壓印著什麼嗎？是總統徽章。這裡一個給你，如果我把山迪的也給你，你會幫我拿給他嗎？」

「好。」

「白宮的晚宴結束後，甜點就送上桌了，用銀盤盛著巧克力，我一看到就想起了我在世界上最想讓他們開心的兩個男孩。」

我站起來，手裡抓著巧克力，艾芙琳阿姨伸手緊緊攬著我的肩膀，送我出去時經過所有為她工作的人身邊，走到走廊上，她幫我按了電梯按鈕。

「謝爾登姓什麼？」她問我。

「威許諾。」

「他是你最好的朋友吧。」

我要怎麼解釋自己受不了他？於是最後我說謊回道：「沒錯。」而我的阿姨確實很愛我，她說想讓我快樂時並不是在說謊。幾天後，我趁著四下無人的時機，將白宮的巧克力丟到孤兒院圍欄的另一頭脫手了。後來威許諾太太收到大都會壽險的信件，通知她們一家相當幸運，同樣獲選要轉調到肯塔基州。

五月底的一個週日下午，猶太保險業務員在我們家客廳舉行了一場機密會議，其中包括了我父親，在四二年家園計畫的主導下，他們都要從大都會壽險的紐華克辦公室轉調到其他地方。他們都只帶著妻子過來，因為眾人都認為最好將孩子留在家裡。那天下午稍早，山迪和我還有謝爾登・威許諾一起排好了會議要用的椅子，我們還從威許諾家搬了一組打橋牌用的椅子上樓，後來威許諾太太載著我們三個到希爾賽德的梅費爾戲院，我們可以看一場兩片聯映的節目，等會議結束，我父親再來接我們。

他們另外還邀了薛普西・特許威爾以及他太太艾絲黛，他們再過幾天就要全家搬到溫尼伯了；還有我們的遠房親戚門羅・席爾曼，他最近在紐約歐文頓開了一間法律事務所，就在我父親的二哥藍尼所開的男子服飾店樓上，這位伯伯會「以成本價」給我和山迪上學穿的新衣服。前一個禮拜，會議的發起人在我們家廚房集合，我母親建議（這是因為她總是尊敬一切被教導要尊敬的人事物）也應該邀請我們這一區的拉比海曼・瑞斯尼克參加會議，其他人對這個提議看來都沒什麼興趣，他們出於禮貌討論了幾分鐘（期間我父親很委婉地說了幾句他總是對瑞斯尼克拉比的委婉評論：「我喜歡這個人、喜歡他太太，在我心裡他自然表現得相當好，但是他實在不太聰明，懂嗎。」），便擱置了我母親的提議。儘管如此，這場聚會讓孩子開心的地方在於，看著與我們家親近的好朋友交談，各種高低不同的聲音此起彼落、熱鬧非凡，就像廣播喜劇《弗雷德艾倫秀》裡的各種角色那樣，每個人的長相都各有千秋，就像晚報上四格漫畫裡的人物——那時演化的狡詐機敏仍是如此明目張膽，而還要過很久時間，一張張臉龐與身材的青春活力才會變成嚴肅的成熟抱負。他們說到底都是非常相似的人：他們養家活口、省吃儉用、照顧長輩，而且他們打理簡樸房屋的方式很像、對於公共議題的意見很像，在政治選舉中的投票意向也很像。瑞斯尼克拉比所主持的猶太會堂是一座外觀不起眼的黃磚建築，就在這個社區的邊上，每年有三天，大家都會穿著重要節日才穿上的服裝參加猶太新年及贖罪節的儀式，但除此之外幾乎沒有人會來這裡，除了必要的時候會在規定的期間為亡者盡責，到會堂朗誦每日祈禱文。拉比會負責主持婚禮與喪禮、主持兒子的成年禮、到醫院探訪生病的人、到坐七儀式上安慰喪親者，除此之外，拉比對這些人的日常生活無足輕重，他們（包括我心懷尊敬的母親）對拉比也沒有這樣的期待，所以也不只是因為瑞斯尼克不太聰明的關係。他們並非以拉比、猶太會堂或者少數正式的信仰習俗來定義自己的猶太人身分，只是這麼多年來，主要為了配合每週一次來拜訪用餐的長輩，包括我們家在內的這幾家人還是遵從猶太飲食。他們身為猶太人甚至不是來自上天的呼喚，確實，每週五的日落時分，我母親會按照慣例（並且十分投入，就像她從小看著她母親這麼做時所學來的虔誠恭謹）點燃安息蠟燭，她祈求上帝時會以希伯來文呼喚之，但除此之外，從來就沒有人以希伯來文喚「阿多內」這個稱呼。這些猶太人不需要廣大的職權、不需要以信仰或教條為職業才能成為猶太人，他們更不需要其他語言，不過他們確實有一種母語，使用在普通對話中毫不費力，不論是在牌桌上或者推銷宣傳時皆然，就像土生土長的人口一樣運用自如。而他們身為猶太人既非意外或不幸，也不是什麼「引以為榮的」成就，他們的身分是他們擺脫不掉的，甚至從沒想過要擺脫。他們身為猶太人是來自他們做自己，就像他們身為美國人一般。事情就是如此，一如事物的本質，就像擁有動脈與靜脈那般自然，而他們從來沒有表現出一絲想要改變或否認的意願，無論迎來什麼結果。

我從出生就認識這些人了。這些太太都是親近且可靠的朋友，她們會對彼此傾吐心事並交換食譜，總在電話上互相安慰，也會幫忙照顧彼此的孩子，還經常為慶祝彼此的生日到將近二十公里遠的曼哈頓去欣賞百老匯表演。先生們不只都在同一個地區辦公室裡共事多年，每個月有兩天晚上都聚在一起玩皮奈克爾撲克牌，太太們則打自己的麻將。他們不時還會找個週日早上，一群人帶著年幼的兒子一起到莫瑟街上的老三溫暖。這群人的小孩剛好都是男孩，介於山迪和我之間的年紀。在陣亡將士紀念日、獨立紀念日及勞動節的時候，家家戶戶經常會到我們住家西邊大約十六公里外的地方野餐，就在風景秀麗的南山保護區，爸爸帶著兒子丟馬蹄鐵、組隊打壘球，並且用某人帶來的攜帶式收音機，在一片靜電干擾中收聽棒球比賽，這種收音機對於我們所知的世界來說已經是最神奇的科技了。男孩們不見得是最好的朋友，但是因為父親之間的交情，我們便也覺得有所關連，而在我們當中，謝爾登最弱小、最沒自信（對他來說最痛苦的是，也是最不幸運的一個），不過我卻讓自己在剩餘的童年中都得跟謝爾登綁在一起了，或許還會一直如此。自從他和他母親知道轉調的消息之後，他就更加亦步亦趨地跟隨，我只能想著，因為我們兩人將會是丹維爾那邊的小學中唯二的猶太學生，丹維爾的基督徒以及我們的父母自然會認為我將成為他的盟友也是最親近的同伴。無所不在的謝爾登或許還不是在肯塔基州等著我最糟糕的事，不過對於一個九歲小孩來說，這件事已經成為無法忍受的考驗，讓他更急著想要反抗。

怎麼做？我還不知道，我目前所感受到的只有反叛來臨之前的不安，而我所能做的就是從我們在地下室的儲藏箱裡，從還能使用的物品中翻出一個有水漬的紙板小行李箱，清除裡裡外外的黴菌之後，便把衣服藏在裡面，那些衣服是我一件件偷偷從謝爾登的房裡拿的，每次只要我母親逼迫我到樓下去受幾個小時苦難，當個脾氣暴躁的西洋棋學生，我就會趁機行動。我原本可以拿我自己的衣服去藏在行李箱裡，只是我知道我母親會發現有東西不見了，很快我就得想出個藉口來。她一樣在週末洗衣服，然後把洗好的衣服收回來，再加上送去乾洗的衣服，週六時裁縫店去拿衣服就是我的工作，她腦袋裡對每個人衣櫃裡有什麼東西完全一清二楚，就連剩下最後一雙襪子也能知道放在哪裡。不過如果要從謝爾登房裡偷衣服可就易如反掌，而且他又老是纏著我好像我是他分身那樣，這麼做便有無法抵抗的復仇快感。要從威許諾家拿走內衣和襪子還算是簡單，就算要走下樓梯到地下室的行李箱，塞在我的內衣底下；不過要偷走、藏起他的一條褲子、運動衫還有一雙鞋子，這就有點棘手了，幸好謝爾登很容易分心，我才能在有好一段時間都沒人注意到的情況下偷走東西。

收集好自己需要他的一切東西之後，我其實不知道接下來打算做什麼。他跟我的身材差不多，等到某天下午我壯起膽子，藏身在箱子裡並脫掉自己的衣服、穿上謝爾登的，我所做的就是站在那邊輕聲說：「你好，我的名字是謝爾登．威許諾。」然後感覺自己像個怪胎，不只是因為謝爾登在我眼中已經成為怪胎，我卻扮演他，同時也是因為從我經常逾越本分在紐華克各處出沒，更過分的是在陰暗的地下室裡舉辦這場扮裝派對，顯然我自己已經變成了更誇張的怪胎，還是帶著行李的怪胎。

艾爾文給我的二十塊還剩下十九塊五，也藏進行李箱，塞在衣服底下。我急急忙忙換回自己的衣服，將紙板行李箱塞進其他物品底下，在謝爾登父親化身成的憤怒鬼魂拿著絞刑繩索來把我勒死之前，拔腿往外跑到巷子裡。接下來幾天，我幾乎忘記了自己藏了什麼，以及藏這些東西有什麼說不清楚的目的，甚至認為最近這次小小的惡作劇不是什麼嚴重異常的事件，就跟我和厄爾一起跟蹤基督徒一樣無傷大雅，一直到那天晚上，我母親得趕到樓下去坐在沙發上握著威許諾太太的手，為她泡杯茶又安撫她去睡，謝爾登工作勞累過頭的母親實在太苦惱又憂愁，原因是她的兒子不知為何竟「丟了自己的衣服」。

同時謝爾登上樓到我們家來，他被叫來這裡跟我一起做功課，他自己也是滿心煩惱。「我沒有丟掉，」他流著眼淚說，「我怎麼可能不見一雙鞋？怎麼會不見一條褲子呢？」

「她過段時間就忘了。」我說。

「不，她不會，她從來不會忘記任何事，她跟我說：『你會害我們淪落到救濟院裡。』每件事情對我母親來說都是『最後一根稻草』。」

「或許你體育課的時候忘了。」我提出想法。

「怎麼可能？我怎麼可能體育課下課了卻沒穿上自己的衣服？」

「謝爾登，你肯定是忘在哪裡了，想一想。」

隔天早上我去上學之前我母親還沒去上班，她建議我拿一套自己的衣服當作禮物送給謝爾登，好取代那套不見的衣服。「有一件上衣你從來不穿的，從藍尼伯伯店裡買的，你說那件太綠了。還有那條山迪的燈芯絨長褲，那條棕色的褲子你穿起來老是不合身，我想謝爾登穿起來應該很適合。威許諾太太都昏頭了，你這麼做一定很貼心。」她說。

「那內褲呢？你想要我把內褲也送他嗎？要我現在就脫下來嗎，媽媽？」

「沒有必要，」她說完笑了笑，想安撫我的怒氣，「但是就送那件綠色襯衫和棕色燈芯絨長褲吧，或許再加上一條你沒在用的舊皮帶。這件事完全看你，不過這對威許諾太太意義深遠，對謝爾登來說更是天大的禮物。謝爾登很喜歡你，你知道的。」

我馬上想著：「她知道了，她知道我做了什麼，她什麼都知道。」

「但是我不想讓他穿著我的衣服走來走去，」我說，「我不想讓他在肯塔基州跟每個人說：『看看我，我穿著羅斯的衣服喔。』」

「不如你等到我們真的要去肯塔基州了再煩惱肯塔基州的事吧。」

「他也會穿著去**這裡的**學校啊，媽媽。」

「你到底是**怎麼回事**？」她回話，「你是怎麼了？你實在變得……」

「你也是！」然後我拿著書直奔學校。我中午回家吃午餐時，從臥室衣櫃裡拿出那件我討厭的綠色襯衫和從來沒合身過的棕色燈芯絨褲子，拿到樓下給謝爾登，他正在廚房裡吃他母親留給他的三明治，一邊自己玩西洋棋。

「拿去，」我說著把衣服丟到桌上，「我要給你的，」即使知道這麼做根本無法改變我們倆人生的走向，我還是告訴他，「只是你不要再跟著我了！」

山迪、謝爾登和我看完電影回來時，晚餐就吃剩下的熟食店三明治，大人們已經趁著開會的時候在客廳吃過了，這時都離開回家了，只有威許諾太太還跟我們一起坐在廚房桌前，雙拳緊握，依然隨時準備迎戰的樣子，繼續一天又一天對抗著所有決定要壓垮她和她失怙之子的一切。她跟著我們三人聽著週日晚上的喜劇節目，而我們在吃東西的時候，她看著謝爾登的樣子就像是動物看顧新生的幼雛，察覺到一絲什麼東西偷偷摸摸爬近的氣息。威許諾太太已經洗好盤子也擦好了，放進儲藏櫃裡，我母親在客廳裡拿著地毯吸塵器在地毯上忙碌，我父親則收好垃圾拿出去，也將威許諾家的整組橋牌椅子搬下樓，收回去威許諾先生自殺的衣櫃後方。雖然已經打開了所有窗戶，菸灰及菸屁股沖進馬桶裡，就連玻璃菸灰缸也沖洗乾淨堆疊在大櫥櫃的酒櫃裡（那天下午沒有拿出一瓶酒來，而且為了展現大多數工業時代在美國出生的家庭中那種自然而然的節制，也沒有客人提議要喝酒），家裡仍瀰漫著菸草燃燒的味道。

目前，我們的生活還是完好無缺，我們的家仍井井有條，所有日常習慣所能帶來的慰藉依舊十分有力，足以讓一個孩子維持著眼前和平的幻象，守護著眼下永恆而無人追趕在後的這一刻。我們打開收音機聽最喜歡的節目，晚餐吃肉汁滿溢的鹹牛肉三明治，還有一塊濃郁的咖啡蛋糕當甜點，準備面對下一週上學的日常，而且還順利看了一場雙片聯映的電影。但是，因為我們完全不知道父母對我們的未來有何決定，目前還看不出來薛普西．特許威爾是否成功說服了他們移民到加拿大、門羅表親是不是想出了一套可負擔的法律手段，能夠質疑這項轉調計畫而不會害大家都遭到開除，又或者，在他們盡量不帶任何情緒的情況下，仔細研究過這項政府主導的轉調計畫有何來龍去脈之後，是否找不到其他方法而只能接受事實，也就是說公民權所保證的一切再也不能完整套用到他們身上，接受這樣再熟悉不過的日常已經不是平常週日晚上的放縱時光。

謝爾登肚子很餓，大口咬下三明治，沾了一臉的芥末醬，他的母親伸手過去拿餐巾紙幫他擦乾淨，這景象讓我相當驚訝，而他願意讓她這麼做更是讓我吃驚。我想：「這是因為他沒了父親。」雖然目前為止我對關於他的事都半信半疑，這時我卻幾乎確信：「以後在肯塔基州就會是這個樣子。」羅斯家攜手面對全世界，而謝爾登和他母親永遠都會來吃晚餐。

我們好戰的出聲抗議者華特．溫徹爾節目在九點播送，大家已經連著好幾個週日晚上都等著溫徹爾痛罵四二年家園計畫，但是卻沒聽到，我父親打算坐下來寫一封信來排解自己的焦慮，收信人便是在他心中除了羅斯福以外美國最後的希望。「這是一場實驗，溫徹爾先生，希特勒就是這麼做的，納粹罪犯先從小事開始，而如果他們得逞了，」他寫道，「如果沒有像你這樣的人發出警覺的叫喊……」但是他一直無法繼續列出接下來可能會發生的恐怖事情，因為我母親很肯定這封信最後會落入聯邦調查局的辦公室裡。她的推理是，這封信要寄給華特·溫徹爾，但是永遠不會送到華特·溫徹爾手上，到了郵局就會轉交給聯邦調查局，然後放進資料夾裡，上頭的標籤寫著「羅斯，赫曼」，歸檔在現有的「羅斯，艾爾文」資料夾旁邊。

我父親爭辯道：「不可能，美國郵政才不會。」但是我母親的回答非常符合常理，讓他當場就失去了僅剩的一點肯定。「你坐在那邊寫給溫徹爾，」她說，「你告訴他你的預測，只要那些人知道自己做什麼事情能夠逃過責難，就會不擇手段，而現在你卻要告訴我他們不能對郵政系統為所欲為？讓別人寫信給華特·溫徹爾吧，聯邦調查局已經來訊問過我們的孩子，他們已經因為艾爾文的所作所為對我們緊迫盯人了。」「可是那件事，」他告訴她，「正是我要寫信給他的**原因**，我還應該做什麼？我**還能**做什麼？如果你知道就告訴我，難道要我就這樣坐在這裡等著最壞的事情發生嗎？」

正當他陷入無助的困惑當中，她看見自己的機會來了，這不是因為她冷酷無情，而是因為她已經狗急跳牆了，她抓住機會更進一步貶抑他：「你可看不見薛普西會坐在家裡寫信等著最壞的事情發生。」她說。「別說，」他回答，「別再提加拿大了。」彷彿加拿大是什麼疾病的名稱，暗中讓我們所有人變得衰弱。「我不想再聽了，加拿大，」他堅決地告訴她，「不是解決之道。」「這是**唯**一的解決之道。」她懇求著。「我不會逃跑！」他大叫起來，把所有人都嚇了一跳，「這是我們的國家！」「不，」我母親傷心地說，「再也不是了，這是林白的、是非猶太人的，是他們的國家。」她說話時那顫抖的聲音與嚇人的話語，再加上這個無情的真相有如噩夢般的迫切性，即使我父親正值壯年，就像其他四十一歲的男人所能達到的狀態，體格健壯、意志堅定又不易喪志，此時也不得不咬牙看清現況：他這位擁有無窮精力、一心為家庭付出的父親再也無法保護他的家人不受傷害，比起吊死在衣櫃裡的威許諾先生好不到哪裡去。

對山迪來說，他依然為了少年得志的自己遭到壓制這樣的不公不義懷著怒火，而父母兩人這席話聽起來完全愚蠢至極，等到只有我們兩人時，他毫不猶豫便以自己從艾芙琳阿姨那裡學來的用字遣詞說道，「貧民窟出身的猶太人，」山迪對我說，「擔驚受怕又偏執妄想的貧民窟猶太人。」在家裡，他對他們所說的一切、任何主題都嗤之以鼻，看到我也對他的憤恨感到懷疑時同樣嗤之以鼻，反正他現在大概也已經開始認真享受嗤之以鼻的感覺了。我們的父母親在平時就發現他們必須盡自己所能，容忍這個躁動不安的青少年輕蔑的嘲弄。但是在一九四二年當時，他仍在危機四伏的情況下持續當著父母的面貶損他們，只是雪上加霜。

「什麼是『偏執妄想』？」我問他。

「就是害怕自己影子的人、以為全世界都在跟他作對的人、以為肯塔基州在德國而美國總統是納粹衝鋒隊的人。這些人，」他說，模仿著我們那位吹毛求疵的阿姨，每次她想要表現出高人一等、將自己與其他猶太平民區分開來，就會這樣講話，「都已經要幫他們支付搬遷的費用、願意敞開大門歡迎他們的孩子……知道什麼是偏執妄想嗎？」山迪說，「偏執妄想就是瘋了，他們兩人都是瘋子，他們瘋了，你知道是什麼讓他們發瘋嗎？」

答案是林白，但是我不敢對他說。「什麼？」我問。

「像一群無知的愚民一樣在該死的貧民窟裡生活。你知道艾芙琳阿姨說班格斯多夫拉比怎麼形容的嗎？」

「形容什麼？」

「這些人生活的方式，他形容說是『忠誠信仰著猶太人就要辛勤生活的必然性』。」

「那又是什麼意思？我不懂，說白話好嗎？什麼是『辛勤』？」

「辛勤？辛勤就是你們猶太人所說的 tsuris（辛苦、麻煩）。」

威許諾家的人已經回去樓下了，山迪也窩在廚房把功課寫完，我父母則坐在房子前面，把客廳裡的收音機轉到華特·溫徹爾的節目。我躺在床上關了燈：我不想再聽到誰多說什麼讓人恐慌的話，不管是關於林白、馮·里賓特洛普或者肯塔基州的丹維爾都一樣，而且我也不想再想著有謝爾登的未來。我只想消失在能忘記一切的睡夢中，早上一醒來就到了別的地方。但是因為這天晚上比較暖和，窗戶是敞開的，到了九點，我也只能受困於來自四面八方溫徹爾廣播節目最有名的正字標記：從電報收報機傳來無害的點劃聲響，以摩斯密碼（山迪教過我）傳遞，然後隨著收報機的噠噠聲逐漸變弱，街區上每間房子裡都傳來溫徹爾本人劃破黑夜的宏亮聲音：「晚安，美國的先生小姐們……」接著便以眾人引頸企盼的字句發出斷奏般的攻擊砲火——終於，雄辯滔滔的溫徹爾要開始嚴詞斥責，這將會改變一切。平時，我的父母親都有能力撥亂反正，將未知的事情解釋得相當清楚，足以讓事情看來合情合理，但此時此地的情勢越來越瘋狂，就連對我來說，溫徹爾開始化身為徹頭徹尾的神明，這時候甚至比阿多內還更重要。

「晚安，美國的先生小姐們與所有海上的船隻，我們要訴諸媒體！快報！那個獐頭鼠目的約瑟夫．戈培爾和他的上司柏林屠夫現在可開心了，林白法西斯分子已經正式展開對付美國的猶太人，他們在這片自由土地上進行組織性壓迫猶太人的行為，為第一階段行動取了一個做作的別號，叫作『四二年家園計畫』，美國那群做生意的強盜男爵地位崇高，就是他們在背後協助並煽動四二年家園計畫——但是別擔心，林白的共和黨爪牙在接下來支持貪腐的國會中就會通過減稅大放送，藉此獎賞這些商人。

「討論事項：四二年家園計畫中的猶太人最後是否會被送進希特勒在布亨瓦德設立的集中營，這件事還有待林白的兩位臭納粹高層決定，也就是副總統惠勒以及內政部長亨利．福特，我剛剛說『是否』嗎？抱歉，我的德文不好，我是要說什麼時候。

「討論事項：兩百二十五個猶太家庭已經接獲通知要離開美國東北部的城市，要被送到距離家人朋友幾千公里遠的地方，第一批的運送數量是策略性壓低，藉此躲過全國的注目。為什麼？因為這就象徵著美國四百五十萬具有猶太血統公民開始進入滅絕，猶太人將會零落四散在各個支持希特勒的美國第一委員會群眾最多的地方，在那裡有右翼的民主破壞者，也就是所謂的愛國人士及所謂的基督徒，他們會一夜之間就轉而敵視這些落單的猶太家庭。

「那麼接下來是誰？美國的先生小姐們，如今權利法案已經不再是這片土地上的法律，而種族仇恨者主導了一切，在惠勒－福特的反猶太暴亂計畫之下，誰會是政府出資要壓迫的下一波對象？受苦已久的黑人？努力工作的義大利人？最後的莫希干人？在我們當中，還有誰在阿道夫．林白的亞利安美國中已經不再是受歡迎的對象？

「爆料！本記者得知，四二年家園計畫在一九四一年一月二十日便開始啟動，正是美國法西斯新秩序將自己的暴徒送進白宮的那一天，而且美國元首與他的納粹犯罪同夥將之簽進了冰島背叛協約中。

「爆料！本記者得知，只有林白的亞利安人將美國猶太人一步步撤走，最終將他們大量圈禁起來，希特勒才會同意放過不列顛群島，不會度過英吉利海峽進行大規模武裝入侵。這兩名備受敬愛的元首在冰島達成共識，屠殺金髮藍眼的正統亞利安人除非絕對必要，否則並不符合常理，而各位應該也不會意外，假如奧斯瓦爾德．莫斯利所領導的英國法西斯黨無法在一九四四年以前進入唐寧街十號，並且進行獨裁統治，那麼希特勒就絕對必須這麼做。那群優越種族正是打算在那時候結束納粹對三億俄羅斯人的奴役，並在莫斯科的克里姆林宮升起納粹卐字旗。

「而美國人還要忍受他們選出的總統做出如此背信棄義的行為多久？看著共和黨右翼人士舉著十字架和國旗組成法西斯的第五縱隊，他們行軍前進將美國人最珍視的憲法撕成碎片，美國人還要沉睡多久？不要走開，繼續收聽你的紐約記者華特．溫徹爾，等著我接下來要拋出的震撼彈，也就是林白的叛國謊言。

「我很快帶著快報回來！」

這時同時間發生了三件事：收音機傳來播報員班．格勞爾沉穩的聲音，推銷贊助這個節目的護手霜；我臥房外面走廊上的電話開始響個不停，以前晚上九點過後就不會有電話打來；接著山迪爆發了，對著收音機（但態度十分激動，我父親馬上就從客廳的椅子上站了起來）大吼：「你這個無恥的騙子！說謊的混蛋！」

「嗚喔，」我父親馬上趕進廚房，「在這家裡不行，不能那樣說話，夠了。」

「但你怎麼能**聽**這種垃圾？**什麼**集中營？才沒有集中營！每個字都是謊言，狗屎，還有更多狗屎，只是想吸引你們這些人收聽！整個國家都知道溫徹爾只會說空話，只有你們這些人不知道。」

「到底這些人是在說誰？」我聽見我父親說。

「我住過肯塔基！肯塔基也是四十八州之一！人類住在那裡就和住在其他地方都一樣！那裡不

是集中營！這個傢伙靠著賣什麼爛護手霜賺了好幾百萬，**你們**這些人還相信他！」

「我已經跟你說過髒話的事情了，現在我要警告你說『你們這些人』，再說一次『你們這些人』，我就要叫你離開這個家。如果你想住在肯塔基而不想住在這裡，我會開車載你到賓州車站，你可以搭下一班車過去。因為我非常了解『你們這些人』是什麼意思，你也知道，大家都知道。不准你在這個家裡再說那五個字。」

「好啊，在我看來，華特・溫徹爾就是滿口鬼話。」

「很好，」他說，「那是你的意見，你也有權這麼想，但是其他美國人有不同意見，事實是每個週日晚上都有幾百、幾千萬美國人收聽華特・溫徹爾的節目，而且他們不只是你和你那聰明的阿姨口中的『你們這些人』，他的節目仍然是廣播中收聽率最高的節目，富蘭克林・羅斯福會向華特・溫徹爾坦承絕對不會告訴其他報紙記者的事情，你就聽聽我說的好嗎，這些是**事實**。」

「但是我聽不下去。你跟我說什麼『幾百萬』人，我怎麼聽得下去？這幾百萬人就是一群白癡！」

這時我母親正在走廊上通話，我躺在床上也能聽見她的聲音。沒錯，她說，他們當然要求溫徹爾要談這件事，對，實在很糟糕，事情比他們想的還要糟，但是至少現在已經公開了。好的，溫徹爾的節目一結束赫曼就會打電話。

她一連進行這樣的對話四次，但是電話第五次響起時，她卻沒有馬上接聽，即使打電話來的人一定又是哪位聽了溫徹爾連珠炮般的爆料之後嚇壞的朋友，原因是廣告結束了，她和我父親又回到客廳守在收音機旁邊。山迪現在進了臥室，我假裝已經睡著了，他則藉著夜燈準備好上床睡覺，這盞小燈上連著幫浦手把開關，這是他以前在手工藝課上從零開始做出來的，那時的他還只是一個愛好藝術的男孩，對於自己能夠用能幹的雙手做出什麼東西感到十分著迷，而且還是個尚未受到意識形態戰爭所汙染的幸福男孩。

自從幾年前我外婆過世之後，我家的電話就沒有在這麼晚的夜還如此密集使用過，等到我父親回覆了每個人的電話之後已經快要十一點了，然後我父母又在廚房低聲談話，待了一個小時才去睡覺。我又等了兩個小時才能夠讓自己相信他們已經熟睡，我哥哥也不再瞪著天花板，同樣熟睡著，於是我才能安全起身，不必擔心被發現。我走到後門打開鎖溜出房子，踩著階梯進到地下室，在一片黑暗當中導引著自己，光著腳丫走過潮濕的地板到我們家的儲物箱。

驅使我的力量並非一時衝動或歇斯底里，我做這個決定並非聳人聽聞，我認為這麼做並不是魯莽之舉。人們後來說，他們完全不知道，在那個聽話、有禮貌的四年級乖寶寶面具底下，我居然是這樣一個不負責任又愛做白日夢的小孩。但這不僅僅是白日作夢，我不是在玩扮家家酒，也不是為了惡作劇而惡作劇。我跟厄爾．艾克斯曼的惡作劇證明是相當寶貴的訓練，雖然我現在是為了完全不同的目的而進行。我當然不覺得自己是突然間就瘋了，就算是我站在黑暗箱子裡的那個時候，脫掉睡衣並穿上謝爾登的庫子，同時在心中驅趕著他父親的鬼魂，也努力不要被艾爾文那架空輪椅嚇到，但是並沒有什麼東西吞噬掉我，只有我滿腔決心要抵抗這場災難，我們的家人和朋友恐怕再也無法逃避、可能也無法存活下來。後來我父母說：「他不知道自己在做什麼。」然後「夢遊」成了官方的解釋。但是我十分清醒，對自己的動機非常清楚，唯一不清楚的只有我是否能夠成功。我一位老師認為我是受到「英雄般的妄想」影響，因為我在學校裡學到了地下鐵路的故事，那是在內戰期間組織起來的活動，為了幫助奴隸往北逃跑、投奔自由。並非如此。我跟山迪一點也不像，大好機運讓山迪迫不及待想要成為舉足輕重的男孩，創造歷史的巔峰。我完全不想跟歷史扯上什麼關係，我想要盡量當個最不起眼的男孩，我想要當個孤兒。

只有一樣東西我無法拋棄，那就是我的郵票收藏。若是我能夠肯定在我離開後，郵票冊還能好好保存而不受損，或許我就不會在那最後一刻，在我離開臥房的時候停下腳步，打開我的梳妝台抽屜，將存放在我的襪子及內衣底下的郵票冊盡可能安靜地拿起來。但是我無法忍受自己的收藏被拆開或丟棄，更糟的是整本送給其他男孩，於是將郵票冊夾在腋下，再帶上那把我在維農山莊買的火槍造型拆信刀，用槍上的刺刀小心劃開了寄給我的唯一一封信，除此之外就是生日卡片了，那是定期從麻塞諸塞州波士頓十七號寄來的一小包「認可樣本」，寄件人是「世界上最大的郵票公司」H・E・哈瑞斯公司。

我對之間發生什麼事毫無記憶了，只記得我偷偷跑出家門，朝著孤兒院那片土地的方向走在空蕩蕩的街道上，隔天醒來卻看見我滿臉愁容的父母站在床腳邊，一名醫生忙著從我鼻子抽出某種管子，告訴他們我被人送進了貝斯以色列醫院，雖然我大概會有嚴重的頭痛，但是會好起來的。我的頭確實很痛，痛到難以忍受，但並不是因為有血塊壓迫著我的大腦（他們發現我流著血又失去意識時便害怕會有這個可能性），也不是因為大腦有受傷。X光檢查的結果排除了頭骨裂開，神經內科的檢查也顯示出神經並無損傷，除了一處七．六公分長的撕裂傷得縫十八針，隔週就拆線了，雖然不記得怎麼受傷的，但我基本上沒什麼嚴重的問題。醫生說就是常見的腦震盪，這就是導致疼痛以及失憶的原因。我大概永遠不會記得被馬踢了一腳，或者導致這場碰撞的一連串事件，但是醫生說那也很常見。除此之外，我的記憶不受影響，幸好。他說了這個詞好幾次，聽在我疼痛的頭裡就像嘲諷。

他們讓我待了整整一天又一夜留院觀察，只是大概每個小時叫醒我一次，確保我沒有再次陷入昏迷以後，隔天早上我就出院了，醫生交代我這一、兩週都只能做輕鬆的體力活。我母親已經跟公司請假陪我待在醫院，也是她來接我搭公車回家。由於我的頭一直痛個不停，大概持續了十天，而且也沒有辦法緩解，於是我就待在家不上學了，但除此之外我應該是沒事，而我能夠平安無事大概都要感謝謝爾登，他從遠處目擊了幾乎一切我無法記得的經過。謝爾登聽見我從後面的樓梯走下來，若是他沒有偷偷溜下床，若是他沒有在黑暗中跟著我一路沿著高峰路走，穿越過高中操場走到葛斯密路那邊的孤兒院，然後鑽進未拉上門閂的大門進入孤兒院的樹林，我大概就會穿著他的衣服，失去意識倒在那邊流血至死。謝爾登一路跑回我們家叫醒我父母，他們馬上打電話給接線生求助，然後跟他們開車出發，指引他們到了我躺著的地點。當時已經將近凌晨三點，還是一片漆黑，我母親跪在我身邊的潮濕地面上，將她帶來的毛巾壓在我的頭上止血，我父親則拿出後車廂的一條舊野餐毯包住我，維持我的體溫，等著救護車抵達。我父母組織了我的救援行動，但是謝爾登・威許諾救了我的命。

顯然在我迷失方向的時候嚇到了那兩匹馬，我跌跌撞撞摸著黑走路，想要穿過樹林到另一頭開闊的農地裡，等到我轉身想要逃離馬匹，想辦法穿過樹林回到街上時，其中一匹馬抬起後腿，我絆了一跤便摔倒了，而另一匹在逃跑時馬蹄高舉，重重踢在我後腦勺上。有好幾個禮拜的時間，謝爾登興奮地對我反覆重述這段故事（當然也講給全校聽了），我如何想趁夜逃家並裝成無家可歸的孩子求那些修女收留，所有細節一字不漏，他講的故事中特別對我跟工作馬的那起不幸事故加油添醋，同時還誇張敘述著，自己大半夜跑出門外，沒穿鞋，只穿著自己的睡衣，在孤兒院樹林以及我們家之間這趟崎嶇不平的幾里道路上奔波了兩回。

謝爾登和他母親及我父母的感受不同，他發現了並不是自己不知怎地「丟失了」他的衣服，而是我偷了這些衣服想逃跑，真是讓他開心得不得了，他從來沒有過這樣的感覺，這件完全不可能發生的事情竟讓他的存在有了價值，他以前卻從未注意到。他在說這個故事的時候完全一副救世主兼共謀者的非凡姿態，還向所有願意的人展示自己擦傷了的腳掌，似乎終於讓謝爾登顯得與眾不同，就連他自己看來也是如此，他成了一個挺身犯險的男孩，人生終於第一次能夠吸引到如英雄般的注目；於此同時我則挫敗得沮喪不已，不只是因為這一切恥辱，這比頭痛更加難忍、更加持久，更是因為我的郵票收藏冊，這是我最珍貴的寶藏、我人生中最無法割捨的東西，不見了。我原本不記得自己帶走了郵票冊，一直到我從醫院返家後過了一天，我早上起床穿衣服時才發現郵票冊已經不在我的襪子及內衣底下。我一開始會把郵票冊收在這裡，就是為了每天早上要準備穿衣上學時，第一眼就能看見郵票冊；然而我返家後第一天早上所看見的第一件東西，是我所擁有最寶貴的東西不見了。消失不見且無法取代。那感覺就像，但也完全不像，失去一條腿。

「媽！」我大叫，「媽！大事不好了！」

「怎麼了？」她一邊喊，一邊從廚房跑進我房間，「發生什麼事？」

當然，她以為是我的傷口縫線滲血了，或者是我快昏倒了，又或者是頭痛已經超過我能忍受的程度。

「我的郵票！」我只能說到這裡，然後她就能猜出剩下的話。

接著她獨自走進孤兒院的樹林，在我被發現的那塊地面搜索，卻哪裡都看不見那本郵票冊，就連一張郵票都沒找到。

「你確定你帶走了嗎？」她回家時問我。

「確定！確定！郵票就在那裡！肯定在那裡！我不能失去我的郵票！」

「可是我找了又找，每個地方都找過了。」

「但是會有誰拿走了？郵票冊會在哪裡？那是我的！我們一定要找到！那是我的郵票！」

我實在傷心欲絕，幻想著一群孤兒在樹林裡發現那本郵票冊，伸出髒手將冊子撕個稀巴爛，我看見他們把郵票抽出來吃掉、放在腳下踩，又一把抓起來沖進他們破爛廁所的馬桶裡。他們討厭這本郵票冊，因為那不是他們的；他們討厭這本郵票冊，因為他們什麼都沒有。

因為我要求母親別說，所以她沒有向我父親或我哥哥提起我的郵票怎麼了，或是謝爾登褲子裡的錢。「我們發現你的時候，你的口袋裡有十九塊五分錢。我不知道錢是怎麼來的，我也不想知道，這件事已經結束了、過去了。我在霍華儲蓄銀行幫你開了個儲蓄帳戶，幫你把錢存進去等你以後可以用。」說到這裡她交給我一本小存摺，裡面寫了我的名字，在存款頁的第一條也是唯一一條，用黑色印章蓋印著 $19.50，「謝謝。」我說。然後她對自己的次子有了評斷，我相信她至死都會放在心裡不說出口。「沒看過你這麼奇怪的孩子，」她告訴我，「我都不知道，」她說，「我以前也沒想知道。」然後她把我的拆信刀交給我，就是那把維農山莊買的迷你白鐵火槍，槍托的部分刮傷了也髒了，刺刀比原先的樣子更彎了一點。我不知道的是，那天下午她匆匆趁著午餐時間從公司回來，再一次回到孤兒院樹林裡搜遍了每吋土地，希望能夠找到那本憑空消失的郵票冊留下的殘餘，結果只找到這個。

# 第七章 溫徹爾暴動

一九四二年六月—一九四二年十月

在我發現郵票不見的前一天，我知道我父親決定辭職了。星期二早上我剛從醫院回家，不到幾分鐘就看見他開著蒙提伯伯那輛以木條板圍起貨卡的貨車，開到我們家旁邊的巷子裡，停在威許諾太太的車子後邊，他才剛結束自己第一晚在米勒街市場的工作。從那以後，從星期天晚上至星期五早上，他都會在早上九點、十點回家，洗個澡吃頓大餐，大概十一點的時候上床睡覺，我放學回家時還必須小心不要甩上後門把他吵醒。下午大概還不到五點的時候他就會起床出門，因為差不多六、七點，農夫就會陸陸續續載著蔬果到市場，接著大約從晚上十點到凌晨四點，零售雜貨商會過來採買，另外還有餐廳老闆、旅館經理以及市內碩果僅存的馬車小販。他就靠著保溫瓶裡的咖啡以及我母親幫他準備好帶去上班的幾個三明治撐過漫漫長夜。週日早上，他會去蒙提伯伯家探望他母親，或者蒙提會帶她來看我們，剩下的週日時光他都在睡覺，我們同樣得保持安靜不能吵到他。這樣的生活不容易，尤其是有時他得天沒亮就開車出門，到巴賽克或聯合郡的農夫家裡，自己一個人把蔬果載回來，因為這樣蒙提伯伯可以拿到比較好的價錢。

我知道生活不容易，因為他早上回家時總會喝杯酒。通常在我們家，一瓶四玫瑰波本威士忌能喝好幾年，我母親滴酒不沾到誇張的地步，就連看到冒著泡的啤酒杯都無法忍受，更別說是純威士忌，而我父親除了是結婚紀念日或者他的老闆過來吃晚餐，他才會送上一杯加了冰塊的四玫瑰，其他時候又哪裡會喝酒呢？但是現在，他從市場回到家裡，還沒換掉自己的髒衣服去洗澡，就會倒一小杯威士忌，仰起頭一口喝下，臉上的表情就像是剛剛咬碎燈泡一樣。「好啊！」他會大聲說，「好啊！」只有這樣他才能放鬆下來，吃下豐盛的一餐而不會消化不良。

我十分錯愕，不只是因為我父親的職業地位突然下滑，不只是因為巷子裡停放的卡車，以及這個男人腳上穿著厚鞋底的靴子，過去他總是穿西裝、打領帶，穿上擦亮的黑皮鞋出門上班，也不只是他在早上十點就仰頭灌酒、獨自吃晚餐這麼荒謬的事情，同時也因為我的哥哥，因為**他**發生了無人預測到的轉變。

山迪已經不再憤怒了，也不再蔑視一切，完全拋開了自視甚高的態度。就好像他的頭上也挨了一記，但是並沒有讓他失憶，而是讓他恢復成了那個安靜、秉持良心行事的男孩，不再一心想著成為早熟的重要人物並滿嘴對立的意見，而是透過強大、平穩的內在生命得到滿足，引領他穩定度過從早到晚的每一日，而這一點在我眼中一直都讓他比其他同年紀的孩子更為優秀傑出。這可能是因為他對於追求名氣的熱情（以及應付衝突的能力）已經耗盡；或許是他從來就不具備那種必要的利己主義，而且偷偷鬆了一口氣，慶幸自己不再需要公開表現自己多麼了不起；又或許他只是從來就不相信自己應該要宣傳的內容；又或許，在我失去意識躺在醫院裡的時候，腦裡的血腫可能威脅我的生命，我父親跟他的一番懇談發揮了效果；又或許，因為我的行動而突然發生這樣的危機，他只是將那個了不起的自己隱藏在過去的山迪**背後**，變裝打扮、算計著、機靈地蟄伏等待著……等著回應接下來會發生的事。無論如何，眼下這個出乎意料的狀況讓我哥哥又回到家人身邊。

我母親也不再是職業婦女了，她在蒙特婁儲蓄帳戶中的存款根本還不到她預想的數字，但是如果我們突然收到通知必須逃跑，這些錢也夠我們跨過國境在加拿大重新生活了。她匆匆辭掉在漢恩百貨的工作，一如我父親做的那樣，放棄在大都會壽險十二年資歷的安穩工作，阻止政府要將我們遷移到肯塔基州的計畫，保護我們不受這套反猶太的詭計所害，因為他和溫徹爾都明白，四二年家園計畫就是個陰謀。我母親又回到家裡做全職家管，我們回家吃午餐及放學後回家又能看到她在家了，整個暑假期間她都在家看管著山迪和我，這樣我們才不會因為無人監督再度失控。

一個改頭換面的父親、一個回歸往常的哥哥、一個恢復從前的母親，我頭上用黑色絲線縫了十八針，而我丟失了最寶貴的寶物也找不回來了，這一切迅雷不及掩耳的發展就像童話故事般奇妙。一個家庭一夜之間便降低了社會地位、重新扎根，既不必面對流亡也不是驅逐，仍然在高峰路上屹立不搖。相對地再過短短三個月，謝爾登就要出發了，這段時間他在這附近無論走到哪裡總是陶醉在自己的英雄事蹟當中，畢竟他阻止了穿著他衣服的我流血至死，而我也不得不讓他拉著鼻子走，等到九月一日，謝爾登就會跟著她母親一起到別處生活，他會是肯塔基州丹維爾唯一一個猶太小孩。

我的「夢遊」事件在我們這個地方原本可能是更加丟臉的醜聞，但是在我逃跑的那個週日晚上，華特．溫徹爾的廣播節目結束後才幾個小時，珍柔護膚乳便開除了他。這才是真正令人震驚的新聞，沒有人願意相信這件事，而溫徹爾也不打算讓全國人民忘記。他在美國一直是最出名的廣播記者，風光了十年，結果隔週週日晚上九點就遭到撤換，節目找來另一組歌舞團體，從曼哈頓中城區某家旅館陽台上的高級晚餐俱樂部播出。珍柔對溫徹爾的第一項指控是認為他每週的廣播節目在全國各地有超過兩千五百萬聽眾，而他基本上就是「在爆滿的戲院裡大喊失火了」；第二項指控則是對美國總統提出抹黑的誹謗，「只有最膽大妄為的煽動者才會這樣策畫，意圖煽動暴民的激情」。

甚至連一向溫和、對林白針對希特勒德國的政策並非毫無批評的《紐約時報》，這份由猶太人創辦、經營，因此我父親相當推崇的報紙，這時也莫名支持起珍柔護手乳所採取的行動，刊登了一篇社論，標題為〈新聞記者之恥〉，「如今競爭之勢已持續一段時間，」《紐約時報》寫道：

> 眾多反對林白的企業家都想看看誰能對林白政府的動機提出最誇張的解釋，而華特．溫徹

爾滿嘴誇張虛假的大話，向前邁出一大步，藉此移動到了隊伍的最前頭。溫徹爾先生的邊緣型猜忌性格及可疑的品味一翻就倒，爆出了大量尖酸刻薄的言語，不僅無可饒恕也毫無道德可言。這番指控實在太過無禮，就連一輩子效忠民主黨的人也可能發現自己竟然同情起總統，溫徹爾的無恥實在無可救藥。珍柔護手乳這麼迅速就讓他離開廣播電台的崗位，實在值得嘉獎。這個國家的這位華特・溫徹爾所做的新聞報導，不只是侮辱了我們所有受過教育的人民，同時也侮辱了新聞業的標準，那就是準確、公平與責任，而華特・溫徹爾先生、那些憤世嫉俗的八卦小報同夥，以及一心只想賺錢的出版發行商，一直都對這份標準展現出最惡劣的輕蔑。

接下來《紐約時報》還刊登了代表林白政府所發出的攻擊，這是該報社論版上所刊登第一封也是最長的一封信件，一位名聲卓著的記者先是心懷感激地稱許社論版，接著提供更多例子來強化自己的論點，說明溫徹爾是如何明目張膽地濫用憲法第一修正案，結論道：「意圖要煽動、恐嚇他的猶太同胞已經可惡至極，同樣惡劣的是他毫不顧慮道德規範，這正是貴報最大力抨擊的一點。居然利用這群備受壓迫的人們長久以來的恐懼，絕對沒有比這點更令人髮指的，尤其是他們能夠在這個開放的社會中完全參與國家的運作，不受任何壓迫，這正是目前的政府透過美國統合辦公室努力想要為這群人所做到的。四二年家園計畫是為了讓美國的優秀猶太公民能夠在這個國家拓展人生視野、擁有更豐富的歷練，但是華特・溫徹爾卻將之形容為法西斯的計謀，是為了孤立猶太人並將他們排除在國家之外，這是新聞媒體最為誇張的魯莽之舉，也讓人見識到大謊言的技巧，這正是今日各地對民主自由的最大威脅。」

這封信的署名是「萊昂內爾・班格斯多夫拉比，華盛頓特區內政部美國統合辦公室」。

溫徹爾在《每日鏡報》有個專欄，他也藉此發表回應。這份紐約的報紙屬於美國最富有的出版商威廉・藍道夫・赫茲，他旗下擁有大約三十份右翼報紙，還有六、七家流行雜誌，包括《國王焦點》，溫徹爾在這裡也有撰稿，同時擁有超過上百萬名讀者。赫茲相當鄙視溫徹爾的政治忠誠對象，尤其是他對羅斯福推崇至極，原本在早先幾年就會開除他，只是《鏡報》跟《每日新聞報》之間的競爭激烈，都想從對手多搶到幾個紐約客，而這位專欄作家那種草莽的魅力實在令人無可抵擋，在他一人身上就能看到扒糞爆料的爭議以及讓人倒胃口的愛國主義。據溫徹爾所言，後來赫茲還是開除他了，但並不是因為他這位專欄作家和出版商之間長久以來一直互有敵意，主要還是因為白宮施壓，就連像赫茲這樣肆無忌憚又呼風喚雨的媒體大亨也撐不住這樣的壓力，擔心違抗的下場。

「林白法西斯分子，」就這樣，溫徹爾丟掉廣播節目合約的幾天後就發表了這篇專欄，一開始便是這樣厚顏無恥又不知悔改的招牌口吻，「已經公開對言論自由進行了納粹攻擊，今天要封口的敵人是溫徹爾……溫徹爾這個『好戰分子』、『騙子』、『放羊的孩子』、『共產黨』、『猶太佬』，今天攻擊的是在下，明天就會攻擊每一位新聞播報員及記者，只因為他們勇於說出法西斯意圖摧毀美國民主的事實。那位口出狂言的騙子萊昂內爾．班拉比，以及公園大道上傲慢自大又沒種的《紐約時報》老闆，這些榮譽亞利安人並不是第一個文明過頭的猶太奎斯林，跪倒在反猶太主人的腳邊，只因為他們實在太過文明、優雅，無法像溫徹爾這樣奮戰……他們也不會是最後一個。珍柔那些混蛋並不是第一個願意與獨裁謊言機器合作的企業懦夫，這架機器現在正摧毀這個國家……他們也不會是最後一個。」

而這篇專欄，當中還洋洋灑灑列出了大概十五個以上與他有私仇的人，都符合資格能被稱為美國的重要法西斯合作對象，這其實也是**他的**最後一篇。

三天後，溫徹爾先是造訪海德公園，確認羅斯福仍然決定不會放棄退休生活而復出政壇競選第三任，便宣布自己要在下一次全國大選中競選美國總統。在此之前，一般認為會出馬競選的有羅斯福時期的國務卿科德爾．赫爾、前任農業部長及一九四〇年與羅斯福搭檔競選的副手人選亨利．華萊士、羅斯福時期的郵政局長兼民主黨主席詹姆斯．法利、最高法院大法官威廉．O．道格拉斯，另外還有兩個半路殺出的民主黨人，一位是前印地安納州州長保羅．V．麥克納特，另一位則是伊利諾州參議員史考特．W．盧卡斯，都不是新政的支持者。同時還有一篇未經證實的報導（一開始可能是溫徹爾流傳出去的，那時他靠著散播未經證實的報導一年還能賺八十萬美元），若是民主黨大會的投票結果最後陷入僵局（畢竟這一群候選人實在沒什麼驚喜，很有可能會發生這種事），那麼，愛蓮諾．羅斯福夫人很可能出線。她在丈夫的兩個任期內都扮演著強大的政治及外交角色，如今仍相當受到歡迎，結合直言不諱又高貴優雅的氣質，讓她在民主黨的自由派選區中吸引了相當大量的支持者；右翼媒體上則有許多敵人對她出言嘲諷，這位夫人將會出現在大會會場，就像林白在一九四〇年共和黨大會上那樣，以眾人鼓掌通過的方式拿下提名。但是華特．溫徹爾一朝成為第一位開始競選的民主黨候選人，而且是在四四年大選之前幾乎三十個月以前就宣布，甚至比期中的國會選舉還要早。當他的工作崗位遭到「白宮那群法西斯幫派以強制的政變手段清除」（溫徹爾在宣布參選時這樣形容自己的敵人與其手段）之後引發紛擾不久，立刻從前八卦專欄作家，一躍成為民主黨當中唯一全國知名，又膽敢挑戰備受愛戴的現任總統林白的候選人。

共和黨領袖並不想紆尊降貴去認真看待溫徹爾，有些認為這個不受控制的表演者只是想演出一套餘興節目提高自己的地位，好從一小群死忠的民主黨人身上榨一點資金；也有些認為他就是羅斯福（或者是羅斯福那位野心勃勃的妻子）的華麗掩護性候選人，馬上就能攪亂局勢，如今民調顯示林白在各個領域及階級的選民中，除了猶太人以外，仍然有百分之八十至九十的破紀錄支持度，可以藉此評估國內哪個地方或許還祕密存在著反林白的情緒。簡言之，溫徹爾是猶太人的候選人，他自己便是最粗魯的那種猶太人，完全不像是核心圈那群出身良好、教養高貴的猶太民主黨人，例如羅斯福的富人朋友伯納德．巴魯克、銀行家兼紐約州州長赫伯特．萊曼，或者是最近退休的最高法院大法官路易斯．布蘭迪斯。這樣一個沒有背景的猶太人，具備了一切讓猶太人被美國中高層階級排斥的粗俗特質。彷彿這樣還不足以讓他在政壇上只能當個無關緊要的莽漢（除了在紐約市裡猶太人口眾多的選區），他還是個眾所皆知喜歡亂搞的風流男人，總喜歡勾引長腿的表演女郎，夜生活揮霍無度，總是與生活不檢點的好萊塢與百老匯名人廝混，在紐約的鸛鳥夜總會整日飲酒作樂，讓大多數拘謹保守的美國人相當厭惡。他的參選就是個笑話，而共和黨對此不屑一顧。

但是那一週在我們的街上，完全沐浴在溫徹爾遭到開除又旋即宣布參選總統而浴火重生的消息，鄰居之間幾乎都只談論這些事。將近兩年以來，他們一直不知道最壞的時刻是否已至，只是努力生活，無可奈何地聽著一切政府打算對他們進行什麼計畫的謠言，又找不到支持自己戒心與冷漠的理由。承受了這麼多困惑，他們終於是時候接受妄想，家長們晚上齊聚在巷子裡躺在沙灘椅上交談，免不了猜測著各種可能性，聊上好幾個小時不停：誰會是跟溫徹爾搭檔的副總統人選？他會延攬誰進他的內閣？他會任命誰成為最高法院的大法官？誰最後會是更傑出的領袖，羅斯福或者華特．溫徹爾？他們一股腦栽進了上千種幻想中，就連年幼的小孩也感染了這種氣息，興奮地蹦蹦跳跳舞動著，口齒不清地唱：「溫水的選總統……溫水的選總統。」當然，從來就沒有猶太人能夠選上總統，更別提像是溫徹爾這樣管不住嘴巴的猶太人，就連像我這樣年幼的孩子也知道，就好像在美國憲法裡已經詳細寫明了這條附註，但即使是這麼鐵一般的事實也無法阻止這些大人拋開常識，在那一、兩個晚上，想像自己和他們的孩子成為土生土長的天堂公民。

班格斯多夫拉比與艾芙琳阿姨的婚禮在六月中一個週日舉行，我的父母並未受邀，他們不期待也不想要受邀，但是卻沒有什麼方法能夠安撫我母親的悲傷。我之前曾無意間聽到她躲在臥房裡哭泣，雖然這並不是經常發生，我也並不喜歡，但是在這幾個月以來，我父母反覆試圖評估林白政府所帶來的威脅、要決定一個猶太家庭應該採取什麼合理的回應，我從來就不知道她會如此傷心欲絕。「為什麼還要發生這件事？」她問我父親。「他們只是要結婚了，」他對她說，「又不是世界末日。」「但是我總是會想起我父親。」她說。「你父親死了，」他說，「我父親也死了。他們年紀都不小了，他們會生病，然後就死了。」很難想像還會有比他更富同情的語調，但是她實在太難過了，他的聲音越是溫柔，她就越難受。「而且我還想到，」她說，「我媽媽肯定會不知道該怎麼搞懂一切了。」「親愛的，事情可能會更糟，你知道的。」「確實會更糟。」我母親說。「或許不會，或許不會，或許一切都會改變的。溫徹爾……」「喔，拜託，華特．溫徹爾不可能……」「噓——噓——」他對她說，「注意小的。」

於是我明白了，華特．溫徹爾其實並不是猶太人的候選人——而是猶太小孩的候選人，好讓我們有個能夠抓住的東西，就像才幾年以前，母親掏出乳房給我們不只是為了提供營養，也是為了減輕嬰幼兒的恐懼。

婚禮就辦在拉比的會堂，宴會則在紐華克最豪華的飯店艾薩克斯府舞會廳舉辦。《紐華克週日訪報》上刊登了婚禮報導，在新郎新娘的照片旁邊另外以一個小方塊列了出席的政商名流，身邊都有妻子或丈夫陪同，這份名單長得驚人又很了不得，我在這裡要列出來才能解釋，為什麼至少就我而言會感到困惑，想著我的父母及他們的大都會壽險友人該不會是跟事實完全脫節了，才會認為由班格斯多夫拉比這樣耀眼的人物所主導的政府計畫，會對他們造成什麼損傷。

首先，眾多猶太人都參加了婚禮，其中包括了家人及朋友、班格斯多夫拉比會堂的會眾、來自紐澤西州各地的仰慕者及同事，還有些人從國內各地遠道而來。在場的也有許多基督徒，根據《週日訪報》上的文章（這篇報導在當天兩頁的社交版上就占了一頁半），有幾位受邀的賓客雖然無法出席，還是透過西聯電報送上最誠摯的祝福，其中包括總統的妻子，也就是第一夫人安妮・莫洛・林白，稱自己是拉比的知交好友，「同為紐澤西人，也同為詩人」，和他有共同的「文化及求知的興趣」，兩人經常「在白宮共進下午茶，促膝長談有關哲學、文學、宗教與道德議題」。

代表這個城市出席的人是在紐華克政府中層級最高的兩名猶太人：兩任前市長梅爾・艾倫斯坦，以及市政府秘書哈利・S・萊亨斯坦；而目前在市內勢力最大的大多是愛爾蘭人，當中也有五人出席，有公共安全局長、財政金融處主任、公園暨公共財產局長、城市總工程師，以及法務顧問。紐華克的聯邦郵政局長也到場，還有紐華克公共圖書館館長與圖書館的董事會主席。不少重要的教育界人士也出席了婚禮，包括紐華克大學校長、紐華克工程學院院長、教育局長，以及聖本尼迪克預備學校校長。婚禮上還能見到眾多重要的神職人員，包括新教、天主教及猶太教，市內擁有最多黑人教眾的第一浸禮會教友佩迪紀念教堂派了喬治．E．道金斯牧師為代表，三一禮拜堂則是亞瑟．鄧普牧師，聖公會天恩堂由查爾斯．L．岡夫牧師出席，位於高街的聖尼可拉斯希臘正教會派出喬治．E．史拜里達奇斯牧師，聖派翠克大教堂則由備受尊敬的約翰．迪蘭尼牧師出席。

有個人缺席了，對我父母而言這是最值得注意的地方，只是報紙報導中隻字未提，那就是班格斯多夫拉比的競爭對手，紐華克拉比的領袖：亞伯拉罕猶太會堂的約阿希姆．普林茲。在班格斯多夫拉比成為全國知名的大人物之前，對這整個城市的猶太人、更廣大的猶太人社群，以及在各個宗教的學者及神學家看來，普林茲拉比的權威遠超過他這位年長的同事，同時他也是市內三所最富裕的猶太會堂中，唯一不畏表達反對林白立場的保守派拉比。不過，奧赫布沙洛姆猶太會堂的查爾斯．I．霍夫曼與耶書崙猶太會堂的所羅門．佛斯特都有出席，佛斯特拉比更主持了婚禮儀式。

另外出席的還有紐華克四大銀行的總裁、兩家最大保險公司的總裁、最大建築公司的董事長、兩家聲望最佳的法律事務所創始合夥人、紐華克運動俱樂部會長、市區三家大型電影院的老闆、商會會長、紐澤西貝爾電話公司董事長、兩家日報的總編，以及紐華克最出名的酒廠百齡罈總裁。艾塞克斯郡政府則由自由人委員會的總監及三名委員代表，而紐澤西的司法機關也有衡平法院的副庭長以及該州最高法院的一名大法官出席。州眾議院的多數黨發言人也參加了，艾塞克斯郡四名議員中出現了三名，州參議院的艾塞克斯郡代表也有出席。與會者中有一位傑出的政府官員是猶太人，檢察總長大衛·T·威蘭茨，就是他成功主導起訴綁架林白長子的布魯諾·豪普曼；不過在場的政府官員中最讓我佩服的人是亞伯·J·格林，他也是猶太人，更重要的是他是紐澤西拳擊委員會的會長。紐澤西州有兩名參議員，其中共和黨的W·華倫·巴博爾有參加，同時還有我們的眾議員羅伯特·W·基恩。紐澤西聯邦地區法院派出了一位巡迴法官、兩位地區法官以及地區檢察官約翰·J·昆恩（我是收聽《幫派剋星》才認出他的名字）。

還有幾位與他同在OAA全國總部共事的拉比，以及幾名代表內政部的官員也從華盛頓趕了過來。雖然聯邦政府的最高層並沒有人來參加婚禮，不過卻有具同樣影響力的代表，地位不亞於總統本人：第一夫人捎來的電報，由佛斯特拉比在典禮上大聲朗讀，念完之後，婚禮賓客都同時站起來熱烈鼓掌感激第一夫人的心意，然後新郎要求眾人繼續站著，和他與他的新娘一同唱起國歌。《週日訪報》上刊登了完整的電報長文，內容如下：

我親愛的班格斯多夫拉比及艾芙琳：

我丈夫和我對你們送上最誠心的祝福，也一同期盼你們擁有最快樂的幸福。我們有幸在為德國外交部長舉辦的白宮國宴上得以見到艾芙琳，她是一位迷人而充滿活力的年輕女子，顯然也是最正直、值得尊敬的人，我只是與她攀談了幾分鐘就能看出她所擁有的性格及智識，讓她贏得了如萊昂內爾·班格斯多夫這般非凡之人的真心。

我今天想起了那晚見到艾芙琳時，心中浮現了幾句絕妙而簡潔的詩，那是詩人伊莉莎白．巴瑞特．布朗寧所寫的《來自葡萄牙的十四行詩》，我一見到艾芙琳那雙深邃而美麗的驚人雙眼就知道，那便是這第十四首詩中描述的那種女性智慧，「若汝必要愛我，」布朗寧寫道，「莫因他故／唯因愛而愛矣……」

班格斯多夫拉比，自從美國統合辦公室的揭牌典禮我們在白宮見面之後，我們便不只是朋友；自從你搬到華盛頓接任OAA主任，便成為我相當寶貴的心靈導師，我們的交談有如醍醐灌頂，再加上你慷慨贈與我閱讀的那些書籍啟迪了我的心靈，都讓我學會了許多，不只是關於猶太人的信仰，還有猶太人的苦難以及強大精神力的來源，這一直都是猶太人能夠存活三千年的主要動力。透過你的介紹，我了解自己的宗教傳統是如此深植於你的信仰中。

我們身為美國人，最重要的任務就是要團結一心，和諧友好地生活在一起。我從兩位在OAA所進行的傑出工作中了解到，你們是多麼盡心付出，幫助我們達成這個可貴的目標。上帝賜與我們的國家眾多福祉，其中最為珍貴的就是有像你們這樣的公民與我們同在，你們代表了一個不屈不撓的種族，滿懷榮耀與活力，心中秉持著正義與自由的古老概念，自一七七六年起便一直支撐著美國的民主。

獻上最大的祝福，

聯邦調查局第二次進入我們的生活，這次監視的對象是我父親，同樣是在威許諾先生上吊自殺那天攔住我問話的探員（他也在公車上訊問了山迪、在百貨公司訊問我母親，以及到我父親辦公室問話），他出現在菜市場待在餐館附近閒晃，市場的男人們在半夜裡都會來這家餐館吃東西、喝咖啡，而他所做的事情就像艾爾文開始幫蒙提伯伯工作時那樣，四處打聽艾爾文的赫曼叔叔、他對於美國和我們的總統跟其他人說了什麼。話傳回到了蒙提伯伯耳裡，是長腿的茨威爾曼某個手下告訴他的，同時也將麥寇爾科探員向他報告的話轉達給蒙提伯伯，基本上，我父親先是收留、養活一個為了外國打仗的叛徒，現在他自己則是寧可辭掉了大都會壽險的體面工作，也不願意參與希望團結強化美國人民的政府計畫。蒙提伯伯告訴長腿的手下，他的兄弟是個可憐的呆瓜，沒念多少書，還有兩個孩子和一個妻子要養，他只是一週有六天晚上在這裡搬運蔬果，對美國造成不了什麼損傷。

蒙提伯伯某個星期六下午過來我們家，行為舉止粗魯無禮，一點也不像我們平時在家的樣子，他在廚房告訴我們整件事的經過，說長腿的手下一臉同情地聽著——「但這傢伙還是對我說：『你的弟弟得走人。』所以我就告訴他：『別說那麼多屁話。告訴長腿，這些都是想對付猶太人的狗屁。』而那傢伙自己就是猶太人，叫作尼基・艾弗鮑姆，但我說什麼沒有用，尼基回去跟長腿報告，告訴他羅斯不肯照他的話做，後來呢？長腿的他自己就過來了，就在我那個破爛小辦公室裡，穿著手工的絲質西裝，那個高個子說話輕輕柔柔的，打扮得一副威風八面的樣子——你知道他很愛模仿那些電影明星，我跟他說：『長腿，我從小學就認識你了，即使那時候就知道你以後不簡單。』然後長腿跟我說：『我也記得你，甚至那時候就知道你什麼也做不了。』我們大笑，然後我告訴他：『我弟弟需要工作，長腿，我就不能給我弟弟一份工作嗎？』『那就能讓聯邦調查局的傢伙在這邊打探消息嗎？』他問我。『我都知道，』我說，『我不就因為聯邦調查局才把我姪子艾爾文趕走的嗎？但這是我自己的兄弟，不一樣好嗎？聽著，』我告訴他，『給我二十四小時，我會處理好一切。要是我處理不好，赫曼就走人。』於是我等到隔天早上收攤了，就走過去山米伊格餐館，那個聯邦調查局的愛爾蘭混蛋就坐在吧檯區。『我請你吃早餐吧。』我告訴他，然後幫他點了一杯雞尾酒。我接著坐在他旁邊說：『麥寇爾科，你對猶太人是有什麼意見？』『沒有。』他說。『那你為什麼這樣追著我兄弟跑？他對誰做了什麼？』『聽著，要是我對猶太人有意見，就不會坐在伊格的餐館裡了，如果我是的話，山米．伊格怎麼會是我朋友呢？』他對著吧檯另一頭喊著伊格過來。『告訴他，』麥寇爾科說，『你兒子成年禮的時候我不是還過去送給他一支領帶夾嗎？』『他還戴著呢。』伊格告訴我。『聽見了嗎？』麥寇爾科說，『我只是在做我的工作，就像山米做他的工作，你做你的工作。』『我兄弟也只是在工作。』我告訴他。『好，那就好，別再說我對猶太人有意見。』『我的錯，』我告訴他，『我很抱歉。』同時我塞了一個信封給他，一個小小的棕色信封，就這樣了。」

說到這裡，我叔叔轉身面對我說：「我知道你是個偷馬賊，我知道你從教堂偷了匹馬。聰明的小子，讓我看看。」我低下頭去讓他看馬蹄踢破那處頭皮，他的手指輕輕掃過那道長長的疤，那片頭皮上的頭髮原先剃光了，他摸著才剛長出來的頭髮，大笑起來，「希望你還會有更多。」他告訴我。然後，自從我有記憶以來他就一直會這麼做，他粗魯地抱起我放在他一邊膝蓋上，讓我像騎馬一樣跨坐著，偏偏像騎馬。「你看過割禮，對吧？」他問，抬起大腿又放下，讓我上下顛簸，「你知道割禮上他們會割掉嬰兒的包皮，你知道他們在做什麼對吧？」「他們切掉包皮。」我說。「那他們怎麼處理那一塊小包皮？切下來之後，你知道他們怎麼處理嗎？」「不知道。」我告訴他。「這個啊，」蒙提伯伯說，「他們會保存起來，等數量夠多了就交給聯邦調查局用來做成探員。」就算我知道自己不應該笑，我還是忍不住，而且其實上一次他跟我說這個笑話時是說：「他們會交給愛爾蘭用來做牧師。」我大笑。「信封裡是什麼？」我問他。「猜猜看。」他說。「我不知道，錢嗎？」「就是錢沒錯，你這個聰明的小偷馬賊。錢能處理掉所有麻煩。」

只是後來我才聽我哥哥說，他無意間聽到我父母在他們臥房裡談話，那筆給麥寇爾科的賄賂要全數還給蒙提伯伯的，就從我父親已經微薄的薪水裡扣，接下來六個月每週要扣掉十元美金。而我父親也沒有辦法，無論是工作的勞累辛苦、為他兄弟工作所感受到的屈辱卑微，他所能說的就只有：「他十歲起就是這個樣子了，他一直到死都會是這個樣子。」

那年夏天，除了週六、週日的早上，我們幾乎見不到父親，不過我母親現在倒是隨時都在家，而且因為山迪和我中午必須回家吃午餐，下午至傍晚的中間還要跟她報備自己做什麼去了，所以我們兩人都不會跑太遠，而到了晚上，我們也不能到距離家一個街區外的學校操場以外的地方。我母親若不是自己保持著極高的警覺性，就是她想辦法暫時與自己的一切懊悔和解了，因為儘管我父親的薪水大幅縮水，家庭開銷也必須進行嚴格的削減，但是她並未表現出任何跡象，顯示出她無法負荷過去這一年所面臨各種的不可能。她的堅忍不拔有一大部分是因為她又回到自己熟悉的工作，而這份工作的報償對她比賣女裝更為重要，她並不討厭百貨公司的工作，只是比起她正常所要追求的，衡量之下就顯得毫無意義。若是我要知道她的煩惱究竟還會困擾她多久，只有艾絲黛·特許威爾寄信來時我才能了解，信中寫的都是他們家在溫尼伯安頓的進度。每天午餐時間我從前門入口的信箱把郵件拿上樓，若是有個信封上貼著加拿大的郵票，她就會馬上坐在廚房餐桌前，在山迪和我吃三明治時自己把信讀上兩次，然後摺起來放在圍裙口袋裡帶著走來走去，再讀個十次，然後把信交給我父親，等他起床要去市場前能夠讀——信交給我父親，蓋了郵戳的加拿大郵票給我，好讓我能重新開始集郵。

山迪的朋友突然間變成了和他同年紀的女孩，都是他在學校認識的少女，只是先前他從未用這樣覬覦的眼光看過她們。他會去遊樂場找她們，那裡一整天到傍晚前都有安排好的暑期活動，我也會去，現在經常是謝爾登陪著我。我看著山迪，心裡感覺一下是不安、一下又是歡喜，好像我的哥哥變成了個扒手或者是專門幫賭徒或騙子演戲騙人的。他會待在乒乓球桌附近的長椅上，女孩子經常聚集在那裡，然後他會在素描簿上用鉛筆畫起身邊最可愛的女孩。她們自然都想要看畫，於是在這一天結束之前，他很有機會跟其中一個女孩手牽著手、一臉夢幻地走出遊樂場。山迪總是很容易死心眼執著於某件事，如今這個傾向不再是為了老實人計畫做宣傳，或者是幫馬威尼家割菸草，而是因這些女孩而點燃。或許是慾望的新鮮刺激感改變了他的存在，就像肯塔基州曾經那樣改變了他，速度之快令人咋舌，而十四歲半的他因為一次賀爾蒙爆發便完全改頭換面，或者如我所相信的（因為我總是認為他無所不能），讓女孩願意和他離開只是一種有趣的詭計，他只是等待著自己的時機到來……跟山迪有關的事，我總是認為一定還有更多我連了解都無法了解的東西，但事實上，儘管這個英俊的男孩散發出自信的氣息，卻也不比其他人更清楚自己為什麼會上鉤。林白的猶太菸草農夫發現了胸部，突然間，他也變得與其他青少年無異。

我父母認為這波迷戀女孩子的行為都是因為他心存輕蔑、他在「叛逆期」，這是因為他被迫退出林白的計畫之後而補償性表現出的獨立，而他們似乎願意認為這件事相對無傷大雅。不過其中一位女孩的母親顯然不這麼想，還打電話來告知，我父親下班回家之後，我父母關上他們的房門相談良久，然後我父親也和我哥哥關起房門後相談良久，結果那一週剩下的時間，山迪都不得離開家裡半步。不過他們當然不能讓他整個暑假都窩在高峰路上，很快他就回到遊樂場，自信地畫著漂亮女孩的畫像，而不管他和那些女孩離開時，她們讓他用手做什麼（至少在過去那些年裡，一個對性仍懵懂無知的八年級小孩也不可能知道太多），她們都沒有急忙回家去打小報告，所以我父母再也沒有接過氣急敗壞的電話，讓已經身陷其他麻煩的他們需要處理。

謝爾登。謝爾登就是**我的**暑假。謝爾登就像對待小狗一樣在我臉上套了口鼻罩，那些我已經認識了一輩子的小孩都嘲笑我、叫我瞌睡蟲，那些小孩往前直挺挺伸長了手，腳步緩慢、笨拙、像是活屍一樣，大概是在模仿我在睡夢中踉蹌著往孤兒院走去，每次玩遊戲要選人時我總會陷入困境，場上的隊伍會齊聲喊著：「嘿喝，銀鬃馬！」

那一年暑假快結束的勞動節，我們不會到南山保護區來場大野餐會，因為我父母在大都會壽險的所有朋友都要趕在學年開始以前在國內各地落腳。整個暑假，這些家庭一個接著一個離開，他們會在某個星期六開車過來道別。我父母感覺糟透了，在當地大都會壽險區域選中要依四二年家園計畫遷移的家庭當中，只有他們選擇留下來。這些人都是他們最親近的朋友，在炎熱的週六下午，淚眼汪汪的大人在街上互相擁抱，所有小孩則在一旁滿臉淒苦地看著。那些下午最後都只剩下我們四個人，站在人行道上揮手道別，我母親則在駛離的車輛後頭喊著：「別忘了寫信來！」這是到目前為止最令人痛心的時刻，我們毫無反抗能力的境況變得如此真實，讓我感覺我們的世界正逐漸崩毀，此時我也才知道，我父親在這些所有人當中是最為固執的，只要他直覺認為怎麼做比較好，就會無法自拔地緊抓著不放，即使順應直覺所要付出的努力超乎負荷也在所不惜。我這時才明白，他辭去自己的工作不僅僅是因為害怕，萬一我們像其他人一樣同意遷移後，將來可能發生在我們身上的事，更是因為他面對更高力量的霸凌時，若是他認為那股力量已經腐化，那麼便不會退讓，無論這樣是好是壞——以這件事來說便是要抵抗到底，既不願意像我母親一直勸我們的那樣逃跑到加拿大，也不願意俯首於一個明顯不公不義的政府命令。強大的人有兩種：有的就像蒙提伯伯和亞伯．史坦漢那樣，毫無顧忌地拼命賺錢；有的則像我父親，不顧一切服從著自己對公平競爭的理念。

「來吧。」那個週六，六個公地計畫家庭中的最後一家人似乎也要永遠消失了，我父親說著，想提振我們的精神，「走吧，兒子，我們去吃冰淇淋。」我們四人走到總理大道另一頭的藥局，那裡的藥劑師是我父親來往最久的一位保險客戶，而夏天到藥局裡通常都比待在外面舒服，拉開了遮雨棚，避免陽光直射入平板玻璃窗，裡面天花板有三架電風扇，在頭頂上轉動時扇葉便發出輕輕的吱嘎聲。我們坐進一個開放式包廂座位點了聖代，我父親不斷勸我母親吃幾口，她就是吃不下，儘管如此，她終於還是止住流不停的眼淚。畢竟我們要面對的未來，也和我們流亡在外的朋友差不多那般未知，於是我們坐在遮雨棚拉起後半昏暗的陰涼藥局裡，拿湯匙挖起聖代往嘴裡送，每個人都沒有說話，完全筋疲力盡，我母親默默將餐巾紙整齊撕開，最後終於抬起頭來，揚起一個苦澀而真誠的微笑，就像每個哭盡了淚水的人都會這樣笑，她對我父親說：「好了，不管你喜不喜歡，林白教會了我們當個猶太人是什麼樣子。」又說：「我們只是以為自己是美國人。」「胡說，才不是！」我父親回答，「**他們**認為我們只是以為自己是美國人，這件事沒得討論，貝絲，沒得商量，這些人不懂我認為這是**理所當然**的，該死的！其他人？他敢說我們是**其他人**？他才是其他人，這人看起來最像美國人，但他卻是最不美國的人！這人完全不適任，他不應該在那裡，他不應該在那裡，就是這麼簡單！」

對我來說，最難忍受的離別是與謝爾登分開。當然，我很高興看到他離開，整個漫長的夏天我都在倒數，但是八月最後一週的那天清早，威許諾家把兩張床墊綁在車頂（我父親和山迪前一晚幫忙抬到車頂上還蓋上篷布綁好），衣物都塞進那輛老普利茅斯車的後座堆到了頂（那一堆堆的衣物中也有幾件是我的，我母親和我幫忙他們從家裡搬到車上），說來也夠奇怪的，居然是我止不住哭泣。我想起有天下午，謝爾登和我才六歲大，威許諾先生還活著，看起來也很健康，每天都為大都會壽險工作，而威許諾太太還像我母親那樣是個家庭主婦，每天都只想著怎麼照顧家人的需求，甚至有時候若是我母親得出門做家長會的工作、山迪又不在家，我放學了回家沒有人時，她也一起照顧我。我想起她和我母親一樣都具備那種母性的光環，同樣會讓我自然沉溺其中的慈善溫暖，而那天下午我的感受特別深刻，因為我困在他們的廁所裡出不去。我記得在我不斷試了又試卻仍然打不開門時，她對我是多麼溫柔，主動關心著我，彷彿我們這四人，也就是謝爾登與謝爾瑪、菲利普與貝絲，無論外表、氣質和當下的狀況是多麼不同，卻是一體同心的。我記得威許諾太太，那時她心中最重要的東西就和我母親心中最重要的東西一樣，那時的她只是我們這個母系社群中另一個小心謹慎的成員，最重要的任務便是為下一代建立起家庭生活。我還記得威許諾太太鎮定自若的樣子，不會握緊拳頭，臉上也不會滿是傷痛。

他們的廁所很小，就像我們家的一樣，空間相當狹窄，門旁邊就是馬桶，馬桶旁邊緊鄰著洗手台，還有一個浴缸塞在一邊。我拉了拉門，但打不開。在家裡我進去廁所後只會把門關上，但是在威許諾家我還鎖了門，我這輩子從來沒有這麼做過。我鎖上門、尿尿、沖水、洗手，因為我不想碰他們的毛巾，所以就在燈芯絨褲後面的褲管上擦乾手，一切都很好，直到我打算離開廁所的時候，卻打不開鎖。我可以稍微轉動，但接著就會卡住不動，我沒有拍打門板或者搖動門把，只是盡量保持安靜嘗試轉開鎖。但就是動不了，於是我坐回到馬桶上，想著或許不知怎地鎖就會自己開了。我坐在那裡好一會兒，但接著就覺得寂寞，便站起來又試著打開鎖。還是轉不動，我便輕輕敲著門，威許諾太太走過來說：「喔，門上的鎖有時候會這樣，你得像這樣轉。」她解釋該怎麼做，但我還是打不開，於是她相當冷靜地說：「不對，菲利普，你在轉動的同時要往**後**拉。」雖然我試著按照她的話說，還是打不開。「親愛的，」她說，「轉的同時就往後拉，轉動跟往後拉要同時做。」「哪一邊是往後？」我說。「後面，就是往牆那一邊。」「喔，牆壁，好。」我說，但是不管我怎麼做還是不行。「沒有用。」我說著便開始流汗，然後聽到謝爾登的聲音。「菲利普？我是謝爾登，為什麼你要鎖門？我們又不會進去。」「我沒有這樣說啊。」我說。「那你為什麼要鎖門？」「我不知道。」我說。「媽，你想我們是不是要找消防隊？他們可以搭梯子救他出來。」「不用、不用、不用。」威許諾太太說。「來吧，菲利普，」謝爾登說，「沒有那麼難。」「就是很難，卡住了。」「媽，他要怎麼出來？」「謝爾登，安靜。菲利普？」「我在。」「你還好嗎？」「嗯，裡面很熱，越來越熱了。」「喝杯冷水吧，親愛的，藥品櫃裡有玻璃杯，倒杯水慢慢喝，你就沒事了。」「好。」但是玻璃杯底部有黏黏滑滑的東西，雖然我拿出杯子，卻只是假裝用杯子裝水，其實是用手捧水喝。「媽，」謝爾登說，「他哪裡做錯了？菲利普，你哪裡做錯了？」「我怎麼知道？」我說，「威許諾太太？威許諾太太？」「我在，親愛的。」「裡面實在太熱了，我真的開始流汗了。」「那就打開窗戶吧，打開淋浴間的小窗戶。你夠高嗎？」「應該吧。」我脫掉鞋子，只穿著襪子踏進淋浴間裡，踮起腳尖就能摸到窗戶，那是一扇嵌著礫面玻璃的小窗戶，可以看到外面的巷子，但是我想打開窗時才發現，窗戶也卡住了。「打不開。」我說。「親愛的，稍微敲一下，敲敲底部的窗框，但是不要太用力，這樣一定可以打開。」我照她說的做，玻璃窗還是動也不動。這時汗水浸濕了上衣，於是我擺好姿勢，好能夠對準窗戶用力往上推，但是我的手肘在轉身時一定是撞到了蓮蓬頭開關，水突然間淋下來。「喔糟了！」我說著，冰冷的水澆了我一頭，流到我的衣服背上，於是我跳出淋浴間站到瓷磚地板上。「怎麼了，親愛的？」「蓮蓬頭打開了。」「怎麼會？」謝爾登說，「蓮蓬頭怎麼會打開呢？」「我不知道！」「你身上都淋濕了嗎？」她問我。「有點。」「拿條毛巾，」她告訴我，「從櫃子裡拿條毛巾，毛巾就放在櫃子裡。」我們在樓上的廁所裡也有同樣窄小的浴室櫃子，就在威許諾家廁所櫃子的正上方，我們也用來放毛巾，但是我想打開櫃子門時卻沒辦法，門卡住了。我用力拉了拉，但就是打不開。「怎麼了，菲利普？」

「沒事。」我不能告訴她。「你拿毛巾了嗎？」「拿了。」「那就把自己擦乾。你一定要冷靜，沒什麼好擔心的。」「我很冷靜。」「坐下來，坐下來擦乾自己。」我渾身濕透，現在地板也變濕了，我坐在馬桶座上，這時我才看清楚廁所的真面目——這就是下水道的上端，我感覺眼裡湧出淚水。「別擔心，」謝爾登對著門裡的我喊，「你爸媽很快就會到家了。」「但我要怎麼**出去**？」突然間，門打開了，謝爾登就站在那裡，身後站著他母親。「你怎麼打開的？」我說。「我就打開門啊。」他說。「怎麼開？」他聳聳肩，「我推開門，就推了一下，門一直都是開著的。」這時我嚎啕大哭，威許諾太太伸手把我抱進懷裡說：「沒關係，這種事情總會發生的，誰都會發生這種事。」「門是開的啊，媽。」謝爾登對她說。「噓——」她對他說，「噓——沒關係。」然後她走進廁所關掉蓮蓬頭（還一直往浴缸裡灑冷水），毫不費力就打開了櫃門，拿出一條洗好的毛巾幫我擦乾頭髮、臉和脖子，同時溫柔地告訴我沒關係，這種事情經常都會發生的。

但那已經是很久以前的事，後來其他一切都出問題了。

勞動節過後的星期二早上八點，華特．溫徹爾正式展開國會競選宣傳活動，站在百老匯和四十二街交叉口的肥皂箱上，宣布參選總統，在大白天裡看起來完全就像報紙上的照片，報導他週日晚上六點從全國廣播公司錄製節目的樣子：不穿外套、只有襯衫、袖子捲了起來、鬆開領帶結，頭上戴著冷眼旁觀的新聞記者常戴的費多拉帽，將帽沿往後拉露出額頭。不消幾分鐘，紐約市已經動用了六、七位騎警來疏導交通，引導人車避開那群衝上街頭急著想看看、聽他本人說話的勞動人民。等話一傳開，眾人知道這位拿著擴音器雄辯滔滔的人不是什麼拿著聖經、預言罪惡的美國即將迎來末日的無聊傢伙，而是鸛鳥俱樂部的常客，不久之前還是國內最有影響力的廣播節目主持人，也是紐約市最邪惡的八卦新聞記者，旁觀者的人數就從幾百名增加為幾千名——根據報紙內容，最後共有將近一萬人，搭著地鐵、公車一窩蜂出現，都是受到這位異議政治家及他的信口開河吸引而來。

「廣播公司的懦夫，」他對著人們說，「還有那些出版界的億萬富翁流氓，都是由白宮裡的林白幫所控制，說溫徹爾遭到噤聲是因為在擁擠的戲院裡大喊『失火了』！紐約市的先生小姐們，溫徹爾喊的不是『失火了』，而是『法西斯』，現在還是一樣，法西斯！法西斯！我會一直對著我所能找到的每一群美國人喊著『法西斯』，直到林白先生那群支持希特勒的叛國黨在投票日那天被趕出國會。希特勒幫派可以拿走我的廣播麥克風，各位也知道他們確實這麼做了；他們可以拿走我的報紙專欄，各位知道他們也這麼做了。等到那一天，但願上帝不會讓這件事發生，等到美國變成法西斯國家了，林白的納粹衝鋒隊員可以將我鎖在中營裡讓我閉嘴，各位知道，他們也會這麼做的。他們甚至可以把**你**鎖進集中營裡讓**你**閉嘴，我希望時至今日，你們該死地也應該很清楚了。但是這群土生土長的希特勒幫派拿不走的，是我對美國的愛、還有你們的，我對民主的愛、還有你們的，我對自由的愛、還有你們的。他們拿不走的是投票票匭的力量，除非，那些耳根子軟的、乖乖聽話的、嚇壞了的人太容易上當，把他們又再一次送進華盛頓。我們一定要阻止希特勒幫派對付美國的詭計，就由你們來阻止！是你們，紐約的先生小姐們！讓這座偉大城市中愛好自由的人們行使投票的力量，就在一九四二年十一月三日星期二！」

一九四二年九月八日那一整天一直到日落，溫徹爾跑遍了曼哈頓各個街區站上他的肥皂箱，從華爾街（那裡沒什麼人理會他）到小義大利（那裡有很多人喊著叫他下來），再到格林威治村（那裡的人嘲弄他），到了時裝區（那裡不時有人為他歡呼），跑到上西城（那裡支持羅斯福的猶太人把他當成救世主般歡迎他），最後則往北到哈林區，那裡有幾百名黑人在黃昏時分聚集在萊諾克斯大道及一二五街交叉口街角，聽他演講，有幾個人笑了，不少人鼓掌，但大多數仍是禮貌表現出不滿的情緒，看起來若是要反轉他們對他的反感，他的高談闊論就必須改頭換面一番。

很難探查出溫徹爾那一天對選民造成了什麼樣的影響。溫徹爾先前撰稿的報紙，也就是赫茲的《每日鏡報》認為，溫徹爾此舉表面上看來是為了在全國各地努力聚集當地草根民眾的支持，能夠一舉將共和黨逐出國會，但是看起來更像是一場公關宣傳的詭計，一個失業的八卦專欄作家無法忍受失去鎂光燈，於是發起這樣一場完全只為了自己著想的宣傳技倆，尤其是所有有意角逐國會席次的民主黨員中，在曼哈頓打選戰時沒有一個選擇出現在溫徹爾擴音器的收聽範圍內，讓這件事看起來更是如此。如果哪個候選人外出宣傳，他們總會離溫徹爾遠遠的，畢竟溫徹爾不斷將阿道夫．希特勒的名字與美國總統連在一起，而全世界仍然崇拜著這名英雄，甚至納粹元首都相當尊敬其成就，國內有壓倒性大多數人依然愛戴著這位如神一般的存在，認定是他帶來了和平與繁榮，溫徹爾實在是犯了政治大忌。《紐約時報》發表了一篇諷刺意味十足的短篇社論，標題為〈又來了〉，對於溫徹爾最近這波「自私自利的欺騙言論」只能得出一個結論：「華特．溫徹爾實在是對什麼都沒有才華可言，除了他自己。」

溫徹爾花了一整天跑遍市內其他四個自治區，接下來那一週則往北前進康乃狄克州。雖然還是沒有民主黨候選人願意將自己剛剛起跑的國會選戰與溫徹爾的煽動演講扯上關係，他仍兀自搭起肥皂箱，在布里奇波特工廠區的大門口外面以及新倫敦造船廠的出入口處，將費多拉帽往後一拉，鬆開領帶，對著圍觀群眾大喊：「法西斯！法西斯！」離開康乃狄克州的沿海工業區繼續往北前進，他抵達了羅德島州勞工聚集的普洛敦維士，接著跨過羅德島進入麻州東南部的工業城鎮，在弗爾里維、布羅克頓及昆西對著聚集在街角的一小群人演講，這裡群眾的熱情並不亞於他在時代廣場初試啼聲時所感受到的。他從昆西一路到了波士頓，他打算在這裡待三天，從愛爾蘭人聚集的多徹斯特以及南波士頓移動到義大利移民居多的北區。但是他第一天下午抵達南波士頓熱鬧的柏金斯廣場就出事了，自從他離開自己居住成長的紐約，同時也離開紐約市反對林白的共和黨市長菲奧雷洛．拉瓜迪亞向他保證的警力保護，原本只是有幾個出言譏諷的傢伙會揪著他猶太人的身分想鬧事，這時卻發展成一群暴民，揮舞著手寫的標語，讓人想起麥迪遜花園廣場的德裔美國人聯盟集會上也裝飾著這樣的旗幟與標語。而溫徹爾開口說話的那一刻，就有人舉著一把熊熊燃燒的十字架往肥皂箱衝過來要燒死他，眾人聽見兩聲槍響，可能是活動主辦人對暴亂群眾發出的訊號，或者是從「猶太紐約」來的目標人物發出警告，也可能兩者皆是。這座城市的街景是一片老舊的磚造建築，有家庭經營的小商店、路面街車、成蔭的路樹和小房子，一個堆疊著一個，在電視機前，旁邊就只有一根高聳的煙囪，大蕭條在波士頓的這個地方一直沒有結束，就在美國小鎮大街上最神聖的店面（冰淇淋店、理髮廳、藥局）之間，遠方是聖奧古斯丁教堂尖塔矗立的黑暗剪影，從那條路上，一群帶著棍棒的暴徒湧上前來大叫著：「殺了他！」就這樣，溫徹爾的選戰在兩個禮拜前從紐約的五個自治區開始，如今就如他所想像的，步上軌道了，他終於讓林白的醜態浮出檯面，在林白那副和藹可親的淡然姿態底下就是如此，原始而不加修飾。

雖然波士頓警方對於壓制暴動者毫無作為，整整一小時都能聽見槍聲大作，然後才有一輛警車開過來視察狀況，但是溫徹爾的整趟旅程身邊都守著專業的武裝保鑣，這群便衣團隊想辦法澆熄了已經燒掉他一條褲管的火焰，將他從第一波群眾的攻擊中拉了出來，只挨了幾下，他們抬著他進入一輛停在離肥皂箱只有公尺遠的車子，載他到電報山上的卡爾尼醫院去治療臉上的傷口和輕微燒傷。

第一位到醫院來探視他的人並不是波士頓市長莫里斯．托賓，也不是在市長選戰中輸給托賓的前州長詹姆斯．M．柯利（他也是支持羅斯福的民主黨人，就和民主黨的托賓一樣不想跟華特．溫徹爾扯上關係），也不是當地的眾議員約翰．W．麥寇麥克（他那個粗魯的哥哥是個酒保，外號叫拳擊手，他在這個地方呼風喚雨，勢力就跟這位受歡迎的民主黨代表不相上下）。出乎眾人甚至溫徹爾意外的是，最先來探病的是共和黨中出身新英格蘭顯貴家族的名流，連做兩任麻州州長的萊佛瑞特・薩頓史托爾。一聽到溫徹爾住院的消息，薩頓史托爾州長便離開自己在議會大廈的辦公室，直接向溫徹爾表達了自己的關切（州長私底下對他只可能懷著鄙夷），並且承諾會澈底調查這件計畫縝密、顯然早有預謀的混亂事件，萬幸這件事並未造成死亡。同時他向溫徹爾保證，只要他繼續在麻州進行宣傳，州警方都會提供保護，而且如果有必要的話就派出國民兵。州長離開醫院之前，特別交代兩名武裝人員駐守在門邊，距離溫徹爾的床只有幾公尺遠。

《波士頓先鋒報》認為薩頓史托爾的介入是一種政治手段，讓民眾認同他是個有勇氣、有榮譽感、思想公正的保守派人士，能夠堂堂正正代表他的黨在一九四四年的選舉中取代民主黨的副總統伯頓・K・惠勒，惠勒在一九四〇年的選舉中已經完成了任務，但是他傳達政策時總是言語輕率，現在有許多共和黨人相信他可能拖累他們的總統連任。在醫院舉行的一場記者會上，溫徹爾穿著病人袍出現在攝影師面前，半張臉上都貼著外科敷料，左腳也裹著厚重的繃帶，有二十幾位廣播及報紙記者齊聚在他的房裡，聽他發表談話（如今他遭受攻擊，說話的口氣比起他招牌的機動連珠炮要更像個政治人物），他對薩頓史托爾的提議表示感激但拒絕了他的協助，他發表聲明：「若是美國總統的候選人身邊需要圍著一群武裝警察及國民兵來保護他言論自由的權利，那一天就代表這個偉大的國家已經跨過了那道界線，成為法西斯主義的野蠻國家。我無法接受從白宮散發出的宗教不寬容已經腐化普通人民至此，讓人失去了對與自己教條和信仰不同之人的所有尊重。我無法接受阿道夫・希特勒與查爾斯・A・林白同樣對我宗教的憎惡已經腐蝕了……」

自此以後，反猶太的鬧事者便在每個路口堵溫徹爾，只是在波士頓沒有成功，因為薩頓史托爾並未理會溫徹爾那番惺惺作態，指示他的部隊要執行命令，若有必要便動用武力，將暴力分子關進監牢，而州長的部隊無論多不願意仍聽命行事。於此同時，溫徹爾因為腳燒傷便拄著拐杖，下巴和額頭還都包著繃帶，繼續在各個教區對信徒展示自己的聖痕，從南波士頓的天堂之門教堂一直到布萊頓的聖加百利修道院，吸引了憤怒的暴民高喊著：「猶太佬滾回去！」在麻州以外的地方，在上紐約州、賓州以及整個中西部的各個社群，這些人們的食古不化可是出了名的，而溫徹爾爆炸性的選戰策略自然讓他成為眾矢之的，大多數地方政府高層並不像薩頓史托爾那樣制止人民掀起暴動，於是，儘管候選人已經將自己身邊的便衣保鑣增加了一倍，每次他站上肥皂箱批評「白宮裡的法西斯」，並且直接歸咎於總統的「宗教仇恨」才會「在美國街道上培養出前所未聞的納粹野蠻行為」，這些言論還是讓他幾度差點遭人打傷。

最嚴重、影響最廣的一次暴亂發生在底特律，「廣播牧師」考夫林神父與他那群仇視猶太人的基督徒前線團體，以及喜愛譁眾取寵、有「反猶太牧師」之稱的傑洛德・L・K・史密斯牧師（他布道的精神是「基督徒品格才是真實美國主義的真正基礎」），這兩人都將底特律視為中西部的總部。這裡也是美國汽車工業的大本營，也是林白內閣中年邁的內政部長亨利・福特的老家，他所擁有的《迪爾伯恩獨立報》便公然傳達反猶太的立場，這份報紙在一九二〇年代發行，旨在「調查猶太問題」，最後福特將報紙重新刊印成四卷出版，總共將近一千頁，標題為《國際間的猶太人》，他在其中主張要淨化美國的「國際猶太人及其同黨，因為他們刻意違抗了盎格魯薩克遜人所謂文明代表的一切，不能饒恕」。

可以想見，美國公民自由聯盟這類組織以及重要的自由派記者，例如約翰．岡瑟以及朵羅西．湯普森，對底特律的暴動感到義憤填膺，馬上公開表達他們的反感，同時還有許多傳統的中產階級美國人，即使他們覺得華特．溫徹爾及他的言辭相當討厭，也知道他就是「故意找碴」，看到現場目擊的報導時還是相當驚駭，內容描述溫徹爾一到哈姆特拉姆克的第一站便出現暴動（這個區域主要居住的都是汽車工人及其家人，據說這裡的波蘭人數量在全世界僅次於華沙），可疑的是，混亂在幾分鐘之內很快就擴散到十二街、林伍街，然後到德克斯特大道。那裡是市內最大的猶太人居住區，商店遭人打劫、窗戶都敲破了，困在屋外的猶太人都被當成目標痛毆，芝加哥大道兩旁漂亮房屋的草坪上插著澆了煤油的十字架熊熊燃燒著，即使是在韋伯和燕尾服區，那裡的兩家庭簡樸住宅中多是住著室內油漆工、水管工、屠夫、麵包師、垃圾處理商及雜貨商人，還有最貧窮的猶太人所居住的平格里及歐基里德街上那些狹小的泥巴地，同樣難逃厄運。

到了下午時分，再過不久學校就要放學了，有人朝著溫特赫爾特小學的前門大廳扔了一顆燃燒彈，那裡有半數的學生都是猶太人；中央高中的門廳也被扔了一顆，那裡的學生有百分之九十五是猶太人；還有一顆燃燒彈則從窗戶丟進了沙勒姆亞拉克姆協會（考夫林曾經荒謬地稱這個文化組織是共產黨）；第四顆燃燒彈則丟在考夫林的另一個「共產黨」目標：猶太工人聯盟的外頭。接下來的攻擊目標是禮拜堂，城市內有三十多座猶太正統派會堂，大概有半數建築的玻璃遭人打破、牆面毀損。到了晚間禮拜的預定時間，芝加哥大道上備受敬重的公義之門猶太會堂階梯上也發生了爆炸，嚴重破壞了會堂上由建築師亞伯特·卡恩設計的摩爾式異國裝飾，那三道巨大的拱門通道看來如此突出，即使是勞工階級的人們也能清楚知道這並非美國風格。有五名路人遭到大門口飛出的瓦礫石塊砸中而受傷，他們剛好都不是猶太人，除此之外並沒有傳出其他傷亡。

夜幕低垂時，市內三萬多名猶太人當中有幾百人逃離，渡過底特律河到對岸加拿大安大略省的溫莎尋求庇護，這是美國歷史上第一次出現大規模的反猶騷亂，顯然是模仿對付德國猶太人的一連串「自發性示威」，又稱作 Kristallnacht，也就是「水晶之夜」的意思，這是納粹在四年前策畫並執行的暴行，當時，考夫林神父在他每週出版的小報《社會正義》為之辯護，稱這是德國人為了對抗「受到猶太人啟發的共產主義」而有的反應。《底特律時報》社論版也以類似的說法合理化底特律的「水晶之夜」，稱這起事件相當不幸卻無可避免，完全是那名製造麻煩的闖入者一連串活動而引發的反撲，情有可原，報紙上稱他為「猶太煽動者，他的目標一開始就是要用自己叛國的蠱惑言論來引起愛國美國人的怒火」。

九月針對底特律猶太人的攻擊經過一週之後（無論密西根州州長或者該市市長都沒有派出人手

處理），在克里夫蘭、辛辛那提、印地安納波利斯和聖路易斯等地又出現新一波的暴亂，攻擊猶太人居住區域的住宅、商店及猶太會堂，溫徹爾的敵人將這些暴力行動歸咎於他，認為他在底特律引起災難之後又刻意出現在這些城市挑釁，溫徹爾自己在印地安納波利斯也差點遭到一塊從某處屋頂丟來的鋪路石砸中，他雖逃過一劫，石頭卻撞斷了守衛在他身邊的一名保鑣的脖子，他則認為這一切都是因為白宮散發出「仇恨氣息」。

我們在紐華克的這條街道距離底特律的德克斯特大道有數百公里遠，附近的人從未去過底特律，而在一九四二年九月以前，這地方的男孩們對於底特律的了解，就只有職棒聯盟中唯一的猶太球員是底特律老虎隊的明星一壘手漢克·格林柏。直到溫徹爾暴動發生，突然間就連小孩都能背出底特律附近遭受暴力攻擊的城鎮名稱。小孩就像鸚鵡學舌般重複自己從父母聽來的話，來回激烈辯論華特·溫徹爾究竟是勇氣十足或愚蠢至極、自我犧牲或自私自利，以及溫徹爾讓那些非猶太人合理自己的暴行，此舉究竟是否正中林白下懷。他們爭論著如果溫徹爾能夠停止競選活動，讓猶太人以及美國同胞能夠恢復「正常」關係，免得他引發全國性的反猶騷亂，這樣會不會比較好？或者，長遠來說，讓他繼續從美國這一頭走到另一頭，揭發出反猶太主義潛在的威脅，好警醒這個國家中那些自大而鴕鳥的猶太人，並且喚醒基督徒的良心，這樣會不會比較好？在上學的路上、放學後的操場上、下課時在學校走廊上，都能看見學校裡最聰明的那些孩子面對面站著，有些與山迪年齡相仿，也有幾個比我大不了多少，激烈辯論著華特·溫徹爾是否該帶著肥皂箱在全國各地東奔西走，與德裔美國人聯盟、考夫林支持者、三K黨、信奉法西斯主義的銀衫客、美國第一委員會、分裂自三K黨的黑軍團、美國納粹黨等團體正面交鋒，激得這些有組織的反猶太主義者以及上千名看不見的支持者露出本來的真面目；並且要揭露**總統**的本性，這位主要決策者兼指揮官還不打算承認眼下存在著接近緊急狀態的情況，更別提要動用聯邦軍隊來阻止進一步的暴動；這樣的舉動對猶太人到底是好是壞？

底特律事件之後，紐華克的猶太人（在這座五十萬人口以上的城市中，數量大約有五萬人）開始做好準備，以免在自家街上爆發嚴重暴亂，或許會在溫徹爾東返時造訪紐澤西，或許是因為暴亂不免會往外擴散。在紐華克有一個有大量猶太人聚居的區域，緊鄰勞工階級的愛爾蘭人、義大利人、德國人及斯拉夫人所組成的大型社群，這些地方住著相當多固執己見的人；猶太人認為這些人不需要太多鼓勵，支持納粹的陰謀就會讓他們化身為無腦而破壞力強大的暴民，這些陰謀論者畢竟成功策劃了底特律的暴動。

約阿希姆．普林茲拉比與紐華克其他五位重要的猶太人（包括梅爾．艾倫斯坦）幾乎是一夜之間就建立起紐華克憂心猶太公民委員會，這個團體很快就成為其他大城市專門為了猶太公民設立類似團體的模式，一心確保社群的安全，要求政府高層擬定應變計畫以防最糟的情況發生。紐華克委員會先是安排了一場市政府會議，由墨菲市長主持（他的當選結束了艾倫斯坦的八年任期），與會的人包括紐華克的警察局長、消防局長及公共安全局局長。隔天，委員會到了特倫頓的議會，與民主黨州長查爾斯・艾迪森、紐澤西州警察監察，以及紐澤西國民兵指揮官見面，檢察總長威蘭茨與委員會的六名成員都相識，因此也參加會議，同時在紐華克委員會發布給紐澤西各家報紙的新聞稿中，據說威蘭茨向普林茲拉比保證，任誰意圖攻擊紐華克的猶太人，都將以法律的最高刑度起訴。接下來，委員會發電報給班格斯多夫拉比，要求與他在華盛頓見面，但是收到通知表示此議題屬於地方而無聯邦性質，建議他們對州政府及市政府官員表達憂心，也這就是他們早在做的事。

班格斯多夫拉比的擁護者相當稱許他跟骯髒的華特・溫徹爾事件保持距離，同時私底下在白宮與林白夫人交談時默默爭取援助，要幫助全國各地無辜受害的猶太人，只因那個離經叛道的候選人不公不義的作為，害他們付出悲慘的代價，而這個滿口挑釁的傢伙還挖苦似的煽動這些美國公民對猶太人懷有的古老恐懼。班格斯多夫的支持者組成了一個影響力龐大的團體，他們都來自背景極為相似的德國猶太人社會菁英階層，其中有許多人都出生在富貴家庭，是猶太人中第一代能夠就讀菁英中學及常春藤大學的，而因為他們的人數非常少，所以與非猶太人互有交流，接著便跟他們在地方事務、政治及商業作為上有所往來，而顯然非猶太人有時也認同他們享有平等地位。對於這些猶太權貴而言，班格斯多夫拉比的辦公室所設計的計畫沒有任何可疑之處，就是為了扶持比較貧窮、受到較少栽培的猶太人，讓他們能夠學習與這個國家的基督徒更和諧地生活在一起。在他們看來，不幸的是有些像我們這樣的猶太人仍然聚居在紐華克這樣的城市中，全是因為老早不存在的歷史壓力培養出一種仇外心態所導致。因為經濟與職業上的優勢讓他們的地位高人一等，所以他們也傾向認為，缺乏他們這種地位的猶太人之所以被更大的社會拒於門外，比較是因為懷著孤立的氏族心態，而非因為占大多數的基督徒明白展現出排外的心理；像是我們這樣的猶太社區並非肇因於歧視，而是繁衍生活的結果。當然，他們也知道在美國還有一小撮思想退步的人，有毒的反猶太主義仍然是他們最強烈、最執著的熱情所在，但是這似乎成了另一個應該支持OAA主任的原因，要鼓勵受限於隔離生活方式而綁手綁腳的猶太人，至少允許他們的孩子融入美國主流生活，並且藉此展現自己跟敵人所散布的猶太人諷刺漫畫的形象一點都不像。這群富裕、斯文又有自信的猶太人特別痛恨自我醜化的溫徹爾，因為他們以為自己已經透過各種堪為典範的行為，撫平了基督徒同僚與友人對猶太人的敵意，溫徹爾卻刻意火上加油。

除了普林茲拉比以及前市長艾倫斯坦之外，紐華克委員會另外四名成員包括：負責讓紐華克學校體系中的移民小孩能夠成功融入美國的年長公民領袖、貝斯以色列醫院首席外科醫師的妻子珍妮·丹吉斯；普洛特百貨公司總裁摩西·普洛特，這家百貨公司由他父親創立，同時他更連續十度擔任寬街協會主席；市內知名的地產大亨兼社群領袖麥可·史塔維茨基，他過去也是紐華克猶太慈善聯合會主席；然後還有貝斯以色列醫院醫療主任尤金·帕森奈特醫師。紐華克的黑幫頭目長腿茨威爾曼雖然有錢有勢，對反猶主義者的擔憂也不亞於普林茲拉比，卻沒受邀加入這群地方顯要組成的委員會，這倒不讓人意外。現在這群暴徒以溫徹爾的挑釁作為藉口，正執行明顯像是亨利·福特解決「猶太問題」的第一階段。

不同於向普林茲拉比保證會百分之百配合的民政當局，長腿另外行動來確保萬一出事，紐華克警察以及紐澤西州部隊又無法採取比波士頓、底特律警察更積極的手段來鎮壓混亂的時候，這城市的猶太人也不會無人保護。子彈．艾弗鮑姆是長腿的親信，整個城市都知道他是長腿的首席打手，也是尼基．艾弗鮑姆的哥哥。長腿派他去協助紐華克憂心猶太公民委員會的慈善工作，招募那些流落各地、無可救藥的猶太孩子，將這些高中肄業的人訓練成幹部，管理匆忙組織起來的義勇軍「臨時猶太警察」。這些地方上的孩子身上絲毫沒有其他人心中懷抱的志向，早在五年級的時候就散發出無法無天的氣息，在學校廁所裡把保險套吹成氣球玩樂、在十四路公車上拳腳相向，在電影院外頭的水泥人行道上扭打到雙方都濺血，這樣的孩子還在學校裡的時候，父母們都會交代自己的孩子不要跟他們扯上關係，而現在他們都二十好幾了，成天就是幫賭場老闆收帳、打撞球，不然就是在附近某家熟食餐廳的廚房裡洗碗。若要說我們對他們有何認識，大概也就只有他們響噹噹的外號聽來有種惡徒般的魔法，像是「獅子」里歐．努斯鮑姆、響指的基莫曼、大個子傑瑞．舒瓦茲、呆子布雷巴特、「比拳頭的」杜克．葛里克，還有他們的兩位數智商。

現在，這些敗類駐守在每隔兩條街的轉角，熟練地從齒縫間擠出口水往水溝裡吐，以手指斜斜插在嘴裡發出口哨聲來傳遞信號。這些人麻木無情、愚鈍而又暴躁無常，是猶太人中的異數，就像放假上了岸的水手在街上巡邏，尋找打架的機會。這些人沒什麼大腦，我們從小就聽大人說要可憐他們、畏懼他們，卻是這些彷彿來自石器時代的傻瓜、怒氣衝天的小矮子以及窮凶惡極又昂首闊步的舉重選手，在總理大道上攔住像我這樣的小孩子，提醒我們準備好球棒，以免深夜可能會收到命令要帶傢伙到街上；他們另外在晚上到青年會附近、週日到球場，平日到商店裡走動，勸誘身強力壯的成年男子加入猶太警察，這樣在他們判定是緊急狀況的時候，可以在每個街區派駐總共三人的小隊。他們身上擁有一切粗俗和卑鄙的特質，這是我們的父母最想拋開的，連同他們在第三區貧民窟裡度過身無分文的童年，如今我們的心魔卻一躍成為我們的守護者，每個人小腿上都綁著一把裝了子彈的左輪手槍，這是從子彈・艾弗鮑姆收藏所借來的槍，大家都知道他的存在就是一心一意對長腿效忠，為他嚇唬他人、威脅、毆打、折磨他們，而子彈的穿著打扮總是模仿長腿，只是長腿至少比他瘦了快十五公斤、又高了三十公分。他總是穿著三件式西裝，口袋裡配著一條整齊摺好的絲質手帕，顏色和他的領帶一樣，並且戴著昂貴的波沙利諾紳士帽，帽沿往上稍微抬起幾公分，看來十分斯文，只是帽沿下露出的眼神據說總帶著很不客氣的怒意，極端嚴苛地檢驗著人性；只要老大開心，就豪不在乎地取人性命。

華特・溫徹爾的死瞬間就成為全國爭相報導的大新聞，不只是因為他不按牌理出牌的選戰策略激起本世紀在納粹德國以外最慘烈的反猶太暴動，更是因為美國過去從來沒有區區總統候選人遭到刺殺的紀錄。在此之前，是在十九世紀下半葉遭射殺的林肯總統及加菲爾總統；二十世紀初的麥金利總統；一九三三年躲過暗殺的羅斯福總統（但奪走了他的民主黨支持者芝加哥市長安東・瑟馬克的性命），直要到二十六年後才有第二位總統候選人遭槍殺，也就是紐約的民主黨參議員羅伯．甘迺迪，一九六八年六月四日星期二，在他贏得黨內在加州的初選後遭人一槍擊中頭部斃命。

一九四二年十月五日星期一，我放學後只有一個人在家，聽著我們家客廳的收音機播報世界大賽第五戰的最後一局，紅雀對上洋基，九局上，客隊紅雀面臨二比二平手的僵局（他們在系列戰中已經取得三比一領先），正逐球播報的廣播突然出現其他聲音而暫停，那聲音的口條清晰、帶著輕微的英國口音，在早期的廣播電台中是相當受歡迎的廣播新聞主播條件：「我們要先暫停本節目，帶給各位一條重要的最新消息。總統候選人華特．溫徹爾遭槍殺身亡，重複：華特．溫徹爾死了，他在肯塔基州路易斯維爾的露天政治集會中演講時遇刺，這是目前對於民主黨總統候選人華特．溫徹爾於路易斯維爾遇刺，我們所收到的全部消息。現在恢復播放原先安排的節目。」

還不到下午五點，我父親才剛開著蒙提伯伯的卡車到市場去，我母親幾分鐘前出門到總理大道上買晚餐需要的東西，而我那個心中只想著一件事情的哥哥也出去了，想找個適合幽會的地方，繼續糾纏某個放學後跟著他的女孩子，要她答應讓自己碰她的胸部。我聽見街上有人大叫，附近的房子傳來尖叫聲，但是收音機又開始播報比賽，戰況實在太緊張了：投手是瑞德．拉芬，打擊區上是紅雀的菜鳥三壘手懷提．庫羅斯基，而紅雀的捕手沃克．庫伯站在一壘，這是他五場比賽中的第六支安打，紅雀隊只差這一勝就能贏得世界大賽。里茲圖為洋基打了一發全壘打，接著姓氏意思為大屠殺這個不祥之兆的伊諾斯．史勞特也為紅雀炸了一發，然後，許多自以為是的小球迷總喜歡這樣說，我「早就知道」了，拉芬還沒投出第一球，我就知道庫羅斯基會打出紅雀的第二發全壘打，讓紅雀隊在首戰失利後拿下四連勝，我等不及要跑到外面大喊：「我就知道！我早就說了！庫羅斯基可以的！」但是庫羅斯基打出全壘打、比賽結束時，我跑出門去以最快的速度衝出巷子，看到的是兩名猶太警察成員，大個子傑瑞及杜克．葛里克，在街道兩邊跑來跑去，挨家挨戶敲門對著進門處大喊：「他們開槍打死了溫徹爾！溫徹爾死了！」

這時有更多小孩衝出家門，世界大賽帶來的興奮沖昏了他們的頭腦，他們一到街上大喊著庫羅斯基的名字，大個子傑瑞就朝他們吼道：「去拿球棒！要開戰了！」而他指的並非對抗德國的戰爭。

到了晚上，我們這條街上的猶太家庭全都躲在家裡，大門上了兩道鎖，聽著收音機的最新消息，大家都打電話告訴彼此，溫徹爾對路易斯維爾的群眾並沒有說什麼太過火的話，事實上他的演講一開始只能說他想藉此公開呼籲眾人秉持公民的自尊：「肯塔基州路易斯維爾的先生小姐們，各位因為居住在這座獨一無二的美國城市中而感到無比光榮，這裡舉辦了世界上最盛大的賽馬，也是美國最高法院第一位猶太大法官的出生地——」但是他還沒能大聲說出路易斯．D．布蘭迪斯的名字，後腦勺便中了三槍而倒地。不久前才播出了第二篇報導，刺殺發生的地點其實距離傑佛遜地方法院只有幾公尺遠，這是肯塔基州境內最為高雅美麗的市政建築之一，以希臘復興式建築設計，前面擺放著雄偉的湯瑪斯．傑佛遜雕像正對街道，還有一道又長又寬的樓梯向上通往矗立著宏偉圓柱的門廊，殺死溫徹爾的子彈顯然是從法院前方這一排寬大素淨又符合比例的窗戶射出來的。

我母親剛買完東西回來，馬上就打了第一通電話。我在門邊等著她一到家就要告訴她華特・溫徹爾的事，不過她到家時早就已經知道目前所知的一點點消息，先是因為肉販正在包裝我母親買的肉時，他的妻子打電話到店裡向丈夫重述新聞快報，接著又是因為街上的人們惶恐失措，紛紛急著趕回安全的家。我母親找不到我父親，因為他的卡車還沒開到市場停放，她自然就開始擔心我哥哥，我哥哥又總壓在門禁時間前才會回家，大概要在他必須坐在餐桌前的幾秒鐘才會從後門的樓梯趕上來，雙手已經洗去了一整天的髒汙，臉上的口紅印也擦乾淨了。這真是所能想像最糟的時刻了，他們倆都不在家，也不知去向，我母親顧不得袋子裡的雜貨，也來不及驚慌，只對我說：「把地圖拿給我，去拿你的美國地圖。」

我上學的那一年，我們家和上門推銷員買了一整套百科全書，第一卷封面內頁有個口袋，裡面放著一張摺得整整齊齊的北美洲地圖。我急忙跑進日光室裡，我父親在維農山莊買了一對喬治・華盛頓造型的銅製書擋，中間夾著的書就是我們所有藏書了：一套六卷的百科全書、大都會壽險贈送的一本皮革封面的美國憲法，還有一本艾芙琳阿姨在山迪十歲生日時送給他的完整版韋伯字典。我打開地圖攤在餐桌的油布上，我母親則拿著放大鏡（就是我七歲生日時我父母送給我的那把，連同我那本無法取代、無法忘懷的郵票收藏冊），在肯塔基州的中北部尋找代表丹維爾市的那一小點。

幾秒鐘後，我們兩人又回到門廳裡守在電話旁邊，電話桌上面掛著我父親賣保險的另一項獎賞，一幅裱框的獨立宣言複製品銅版浮雕。艾塞克斯郡內的地方電話服務才進行剛滿十年，紐華克大概有接近三分之一的人都完全沒有使用電話服務，而有使用電話的人大部分都跟我們一樣用多方線路，因此長途電話依然是一件神蹟，一來是因為像我們這樣的家庭，打長途電話根本不是日常家庭生活會發生的事，二來不管把其中的科技原理解釋得多簡單，聽起來還是很像魔法國度才會發生的事。

我母親向接線員說出非常明確的指示，確保不會出錯，也不會由於其他因素被誤收費用。「接線員，我想要打一通長途的個人對個人電話，打到肯塔基州丹維爾，跟謝爾瑪・威許諾太太進行一對一通話。還有，接線員，等我的三分鐘一到，請務必提醒我。」

接線員要從通訊錄操作員那邊拿到號碼，於是電話中停了很長一段時間，然後我母親終於聽到電話接通了，她示意我把耳朵貼在她的旁邊，但不要說話。

「喂？」興奮接起電話的人是謝爾登。

接線員：「這是一通長途電話，我有一通個人對個人的電話要找謝爾瑪・威喜羅太太。」

「唉呀。」謝爾登喃喃說。

「請問是威喜羅太太嗎？」

「喂？我母親現在不在家。」

接線員：「我要找謝爾瑪・威喜羅太太——」

「威許諾，」我母親大聲說，「**威—許—諾**。」

「哪位？」謝爾登說，「請問哪位？」

接線員：「小姐，您母親在家嗎？」

「我是男生。」謝爾登說，有些沮喪，似乎會被一直錯認，但是他的聲音確實有點像女孩子，聲音比起他住在樓下時甚至高亢了一些。「我母親還沒下班回家。」謝爾登說。

接線員：「女士，威許諾太太不在家。」

我母親看著我說：「怎麼會這樣？那孩子一個人在家，她會去哪裡？只有他一個人。接線員，我跟誰說話都可以。」

接線員：「先生，請說吧。」

「請問是哪位？」謝爾登問。

「謝爾登，是羅斯太太，從紐華克打來的。」

「羅斯太太？」

「對，我打了長途電話要找你的母親。」

「從紐華克嗎？」

「你認識我的。」

「可是聽起來好像你只是在街角一樣。」

「不是啦，這是長途電話。謝爾登，你母親呢？」

「我剛剛在吃點心，在等她下班回家。我吃了一些牛頓無花果餡餅乾，還有牛奶。」

「謝爾登——」

「我在等她下班回家，她工作到很晚，一直都工作到很晚。我就坐在這裡，有時候吃點心——」

「謝爾登，不要再說了，安靜一下。」

「然後她回家，她就做晚餐。但是她每天晚上都很晚。」

聽到這裡，我母親轉向我，作勢要把電話遞給我，「你跟他講，我說話他不會聽。」

「跟他講什麼？」我揮揮手表示不想拿電話。

「菲利普在嗎？」

「謝爾登你等一下。」我母親說。

「菲利普在嗎？」謝爾登又說了一次。

我母親對我說：「拿著電話，拜託。」

「可是我該講什麼？」我問。

「你接電話就對了。」然後她把聽話筒放在我一隻手上，又把揚聲筒拿起來，讓我可以拿在另一隻手上。

「哈囉，謝爾登？」我說。

他的聲音有點猶豫，不太敢相信的樣子，回答：「菲利普？」

「對，嗨，謝爾登。」

「嗨，你知道的，我在學校沒有朋友。」

我告訴他：「我們想跟你母親說話。」

「我母親在上班，她每天晚上都工作到很晚。我在吃點心，我吃了一些牛頓無花果餡餅乾還有一杯牛奶。大概再一週就是我的生日了，我母親說我可以辦派對——」

「謝爾登，等一下。」

「可是我沒有朋友。」

「謝爾登，我得問我母親一個問題，等一下。」我蓋住揚聲筒輕聲問她：「我該跟他講什麼？」

我母親也輕聲說：「問他知不知道今天路易斯維爾發生的事。」

「謝爾登，我母親想知道你知不知道今天路易斯維爾發生的事。」

「我住在丹維爾，我住在肯塔基州丹維爾。我只是在等我母親回家，我在吃點心。路易斯維爾發生什麼事了嗎？」

「等一下，謝爾登。」我說，「現在呢？」我輕聲問我母親。

「跟他聊一下吧，拜託，繼續跟他聊天。如果接線員說三分鐘到了，再告訴我。」

「你為什麼打電話來？」謝爾登問，「你要過來找我嗎？」

「沒有。」

「還記得我救了你一命嗎？」他說。

「記得，我記得。」

「嘿，那邊幾點了？你在紐華克嗎？在高峰路嗎？」

「我們跟你說過了，沒錯。」

「聲音真的很清楚對不對？你聽起來就好像只是在街角一樣，真希望你可以過來跟我一起吃點心，然後你就可以參加我下個禮拜的生日派對。我沒有朋友可以邀請來我的生日派對，沒有人可以跟我下棋。我現在就坐在這邊練習開局，還記得我的開局嗎？我會移動國王正前方的士兵。還記得我以前試過教你嗎？我會讓國王前面的士兵往前，記得嗎？然後引出主教，然後我移動騎士，然後是另一只騎士——還記得國王跟一只城堡之間沒有棋子的時候該怎麼下嗎？我會移動王兩格來保護他？」

「謝爾登——」

我母親輕聲說：「告訴他你很想他。」

「媽！」我對她說。

「告訴他，菲利普。」

「謝爾登，我很想你。」

「那你想過來吃點心嗎？我是說聽起來很像——你是不是真的就在街角了？」

「不是，這是長途電話。」

「那邊幾點了？」

「呃——大概五點五十分。」

「喔，這裡是五點五十分。我媽應該大概五點就要到家了，最晚是五點半，有一天晚上她**九點**才到家。」

「謝爾登，」我說，「你知道華特．溫徹爾被殺了嗎？」

「他是誰？」他問。

「讓我說完。華特．溫徹爾在肯塔基的路易斯維爾被殺了，就在你那一州，今天。」

「真是遺憾。他是誰？」

接線員：「先生，您的三分鐘到了。」

「是你叔叔嗎？」謝爾登問，「是過來看你的那個叔叔嗎？他死了嗎？」

「不是，不是。」我說，而我在想，現在他自己一個人待在肯塔基州，聽起來好像**他**才是那個頭被馬踢傷的人，他的聲音很驚恐、很遲鈍，好像**停滯不前**，但是他以前可是我們班上最聰明的學生。

我母親接過電話：「謝爾登，我是羅斯太太，我想要你寫下我說的話。」

「好，我得去找張紙，還有鉛筆。」

等待，還是等待，「謝爾登？」我母親說。

更多等待。

「好了。」他說。

「謝爾登，寫下來，現在這要花很多錢了。」

「對不起，羅斯太太，只是我在家裡找不到鉛筆。我坐在餐桌這邊，本來在吃點心。」

「謝爾登，照我說的寫，羅斯太太——」

「好。」

「——從紐華克打電話來。」

「從紐華克。天啊，真希望我還在紐華克，住在樓下。你知道，我救了菲利普一命。」

「羅斯太太從紐華克打電話，想確定——」

「等一下，我正在寫。」

「——確定一切都好。」

「應該要發生什麼不好的事嗎？我是說，菲利普沒事，你也沒事，羅斯先生還好嗎？」

「沒事，謝謝關心，謝爾登。告訴你母親這就是我打電話來的原因，這裡沒有什麼好擔心的。」

「我應該擔心什麼嗎？」

「沒事，去吃點心吧。」

「我想我吃太多牛頓無花果餡餅乾了，但還是謝謝你。」

「再見，謝爾登。」

「但我很喜歡牛頓無花果餡餅乾。」

「再見，謝爾登。」

「羅斯太太？」

「什麼事？」

「菲利普會來看我嗎？下禮拜就是我生日了，但是我沒有人可以邀請來我的生日派對。我在丹維爾沒有朋友，這裡的小孩都叫我鹹餅乾。我得跟一個六歲大的小孩下棋，他住在隔壁，我只能跟他玩。只有一個小孩。我教他下西洋棋，有時候他下棋的方式是犯規的，還會動他的皇后，然後我得跟他說不行。我每次都贏，但實在不好玩，可是我也沒有別人可以一起玩了。」

「謝爾登，大家都不好過，現在大家的日子都不好過。再見，謝爾登。」然後她把話筒掛了回去，啜泣起來。

就在幾天前，在十月一日，有人搬進了高峰路上兩間在九月因為「一九四二年家園計畫開墾者」搬離而清空的公寓，一間在我們家樓下，另一間則在對街隔了三戶遠的房子，新房客是來自第一區的家庭。基本上，政府是直接命令他們搬到這處新的居住區域，不過提供優惠獎勵，在五年期間房租可以減免百分之十五（也就是每個月四十二塊五的房租減掉六塊三七），在最初的三年租約期間，房租會由內政部直接付給房東，若續租三年，前兩年的房租也照樣辦理。這樣的安排是源自家園計畫中先前未曾公開的一部分，稱為芳鄰計畫，用意是要不斷將越來越多非猶太人居民引入到主要以猶太人為主的居住區，藉此能夠「增強」相關所有人的「美國氣質」。但是我們在家裡聽到的，有時候甚至在學校也能聽到老師這麼說：芳鄰計畫在檯面下的目標其實就像老實人計畫一樣，是要削弱猶太社會結構的團結，同時降低猶太人社群在地方及國會選舉中可能有得發揮的選舉實力。這波調離猶太家庭再徵召非猶太家庭取而代之的行動，假如按照政府部門的高明計畫時間表進行，最早在林白的第二任任期開始時，基督徒就能以壓倒性的數量主宰至少半數美國前二十大猶太人聚居地區，不管發生什麼，解決美國猶太問題的方法都近在眼前了。

接到徵召搬到我們家樓下的家庭是可庫薩家，一家人有父親、母親、兒子還有一位祖母。因為我父親在第一區拉保險很多年，他每個月去那裡收取微薄的保費，客戶大部分都是義大利人，所以早就認識新來的房客。於是，那天早上擔任夜班警衛的可庫薩先生才剛開著卡車載來他們家的東西，他們原本住在一條支路上沒有自來水的公寓，離聖墓墓園不遠，我父親正好下班回家便先到樓下敲門，雖然他現在不是穿西裝、打領帶，雙手又髒兮兮的，想看看這家的年邁祖母會不會認得他就是那個保險業務，他賣給她丈夫的保險正好讓他們家有錢負擔他的後事。

「另一個」可庫薩家（是「我們這邊」可庫薩家的親戚，他們從自己第一區的冷水公寓搬到了距離三戶遠的那間房子）則是比較大一家子，有三個兒子、一個女兒、父母再加上祖父，這戶鄰居應該會比較吵鬧、更不好應付。他們家因為祖父和父親而跟「靴子」里奇．博亞爾多有親戚關係，靴子是掌管紐華克義大利區的幫派老大，他是城市內唯一能夠認真和長腿的地下秩序抗衡的勢力。事實上，這家的父親湯米就是靴子的一個手下，而且就和他退休的父親一樣，也兼差在博亞爾多的知名餐廳維托里歐城堡當服務生，其他時間就在第三區貧民窟的酒館、理髮廳、妓院、學校操場和糖果店等地四處走動，從那些每天乖乖賭樂透彩的黑人口袋裡榨點零錢出來。撇除宗教因素，另一家可庫薩家人完全不是我父母喜歡的那種鄰居，尤其不想讓他們接近自己容易受影響的年幼兒子。星期天早上吃早餐的時候，為了安撫我們，我父親解釋說我們的情況可能會更糟，幸好我們的鄰居不是那家賭徒父親和他的三個兒子，而是夜班警衛和他的兒子喬伊，這個十一歲大的孩子才剛到聖彼得中學註冊入學，根據我父親的報告，他是個本性善良的孩子，聽力有點問題，跟他那些粗魯的堂兄弟沒什麼共通點。只是在第一區的時候，湯米．可庫薩的四個孩子都就讀當地的公立學校，在這裡他們都跟著喬伊在聖彼得註冊，而不是像我們的到處是聰明小猶太人的公立學校。

我父親在華特·溫徹爾遇刺幾小時後就拋下工作，即使怒氣衝天的蒙提伯伯不願意，他還是開車回家，要陪在妻小身邊撐完這剩下的緊繃夜晚，我們四人就坐在餐桌前等著收音機帶來最新消息，這時可庫薩先生和喬伊從後門的樓梯上來看看我們，他們敲了敲門，在門外等了好一會兒，我父親確認了門外是誰才開門。

可庫薩先生是個壯碩的光頭男人，身高一百九十八公分，體重超過一百一十三公斤，正穿著夜班警衛的制服準備去上班，那套制服是深藍色襯衫、才剛熨燙整齊的深藍色長褲，還繫著黑色皮帶好撐起他的長褲，不至於讓好幾公斤的裝備拉垮了，我從來沒有這麼靠近過那些神奇的裝備，簡直伸手可及。長褲兩邊口袋側都各掛著一大串鑰匙，大小就像手榴彈一般，還有一副真的手銬，另外還有裝在黑盒裡的巡更鐘，綁了繩子掛在閃亮的皮帶扣上，乍看之下我還以為那個鐘是個炸彈，不過接下來我就不會認錯了，他腰間插著的確實是一把收在槍套裡的手槍。他的配備還包括一根長長的手電筒，也可以當成警棍使用，燈面向上插在後面口袋裡，而他漿洗過的工作襯衫一邊袖子的高處貼著一塊三角形的白色繡片，上頭用藍色字體寫著「特別警衛」。

喬伊的身形也很壯，雖然只比我大兩歲，體重卻已經是我的兩倍，而在我眼中，他配戴的裝備差不多就和他父親的一樣引人注目。看起來好像有一塊塑造成型的口香糖塞在他右耳的耳洞裡，那是他的助聽器，連著一條細細的電線接到一個圓形黑盒子，前方還有一個轉盤，他就夾在自己襯衫口袋上，然後還有另一條電線接到一個約莫打火機大小的電池上，他就塞在長褲口袋裡帶著走。他手上還有一塊蛋糕，那是他母親要送給我母親的禮物。

喬伊的禮物是那塊蛋糕，可庫薩先生帶來的則是手槍。他有兩把，一把他會帶去工作，另一把則藏在家裡，他就是過來把備用的那把拿給我父親。

「你真是個好人，」我父親對他說，「但我實在不知道怎麼開槍。」

「你就摳這個扳機。」可庫薩先生的塊頭很大，聲音卻意外地相當輕柔，只是有些沙啞，彷彿是因為在擔任警衛的巡邏過程中吹了太久的冷風。他的口音實在太有趣了，我有時獨處會學他的方式說話，光是大聲說出「你就摳這個扳機」來逗樂自己，就數不清有多少次。除了喬伊的母親是在美國出生，我們的鄰居可庫薩一家講起話來都有點奇怪，其中最奇怪的就是他們長了鬍子的祖母，甚至比喬伊還要奇怪。喬伊講話時不太像是在講話，而是發出一段沒有語調變化的聲音；他們的祖母講話奇怪不只是因為她平時大多都只講義大利語，無論是對其他人（包括我）或者她自己，一邊清掃著後門的樓梯、或者在我們的小後院跪在土裡栽種蔬菜，又或者就是站在黑漆漆的門口喃喃自語。她講話最是奇怪，因為聽起來像是男人的聲音，她看起來就像個矮小的老男人穿著長長的黑色裙裝，聽起來也像，尤其是她大吼著下指令、訂規矩或禁止什麼動作，而喬伊從來不敢不聽從。只有我跟喬伊兩個人的時候，只會看到他愛玩的那一面，大概是修女和牧師永遠也拯救不完的那一種靈魂。人們很難對他的聽力缺陷感到太過同情，主要是因為喬伊自己是個非常快樂、愛惡作劇的孩子，笑起來總是發出如貓頭鷹般的招牌笑聲，他很健談、對什麼都好奇還非常容易上當，他的心思敏捷，有時根本讓人猜不透。人們很難同情他的處境，但是他在家人身邊時卻又是如此過分貼心地聽話，我有時認真思考時，覺得他就像蘇喜．馬古利斯鐵了心要澈底無法無天一樣，實在令人吃驚。在所有義大利裔的紐華克人中，找不到比他更好的兒子，所以我自己的母親很快就發現自己實在不能不喜歡他，他的孝順聽話無可挑剔又擁有長長的深色睫毛，還有他總是一臉誠懇地看著大人，等著他們告訴他該做什麼，我母親面對非猶太人時天生就有防禦機制，但面對他也能夠拋開那股不自在的冷漠態度；倒是那位來自古老國家的祖母，卻讓她，還有我，都緊張不已。

「瞄準，」可庫薩先生對我父親講解，伸出手指和拇指來示範，「然後，啊你就開槍。瞄準，啊就開槍，就這樣。」

「我不需要。」我父親說。

「啊萬一他們過來了，」可庫薩先生說，「你要怎麼保護自己？」

「可庫薩，我是一九〇一年出生在紐華克這座城市的，」我父親告訴他，「我這一輩子都準時交租、準時繳稅、準時支付帳單。我從來沒有欺騙老闆私吞費用，連十分錢也沒有。我從來沒有試圖欺騙美國政府。我相信這個國家，我愛這個國家。」

「我也是，」我們這位身材壯碩的新樓下鄰居說道，我還是對他那條黑色寬皮帶上掛著的東西著迷不已，彷彿那是一顆縮水的頭顱，「啊我就十歲的時候來的，這個國家比其他的都好，這裡沒有墨索里尼。」

「我很高興你這麼覺得，可庫薩。那是義大利的悲劇，對像你這樣的人是人類悲劇。」

「墨索里尼、希特勒——啊我聽到就想吐。」

「可庫薩，你知道我最愛什麼嗎？投票日，」我父親對他說，「我喜歡投票。自從我年紀夠大了之後，我從來沒有錯過一次選舉。一九二四年我投給了戴維斯先生反對柯立芝先生，結果柯立芝先生贏了，我們都知道柯立芝先生為這個國家的窮人做了什麼。一九二八年我反對胡佛先生，於是投給了史密斯先生，結果胡佛先生贏了，我們都知道**他**為這個國家的窮人做了什麼。一九三二年我再次反對胡佛先生，第一次投票給了羅斯福先生，感謝上帝，羅斯福先生贏了，而他讓美國再次站了起來，他帶領這個國家走出大蕭條，他達成了他對人民的承諾：實施新政。一九三六年，我投票給了羅斯福先生，反對蘭登先生，而羅斯福先生又贏了——只有兩個州，緬因州和佛蒙特州，蘭登先生就只能拿下這兩個州，甚至連堪薩斯州都贏不了。羅斯福先生橫掃全國，是史上贏得最多的總統票數，而且他再一次做到了自己在選戰中為勞工承諾的一切。那麼，選民在一九四〇年做了什麼呢？他們反而投票給了一個法西斯分子，不只是個像柯立芝那樣的白痴、不只是像胡佛那樣的蠢貨，而是個徹頭徹尾的法西斯分子，他還有塊勳章可以證明。他們讓一個法西斯分子上位，還有一個只會大聲嚷嚷的法西斯跳樑小丑惠勒先生，當了他的跟班。然後他們延攬福特先生入閣，他不僅僅就跟希特勒一樣反猶，還是個奴隸主人，他將一個個工人都變成了人肉機器。於是今晚你來找我，先生，在我自己的家裡，要給我一把手槍。在美國，一九四二年，才剛搬來不久的鄰居，我甚至還不認識的男人，必須到這裡來給我一把手槍，好讓我保護家人不受林白先生的反猶太暴民傷害。唉，你千萬不要以為我不感激你，可庫薩，我永遠不會忘記你的好心。但我是美國公民，我的妻子也是，還有我的孩子也是，而且，」他說著，聲音就哽咽了，「華特·溫徹爾先生也是——」

但這個時候，收音機突然傳來**關於**華特·溫徹爾的快報。「噓！」我父親說，「噓！」彷彿在這廚房裡，除了他以外還有人滔滔不絕講個不停。我們都聽著，就連喬伊似乎也在聽，就像鳥兒聚成一群遷徙、魚兒聚成一團游泳。

華特·溫徹爾當天在肯塔基州路易斯維爾的政治集會遭到殺害，嫌疑犯是美國納粹黨的殺手，與三K黨攜手合作犯罪，溫徹爾的遺體將會連夜以列車從路易斯維爾送到紐約市的賓州車站，菲奧雷洛·拉瓜迪亞市長已經下令，在紐約市警察的保護之下，整個早上，遺體都會安放在車站大廳供人瞻仰遺容。按照猶太習俗，同一天的下午兩點會舉行喪禮，就在紐約最大的猶太會堂以馬內利會堂，在會堂外將以公共廣播系統對著聚集在第五大道上的哀悼民眾播送喪禮過程，預計將會有上萬人。除了拉瓜迪亞市長以外，致詞者還包括民主黨參議員詹姆斯·密德、紐約的猶太裔州長赫伯特·萊曼，以及前美國總統富蘭克林·D·羅斯福。

「是真的！」我父親大叫，「他回來了！羅斯福回來了！」

「我們超需要他的。」可庫薩先生說。

「兒子，」他問，「你們知道發生了什麼事嗎？」說到這裡，他伸手抱住了山迪和我，「這是美國法西斯主義終結的起點！可庫薩，這裡沒有墨索里尼——這裡再也沒有墨索里尼了！」

# 第八章　難過的日子

一九四二年十月

隔天晚上，艾爾文出現在我們家，他開著一輛全新的綠色別克轎車，還有一位叫作敏娜・夏普的未婚妻。我小時候聽到人說「未婚妻」三個字的時候，總是有股特殊的感覺，無論她是什麼人，冠上這個稱號聽起來就像是什麼特別的人物了——然後她出現了，看起來就是普通的女孩，她和未婚夫的家人見面時深怕自己說錯了話。無妨，反正這裡的特別人物並不是這位即將成婚的妻子，而是未來的岳父，他是一位手腕高明的生意人，準備要帶著艾爾文脫離賭博機器的生意，原本我堂哥的身邊總跟著兩名手臂肌肉發達的惡棍，負責搬貨並阻擋想做壞事的人，他的工作就是搬運、設置那些非法的機器，如今他穿著手工訂製的香港絲質西裝，搭配著白色襯衫，上頭還印著白色的字母圖樣，看起來就像大西洋城的餐廳老闆。雖然夏普先生自己二十幾歲發跡時，外號叫作彈珠比利・夏皮羅，只是個偷拐搶騙的無名小卒，總在最混亂、惡劣的環境中打滾，從最破敗衰落的成排房屋到南費城罪惡之地最為暴力的街頭，蘇喜・馬古利斯的叔叔也在那；到了一九四二年，靠著彈珠台及吃角子老虎機器，每週最高會有一萬五千元的未申報收入，彈珠比利搖身一變，成為了威廉·F·夏普二世，他是綠谷鄉村俱樂部中備受尊敬的成員，加入了猶太兄弟會組織布里斯亞希姆（週六晚上他都會帶著自己活力十足的妻子過去，讓她戴著大顆顯眼的珠寶，隨著傑奇·傑各布斯和他的歡樂爵士樂團演奏的音樂而翩翩起舞），參與哈爾錫安猶太會堂（透過這裡的殯葬協會，他在會堂墓園中風景秀麗的一角買了一塊家族墓地），同時他在梅里安郊區買了一棟有十八個房間的豪宅，過著君王般的生活，冬天時又為了實現一個貧窮男孩的夢想，每年在邁阿密海灘的伊甸岩度假飯店都為他保留了一間閣樓套房。

敏娜今年三十歲，比艾爾文還大八歲，她的肌膚光滑卻顯得戰戰兢兢，就算她鼓起勇氣用娃娃音說話，開口說的每一個字感覺就像她才剛學會怎麼看時鐘一樣。她看起來確實是霸道父母養出來的孩子，她父親除了城際運輸公司（這是用來經營賭博機器的門面）以外，還擁有一間約占兩千平方公尺的龍蝦餐廳，這間餐廳就在鋼鐵碼頭對面，到了週末的排隊人潮可以繞街區兩圈，另外在三〇年代早期，彈珠比利從私酒老大瓦克西·戈登的跨州私釀酒組織中還能從旁撈點油水，結果禁酒令一廢，這筆收入突然就乾涸了，於是他乾脆開設了費城的「原味夏普」——這家牛排餐廳在費城所謂的猶太黑幫中相當受歡迎。彈珠比利非常肯定艾爾文的能力，認為他能夠支持敏娜。「條件是這樣，」那時夏普給了艾爾文一筆錢買訂婚戒指給自己的女兒，他說，「敏娜照顧你的腿，你照顧敏娜，我就會照顧你。」

於是，我的堂哥就這樣穿上了手工訂製的西裝，一手攬下了這份光鮮亮麗的工作，負責招呼大有來頭的顧客，帶他們入座，這些顧客包括澤西市的貪腐市長法蘭克・赫格、紐澤西的輕重量級拳擊冠軍蓋斯・萊斯納維奇，另外還有犯罪首腦，例如克里夫蘭的莫・達利茲、波士頓的國王查爾斯・所羅門、洛杉磯的米奇・柯罕，甚至還有「軍師」本人邁爾・蘭斯基，他們進城開幫派大會時總會來光顧。每年九月，餐廳總會歡迎新加冕的美國小姐來慶祝自己剛獲得選美比賽冠軍的勝利，後面還跟著她所有糊里糊塗的親朋好友。等到眾人灌下一大碗讚美聲不斷的迷湯，穿著愚蠢的龍蝦圍兜，艾爾文便興致盎然地向服務生示意，他一彈手指，餐廳就該結帳了。

彈珠比利的未來獨腳女婿很快就贏得了自己的外號，叫作「愛現」，艾爾文告訴每一個人，這個外號是正在競爭世界輕量級拳王的艾利・史托茲為他取的。那天艾爾文和敏娜原本要從費城過來找史托茲（他和蓋斯・萊斯納維奇一樣都是紐華克出身的孩子），最後兩人到了我們家吃晚餐。今年五月，史托茲在麥迪遜花園廣場出賽，經過十五回合激戰後還是敗給了現任的輕量級拳王，於是那年秋天他都在瑪西羅市場街上的健身房訓練，為了十一月對決博・傑克而備戰，若是他贏了，就有機會與提比・拉金一戰。「只要艾利過了博・傑克這一關，」艾爾文說，「他和拳王的頭銜之間就只差拉金一人了，而拉金的下巴脆弱得像是玻璃做的。」

玻璃下巴、鬼話連篇、痛扁、硬漢、他的料呢？我去撇個條，這是世界上最古老的脫逃術。艾爾文現在講話的用字遣詞完全不同了，態度也是迥然不同的一派誇耀，顯然讓我父母聽了很痛苦。

但是他講起史托茲的慷慨大方時看起來充滿仰慕：「艾利花起錢來可不眨眼。」我真等不及要像個硬漢那樣講話，我要在學校重複這些奇妙的詞彙，還有艾爾文現在光是講「錢」這個字就有多少混用行話的說法。

敏娜在晚餐時一直很沉默（不過我母親也很努力引她開口），我則害羞得不敢多說什麼，而我父親除了前一晚在辛辛那提發生的猶太會堂爆炸案、以及在美國橫跨兩個時區內各個城市都發生多起猶太人的商店遭到打劫，也想不到其他什麼可聊的。這是他連續第二個晚上拋下蒙提伯伯的工作，而非放著家人獨自待在高峰路，不過在這種時候他實在也管不了他哥哥會有多憤怒，只顧著在晚餐時不斷起身到客廳，打開收音機聽聽溫徹爾的喪禮之後還有什麼消息。艾爾文倒是只能夠談論「艾利」和他尋求世界拳王冠冕的事，聽起來這位出身紐華克的輕重量級拳擊手就代表了艾爾文心目中最為傑出的人類。這樣子拋下過去是否比起害他失去一條腿的道德準則更加澈底？他已經丟棄了過去曾經阻擋在他與蘇喜・馬古利斯的野心之間的所有一切——他丟棄了我們。

我一見到敏娜時就很好奇，艾爾文到底有沒有告訴她自己缺了一條腿，我並沒有想到她溫柔順從的個性正是關鍵，讓她成為第一個也是唯一一個艾爾文**能夠**傾吐的女人，而我也不明白敏娜的存在就證明了他對女人無能為力。其實他的斷肢造就了艾爾文與敏娜在一起的最空前的**成功**，尤其是夏普在一九六〇年過世後，敏娜那個無用的兄弟接掌了吃角子老虎的生意，而艾爾文只要獲得餐廳的經營權就很滿足了，他也開始帶著兩個州內最貌美的妓女到處跑。只要他的斷肢裂開、瘆痛、出血又受到感染（因為他經常做蠢事，所以才會如此），敏娜馬上就會介入並且不准他再繼續裝上義肢。艾爾文會對她說：「老天在上，別擔心，會沒事的。」但只有在這件事上敏娜能爭贏，「你不能再讓那隻腳承擔重量了，」她會告訴他，「等到你把那東西修好了再說。」這表示義肢一如往常「不合腳了」，就像艾爾文以前曾經教過我製作這條腿的師傅這句話，當時還不滿九歲的我就像慈母般照顧他的敏娜。艾爾文年紀增長之後，他的斷肢傷口一天到晚都會因為承受不了他增加的重量而裂開，有時他得好幾週不能裝義肢才能讓傷口痊癒，夏日裡敏娜便會開車載他到公共海水浴場，全身包緊緊坐在大陽傘底下緊盯著他，讓他在能夠治癒一切的海裡玩好幾個小時，看著他在海浪中冒出頭來、仰躺著漂浮、往空中噴出海水間歇泉，然後為了嚇嚇擠在海灘上的遊客，他會從海水裡探出身子尖叫著：「鯊魚！鯊魚！」同時一臉驚恐地指著自己的斷肢。

艾爾文要帶敏娜過來吃晚餐之前的那天早上先打了電話來，告訴我母親他要到北澤西，想要順道過來拜訪，感謝他的叔叔嬸嬸，在他從突擊隊退伍返家並且讓大家都不好過的那段日子裡為他所做的一切。他說他要感謝的事情太多了，他想要跟他們兩人和解，也想看看兩個男孩並且介紹他的未婚妻。他是這麼說的，而且他心裡或許也是這麼想的，所以我放學回家一聽到這個消息就在我的抽屜裡翻找，找出他的那面勳章，自從他離家到費城去之後，這是我第一次戴起勳章並貼身藏在我的內衣裡。只是稍後他跟我父親見面，立刻回憶起我父親的管教天性，還有他們兩人內心對彼此固有的反感，那是一種人打從出生就存在的對立情緒。

當然，家族裡走偏了路的壞孩子挑這天來拜訪和解實在並不理想。晚上雖然沒有在紐華克或者紐澤西其他大城市裡發生反猶太暴動的報導，但是猶太會堂遭到燃燒彈攻擊，後續引發的混亂順著俄亥俄河往上延燒了幾百公里遠，從路易斯維爾到辛辛那提，其他八座城市也隨機發生了砸毀玻璃、劫掠猶太人經營的商店等事件（其中三座最大的城市是聖路易、水牛城及匹茲堡），完全無法消除人們的恐懼，尤其哈德遜河對岸的紐約正在舉行華特．溫徹爾的猶太喪禮，莊嚴肅穆的儀式進行同時也聚集著示威及反示威的人群，很可能會在相當靠近我們家的地方引發暴動。在學校，早上的第一件事情就是進行半小時特別集會，從四年級到八年級的學生都要參加，出席的還有教育委員會的代表、墨菲市長辦公室的代表以及現任家長會會長，校長會說明學校採取了哪些措施在白天時確保我們的安全，同時提出十條規定能夠保護我們在上下學途中不受傷害。雖說校長並沒有提到子彈．艾弗鮑姆的猶太警察（他們一整晚都待在街頭，早晨我和山迪出門上學時還能見到他們在街上，拿著保溫瓶喝熱咖啡，吃著勒霍夫烘焙坊贊助的糖粉甜甜圈），不過市長的代表向我們保證，「在恢復正常生活以前」，市內警力的出勤量會增加，在附近加強巡邏，並且交代我們若是看見在學校的每道門前駐守著穿制服的員警、走廊上也有警察出現，不必恐慌。每位學生都收到兩張油印的傳單，一張上列出了在街上要遵守的規則（等我們回到教室，導師還會幫我們複習一次），另一張則是要交給父母，建議他們要採取新的安全程序，如果有問題，我們的家長應該詢問希謝爾曼太太，她是接任我母親的家長會會長。

我們在飯廳裡吃飯，上一次在這裡用餐是艾芙琳阿姨帶班格斯多夫拉比來作客的時候。艾爾文打電話來之後，我母親（她就是沒辦法對誰心懷怨恨，艾爾文應該一聽到是她接電話就知道了）便出門採買晚餐要吃的食物，要做些他特別喜歡的菜，儘管她每一次得打開上鎖的門走到外面街上總不免焦慮，她還是出去了。雖說現在總有帶槍的紐華克警察四處巡邏，還有在各處街道查看狀況的警車，但也只讓她多了一絲絲安心，更別提看到子彈．艾弗鮑姆手下的猶太警察，於是她和在城市遭到包圍的其他人買東西時一樣，最後只能在總理大道買齊她需要的一切東西。她在廚房裡埋頭烤巧克力千層蛋糕裹著巧克力糖漿和碎核桃粒，艾爾文的最愛；接著給馬鈴薯削皮、切碎洋蔥準備做馬鈴薯煎餅，艾爾文光靠自己就能把整盤吃光。艾爾文開著自己的新別克轎車開進巷子裡時，屋子裡還瀰漫著因為他意外返家所觸發的烘烤、煎炸、燉煮等味道。在那條巷子裡（我們以前就在那裡用我偷來的橄欖球一起玩傳接球），艾爾文把車子停在可庫薩先生兼差幫人搬家具要用的福特小貨車後面，這輛車剛好就停在車庫裡，因為這天這位夜班警衛休假，他休假時總會睡上一整天。

艾爾文穿著一身珍珠淺灰的鯊魚紋西裝，裡面襯著厚厚的墊肩，穿著雕花孔飾的雙色翼紋皮鞋，鞋頭還鑲了鐵片，而且給每個人都帶了禮物：送給貝絲嬸嬸的是一條裝飾著紅玫瑰花樣的白圍裙，山迪得到一本素描簿，我的則是一頂費城人隊的球帽，然後他送給赫曼叔叔一張抵用券，能夠讓一家四口到大西洋城餐廳享用免費的龍蝦晚餐。他送了我們所有人禮物讓我很安心，知道就算他逃家去了費城，也並未忘記自己在失去腳之前那段年月裡，在我們家所感受到的一切美好。我們在那時看來絕對不像是分裂的家庭。晚餐結束後，敏娜已經在廚房裡跟著我母親學怎麼做馬鈴薯煎餅，沒有人能知道我父親和艾爾文竟然會在此時大打出手。或許，如果艾爾文沒有穿著虛華的衣服、開著時髦的轎車出現，整個人幾乎滾滾冒著瑪西羅健身房那種原始的肉慾，又因為即將獲得自己作夢也想不到的大筆財富而精力旺盛……或許，如果溫徹爾不是在二十四小時前才剛遇刺，而自從林白就職以來我們便一直害怕會發生最糟糕的狀況，從未像此刻這樣，似乎就快要降臨在我們身上……那麼或許，在我童年時期對我最重要的這兩個大男人就絕對不會像這次一樣，差一點就要殺了對方。

在那一晚之前，我完全不知道我父親絕對有大肆破壞的能力，或者有辦法在轉瞬間從理性轉變為瘋狂，這是引發人們肆意破壞必不可少的條件。他和蒙提伯伯不同，希望自己永遠不必再提起在一次大戰前，自己童年住在魯尼恩街上猶太集合住宅區時的苦難日子，當時經常有愛爾蘭人拿著棍棒、石頭和鐵管從鐵縛區高架橋底下的通道不斷跑來，想要向猶太第三區那群基督殺手復仇；雖然他若是能夠拿到精采拳擊比賽的門票，也很喜歡帶我和山迪到春田大道上的桂冠花園觀賽，但是他很討厭看到男人在拳擊場以外的地方打架。我知道他的體格一直都很壯碩，因為我看過他一張十八歲時拍的照片，我母親將照片貼在家庭相簿裡，旁邊則是他少年時期唯一留存下來的另一張照片，照片中六歲的他站在蒙提伯伯身邊，蒙提比他大三歲，也比他高了四十五公分，這兩個衣衫破爛的孩子擺著僵硬的姿勢，穿著破舊的連身褲以及髒汙的上衣，帽子往後推了不少，剛好可以露出他們可悲的髮型。在那張深褐色的老照片中，十八歲的他已經跟童年的樣子大相逕庭，成為發育健全的自然造物，穿著泳衣雙手交叉抱在胸前站在紐澤西春湖夏日的海灘上，六名放蕩不羈的旅館服務生在海灘上享受不必工作的下午時光，而他就是這座人肉金字塔底部無法動搖的基石。從那張一九一九年的照片就看得出來，他的胸膛原本就很強壯，而即使這麼多年來都為了大都會壽險敲門兜售保險，卻還是保持著能夠套軛的肩膀及壯碩的手臂，於是現在四十一歲的他，整個九月一週六晚都忙著搬運沉重的貨箱、扛抬四五十公斤重的袋子，身體裡積蓄的爆發力大概比他過去人生中都更強大。

在那晚之前，我根本想像不到我父親會痛毆某人，更不用說把他敬愛的亡兄留下的孤兒打到頭破血流，就像我也無法想像我父親壓在我母親身上的樣子，尤其對於猶太人來說，以我們來自歐洲的貧困出身與堅定信奉的美國志向，最忌諱的就是那條無所不在的不成文禁忌：不得以武力解決紛爭。在那個年代，一般猶太人的性格大多是傾向非暴力也不酗酒，這樣的美德有個缺點，就是猶太父母無法教育我這一代的大量年輕人如何應付好鬥的侵略性行為，而這點卻是其他族群教育的第一條法則，同時在你無法溝通協調避免暴力或者想辦法逃跑時，這一點也相當有實用價值。就說，在我小學裡五歲至十四歲的幾百個男孩當中，染色體上的基因並未讓他們有機會成為像艾利・史托茲那樣的頂尖輕量級拳手，或者像長腿的茨威爾曼那樣成功的騙子，比起附近其他同樣位於紐華克工業區的學校來說，爆發的鬥毆次數自然要少非常多，那些學校裡的孩子要遵守不同的道德責任，而同學之間表現好戰性格的方式是我們還想像不到的。

因此，基於各種可以想像得到的原因，那一晚的情況十分慘烈。一九四二年的我還沒有能力可以解析其中所有可怕的意涵，不過光是看到我父親以及艾爾文的血就已經夠驚嚇的了。我們的整塊仿東方地毯上各處都灑到了血，咖啡桌已經碎裂，碎片上也滴著血，我父親的額頭上抹著就像某種標誌的血，堂哥的鼻子也噴出血來——這兩人還不是真的出拳互毆，也不像摔角那樣撞來撞去，而是以骨頭撞擊對方的恐怖方式，後退然後再往前衝，彷彿這兩個男人的眉毛上生出了一對鹿角，成為某種奇幻的混種生物，從神話中一躍而出跑到我們家客廳，想要用自己參差不齊的巨角扒掉對方的血肉。在房子裡，你通常會縮小動作、放慢速度，但是現在一切都相反過來，看起來實在怵目驚心。南波士頓暴動、底特律暴動、路易斯維爾刺殺、辛辛那提炸彈，還有在聖路易、匹茲堡、水牛城、阿克倫、揚斯敦、皮奧里亞、斯克蘭頓和雪城的混亂……現在又來了這個：在一個普通家庭的客廳裡，通常在這裡應該是家人聚集在一起齊心合力**對抗**外在敵對世界的入侵，反猶太主義分子看到我們拿起棍棒陷入歇斯底里自相殘殺，一定會更加振奮，認為自己為美國最糟糕的問題找到了絕佳的解決方案。

這場驚駭結束於可庫薩先生的出現，他穿著睡衣、戴著睡帽（除了在喜劇電影中以外，我從來沒有見過其他人這樣打扮，無論是大人或小孩）闖進我們家，手裡拿著槍。喬伊那位來自舊世界的祖母發出瘋狂的號叫聲，全身包得緊緊的，就像卡拉布里亞的暗影女王，站在我們後門階梯的底部。從我們自己家裡面則出現同樣令人寒毛直豎的聲音，就在那扇破爛的後門敞開那一刻，我母親見到那位穿著睡衣的入侵者竟拿著武器。敏娜用手摀住嘴巴，因為她開始把自己剛剛吃下去的所有晚餐都吐了出來，我也控制不住自己，當下就嚇尿了褲子，這時只有山迪，我們當中只有他能夠找到合適的話、也有力氣能夠說出口，大叫：「別開槍！是艾爾文！」但可庫薩先生是名專業的私人財產保鏢，所受的訓練就是先行動、稍後再分辨清楚，他沒有先停下來詢問：「誰是艾爾文？」而是馬上施展了半套尼爾森固定技，一手從背後制住了我父親的攻擊者上半身，另一手則拿著槍抵著艾爾文的頭。

艾爾文的義肢已經裂成兩半，殘肢也一片血肉模糊，還折斷了一隻手腕。我父親碎了三顆門牙、斷了兩根肋骨，右邊顴骨上也裂了一道傷口，若要縫合起來恐怕要比我頭上被孤兒院馬匹踢到的傷口多兩倍的縫針，而且他的脖子扭傷也十分嚴重，後來得戴著鐵製的高護頸活動好幾個月。那張咖啡桌是玻璃桌面搭上深色桃花心木架，我母親存錢存了好幾年才到班姆家具店買的（每次在晚上度過一段美好的閱讀時光後，她就會在書裡夾好緞帶書籤，將這本從附近藥局的小租書店借來的新小說放在桌上，作者可能是賽珍珠、范妮．赫斯特或者埃德娜．費伯），如今裂成碎片遍布整個客廳，還有些微小的碎玻璃片嵌進了我父親手上。地毯、牆面和家具上都灑到了巧克力糖漿（因為他們在客廳裡坐下來聊天時正在用點心，手上都拿著一塊千層蛋糕）以及他們的血，還有那味道——一股沉悶、令人作嘔的屠宰場味道。

暴力實在令人心碎，尤其是發生在房子裡——就像一場爆炸後看見樹上掛著衣服，你或許有心理準備會見到死亡，卻沒想到看見的是樹上的衣服。

而這一切都是因為我父親未能理解，不管是說教講理或者愛之深責之切，艾爾文的本性從來就無法真正改正過來，這一切都是因為我父親收留了他、想拯救他，但他會變成這樣只是本性使然。這一切都是因為我父親細細看著艾爾文便想起他的亡父那不幸消逝的生命，而他絕望之下，傷心搖了搖頭說：「別克轎車、訂製西裝、跟那些人渣交朋友——可是艾爾文，你知道嗎？你在乎嗎？你都不覺得心煩嗎？看著這個國家今天晚上發生的一切？該死，幾年前你還會的，我對那段時光記得一清二楚。可是現在卻不會了，現在你只想著大雪茄和汽車，但是我們坐在這裡的時候，你到底知不知道猶太人發生了什麼事？」

如今的艾爾文總算小有成就，他的未來從來沒有如此充滿希望，因此他忍受不了也不願意吞忍，即使這位監護人的保護曾經代表了艾爾文的一切，在沒有其他人願意收留他的時候，兩度接納了他，讓他住在溫馨的威奎依小房子裡，身邊圍繞著善良的家人和慈愛的關懷，此時卻說他什麼都不是。他的聲音沙啞，透露出受了傷的委屈，說話時斷斷續續，卻一刻也不停冒出各種情緒，不完全是報復，而都是些誹謗、斥責、要脅和糊裡糊塗的假話，艾爾文對著我父親大叫：「**猶太人**？我為了猶太人毀了自己的**人生**！我為了猶太人丟掉了該死的一隻**腳**！我為了**你**丟了自己該死的腳！林白到底又關我屁事？但你卻送我去打那場他媽的仗，我這個蠢到該死的小孩就**去了**，看看，**看看啊**，他媽的災難叔叔，**我他媽的沒有腳**！」

說到這裡他拉起了一大段淺灰色的長褲，露出那片光澤布料原本包覆的地方，確實已經不是有血有肉、有肌肉有骨頭的小腿。接著，受到了這樣的屈辱和否定後，內在的艾爾文又變成了那個無人指揮的男人（也是那個愚蠢的孩子），他做了最後一個英雄之舉，朝著我父親臉上啐了一口。我父親總喜歡說，一個家裡有和平也有戰爭，但這場家庭戰爭是我從來想像不到的，他朝著我父親臉上吐口水，就像他對著那個死去的德國士兵吐口水！

若是他能夠就這樣繼續走在不受矯正的路上，過他自己的臭日子就好了，但那並未發生，於是這場巨大的威脅摧毀了我們，而令人厭惡的暴力進入了我們家，而我知道了怨懟如何使人盲目，又能生出何等的汙穢。

為什麼？為什麼他一開始要去從軍呢？為什麼要去打仗、又為什麼倒下了呢？因為有一場戰爭正在進行，而他選擇這麼做，憑著他那股困囿於歷史仇恨、既憤怒又叛逆的直覺！若是時機不同、若是他更聰明一點……但是他想要打仗，他就像自己想要擺脫的那些父親一樣，這就是造成問題的唯一主宰，他想要忠誠於自己努力擺脫的，既想要表現忠誠，同時又要擺脫自己所忠誠的，這就是他一開始去打仗的原因，我已經盡自己所能理解出這一切。

那天稍晚，艾爾文的兩個好兄弟開著掛了賓州車牌的凱迪拉克過來（一個負責接艾爾文和敏娜到艾利．史托茲的醫生在伊莉莎白大道上的診所，另一個則將他們的別克轎車開回費城）。我父親從貝斯以色列醫院的急診室回家後（他們拔出了他手上的碎玻璃、縫合了他臉上的傷口、用X光照了他的脖子，並且在他的肋骨處纏上繃帶，他離開時又交給他可待因藥片，傷口疼痛時可以吃），可庫薩先生先是急著開卡車載我父親到醫院去，然後又安全載他回到這個髒亂不堪的戰場，現在我們家就是這個樣子了，接著總理大道上爆出槍聲。槍聲、尖叫、大喊、警報聲——反猶騷亂開始了，才過了幾秒，可庫薩先生馬上衝回自己才剛離開的樓上我們家，先在我們破損的後門敲了一下才跑進來。

我想睡得不得了，但我哥哥將我從床上拖走，只是我的雙腳不聽使喚，不斷因為無可控制的恐懼而發軟，我父親只得將我抱起來帶走。我母親並沒有上床試著睡一會兒，而是穿上圍裙、戴上橡膠手套，拿著水桶、掃把和拖把準備清掃屋裡的髒汙，這時我那一絲不苟的母親在客廳的一片混亂中啜泣，聽著可庫薩先生的指示走到門邊，我們四人便抱成一團走到樓下，走進威許諾的舊家尋求庇護。

這一次可庫薩先生拿出手槍時，我父親接受了。他那副可憐的人類軀殼滿是瘀青，幾乎每個地方都包上了繃帶，嘴裡都是斷裂的牙齒，但是他仍然跟我們一起坐在可庫薩家沒有窗戶的後門廊地板上，全部心神貫注在手上的這把武器，就好像那已經不只是武器，而是自從他第一次接過自己的新生兒抱在手裡之後，旁人交付給他最為貴重的東西。我母親打直身體坐著，一邊是想表現冷靜而顯得侷促不安的山迪，另一邊則是遲緩到呆若木雞的我，她伸手緊緊攬住我們，盡力維持自己薄弱的勇氣，不在孩子面前顯露出恐懼。同時，我所看過最壯碩的男人帶著槍在黑暗的房子中走來走去，毫無畏懼地從一扇窗戶前走到另一扇窗戶前，這位資深的夜班警衛以銳利的鷹眼徹底掃視眼前的一切，確認沒有人拿著斧頭、槍、繩子或者一罐汽油潛伏在這附近。

可庫薩先生已經交代喬伊、他的母親以及祖母都待在床上，不過那位老太太抵抗不了這一切動盪不安的吸引力，更別說還有我們四人明顯進退不得的困窘。她不時低聲以粗俗的義大利語咆哮著，我想應該不會是讚美她的客人，她從黑暗的廚房門口探出頭來（她通常都是穿著衣服睡在爐子旁邊的小床上），把我們當成她投射瘋狂的目標（因為她就是瘋了），彷彿她就是反猶太主義的守護神，拿著銀色十字架才引發了這一切。

槍聲持續了不到一個小時，但是我們還是等到天亮了才回到樓上，而且是一直等到可庫薩先生勇敢冒險外出，到總理大道封鎖起來的範圍打探消息，結果發現這場槍戰並非是發生在市警局跟反猶太人士之間，而是警察跟猶太警察之間，那天晚上在紐華克並未發生反猶騷亂，特別值得注意的是這場交火就發生在我們家能夠聽見的範圍內，除此之外就只是一場小紛爭，入夜後在任何大城市都可能發生。雖然有三名猶太人遇害（杜克・葛里克、大個子傑瑞以及子彈本人），但這不見得因為他們是猶太人（「不過是猶太人也沒差。」我的蒙提伯伯說），只是因為他們正是新任市長最想從街上趕走的那類惡棍，主要是讓長腿知道，他已經不再是市內委員會的榮譽委員（梅爾．艾倫斯坦的政敵散出謠言，說這是在墨菲市長前一任的猶太市長給予他的位置）。警察局長向《紐華克新聞報》解釋說起因是「隨意開槍的義務員警」，在未受到挑釁的情況下就在將近午夜時分對兩名正在步行巡視的巡邏者開槍，只是沒有人真的相信這席話，再說，我們的鄰居也沒有人對這三人遭到無情射殺表現出明顯的哀悼之意，畢竟這些人本身就是危險人物，正派人士絕對不會夢想著要接受他們的保護。當然，因濺血街頭，弄髒了小孩每天上學的道路，這樣是很糟糕，至少他們並不是跟三K黨、銀衫客或德裔美國人聯盟起了流血衝突。

沒有反猶騷亂，那天早上七點，我父親還是打了長途電話到溫尼伯向薛普西．特許威爾坦承，猶太人非常害怕，反猶太分子則越來越膽大包天，雖說幸好普林茲拉比的聲望仍然能夠壓制這些力量，而且目前對一個猶太家庭來說還沒有發生比被迫搬家更糟的事，但是在紐華克再也不可能過著普通人的生活了。日後是否不免會出現政府認可的明顯迫害行為，沒有人能說得準，對迫害的恐懼實在太過強烈，即使是一個腳踏實地每天盡責工作的人、一個人用盡自己全力，依循著理性準則控制自己心中的不確定性、焦慮與憤怒，可能還是無法繼續維持自己的冷靜自持。

沒錯，我父親承認道，他一直以來都錯了，貝絲和特許威爾家才是對的，他盡自己所能甩開自己的羞愧感，為了他無法做好的、完全判斷錯誤的一切，包括那場難以置信的暴力，一舉擊碎了他這一輩子建立起剛正不阿的圍牆，阻隔了自己艱苦的成長歷程及成熟的理想志向，還有我們的咖啡桌。「我受夠了，」他告訴薛普西．特許威爾，「我再也不能過著不知道明天會發生什麼的日子。」然後他們的電話交談轉向討論移民、要做安排，因此等到我和山迪出門時，情況已經明顯到沒有誤會的可能，即使實在令人無法想像，但是我們已經抵擋不了大舉朝我們襲來的壓力，準備逃跑當外國人了。我到學校的一路上都在哭泣，我們無可比擬的美國童年結束了，很快我的家鄉只會成為我的出生地，就連在肯塔基州的謝爾登現在的情況都比較好。

但接著一切就結束了，噩夢結束了，林白走了，我們安全了，只是我已經改變，過去那個小孩在一片巨大、保護人民的共和國中成長，生活在懷著強烈責任感的父母羽翼下，培養出無法動搖的安全感，如今再也找不回了。

---

取自
紐華克新聞影片戲院資料庫

## 一九四二年十月六日，星期二

三萬名哀悼者不停從賓州車站大廳中湧出，要去弔唁華特．溫徹爾覆蓋著國旗的棺木，出現在現場的人甚至超過了紐約市長菲奧雷洛．拉瓜迪亞的預期，他決定要將這起刺殺案件轉變成讓全市能夠悼念「納粹暴力下的美國犧牲者」的場合，最後羅斯福前總統在喪禮上發表的演說讓氣氛達到高潮。在車站外（同時在全市各地還有其他許多地方），靜默的男男女女穿著肅穆的衣著，發送著五十美分硬幣大小的黑色胸章，上面用白色字體發問：「林白在哪裡？」就在中午前，拉瓜迪亞市長抵達市內廣播電台的錄音室，他拿下自己的斯特森牌寬邊黑帽（這是為了紀念自己在亞歷桑納州一帶度過的童年，他的父親在那裡擔任美國陸軍的樂隊指揮），朗誦主禱文，接著他重新戴上帽子以希伯來文大聲唸出猶太教為亡者的祈禱文。到了正中午，依照市議會通過的法令，要在五個行政區進行默哀一分鐘。紐約市警察在各個地方巡守，主要是監督一大群右翼團體所組織的抗議示威遊行，這些團體都位於居民多為德國移民的約克維爾，這處曼哈頓區域就在紐約上東城北邊、哈林區南邊，是美國納粹運動的大本營，同時也以武力支持總統及他的政策。下午一點，警察戴上黑色臂章、騎著摩托車組成儀仗隊，列隊跟隨著在賓州車站外組好的喪禮行進隊伍，市長就坐在隊伍前頭摩托車的邊車上，護送著喪禮隊伍慢慢往北走上第八大道，向東沿著五十七街，再向北走到第五大道，到六十五街，最後到達以馬內利會堂。會堂中，拉瓜迪亞找來了許多名流顯貴將每一排座位坐滿，其中就有羅斯福一九四〇年內閣中的十名成員、由羅斯福任命的四位最高法院大法官、產業工會聯合會會長菲利普．莫瑞、美國勞工聯合會會長威廉．格林、美國礦工協會主席約翰．L．路易斯、美國公民自由聯盟的羅傑．鮑德溫，同時還有過去及現任的民主黨州長、參議員，還有來自紐約、紐澤西、賓州及康乃狄克州的眾議員，包括民主黨在一九二八年爭取黨內總統提名失利的前紐約州州長艾爾．史密斯。市府員工在一夜之間便裝起了擴聲器，將線路連接到全市的電線桿、理髮廳及大門過梁，將喪禮儀式廣播給所有聚集在每一條曼哈頓街上（除了約克維爾）的紐約客，同時廣播給上千名跟著這些紐約客一同聚集的外地人，所有這些美國的先生小姐們都是華特．溫徹爾的聽眾，自從他第一次在空中開講便每週固定收聽，這些人從自己的家鄉特地趕過來向他致敬，而基本上所有男男女女，當中還有小孩，所有人都戴著那枚黑白胸章問著：「林白在哪裡？」藉此表達他們挑釁似的團結。

菲奧雷歐．H．拉瓜迪亞是這座城市中勞工心目中腳踏實地的偶像，也曾五度擔任眾議員，他說起話來眉飛色舞，為了擁擠的東哈林區中貧困的義大利人及猶太人奮勇戰鬥，最早在一九三三年就形容希特勒是個「變態瘋子」，並且呼籲抵制德國產品。他勇敢為了工會、貧困及失業者發聲，而在大蕭條第一年的黑暗歲月裡，幾乎是單槍匹馬對抗胡佛手下那群無所作為的共和黨國會議員，最讓他的黨大失所望的是，他還要求徵稅「從富人身上榨錢」。另外，這位傾向自由的反坦慕尼協會改革派共和黨人，也三度以聯合推選之姿成為國內人口最多城市的市長，這座大都會是北半球中猶太人口密度最高的地方——在他的黨成員當中，也只有拉瓜迪亞一人表現出對林白以及對納粹信奉亞利安優越論的不屑（他自己的母親是來自奧地利統治時期的里雅斯特的猶太人，從來就不愛遵守教規，而他的父親則是思想開放的義大利人，在船上擔任音樂家而來到美國），而他認為林白心中堅信納粹這樣的信念，那一大群崇拜總統的美國邪教徒也是。

拉瓜迪亞站在棺木旁對在場的名流顯貴說話，聲音同樣那麼振奮人心而高亢，他曾經在紐約報社進行罷工時，每個週日早上都透過市內廣播電台向所有小孩講述週日的連環漫畫內容，聲音就是這樣，就像孩子們最喜歡的叔伯耐心進行著，一格接著一格、一個對話框接著一個對話框，從《偵探狄克崔西》到《小孤女安妮》，一路講到其他連載中的搞笑漫畫。

「我們一開始就不必說客套話了，」市長說，「大家都知道華特不是個友善的人，他不是那種強大而沉默、藏起一切的類型，而是喜歡挖出八卦的記者，最討厭藏起一切。只要是曾經出現在他的專欄的人都能告訴你，華特所寫的東西或許不一定都是對的。他不懂害羞、不懂謙遜，並非斯文、謹慎或和善之類的。朋友們，如果要我為各位列出一切華特．溫徹爾並不具備的良好性格，恐怕我們得在這裡待到下一次贖罪日了。我只能說，已逝的華特．溫徹爾只是又一次讓我們看見何謂人非聖賢的特殊案例。他宣布自己要競選美國總統大位，他的動機就跟象牙肥皂那般純潔嗎？華特．溫徹爾有何動機？他的荒謬選戰中難道沒有受到他的狂妄自大所汙染嗎？朋友們，只有查爾斯．A．林白參選美國總統的動機才是像象牙肥皂那般純潔；只有查爾斯．A．林白的個性才是斯文、謹慎那類的，喔，還有正確，他說的總是完全正確，每隔幾個月他就會突然社交性格發作，對全國重申自己最愛的十大陳腔濫調；只有查爾斯．A．林白是無私的領袖，又是強大而沉默的聖人。反觀華特，他是八卦專欄先生；反觀華特，他是百老匯先生：喜歡喝酒、喜歡夜生活、喜歡開夜總會的謝爾曼．畢林斯利——有人曾經告訴我，他甚至喜歡那些女孩。而廢除了赫伯特．胡佛先生所謂的「神聖實驗」，廢除了那條虛偽、昂貴、愚蠢又根本行不通的第十八條修正案[1]，華特．溫徹爾認為此舉相當卑鄙，就跟我們紐約其他人的感覺差不多。簡言之，華特就是不像安穩坐在白宮裡那位永遠不會貪汙的試飛飛行員，他未能每一天都展現出那些閃耀著光芒的美德。」

「喔對了，或許我們還應該提起，在容易犯錯的華特以及不可能犯錯的林白之間還有多少不同。我們的總統同情法西斯分子，更有可能是個徹頭徹尾的法西斯分子；華特．溫徹爾則是法西斯分子的敵人。我們的總統不喜歡猶太人，更有可能是個本性難移的反猶太分子；華特．溫徹爾則是

1 即禁酒令，一九一九年一月十六日通過，一九二〇年一月十七日生效，「禁止在合眾國任何州、領土或屬地，違反當地法律，為發貨或使用而運送或輸入致醉酒類。」

猶太人，而且他對抗反猶太分子從未動搖、大聲叫嚷。我們的總統仰慕阿道夫．希特勒，更有可能自己就是納粹；華特．溫徹爾則是希特勒在美國的頭號敵人，也是在美國最可怕的敵人。這就是我們這位不完美的華特不可能墮落之處，只要是重要的議題便絕不退讓。華特的聲音太大、說話太快、說得太多，但是相比之下，華特的粗俗很棒，林白的斯文卻很可怕。朋友們，華特．溫徹爾是**世界各地**納粹的敵人，當然也包括了馬汀．戴斯、席爾多．比爾伯、帕奈爾．湯瑪斯以及他們的支持者，這些人都在美國國會中侍奉自己的元首，還有那些為了《紐約新聞報》及《紐約日報》撰文的希特勒支持者，更別忘了在美國白宮裡花納稅人的錢盛大宴請納粹殺人犯的人。而正是**因為**他是希特勒的敵人，正**因為**他是納粹的敵人，華特．溫徹爾昨天才會在親切宜人的路易斯維爾，在那片歷史最悠久、最美麗的公共廣場上，站在湯瑪斯．傑佛遜雕像的陰影下遭人槍殺。華特．溫徹爾就為了在肯塔基州說出心中想說的話，便遭到美國的納粹刺殺，還要多謝我們這位強大、沉默、無私總統的靜默，那群納粹在今日才能在這片偉大的國土上肆意妄為。不可能在這裡發生？朋友，**正是**在這裡發生了，而林白在哪裡？**林白在哪裡**？」

在外頭的街上，聚在擴聲器周邊一起聆聽的民眾也跟著市長吶喊起來，他們的呼喊很快就詭異地串連起來傳遍了整座城市：「**林**白在哪裡？**林**白在哪裡？」在猶太會堂內，市長仍一次又一次重複著那句五個音節的憤怒提問，氣憤地敲打著講台，不像是演講人想要誇張強調重點的敲法，而是憤怒的市民想要知道真相。「林白在哪裡？」這番咆哮便結束了他的致詞，滿臉通紅的拉瓜迪亞讓齊聚一堂的哀悼者準備好迎接高潮，也就是富蘭克林·D·羅斯福的出現，而他最為親近的政壇友人，包括霍普金斯、摩根索、法利、博爾以及巴魯克，都戴著帽子坐在壯烈犧牲的總統候選人棺木不遠處，這位候選人出了名的狂妄自大向來就不是白宮核心決策圈所喜歡的，不過他對他們的主子而言還是相當有用的傳聲筒，只是令他們更加震驚的是，羅斯福直接指定了接替溫徹爾的人選，正是這位機靈、態度輕蔑、脾氣火爆、固執又身材圓滾的政治人物，他的身高只有一百五十七公分，忠心支持他的選民總是親暱稱呼他為小花。就在以馬內利會堂的講台上，民主黨選舉委員會主席表態支持紐約市的共和黨籍市長，讓他成為代表「全國團結」的候選人，對抗林白在一九四四年尋求連任的總統大選。

## 一九四二年十月七日，星期三

當天早上，林白總統駕駛著**聖路易精神號**從長島起飛，他起飛的那條跑道正是一九二七年五月二十日他獨自飛越大西洋壯舉的起點。在沒有伴飛機護航的情況下，這架飛機高速飛翔在晴朗無雲的秋日天空裡，越過紐澤西州、賓州、俄亥俄州，最後在肯塔基州落地。一直到他準備在日正當午的時候降落在路易斯維爾民用機場的一個小時前，白宮才收到總統告知他的目的地。他抓的時間剛好足夠通知路易斯維爾的市長威爾森·懷亞特，以及全市與所有市民準備好迎接總統的到來。地面已經有維修技師在準備為飛機做全面檢查，並且為回程進行校準與準備。

在路易斯維爾的三十二萬居民當中，警方預估至少會有三分之一會湧入這處離市區約八公里遠的地方，並已著手清空機場以及鮑曼田機場鄰近道路，好讓總統能夠降落並順利將飛機駕駛到講台前，這裡已經設置好麥克風讓他能對廣大民眾講話。最後等到眾人歡迎總統的吶喊聲漸漸平息，大家終於能聽見總統的聲音，而他完全沒有提到華特·溫徹爾，並未提及前兩天的刺殺案或者昨天的喪禮，也沒有回應拉瓜迪亞市長在紐約猶太會堂的演說，或是他接受富蘭克林·羅斯福提名接替溫徹爾競選總統。他不需要。事實上，拉瓜迪亞就和在他之前的溫徹爾一樣，不過是羅斯福的掩護性候選人，都是為了幫助他追求史無前例第三任總統的獨裁之舉，而且那群支持著「惡毒的拉瓜迪亞誹謗我們總統」的人正是在一九四〇年，逼迫美國要參戰的同一群人。惠勒副總統前一晚在華盛頓出席美國退伍軍人協會大會時，便即興在演講中生動地向全國人民解釋過了。

總統對群眾所演講的內容就只有：「我們的國家很和平，人民有工作，小孩能上學，我就是飛到這裡來提醒各位這一點。現在我要回到華盛頓去才能確保事情繼續保持這個樣子。」這一串句子幾乎沒造成什麼傷害，不過聽在那幾萬名肯塔基人耳裡，他們有整整兩天都是全國注目的焦點，他這番話似乎就是宣告地球上所有苦難即將終結。接著又是一陣騷動，總統一如往常簡潔演說完之後便揮了一下手向眾人告別，將瘦長的身軀塞回飛機駕駛艙中，跑道上有一位技師一臉微笑，以扳手示意著一切檢查都沒問題、能夠起飛了。引擎啟動，**聖路易精神號**飛離了這片丹尼爾·布恩拓荒發現的美麗荒野之地，一公尺又一公尺、接著十公尺又十公尺（就像他小時候做特技飛行員會做的那些翻滾特技、跳傘和機翼步行等表演一樣，他低空飛過西部的農耕小鎮，讓那群瘋狂的群眾十分開心），最後林白終於飛起，差一點就擦過高度距離五十八號公路沿路電線桿上掛著的電話線路，他乘著溫暖而和緩的順風穩定爬升，然後這架航空史上最出名的小飛機（足堪比擬為現代的哥倫布**聖瑪莉號**以及朝聖者的**五月花號**）往東飛之後便消失了，從此再也沒有人見過。

## 一九四二年十月八日，星期四

救難隊在路易斯維爾以及華盛頓之間的正常飛行路線進行地面搜索，但是沒有發現殘骸，不過秋天的天氣狀況非常理想，讓當地的救難隊可以深入西維吉尼亞州的崎嶇山脈，同時搜索馬里蘭州才剛完成收割的農地，各州政府也可以派出警力在白天裡來回搜查馬里蘭州及德拉瓦州的海岸線。到了下午，陸軍、海岸防衛隊以及海軍加入救難隊伍，一同參與搜索的還有上百名男人、男孩，他們來自密西西比州以東各州各郡，自願協助各州州長所徵召的國民兵部隊。但是到了華盛頓的晚餐時間，還是沒有通報目擊飛機或者其殘骸的位置，因此到了晚上八點，內閣在副總統家召開了緊急會議，在那裡，伯頓．K．惠勒宣布，他諮詢過第一夫人、參眾兩院的多數黨領袖以及最高法院大法官等人的意見，他認為為了國家利益著想，自己應該根據美國憲法第二條第一款代理總統職責。

有十幾份報紙晚報的頭條都以最粗、最黑的字體印著，自從一九二九年股市崩盤後就沒看過美國頭版這樣印（這也是為了羞辱菲奧雷歐．拉瓜迪亞），那是一個肅穆的問題：**林白在哪裡**？

## 一九四二年十月九日，星期五

在美國人醒來正要開始一天活動時，美國本土及各領地屬地皆施行了戒嚴。中午，惠勒代理總統在軍隊護衛下進入國會大廈，宣布必須和國會進行緊急閉門會議，因為聯邦調查局收到情報顯示總統遭到綁架，並且由不明團體挾持在北美洲某地。代理總統向國會保證將採取一切必要措施確保總統獲釋，並且要將犯下此罪行的人繩之以法。同時，美國與加拿大及墨西哥之間邊境都已封閉，機場及港口也關閉，代理總統表示美國軍隊會在哥倫比亞特區內維護法律與秩序，而其他地方則由國民兵與聯邦調查局及當地警力來負責維安。

國內每一份赫茲擁有的報紙都是這樣的一句話當成頭條，底下印著小林白的幼兒照片，這是他在一九三二年在世時所拍的最後一張照片，就在他二十個月大遭到綁架的幾天前。

又來了！

## 一九四二年十月十日，星期六

德國國內廣播電台宣布了查爾斯·A·林白遭到綁架的消息，這位美國的第三十三任總統代表美國與第三帝國簽署了歷史性的冰島協定，如今卻發現他遭到「為猶太人謀利」的陰謀所害。報導引用了最高機密的德意志國防軍情報資料，證實了美國國務院最初的報告，認為策畫這起綁架的主腦就是好戰激進的羅斯福，與他共謀的還有他的猶太財政部長摩根索、猶太最高法院大法官弗蘭克福特以及猶太投資銀行家巴魯克，而且還獲得在國際間放高利貸的猶太銀行家沃伯格及羅斯柴爾德的金援，由羅斯福手下那個雜種下令執行，這個半猶太人的黑道拉瓜迪亞還是猶太紐約市的市長，與他們一起的還有影響力強大的紐約州猶太州長兼金融家萊曼，好讓羅斯福重返白宮，並且對非猶太世界發起全面猶太戰爭。這份情報資料由華盛頓的德國大使館交給聯邦調查局，指控華特·溫徹爾遇刺案其實同樣是由羅斯福手下那群猶太人計畫並執行的陰謀，可以想見，他們也將這樁罪行怪罪到在美國的德國人後裔頭上，藉此煽動一場惡毒的「林白在哪裡？」政治宣傳行動，如此總統就會想要駕駛飛機升空，飛到刺殺案發生地點去安撫肯塔基州路易斯維爾的民眾，因為他們自然會害怕猶太人組織起來進行報復。不過就在那裡，根據德意志國防軍的情報，總統正在向群眾講話時，一名機場維修技師接受了猶太密謀者的賄賂（這位技師也消失了，據信是拉瓜迪亞下令滅口），讓飛機上的無線電無法運作。總統才剛起飛返回華盛頓，便無法跟地面塔台或其他飛機聯絡，於是聖路易精神號遭到在高空飛行的英國戰鬥機包圍時，除了投降便別無他法，戰鬥機逼他偏離航線，並在幾個小時後越過加拿大邊境降落在一處機場，由國際間為猶太人謀利的團體維護場地，遙望著萊曼治理的紐約州。

在美國，這篇德國廣播新聞讓拉瓜迪亞市長必須告訴市政府內的記者：「哪個美國人會相信這樣天花亂墜的納粹謊言，那人肯定是墮落到不能再墮落了。」儘管如此，可靠消息指出市長及州長兩人都遭到聯邦調查局探員約談，訊問了非常久時間，而內政部長福特也要求加拿大總理麥肯齊・金恩在加拿大國土進行澈底搜查，尋找林白總統及綁架他的人。代理總統惠勒據說已經和白宮的幕僚在檢視德國提供的文件，但是在搜索總統飛機的行動結束之前不會對指控做出評論。現在海軍驅逐艦與海岸防衛隊的魚雷巡邏艇一同出發，尋找是否有空難跡象，範圍最北達到紐澤西州的五月岬，最南則到北卡羅萊納州的哈特拉斯角；同時在地面上，陸軍、陸戰隊及國民兵的部隊持續在二十個州內找尋線索，想找出失蹤飛機的下落。

在全國各地執行宵禁的國民兵部隊並未通報因為總統失蹤而發生的暴力事件，戒嚴狀態下的美國仍維持著平靜，只是領導三K黨的大巫師以及美國納粹黨領袖共同呼籲代理總統：「應該採取極端措施，以保護美國不會發生猶太政變。」

同時，美國猶太神職人員組成了委員會，由紐約的史蒂芬・懷斯拉比帶領，發了電報給第一夫人表示他們知道她的家庭此刻正是最需要幫助的時候，並深表同情之意。有人看見萊昂內爾・班格斯多夫拉比在傍晚時分走進白宮，據說他是應林白夫人要求前往提供心靈上的指引，幫助這個如今已經進入第三天守夜的家庭。許多人都認為白宮邀請班格斯多夫拉比，此舉表示第一夫人不願意相信「為猶太人謀利」相關團體跟她丈夫的失蹤有任何關係。

## 一九四二年十月十一日，星期日

在全國各地的教堂禮拜中都為了林白家而祈禱，三大廣播電台取消了預定播出的固定節目，改為轉播華盛頓國家座堂中進行的禮拜儀式，第一夫人和她的孩子都出席了，而接下來一整天乃至入夜，節目完全都只播放鼓舞人心的音樂。晚上八點，代理總統惠勒向全國發表談話，向美國同胞保證自己並不打算放棄搜索，他表示加拿大總理已經邀請美國執法機構的代表過去，協助皇家加拿大騎警地毯式搜索美加東部邊境，以及加拿大東部行省中最南邊的幾個郡。

萊昂內爾．班格斯多夫拉比此時一躍成為第一夫人的官方發言人，他對著在白宮柱廊等候的一大票記者表示，林白夫人籲請美國民眾，不要聽信外國政府對於她丈夫失蹤的狀況所做的任何揣測，拉比說，她想要提醒大眾，總統在一九二六年擔任航空郵件機師往返聖路易及芝加哥期間，曾經兩度遭遇空難，雖然飛機損毀，但他卻都能毫髮無傷生還，而在此時此刻，第一夫人也相信若是總統又遭遇空難，也能夠再次生還。拉比繼續說，第一夫人仍然不相信代理總統交給她關於綁架案的證據。記者詢問班格斯多夫拉比，為什麼林白夫人不能自己發言？為什麼記者不能直接詢問她？他回答：「請謹記，在她三十六年的歲月裡，這不是林白夫人第一次在家庭面臨險峻危機時還必須應付媒體詢問，我認為無論搜索行動要持續多久，第一夫人又決定該如何安排才最能夠保護她以及她孩子的隱私，所有美國人都應該願意接受。」有傳言說林白夫人實在是心煩意亂，無法自己決定，因此都是萊昂內爾．班格斯多夫幫她做決定，拉比被問到此話是否屬實時，他回答：「只要看看今天早上第一夫人在教堂內的行為舉止，就能親眼證實她的頭腦完全運作如常、行為能力完全自若，儘管面對如此艱困的情況，她的理性及判斷力都絲毫不受影響。」

雖然有拉比的保證，透過電報傳出去的故事仍然報導某位「政府高層官員」（據信是福特部長）質疑，認為第一夫人已經成為「拉斯普欽拉比」的俘虜，許多人都認為這位猶太發言人對於總統夫人具有相當的影響力，好比那位出身西伯利亞農家的瘋狂妖僧，詭計多端地控制著俄羅斯沙皇及皇后，完全統治著宮廷好一段時間，引發了俄羅斯革命，而最後還是因為愛國的俄羅斯貴族密謀刺殺他，才結束這段瘋狂統治。

## 一九四二年十月十二日，星期一

根據倫敦的早報報導，英國情報單位轉交了一份德國加密通訊文件給聯邦調查局，能夠毫無疑問證實，林白總統還活著且人在柏林。英國情報單位查明了，在十月七日，美國總統遵照很早以前便由德國空軍總司令赫爾曼·戈林所擬定的計畫，成功在大西洋上預定的座標拋下**聖路易精神號**，大約就在華盛頓東邊四百八十公里處。他在那裡與已經等候著他的德國潛艇碰面，潛艇上的人員再將他轉交給在葡萄牙海岸邊等待的德國軍艦，將他帶到在亞得里亞海上由義大利占領的蒙特內哥羅科托。總統飛機的殘骸則遭到沒收，載運到一艘德國軍方貨輪上，拆解後裝箱運送到布萊梅的蓋世太保倉庫。總統本人則由戈林總司令陪同，從科托機場搭著經過偽裝的納粹空軍飛機飛到德國，而他一抵達納粹空軍基地便搭車前往希特勒在貝希特斯加登的藏身處，與元首商討後續事宜。

在南斯拉夫集結的塞爾維亞反抗軍也證實了英國情報單位的報告，因為他們在德國建立、由米蘭·內迪奇將軍所領導的貝爾格萊德政府內有消息來源，透露出其內政部就主導了科托港口的海軍行動。

在紐約，拉瓜迪亞市長對記者說：「如果我們的總統是自願逃到納粹德國、如果自他宣誓就職以來便一直在白宮內擔任納粹的走狗、如果我們的內政及外交政策一直都是由如今恐怖統治著整片歐洲大陸的納粹政權元首獨斷制定，如果上述這些都是真的，那麼我實在不知該如何形容這樣的叛國行為，這恐怕是人類歷史上無可比擬的邪惡。」

雖然已經實施了戒嚴及全國宵禁，而且美國各大城市街道上都有重武裝的國民兵部隊巡邏，日落後仍然陸續爆發反猶太暴動，包括阿拉巴馬州、伊利諾州、印地安納州、愛荷華州、肯塔基州、密蘇里州、俄亥俄州、南卡羅萊納州、田納西州、北卡羅萊納州以及維吉尼亞州，混亂的情況一直持續到深夜、甚至到清晨，等到了大約早上八點，代理總統惠勒派出聯邦執法部隊去支援國民兵各單位，這才掃平了這些騷動並且控制住了暴動者所放出最糟糕的火勢，此時已經有一百二十二位美國平民失去生命。

## 一九四二年十月十三日，星期二

在中午的廣播演講中，代理總統惠勒將暴動歸咎於「英國政府及其好戰的美國支持者」。「查爾斯．A．林白是如此備受敬重的愛國人士，竟然散播出這樣虛假的消息詆毀他，簡直是邪惡到不能再邪惡的指控，我們的國家已經為了敬愛的領袖失蹤而悲傷不已，這些人到底想從中得到什麼？都是為了獲取更多經濟及種族利益，」代理總統說，「這些人選擇測試這個哀傷至極的國家良心的極限在哪裡，而他們究竟以為會發生什麼事？我可以向各位報告，在整個南部及中西部各個遭難的城市都已經恢復了秩序，但是讓我們的國家恢復平靜要付出什麼代價？」

接著由萊昂內爾．班格斯多夫拉比發表總統夫人的聲明，第一夫人再一次勸告國人不要理會一切來自外國首都，有關她丈夫失蹤而未經證實的假設性消息，並且要求美國政府即刻停止針對她丈夫的飛機已經持續一週的搜索。第一夫人希望國人回想起艾蜜莉亞．埃爾哈特的悲劇，這位最偉大的女飛行員追隨著林白總統的腳步，在一九三二年完成了獨自飛越太西洋的劃時代壯舉，但是在一九三七年試圖獨自飛越太平洋時卻消失得無影無蹤。「第一夫人自己便是經驗豐富的飛行員，」班格斯多夫拉比對媒體說，「她推論後認為顯然總統現在恐怕已經發生了跟艾蜜莉亞．埃爾哈特非常類似的狀況。人生並非毫無風險，而飛行，當然也不是毫無風險，尤其是像艾蜜莉亞．埃爾哈特以及查爾斯．A．林白這樣的人，他們大膽無畏的獨自飛行壯舉開啟了我們如今所生活的航空時代。」

記者要求與第一夫人見面，但她的官方發言人再一次禮貌拒絕了，此舉讓福特部長下令逮捕拉斯普欽拉比。

## 一九四二年十月十四日，星期三

傍晚時分，拉瓜迪亞市長舉辦記者會，特別點出有三項跡象表明「這個國家的理智恐怕即將陷入完全的瘋狂」。

首先，《芝加哥論壇報》的頭版文章資訊欄上寫著柏林，這篇報導描述林白總統伉儷的孩子，據信在一九三二年便在紐澤西州遭到綁架殺害，事實上如今已經十二歲了，並且和父親在貝希特斯加登重聚，納粹在波蘭的克拉科夫一處地下室中將他救了出來，自從他失蹤後便一直被關押在該城市內的猶太貧民窟中，犯人每年都從遭俘男孩的身上抽血，用於該社群逾越節慣例要準備的無發酵薄餅中。

第二，共和黨的眾議院黨團提出法案，表示若加拿大總理金恩無法在四十八小時內，找出失蹤的美國總統下落，就要對加拿大宣戰。

第三，南部及中西部的執法機關回報，十月十二日的「所謂反猶太暴動」其實是由「當地的猶太分子」指使，這是他們計畫的一部分，「這套影響深遠的猶太陰謀意圖貶低這個國家的道德標準」。在暴動中死亡的一百二十二人中，有九十七人已經被指認出是「猶太煽動者」，希望轉移質疑的焦點，不讓人注意到最應該為這起混亂負責的團體，並且密謀控制聯邦政府。

拉瓜迪亞市長說：「現在確實有個陰謀正在進行中，我很樂意告訴各位是哪些力量在推動：歇斯底里、無知、惡意、愚蠢、憎恨及恐懼。看看我們的國家，都成了什麼討厭的鬧劇了！到處都是謊言、殘酷和瘋狂，而野蠻的力量已經準備就緒，打算了結我們。現在我們在《芝加哥論壇報》上讀到了，這麼多年來，波蘭聰明的猶太烘焙師綁架了林白的兒子，用他的血來製作逾越節的無發酵薄餅，這樣的故事五百年前就有反猶太的瘋子捏造過了，今日聽來還是一樣可笑。納粹元首用這些邪惡的胡說八道來毒害我們的國家，他一定樂在其中。猶太利益、猶太分子、猶太高利貸、猶太報復、猶太陰謀，還有對抗全世界的猶太戰爭。用這樣的妖言惑眾來奴役美國！不說一句真話就控制了世界上最偉大國家的心智！喔，我們肯定讓地球上最惡毒的男人十分開心！」

## 一九四二年十月十五日，星期四

天亮之前，萊昂內爾·班格斯多夫拉比便遭到聯邦調查局拘禁，原因是懷疑他「也是猶太人密謀對付美國的首腦之一」。同時，第一夫人據說飽受「極端神經耗弱」所苦，因此由救護車從白宮轉送到了華特里德軍醫院。另外還有其他人在清晨圍捕行動中同樣遭到逮捕，包括萊曼州長、伯納德·巴魯克、弗蘭克福特大法官、由弗蘭克福特一手栽培的羅斯福政府官員大衛·李林塔爾、新政顧問阿道夫·伯利以及山姆·羅森曼、勞工領袖大衛·達賓斯基與席德尼·希爾曼、經濟學家伊薩多爾·盧賓、左派記者I·F·史東及詹姆斯·韋克斯勒，還有社會主義者路易·瓦德曼。據說接著很快還會逮捕許多人，但是聯邦調查局並未說明，是否會對這些嫌疑犯中的一人或者所有人提出密謀綁架總統的罪名。

美國陸軍派出坦克及步兵部隊進入紐約，協助國民兵鎮壓零星幾起反政府的街頭暴動。在芝加哥、費城及波士頓都有團體試圖針對聯邦調查局發起大規模的抗議示威遊行，這些示威違反了戒嚴，最後結果只有少數人受傷，不過警方報告顯示有好幾百人遭逮捕。

在國會裡，占優勢的共和黨稱許聯邦調查局的行動阻止了陰謀者的詭計。在紐約，拉瓜迪亞市長召開記者會，出席的還有愛蓮諾·羅斯福以及美國公民自由聯盟的羅傑·鮑德溫，他們要求立即釋放萊曼州長以及其他遭控與他同謀之人。拉瓜迪亞接著就在市長官邸遭到逮捕。

紐約市民組成的委員會召開緊急的抗議集會，而前總統羅斯福特地從海德公園的住處到紐約來發表談話，「為了保護他的人身安全」，警方立即拘留了他。美國陸軍關閉了紐約所有報社及廣播電台，原本是入夜後才會實施的戒嚴宵禁，現在也變成全天實施，等待進一步通知。坦克擋住了所有進入城市的橋梁及隧道。

在水牛城，市長宣布自己有意發放防毒面罩給所有市民，而鄰近的羅徹斯特市長也發起了防空洞計畫，「以防加拿大突襲時能夠保護我們的居民」。加拿大廣播公司報導，在緬因州及新布朗斯維克省的邊境爆發了輕型武器為主的交火，這裡距離羅斯福在芬迪灣坎波貝洛島上的避暑別墅不遠。從倫敦傳來消息，邱吉爾首相提出警告，德國很快就會入侵墨西哥，據說是為了保護美國的南方邊境，同時美國也準備從英國手中奪走加拿大的控制權。「情況已經改變，」邱吉爾說，「現在已經不是偉大的美國民主要不要採取軍事行動拯救我們的問題，該是時候讓美國人民採取公民行動來拯救他們自己。美國和英國，並非兩起互不相關的歷史大戲，從來就不是，眼前的苦難考驗只有一個，而正如過去一般，我們要共同面對。」

## 一九四二年十月十六日，星期五

從早上九點開始，國家首都某處祕密藏著的一個廣播訊號發送器播放出第一夫人的聲音，在祕勤局中仍有不少對林白忠心的探員，他們幫助夫人總算從華特里德逃了出來（政府高層聲稱夫人有精神疾病，必須交由軍方的精神醫師照顧），夫人在那裡被迫穿上束縛衣，遭拘禁了將近二十四小時。第一夫人的聲音輕柔得相當有感染力，話中沒有一絲嚴厲責備或者自以為是的輕蔑，總之是不疾不徐的聲音，聽起來是一位完全值得敬重的人，這人所受的教育告訴她，即使要對抗悲傷與失望之情也絕不能失去自制。她沒有風暴之力，但那一席保證具有非凡的力量，而且她絲毫不顯畏懼。

「我的美國同胞，我們不能放任也不會允許美國的執法機關恣意違法犯紀，以我丈夫的名義，我要求所有國民兵單位解除武裝並解散，讓我們的衛兵回歸平民生活。我要求美國軍隊的所有兵士離開我們的城市，聽從他們得到授權的高階長官指令，在各自的基地重新整備。我要求聯邦調查局釋放所有遭到指控密謀傷害我丈夫的人，並且立即恢復他們所有公民權利，同時在各地及各州監獄中以相同原因遭到羈押的人，我要求全國的執法機關高層照樣辦理。目前絲毫沒有證據能夠證明這些遭到拘禁的人當中，有哪一個人和我丈夫及其飛機在一九四二年十月七日星期三當天或稍後的遭遇有任何關係。我要求紐約市警方撤離他們非法占據、不受政府管轄的報社、雜誌社及廣播電台辦公室，讓這些機構可以恢復他們受到憲法第一修正案保護的正常活動。我要求美國國會著手進行相關程序，免除現任代理美國總統的職務，並且根據一八八六年的總統繼承法案任命新總統，當中指名若無副總統，那麼接下來該由國務卿接替總統。一八八六年總統繼承法案也明言，在所述情形下，國會能夠決定是否要進行特別總統選舉，因此我要求國會照辦，並且授權在預定於十一月第一個星期一之後的第一個星期二進行的國會選舉中同時舉辦總統大選。」

第一夫人每隔半個小時就會重複自己早晨的廣播，一直到了中午，她宣布為了挑戰代理總統的權威（她指名道姓地指控他下令非法綁架禁錮了她），她要和孩子一起回到白宮居住。在她的演講結束之際，她刻意挪用了美國民主史上最受人推崇的文本：「面對煽動人民反對政府的非法政權代表，我不會讓步也不會畏懼，而我對美國人民所要求的不多，僅是希望他們跟隨我的腳步，拒絕接受或者支持如此罪無可逭的政府作為。如今這個政府的所作所為只是一再不斷的傷害及篡奪，這一切最直接的目標就是要在這幾個州內建立起完全的獨裁政權。這個政府聽不見正義之聲，對我們的管轄也已逾越了人民的授權。因此，為了維護一七七六年七月，由維吉尼亞州的傑佛遜、賓夕法尼亞州的富蘭克林以及麻塞諸塞灣的亞當斯所主張的同樣不可剝奪之權利，同時以合眾州的這些好人所賦予的權力，並且要向全世界同樣一群最高法官呼求，保證我們的意圖絕對正直，我，安妮．莫洛．林白，出生於紐澤西州，居住於哥倫比亞特區，並且是美國第三十三任總統的配偶，在此宣告終結篡位者造成傷害的這段歷史。我們敵人的詭計失敗了，自由和正義恢復了，而那些違反了美國憲法的人如今將受到政府司法部門的追究，並嚴格遵守這片土地的法律。」

哈洛德．伊克斯不太情願地神格化了林白夫人，稱她是「我們的白宮女神」，而她在當天傍晚就回到了白宮中總統居住的區域，她在那裡發揮出自己的神祕力量，既是幼子不幸喪生的哀傷母親，也是失蹤神祇的堅毅寡婦，主導迅速解散了國會以及違憲的惠勒政權政府，他在位僅僅八天，所犯下的罪行卻已經遠遠超過二十年前沃倫・哈定的共和黨政府。

在林白夫人的引導之下，國家恢復了有秩序的民主程序，在兩個半星期後達到了最高點，一九四二年十一月三日星期二，民主黨在參眾兩院的議員選舉中大獲全勝，同時富蘭克林・迪蘭諾・羅斯福也獲得壓倒性勝利，第三次當選總統。

下一個月，發生了日本突襲珍珠港的慘劇，四天後，德國及義大利便對美國宣戰，美國就此捲入這場開始於歐洲的全球紛爭，起因是大約三年前德國入侵波蘭，自此以後戰局擴大，全世界有三分之二的人口都涉入其中。還留在國會中的幾名共和黨員因為與代理總統共謀而蒙羞，再加上選舉慘敗而士氣低落，於是都對民主黨總統宣誓效忠，也支持他要跟軸心國對戰到底的決心。參眾兩院一致同意通過美國參戰，而羅斯福總統在他就職後隔天便發布第2568號總統公告：〈特赦伯頓・惠勒〉，內文一部分提到：

> 有鑑於在伯頓・K・惠勒的代理總統職務遭到拔除以前的特定行為，他便有責任面對自己要為對美國犯下的罪行而可能遭到起訴及審判。為了讓全國人民不致面臨要對美國的前任代理總統進行刑事起訴的嚴苛考驗，同時保護國家在戰爭期間不至於在這樣的特殊情況下出現可能的分裂性混亂，我，美國總統富蘭克林・迪蘭諾・羅斯福，依據憲法第二條第二款賦予我的赦免權力，茲此公告完全、免責並絕對赦免伯頓・惠勒，免除他對美國犯下的一切罪行

刑責，此指一九四二年十月八日至一九四二年十月十六日期間，他所犯下、可能犯下或者參與的罪行。

---

就眾人所知，從此再也沒有人找到或聽說林白總統的下落，不過戰爭期間及戰後十年間流傳著各種故事，謠言提到的還有在那段動盪不安的年代中失蹤的其他重要人物，例如希特勒的私人秘書馬丁·鮑曼，有人認為他逃到了胡安·裴隆控制的阿根廷，藉此躲過了同盟國軍隊的追捕（不過他比較有可能是在納粹柏林的最後那段時間中死亡了）；以及瑞典外交官羅爾·華倫堡，他發放的瑞典護照拯救了大約兩萬名匈牙利的猶太人不致遭到納粹滅絕，但是他自己卻消失了，有可能是在一九四五年俄羅斯占領布達佩斯之後便進入了蘇維埃監獄。雖然研究林白陰謀論的人數越來越少，還是有些不定期發行的新聞通訊不斷會刊出線索和目擊證詞，努力想推測出美國第三十三任總統的未明命運。

其中有一個最為詳盡、最難以置信的故事（但也不一定就是最不可靠），我們家第一次聽到這個故事，是艾芙琳阿姨在班格斯多夫拉比被捕之後告訴我們的，而她的消息來源正是安妮·莫洛·林白，據說她在違反自己意願之下離開白宮並遭囚禁在華特里德精神病房的前幾天便向拉比吐露實情。

班格斯多夫拉比表示，林白夫人將一切事件的源頭回溯至一九三二年她的幼兒查爾斯遭到綁架開始，她堅稱這是納粹黨在希特勒掌權後不久便祕密策畫並金援的。根據拉比大略轉述了第一夫人所說的故事，布魯諾・豪普曼將那個孩子交給布朗克斯區住在他附近的一名朋友照顧，這個朋友也是德國移民，實際上是納粹派來臥底的間諜，小查爾斯才剛被人從紐澤西霍普威爾家中帶走，豪普曼將他包起來抱在懷裡爬下臨時搭起的梯子，幾個小時後便讓人偷偷帶出國並前往德國。十週後，有人發現並指認是林白家幼兒的屍體其實是另一個孩子，因為長得跟林白寶寶相似而被納粹選中殺害，接著等到屍體開始腐爛就將之放置在林白家附近的樹林裡，坐實豪普曼的罪名並讓他遭判處死刑，好讓所有人都無法得知綁架案的真實情況，除了林白夫婦自己以外。納粹安排了一名間諜在紐約以外國報社記者的身分活動，透過這名間諜，林白夫婦稍早得知查爾斯已經健康無損地抵達德國的土地，並且得到保證，他們會特別挑選一群納粹醫師、護理師、教師和軍事人員來提供最完善的照顧，尤其因為他是世界上最偉大飛行員的第一個孩子，更需要特別照料，同時林白夫婦也必須完全配合柏林的要求。

因為這項威脅，接下來十年間，阿道夫・希特勒便主宰了林白夫婦及他們遭綁架兒子的命運，同時他也一步步掌控了美國的命運。透過他派駐在紐約及華盛頓的密探所展現出純熟的技巧及效率（而在這對出名的夫婦遵照指令「逃」到歐洲僑居後，在倫敦及巴黎也有人接應），林白開始經常造訪納粹德國，並稱頌其軍事機器的成就，納粹就此著手利用林白的名氣為第三帝國謀利，同時讓美國付出代價，指揮著這對夫婦該住在哪裡、與誰交朋友，而且最重要的是，他們在公開的談話及發表的文章中該擁護什麼樣的觀點。一九三八年，為了獎勵林白以飛行員的成就在柏林一場晚宴上，心懷感激地從赫爾曼．戈林手中接過榮譽勳章，再加上安妮．莫洛．林白也透過祕密管道送出無數件懇求的信函給元首本人，林白夫婦終於獲准能與他們的孩子見面，這時的他已經快要八歲，長成了一頭金髮的英俊男孩，打從他抵達德國的那一天起便被養育成了模範希特勒青年。這位講著德語的小兵並不明白，也從沒有人告訴他，在他們這所菁英軍事學院的遊行練習之後，他和他的同學們所見到的這對美國名人夫婦就是他的父母，而林白夫婦也未獲准跟他說話或者與他合照。這場會面來得正是時候，原本安妮．莫洛．林白已經認為納粹的綁架故事其實是一場殘酷到無法言喻的騙局，而林白夫婦老早就該掙脫阿道夫．希特勒強加於他們身上的束縛；但是在查爾斯於一九三二年失蹤後終於又能見到活生生的他，林白夫婦就此造成無法挽回的局面，德國再也擺脫不了這個國家最可怕的敵人。

他們受命結束自己的僑居生活並回到美國，林白上校將要成為美國第一委員會的代言人，他們為他擬好英文講稿，譴責英國、羅斯福以及猶太人，並且支持美國在歐洲戰爭中保持中立；同時上校也收到詳細的指令確切說明發表演講的地點與時間，就連每次在公開場合現身要穿著的服飾樣式都有規定。柏林所發出的每一套政治策畫，林白的執行都秉持著同樣一絲不苟的完美主義，就是這份特質讓他的飛行事業如此出類拔萃，一直到那一晚他穿著飛行員裝束出現在共和黨大會上，並且接受了總統候選人提名，在此發表的談話也由納粹政治宣傳部長約瑟夫．戈培爾操刀。納粹規劃了接下來選戰中的每一步操作，一等到林白打敗羅斯福，就會由希特勒本人接手一切，他每週都與戈林（他的指定接班人，同時主導了德國經濟）以及海因里希．希姆萊（掌管德國內政並指揮蓋世太保，這個警察機關也負責監管小查爾斯．林白）開會，著手準備了一套美國的外交政策，對於德國戰爭時期的目標以及他的宏偉帝國版圖最為有益。

很快，希姆萊便對林白總統施壓以直接干預美國內政（這位蓋世太保的指揮官在備忘錄中開玩笑地將林白貶為「我們的美國區區長」），要對四百五十萬名美國猶太人施加壓迫性措施。根據林白夫人的說法，總統就是從這時候開始表現出反抗之意，只是一開始比較消極。首先，他下令設立美國統合辦公室，他認為這樣一個無關緊要的機構既能夠讓猶太人大致上不受到損傷，同時似乎又能透過像老實人以及四二年家園等計畫來達到希姆勒的指示：「在美國發起系統性的邊緣化過程，最後在可預見的未來中能夠沒收所有猶太人的財富，並且讓所有猶太人口、附屬物品及財產消失。」

不過這樣明目張膽的欺瞞並不容易騙過海因里希．希姆萊，而他也毫不掩飾自己的失望，他派出馮．里賓特洛普去華盛頓，表面上是儀式性的國是訪問，但其實是要協助林白總統制定出更加嚴格的反猶太措施，而林白居然還為自己的行為找藉口，向這位希特勒集中營的最高指揮官解釋道，由於美國憲法中明訂的人權保證，再加上美國長久以來的民主傳統，所以不可能在美國快速又澈底執行解決猶太問題的最終方案，不可能像在歐洲大陸上一樣，畢竟那裡的反猶太主義已經有千年以上的歷史，深植於平民心中，而且納粹也握有絕對的統治權。在為了歡迎馮・里賓特洛普而舉辦的國宴上，這位貴賓將總統拉到一旁交給他一份海外電報，稍早之前才在德國大使館解碼，內容大致上寫著希姆萊的回覆，「想想你的孩子，」電報上寫著，「再說那種廢話試試看。想想勇敢的小查爾斯，這位傑出的德國軍校生已經十二歲了，他比自己出名的父親更加理解我們的元首所重視的價值，而不是什麼憲法上的保證及民主傳統，尤其是關係到那群寄生蟲的權利。」

希姆萊這番斥責「膽小如鼠的孤鷹」（希姆萊在內部備忘錄中這樣形容林白），讓林白開始不願意繼續擔任第三帝國可用的小卒。他打敗了羅斯福以及羅斯福黨中那群反對納粹的干涉主義者，已經為德國軍隊爭取了額外的時間能夠掃蕩蘇聯不斷反撲而意外的反抗勢力，讓德國不必冒險在同一時間對抗美國的工業及軍事力量。甚至更重要的是，林白擔任總統期間也茁壯了德國的工業及科學發展，他們已經在祕密發展一種炸彈，透過核分裂而達成無可匹敵的爆炸威力，同時還有能夠載運這種武器越過大西洋的火箭引擎，若是再讓他在位兩年，能夠讓美國充分準備好面對有如末日災難般的鬥爭，結果將如希特勒所預見的，能夠決定西方文明的走向以及人類下一個千禧年的進展。若是希姆萊認為林白正是德國最高指揮官從情報資料中所認定那個具有遠見的仇恨猶太者，而不是希姆萊輕蔑稱之的「在晚宴上說嘴的反猶太者」，或許總統還能夠做完自己的任期並且再連任當四年總統，接著退休並將政府交接給亨利·福特，雖然福特年事已高，但希特勒仍然決定要讓他成為林白的繼任者。若是希姆萊能夠仰賴一位擁有高尚美國精神的美國總統，由他來執行美國猶太問題的最終解決方案，當然對於德國稍後運用資源及人力在北美完成這項任務會更加有利，那麼在一九四二年十月七日星期三當天，柏林方面就不會認為有必要讓林白的飛機在空中消失，隔天晚上代理總統惠勒也不會掌權，過去那些人總認為惠勒只是個跳樑小丑，此時才又驚又喜地發現他居然堪當領導大任，在幾天之內就自動執行了馮·里賓特洛普向林白提議的種種措施，而希姆萊相信，這位美國英雄只是因為他的妻子基於幼稚的道德操守反對而不願意執行。

林白失蹤還不到一個小時，德國大使館便通知了林白夫人，現在她孩子的人身安全就只是她一個人的責任了，她只能夠撤離白宮並默默隱退淡出公眾生活，若是她做了其他事情，小查爾斯就會被人從軍校中帶走派往俄羅斯前線，準備在十一月進攻史達林格勒，並且就留在當地值守，成為第三帝國最年輕的戰鬥步兵，直到他為了德國人民更偉大的榮耀而英勇在戰場上捐軀。

班格斯多夫拉比被聯邦調查局探員戴上手銬從華盛頓的旅館帶走後，過了幾個鐘頭艾芙琳阿姨就出現在我們家，以上就是她告訴我母親的故事梗概。就在戰後，班格斯多夫拉比出版了一本長達五百五十頁的道歉啟事，以局內人的觀點記錄下這篇故事更詳盡闡述的版本，書名就叫《我在林白底下的日子》，林白家的發言人則在報紙上發表聲明否認，稱這本書「是應受到譴責的誹謗之語，完全沒有事實根據，動機只是出於報復及貪婪，再加上自私至極的妄想，全是為了粗暴的商業獲利才捏造出來的，林白夫人將保持風度，不會再對此有進一步回應」。我母親第一次聽到這個故事時，似乎認為這確實證明了目睹班格斯多夫拉比遭到逮捕的震驚，讓她妹妹一時間陷入了瘋狂。

艾芙琳阿姨意外來訪的隔天是一九四二年十月十六日星期五，林白夫人在回到白宮之前從華盛頓某個祕密地點上廣播談話，完全是基於她身為「美國第三十三任總統配偶」的權威，宣布由代理總統政府所造成的「奪權損傷事故必須終結」。究竟第一夫人的英勇之舉結果對她被綁架的孩子造成了什麼傷害；小查爾斯究竟是否長大成人後又要遭受希姆萊所保證的悲慘命運，更不用說要在德國熬過備受禮遇的監護及周到的軟禁；而林白以美國第一委員會代言人之姿崛起成為政壇明星，或者是在林白擔任總統這二十二個月的美國政策擬定上，又或者是林白的神祕失蹤，希姆萊、戈林和希特勒在其中究竟是否扮演了什麼重要角色，這種種問題持續引人爭論了超過半個世紀，而在一九四六年，《我在林白底下的日子》更是在美國暢銷書排行榜前幾名上待了大約三十幾個禮拜（雖然美國那群痛恨羅斯福的右派記者為首的維斯布魯克．培格勒描述這本書就是「一個精神失常的神祕學狂熱者寫的一本瘋癲日記」，也經常有人引用），不過到現在就沒那麼多令人激動又能廣為流傳的爭議好說了。當時同樣在暢銷書榜單上的還有兩本羅斯福的個人傳記，他在前一年於任內逝世，僅僅幾週後，納粹德國便向同盟國無條件投降，也宣告歐洲的第二次世界大戰正式結束。

# 第九章　永遠的恐懼

一九四二年十月

謝爾登打電話來的時候，我母親、山迪和我都已經上床睡覺了。這天是十月十二日星期一，晚餐時我們已經在收音機上聽到新聞報導，英國情報單位宣稱林白總統刻意在距離將近五百公里遠的海面上拋棄他的飛機，並且由納粹德國派出的海軍及空軍部隊接到希特勒的祕密藏身處，接著在中西部及南部便爆發了暴動。一直到隔天的早報上才刊出了這條消息引發的暴動細節，不過消息才剛放在我們廚房桌上幾分鐘，我母親便已經正確猜到這群暴動者的目標是誰、又是為了什麼。這時加拿大的邊境已經關閉了三天，甚至一向認為離開美國這樣的未來無法承受的我，現在也明白我父親拒絕聽取我母親的建議，早幾個月讓我們離開這個國家，是他此生最嚴重的錯誤。他現在又回歸市場在晚上工作，我母親每天都到街上採買雜貨，某天下午還到學校去參加會議，為了十一月選舉可能需要監票員而準備，實在很不切實際。山迪和我每天早上都跟朋友一起到學校去，儘管如此，代理總統惠勒執政的第二週起，恐懼就蔓延到四面八方，雖然林白夫人呼籲美國人不要理會外國發出的總統下落報告、雖然班格斯多夫拉比如今已經一躍成為新聞人物，這個人現在也是我們的家人了，透過婚姻而成為我們的姨丈，甚至還曾經在我們家吃過一次晚餐，但是他也幫不了我們什麼，就算他能也不會願意，因為他和我父親互相鄙視對方。恐懼無所不在，到處都能見到那個**表情**，尤其是在我們的保護者眼中，在你鎖上門然後發現自己沒帶鑰匙的那個瞬間，就是這個表情。我們過去從來沒有見過大人們都這樣無助地只想著同樣的念頭，他們當中最堅強的人會盡力保持冷靜、勇敢，告訴我們一切煩惱都會很快結束，我們很快就會恢復正常的生活，同時努力讓這些話聽起來真實可靠，只是他們打開收音機聽到了新聞，發現恐怖的一切事情竟然發生得如此快速，便陷入一片愁雲慘霧。

接著，在十二日的晚上，我們每個人躺在床上都輾轉難眠，此時電話響起：謝爾登從肯塔基州打來受話人付費電話。此時是晚上十點，他的母親還沒回家，而因為他已經背住了我們的電話號碼（也不知道還能打給誰），他搖動電話接到接線員，然後在急忙之中努力將所有必要的話都說清楚，免得說話的能力離他而去，他對接線員說：「受話人付費，拜託，紐澤西紐華克，高峰路八十一號。這裡是威弗利，三—四八二七，我的名字是謝爾登・威許諾，我想要跟羅斯先生或羅斯太太直接通話，或者菲利普，或者山迪，誰都可以，接線員。我母親不在家，我今年十歲，我一直沒吃東西而她又不在。接線員，拜託，威弗利，三—四八二七！我跟誰說話都可以！」

那天早上，威許諾太太開車到路易斯維爾的大都會壽險區辦公室，公司要求她向該區的督察報到。路易斯維爾距離丹維爾有好幾百公里遠，大部分路途上的道路狀況都很糟糕，基本上光是開車往返就要花一整天。沒有人知道為什麼地區督察不能寫封信或者打電話跟她說該講的話，也從來沒有人去問督察本人。我父親的猜測是，公司打算那一天要開除她，要她交出自己手寫收帳紀錄的帳簿，然後就讓她自生自滅，僅僅上工六週之後便失業，而且離家還有一千多公里遠。她來到博伊爾郡這片鄉村地區的前幾週根本沒做到什麼生意，並不是因為她不努力，主要是因為這裡實在沒有生意可做。事實上，大都會壽險在四二年家園計畫主導下，從紐華克區轉調到這裡的每一位業務員都淪落成一場災難，他們帶著家人轉調到遙遠的這些州內幾乎無人居住的角落，原本在紐澤西的大都會壽險還能賺到一定的佣金，現在卻連四分之一都賺不到——由此看來，就算只是為了這個原因，我父親決定辭掉工作改到蒙提伯伯那裡勞動，倒是非常有先見之明，只是這份真知灼見卻沒有用來讓我們在加拿大邊境關閉及宣布戒嚴之前來得及出國。

「如果她還活著……」我母親接受了收費要求後接聽謝爾登的電話，他不斷對我母親說，「如果她還活著……」一開始因為他哭個不停，就只能說這些話，而就連這六個字也幾乎很難聽懂。

「謝爾登，夠了，你這是在折磨自己，是你讓自己歇斯底里。你母親當然還活著，她只是回家晚了——就只是這樣而已。」

「但如果她還活著，她就會**打電話！**」

「謝爾登，說不定她只是在塞車呢？說不定是車子出了什麼問題，她得暫停在路邊修車呢？你以前在紐華克的時候不是也發生過嗎？還記得那天晚上在下雨，她的車子爆胎了，你就到樓上來跟我們待著？說不定就只是車子爆胎了，好了好了，親愛的，冷靜點，你不能再哭了。你母親沒事，你只是心煩才會說那些話，那都不是真的，好了，聽話，不哭了，你打起精神盡量冷靜下來。」

「可是她死了，羅斯太太！就跟我父親一樣！現在我爸媽**都**死了！」而當然他說的沒錯。謝爾登對於遠方路易斯維爾發生的暴動一無所知，也不太清楚美國其他地方發生了什麼事，因為威許諾太太的生活中除了兒子跟工作就裝不下其他東西，所以在丹維爾的家裡一直都沒有訂報紙，而他們兩人在丹維爾的家裡坐下來吃晚餐時，也不會像在紐華克時那樣打開收音機聽新聞。更有可能是她在丹維爾實在太勞心勞力了，已經沒有精力去聽，如今的她也已經麻木，除了自己的不幸，再也管不了其他的。

但是謝爾登完全說對了：威許諾太太死了，只是一直到隔天才有人發現，在路易斯維爾南邊一片平坦的鄉間，一處馬鈴薯田旁邊的排水溝裡發現了他們家那輛完全燒毀的車還冒著煙，裡面裝著他母親的遺體。很明顯能看出她遭到毆打並搶劫，然後整輛車被放了火，就發生在那晚暴動剛開始的幾分鐘內，各種暴力事件並不只是發生在路易斯維爾市區街道上的猶太人商店，或者路易斯維爾少數猶太市民居住的住宅區借道，三K黨的人知道只要點燃了火把、燒起十字架，害蟲就會想要逃跑，而他們正準備好等著那一刻，不只是往北通往俄亥俄州的主要幹道上，還有往南的鄉間窄路，威許諾太太就在這裡賠上了性命。這一切不過因林白的清白名聲遭到玷汙，先是已故的華特．溫徹爾，現在又是邱吉爾首相及英王喬治六世這些猶太人控制的政治宣傳機器。

我母親說：「謝爾登，你必須找點東西來吃，能幫你冷靜下來。到冰箱去找點東西吃。」

「我吃了牛頓無花果餡餅乾，已經沒有了。」

「謝爾登，我說的是吃正餐，你母親很快就會回家，但是這段時間你不能只是坐在那邊等她回來餵你，你要餵飽自己，而且不能只吃餅乾。把電話放下，打開冰箱看看，然後回來告訴我裡面有什麼你可以吃的。」

「可是很遠。」

「謝爾登，聽我的話。」

山迪和我都在後門門廊緊緊圍在我母親身邊，她對我們說：「她在外面待得太晚了，他還沒吃東西，只有他一個人而她又沒打電話，可憐的孩子慌張得不得了，又快餓死了。」

「羅斯太太？」

「我在，謝爾登。」

「有些軟奶酪，但是放得有點久，看起來不太能吃。」

「裡面還有什麼？」

「有一碗甜菜，之前剩下來的，冷掉了。」

「還有其他的嗎？」

「我再去看一次，等一下。」

這一次謝爾登放下電話後，我母親對山迪說：「馬威尼家離丹維爾有多遠？」

「開卡車大概要二十分鐘。」

「在我的衣櫃裡，」我母親對我哥哥說，「最上面那層在我的零錢包裡，有他們的電話號碼，在我那個棕色小零錢包裡有一張紙，請去幫我拿過來。」

「羅斯太太？」謝爾登說。

「是，我在這裡。」

「有奶油。」

「就這樣？有沒有牛奶？果汁呢？」

「但那是早餐要吃的，不是晚餐。」

「謝爾登，家裡有沒有米穀片？有玉米穀片嗎？」

「當然有。」他說。

「那就去拿你最喜歡的穀片。」

「米穀片。」

「去拿米穀片，拿出牛奶跟果汁，我要你幫自己做早餐。」

「現在？」

「照我說的做，聽話。」她告訴他，「我要你吃早餐。」

「菲利普在嗎？」

「他在，但是你不能跟他說話，你得先吃東西。我再過半小時會打電話給你，等你吃過東西以後，現在是十點十分，謝爾登。」

「紐華克是十點十分？」

「在紐華克跟丹維爾都是，兩個地方的時間是一樣的。我十點四十五分會打電話給你。」

「到時候我可以跟菲利普說話嗎？」

「可以，但是我要你先坐下來，把你需要的一切東西放在餐桌上。我要你用湯匙、叉子、餐巾和刀子，慢慢吃，拿出盤子跟碗，有沒有麵包？」

「軟掉了，只有幾片。」

「你們有沒有烤吐司機？」

「當然，我們放在車裡帶來了，還記得那天早上我們一起把東西裝上車嗎？」

「聽我說，謝爾登，專心。幫你自己烤幾片吐司，拿出穀片，還要用奶油，給吐司抹上奶油，然後幫自己倒一大杯牛奶，我要你好好吃一頓早餐，然後等你母親回家了，我要你告訴她馬上打電話給我們，她可以打這裡付費的電話。告訴她不用擔心費用，我們必須知道她到家了。但是不管怎麼樣，半小時後我會打電話給你，所以你不要亂跑。」

「外面都天黑了，我能去哪裡？」

「謝爾登，去吃早餐。」

「好。」

「再見，」她說，「我們先說再見，十點四十五分我會打給你，你就待在那裡。」

接下來她打電話給馬威尼家。我哥哥把那張寫了電話號碼的紙交給她，她請接線員接通電話，等那一頭有人接聽時她說：「請問是馬威尼太太嗎？我是羅斯太太，山迪．羅斯的母親，我是從紐澤西紐華克打電話給你，馬威尼太太。如果吵醒你了我很抱歉，但是我們需要你們幫忙照顧一位獨自待在丹維爾的小男孩。什麼？好的，當然好。」

她對我們說：「她要去叫她先生來。」

「不會吧。」我哥哥哀號著。

「山佛德，現在不是鬧脾氣的時候，我也不喜歡自己要做的事。我知道自己不認識這些人，我知道他們跟我們不一樣，我知道農夫都得早睡早起，而且他們工作非常辛苦。不然你告訴我還能怎麼做，那個小男孩要是繼續自己待著就要瘋掉了，他不知道他母親在哪裡，總得有人在那裡。他才這麼大就已經要面對這麼多意外，他失去了自己的父親，現在他母親又失蹤了，難道你不明白這是什麼意思嗎？」

「我當然明白，」我哥哥氣憤地說，「我當然懂。」

「很好，那麼你就知道要有人去接他，有人——」不過這時馬威尼先生接過了電話，我母親向他解釋自己打電話的原因，他馬上就同意按她的一切要求去做。她掛上電話時說：「至少這個國家還有些善良的人，至少**有些地方**還有良知。」

「我就說了。」我哥哥低聲說。

那天晚上我母親所做的一切，在我眼中的她從來沒有這麼了不起，而且還不只是她那股不顧一切豁出去的氣勢，接聽又回撥電話到肯塔基州，還有更多、更多。首先就是前一個禮拜艾爾文對我父親的攻擊，接著是我父親爆發性的回應，然後是我們家毀於一旦的客廳，我父親斷掉的牙齒和肋骨，他臉上的縫線及脖子上的頸圈；再來，總理大道上發生了槍戰，我們確信那就是反猶騷亂，一整晚都響著警笛聲，我們躲在可庫薩家的門廊，我父親大腿上放著上了膛的手槍，可庫薩先生手裡也握著上了膛的手槍，那都只是一個禮拜前的事情，還有一個月前、一年前、再一年之前——那一切攻擊、侮辱和突襲，意圖削弱猶太人的力量、恫嚇猶太人，卻仍無法撼動我母親的堅強。我聽著她告訴遠在一千多公里之外的謝爾登幫自己做些東西來吃，坐下來吃完；我聽著她打電話給馬威尼家，她從來不會多看這些上教堂的基督徒一眼，她向他們求助，拯救謝爾登免於發瘋；我聽著她要求跟馬威尼先生說話，然後告訴他如果威許諾太太真的出了什麼大事，馬威尼家不用擔心甩不掉謝爾登，我父親會準備好開著車到肯塔基州去親自接謝爾登回來紐華克（她跟馬威尼先生這樣保證的那時候，根本還沒有人知道惠勒跟福特那夥人打算要放任美國暴民到什麼程度），然後我才明白，這一切就是她過去那些年月裡的人生。在謝爾登慌慌張張從肯塔基州打電話來之前，我從來沒有從頭計算林白當上總統後讓我父母犧牲了多少，一直到那一刻之前，我還無法加總出那麼高的數字。

我母親在十點四十五分打電話給謝爾登，跟他解釋了她跟馬威尼家商討出來的計畫，他要拿出自己的牙刷、睡衣、內衣還有一雙乾淨的襪子裝進紙袋裡，然後他要穿上一件厚毛衣、保暖的外套和法蘭絨帽子，他要在屋子裡等馬威尼先生開著卡車來接他。馬威尼先生非常善良，我母親告訴謝爾登，他很慈祥大方，有一位溫柔的妻子和四個孩子，山迪夏天住在馬威尼家的農場上才認識了他們。

「所以她**就是**死了！」謝爾登尖叫起來。

沒有、沒有、沒有，當然沒有——明天早上他的母親就會去馬威尼家接他，然後直接從那裡載他去上學，馬威尼夫婦會幫他安排好一切，什麼都不用擔心。但同時還有任務要完成：謝爾登要用最整齊的字寫一張紙條給他的母親，放在廚房餐桌上，紙條上告訴她說今天晚上他會到馬威尼家，並且留下馬威尼家的電話號碼，他還要在紙條上告訴她，一回家就馬上打受話人付費的電話給紐華克的羅斯太太，然後謝爾登就要坐在客廳裡等著，等到聽見馬威尼先生在外面按喇叭，然後他就要關掉屋裡所有電燈……

她帶著他熟悉自己離開的每一個步驟，然後，即使我已經算不清這幾通電話要花多少錢，她還是拿著電話等他完成自己吩咐他做的每一件事情，再回到電話邊告訴她已經做好了，她仍然沒有掛掉電話，也繼續安慰著他一切都會沒事，最後謝爾登大叫：「是他，羅斯太太！他在按喇叭了！」然後我母親說：「好，太好了，但你要冷靜點，謝爾登，冷靜——拿著袋子、關掉電燈，不要忘了出門後要鎖門，然後明天早上，陽光露臉的一大清早你就會見到你母親。好了，祝你好運，親愛的，不要用跑的——謝爾登？謝爾登，掛掉電話！」但是他忘了這件事。他急著想要盡快逃離這棟可怕、寂寞又無父無母的房子，就這樣讓電話懸著，只是也沒什麼關係了，就算這棟房子全都燒光了也沒關係，因為謝爾登再也不會踏進這裡一步。

十月十九日星期日，他回到了高峰路。我父親開車到肯塔基州去接他，山迪也陪著一起去，裝著威許諾太太遺體的棺材則搭著火車在他們之後回來。我知道她在自己的車上已經被燒到面目全非，但還是一直想像著她躺在棺材裡仍緊握著拳頭，接著又想像自己被鎖在他們的廁所裡，威許諾太太就在門外教我怎麼開門。她多麼有耐心！多麼像是我自己的母親！如今她躺在棺材裡，讓她躺在那裡的人就是我。

那天晚上我就只能想著這件事，看著我母親像是戰場上的長官一樣引導謝爾登準備晚餐，又計畫了他的離開並讓他安全交到馬威尼家手上。是我害的。那時候我就只能想著這件事，現在也只能想著這件事。我害了謝爾登，也害了她。班格斯多夫拉比做了他要做的事，艾芙琳阿姨也做了她要做的事，但一切都是我起的頭——這場慘劇都是我害的。

十月十五日星期四，惠勒一手主導的政變在這天的非法作為達到最高點，早上五點四十五分，我們家的電話響了。我母親以為是我父親和山迪從肯塔基州打電話來說壞消息，或者更糟的可能是某人打電話來說關於他們兩人的壞消息，但這一次，是我阿姨帶來的壞消息。幾分鐘前，聯邦調查局探員敲了敲班格斯多夫拉比在華盛頓入住的旅館房門，艾芙琳阿姨前一天剛從紐華克過去，於是當晚正好也在旅館，否則她可能不會知道他失蹤時的狀況。探員根本也沒等房裡的誰過來開門，旅館經理乖乖拿著萬能鑰匙幫他們開了門，他們出示了班格斯多夫拉比的逮捕令後便靜靜等著他穿好衣服，他們給他戴上手銬，沒有向艾芙琳阿姨多解釋一個字就帶他出去，艾芙琳阿姨看他們開著一輛沒有任何標誌的車子將拉比載走，馬上打電話向我母親求助。但是這個時候我母親根本不可能把我交給別人照顧，自己搭五小時的火車去幫助一個已經好幾個月沒往來的妹妹。三天前，一百二十二名猶太人剛剛遭到殺害，而我們也才知道威許諾太太正是其中之一，我父親和山迪仍然在外面冒著生命危險要去拯救謝爾登，沒有人知道就算我們待在高峰路的家裡又會有什麼遭遇。目前為止，市內警察的交火造成三名當地的幫派分子死亡，是紐華克這裡發生最糟糕的事，雖然這起事件發生在總理大道的街角，還是讓街上的每個人感覺彷彿過去保護著家人的那堵高牆已經倒下了，不是貧民窟外的圍牆（那道牆保護不了任何人，更不能讓人免於恐懼及排外的病態心理）、不是一道想要擋住或者關住他們的牆，而是站在他們及狂亂貧民窟之間受到法律保護的防護牆。

那天下午五點，艾芙琳阿姨出現在我們家門口，看起來比起班格斯多夫拉比剛遭到逮捕她打電話來時更加瘋癲。華盛頓沒有人願意或者能夠告訴她，她的丈夫被關押在那裡又或者他到底是不是還活著，接著她聽說還有幾個看似無法撼動的大人物都遭到逮捕，例如拉瓜迪亞市長、萊曼州長以及弗蘭克福特大法官，她便整個人恐慌發作，搭上火車離開華盛頓。她不敢獨自回到拉比在伊莉莎白大道上的豪宅，也害怕如果自己先打電話來，我母親可能會叫她離我們遠一點，於是她從賓州車站搭計程車直接到了高峰路求我們讓她進來。幾小時前，收音機才傳來令人震驚的新聞快報：羅斯福總統剛抵達紐約要參加麥迪遜廣場花園的夜間抗議集會，結果遭到紐約警方「拘留」——因此讓我母親決定離開家，自從我一九三八年上幼稚園以來，這是她第一次來接我放學。先前她原本就跟街上其他人一樣，遵照普林茲拉比給社群所有人的指示，要如常過日子，讓他的委員會來處理安全問題，但是那天下午，她認定現在的情勢已經超過了拉比所能設想的狀況，除了她以外還有上百名其他母親也得到了類似的結論，在學校最後一聲鐘聲響起，孩子衝出門外要回家時，她就站在那裡準備接走自己的孩子。

「他們要抓我，貝絲！我得躲起來，你要把我藏起來！」

才過了一個禮拜多一點，彷彿我們的世界還不夠天翻地覆似的，還出現了我那位光鮮亮麗又高傲的阿姨，她是我們曾經見過最為出類拔萃的名人之妻（或者現在可能是寡婦了），嬌小的艾芙琳阿姨就站在那裡，沒有化妝、頭髮亂糟糟，突然就成了個妖怪，在她自己安排的這一齣大戲當中，遭逢災禍讓她變得如此醜陋而脆弱的模樣；我母親則擋在我們門口，比我所能想像中的她還要更憤怒，我從來沒有見過她這樣怒氣衝天，也從來沒聽過她說出一個髒字，我甚至不知道她會罵髒話。

「你怎麼不去躲在馮．里賓特洛普家裡？」我母親說，「你怎麼不去找你朋友馮．里賓特洛普先生保護你？你這蠢女人！**我**家人怎麼辦？你以為我們就不害怕嗎？你以為我們沒有危險嗎？自私的小賤人，我們**都**很害怕！」

「但是他們要來逮捕我！他們會對我嚴刑拷打，小貝絲，因為我知道真相！」

「你不能留在這裡！絕對不可以！」我母親說，「你有房子、有錢、有僕人——你有能夠保護你的一切東西，我們沒有那些東西，一樣也沒有。走吧，艾芙琳！走！離開這個房子！」

出乎意料的是，我阿姨轉向懇求我的保護：「親愛的孩子，小心肝——」

「你好大的膽子！」我母親怒吼一聲就關上門，差一點夾住艾芙琳阿姨朝我伸出求助的手。下一秒她伸手緊緊抱住了我，我的額頭抵在她胸口都能感覺到她的心跳。

「她要怎麼回家？」我問。

「搭公車。我們不必擔心那個，她會跟其他人一樣去搭公車。」

「可是，媽，她說的真相是什麼意思？」

「沒什麼，別去管她是什麼意思，你的阿姨已經不是我們要擔心的了。」

她回到廚房裡，將臉埋在雙手裡，馬上開始全身抽搐地啜泣著，她再也維持不了那層負責任父母的顧慮，原本她一直緊抓著這份力量，才能藏起自己的懦弱並維持住一切不致崩毀。

「謝爾瑪·威許諾怎麼會死了呢？」她問，「他們怎麼能逮捕羅斯福總統？這些事情怎麼會發生？」

「因為林白失蹤了？」我問。

「因為他**出現了**，」她回答，「都是因為他一開始要出現，這個非猶太的蠢蛋駕駛什麼笨蛋飛機！喔，我實在不應該讓他們去接謝爾登！你哥哥在哪裡？你父親在哪裡？」她似乎是在問，那段井然有序、充滿目標的日子又在哪裡？我們一家四口就能集結成最大、最大力量的日子又在哪裡？「我們甚至不知道他們在哪裡，」她說，只是聽起來彷彿她才是失去消息的人，「居然那樣送他們出門……我在想什麼？叫他們在這個時候出門，整個國家都……都……」

她說到這裡就刻意不再說下去，但是她的思緒連串下來已經夠清楚了：都是非猶太人在街上殺猶太人的時候。

我除了站在一旁看，其他什麼也不能做，看著她不斷流著眼淚，榨乾身體裡所有水分，這時的我只想著她身上出現如此驚人的變化：我母親也跟我一樣平凡。這番頓悟令我吃驚，年紀還小的我還不明白，那正是最強烈的依戀。

「我怎麼能趕她走？」她說，「喔，親愛的，怎麼，喔，外婆若是在這裡會怎麼說？」

可以想見，她陷入煩惱時就會表現出種種悔恨，對自我的譴責無情鞭笞著自己，好像還以為在如今這樣詭譎的時局中，其他人就能夠清楚分辨什麼是正確、什麼是錯誤；好像在這樣的困境之中，愚蠢從來不會出手干預引導著誰。但是她卻責怪自己的判斷錯誤，儘管如今已經找不到任何符合邏輯的解釋，這麼做也是自然而然，而且這些決定是由她的情緒引導，她也沒有質疑的理由。最糟糕的是，她深信自己的錯誤會造成空前災難，但要是她做出違反直覺的決定，就沒有更好的理由能夠責怪自己的所作所為。而一個孩子能夠做何感想？看著她承受著最令人痛苦的混亂困惑而整個人都垮下，他自己也害怕得發抖著，於是他發現了一個人若要做對什麼事情，必定也要做錯什麼，甚至是大錯特錯，尤其在混亂掌控著一切，所有事情都陷入危險之際，一個人最好靜靜等待、什麼都不做——只是什麼都不做也是在做些什麼……在這樣的情況下，什麼都不做就算是做了很多，即使這位母親每天都有條不紊地抵抗著生活中不可控制的接連變化，卻也沒有什麼方法整理如此邪惡的一團亂麻。

面對這一天的事態急轉直下（就算是一七九八年通過了僑民法和鎮壓叛亂法、就算是傑佛遜所謂聯邦黨人的「女巫統治」，大概也只能稍微與這樣的蠻橫無情或叛國之舉相提並論），那天晚上在四所當地學校中舉行了緊急會議，在紐華克小學教育體系中，所有猶太學生幾乎都在這些學校就讀。每場會議都是由憂心猶太公民委員會的一名成員主持。下午稍晚的時候一輛裝了擴音器的卡車在附近開來開去，通知大家要告訴鄰居有關這場會議的消息，如果人們不想將孩子獨自留在家中，也可以帶著他們一起去，而且墨菲市長已經向普林茲拉比保證，會在南區全面動員警力，警察的保護範圍最東擴及弗里林海森路，最北則到春田大道，讓眾人可以安心。警察局內所有支援的騎警，總共有兩隊各十二名分別駐守在四個不同轄區，市長已經特地徵召他們在威奎依西區與歐文頓接壤的街道（前一晚在歐文頓，主要商店街上一間猶太人經營的酒類商店先是遭人闖入洗劫一空，然後又被放火燒個精光），還有南邊與聯合郡以及希爾賽德鄰接的街道上巡邏（我對希爾賽德最有印象的就是二十二號公路旁規模龐大的必治妥施藥廠，我們用的以巴納潔牙粉就是在那裡製造，而前一天那裡一間猶太會堂的玻璃被打破了），也包括伊莉莎白（我母親的移民父母在世紀交接之際搬到這裡安頓，而對一個九歲小孩來說，這裡最有趣的地方就是利文頓街上的紐澤西椒鹽捲餅工廠，據說他們會雇用州內的聾啞人士來扭捲餅；而這裡的耶書崙猶太會堂墓園墓地遭人褻瀆，距離威奎依公園高爾夫球道只有幾個街區遠）。

快要到六點半時，我母親快步走到街上要去總理大道小學參加緊急會議，我則待在家裡，她交代我萬一我父親在路上打電話回家，我就要接起電話並接受付費。可庫薩家答應她會照顧我直到她回家為止，而確實如此，我母親正走下樓梯時，喬伊也正走了上來，一次走三級，是可庫薩太太叫他過來陪著我一起等那通長途電話，告訴我們我父親和哥哥都沒事，很快就會帶著謝爾登回到家（只是那一晚電話沒有響）。因為在戒嚴狀態下，軍隊已經徵用了貝爾電話公司的設施供軍方使用，平民還能使用長途電話服務，但是線路全占滿了，而距離我們上一次聽到我父親的消息已經過了四十八小時。

因為紐華克和希爾賽德的邊界就在我們家南邊大約還不到一百公尺處，所以那天晚上即使關起窗戶，我們還是能夠聽見警察的馬匹在轉角的奇爾路山坡上來回巡邏，馬蹄發出吵雜的達達聲，聽來似乎也頗令人安心。我推開臥室窗戶，探出頭到黑暗的巷子裡仔細聽，我就能聽見牠們，雖然只是微弱的聲音，聽著他們在高峰路上溜達，這條路繼續往前延伸就會變成希爾賽德的自由大道，自由大道穿過希爾賽德連接到二十二號公路，繼續往西則進入聯合郡，然後從那裡往南就進入了廣大的基督徒未知之地，那裡的城鎮名稱聽起來確實都是盎格魯薩克遜的發音，例如凱尼爾沃斯、密德薩克斯以及蘇格蘭平原。

這些地方不是路易斯維爾的郊區，但是我從來沒有去過這麼西邊的地方，雖然還得穿越過紐澤西州三個郡才能夠抵達賓州的東邊地界，但是在十月十五日晚上，我卻被自己噩夢般的想像嚇得寒毛直豎，感覺就像美國的反猶太怒火往東直撲而來，燒過了二十二號公路的管線，從二十二號公路冒出的大火燒到了自由大道，接著再從自由大道直接朝著我們所在的高峰路巷道湧來，燒上了我們的後門樓梯就像洪水猛獸，幸好紐華克警力中的馬匹那閃閃發光的平坦馬背組成了結實了屏障，紐華克最德高望重的拉比，也就是那位叫作普林茲的聖人，讓我們的街口能夠出現這樣的力量、速度及美麗。

可以想見的是，喬伊完全聽不見外面發生的事情，於是他就在各個房間裡跑來跑去，在房子兩頭的窗戶不斷探頭探腦，希望至少能看一眼其中一匹馬的樣子，這些馬匹的品種屬於四肢比較長的、軀幹更為精瘦、頭骨拉得更長，比起那些在孤兒院裡往我頭上踢了一腳的粗魯拉犁馬要更加漂亮；另外他也想看看那些穿著制服的警察，每位警察身上一襲舒適貼身的束腰雙排釦大衣，兩排銅釦閃閃發光，一邊腰上還掛著裝在槍套裡的手槍。

幾年前的某個星期天早上，我父親曾帶著山迪和我到威奎依公園的大眾球場上丟馬蹄鐵，一名騎警就騎著馬疾奔穿過公園要追捕某個搶了女士皮包的傢伙，紐華克一時間突然像是出現在亞瑟王的宮廷裡。那一天的景象讓我亢奮了好幾天，不時為了這番英勇表現而激動不已。警方會招募身體最柔軟、運動能力最好的警察接受訓練成為騎警，只要看著一名騎警輕鬆寫意、大搖大擺地在街上走過，停下來寫張停車罰單，然後在馬鞍上往旁邊傾，將罰單夾在汽車擋風玻璃的雨刷上，就足以讓一個孩子著迷不已，如果真要形容，這是在機器時代中最為出色而鶴立雞群的身體姿勢。在城市中知名的四方區中駐守的巡邏騎警，各自面對著不同的方向。到了星期六，很多家長會帶小孩到市區去那裡看正在值勤的馬匹，摸摸牠們沒有鼻子的鼻頭、餵牠們糖塊，知道每位配了馬匹的警察就等同於四名步行的警力，而當然，這些孩子也會問騎警幾個常見的問題，像是「牠叫什麼名字？」還有「這匹馬是真的嗎？」或者「牠的腳是什麼做的？」有時候你會看到一匹警馬被綁在忙碌的市區街道旁邊，背上披著藍白相間的鞍褥，上面印著代表紐華克警局的ＮＰ徽章，看來處變不驚又冷靜，一匹身高超過一百八十公分、體重四百五十公斤的閹馬，身側還綁著一根頗具威脅性的長警棍，看起來就像最美麗大方的電影明星那樣高傲厭世，同時才剛下馬的警察就站在一旁，穿著深藍色的馬褲配上黑色高筒靴，看來引人遐想的皮製槍套恰好就套在男人胯下的腫脹部位，他站在不斷按著喇叭的汽車、卡車及公車熙來攘往的混亂當中，不在乎自己會不會受傷，巧妙地揮手比畫，好讓市內交通恢復順暢。這些警察什麼都會，只是讓我父親惱火的是，他們也會衝進罷工抗議的人群中將維持秩序的工人踢得老遠。這天晚上，他們就在離我這麼近的地方，看起來一派耀眼的英雄姿態，確實有助於平撫我的緊張情緒，面對接下來可能出現的災難。

在客廳裡，喬伊拿下他的助聽器拿給我，交給了我，完全沒來由地就塞到我手上，有耳機及黑色的麥克風盒子、電池和所有線路。我不知道為什麼他覺得我會想要，尤其是在這樣的一個晚上，不過那一整套設備就這樣捲在我兩手屈起的掌心上，看來竟然比他戴著的時候更添了幾分陰森。我不知道他是想要我現在問他關於助聽器的事、欣賞一下，或者是要試著拆解開來修好。結果他是想要我戴上。

「戴起來。」他用自己空洞、像鵝叫般的聲音告訴我。

「為什麼？」我大叫著，「我又戴不下。」

「沒有人戴得下，」他說，「戴上。」

「我不知道怎麼戴。」我用自己最大的聲音抱怨著，於是喬伊把麥克風盒子夾在我的襯衫上，電池就放進我褲子的口袋裡，然後他檢查過所有線路後就等著我自己把成型的耳機塞進去。我照做了，閉上眼睛假裝那是一個貝殼，我們就在海岸邊，而他想讓我聽聽海浪的怒吼聲……但是我好不容易把耳機調整到適當的角度還得壓下心中的波濤洶湧，那耳機還殘留著他耳內黏膩的溫度。

「好了，現在要幹嘛？」

這時他靠了過來，好像自己調整的是電椅的開關，而我就是全民頭號公敵，他喜孜孜地轉動麥克風盒子中央的轉盤。

「我什麼都沒聽到。」我告訴他。

「等一下，我轉大聲點。」

「戴上這個會讓我變聾子嗎？」然後我覺得自己變得既聾又蠢，下半輩子都要困在伊莉莎白，在紐澤西椒鹽捲餅工廠裡扭捲餅。

他聽到我這麼說笑開了懷，只是我並不是在開玩笑。

「好了，」我說，「我不想做這個，現在不行，外面發生了很多不是那麼好的事情，你知道吧。」

但是他渾然不知有什麼不是那麼好，有可能是因為他是天主教徒，沒什麼好擔心的，或者只是因為喬伊這個人就是這樣。

「你知道賣這玩意兒的騙子說什麼嗎？他甚至不是醫生，」喬伊對我說，「但他還是幫我做了那個狗屁測試。他拿出自己的懷錶，就放在我耳朵旁邊對我說：『喬伊，你有聽見指針在走嗎？』我可以聽到一點點，然後他開始後退，他說：『喬伊，現在可以聽到嗎？』我聽不到，我什麼都聽不到，於是他在一張紙上寫了幾個號碼。接著他從口袋拿出兩枚五十分硬幣，又是一樣的程序，他在我耳邊敲硬幣，讓兩枚硬幣互敲，然後他說：『喬伊，你聽得見硬幣敲響的聲音嗎？』接著他又開始往後退，我看見他在敲硬幣，但是什麼也聽不見。『一樣。』我告訴他——於是他也寫下來。然後他看著自己寫下來的東西，看得非常、非常認真，接著就從抽屜拿出這組小破爛東西，把所有零件都戴到我身上，然後他對我父親說：『你兒子連青草長高的聲音都聽得見，這組助聽器就是這麼厲害。』」喬伊又開始轉轉盤，一直到我能聽見水流進浴缸的聲音，我就是那個浴缸，然後他猛然一轉到底，就像打雷了。

「不要鬧！」我大叫，「夠了！」但是喬伊開心地跳來跳去，於是我伸手把耳機扯出耳朵，一時間分心似的想著，如今拉瓜迪亞市長被捕了、羅斯福總統被捕了，就連班格斯多夫拉比也被捕了，眼前這番情勢對這個樓下新來的男孩來說，不過也就是像出門野餐一樣好玩，而就是在這個時候，我決定再次逃家。我對人的理解還是太稚嫩，不明白其實長遠說來，沒有人可以輕鬆愉快，而我自己也不會輕鬆愉快。我先是受不了樓下的謝爾登，現在我受不了樓下的喬伊，而當下我就決定了要逃離他們兩人。我會在謝爾登回來之前逃跑，我會在反猶太人群抵達這裡之前逃跑，我會在威許諾太太的屍體運到這裡、我還得出席喪禮之前逃跑。在騎警的保護之下，那一天晚上我就可以逃離一切追在我後面的東西，遠離一切討厭我、想要殺掉我的東西；我會逃離一切我所做的事情，還有一切我沒有做的事情，成為一個沒有人認識的男孩重新開始。而在那個瞬間我就明白了該逃到哪裡——伊莉莎白，到那裡的椒鹽捲餅工廠，我會寫紙條告訴他們我是聾啞人士，他們會給我一份做捲餅的工作，我永遠不會說話，也會假裝聽不見，這樣就不會有人發現我是誰。

喬伊說：「你知道那個喝馬血的小孩嗎？」

「什麼馬血？」

「聖彼得的馬啊，這個小孩趁著晚上溜進去，跑到農場上喝那匹馬的血，他們都在找他。」

「誰在找？」

「那些人，尼克，那些傢伙啊，年紀比較大的那些人。」

「誰是尼克？」

「那群孤兒裡的人，他十八歲了，做這件事的人就跟你一樣是猶太人，他們很確定他是猶太人，他們要找出他來。」

「他為什麼要喝馬血？」

「猶太人會喝血啊。」

「你根本不知道自己在說什麼。我不會喝血，山迪不喝血，我父母也不喝血，我**認識**的人都不喝血。」

「這個小孩就會喝。」

「是嗎？他叫什麼名字？」

「尼克還不知道，但是他們在找人了。不用擔心，他們會抓到他的。」

「然後他們要做什麼，喬伊？喝**他的**血嗎？**猶太人不喝血**，這麼說根本是**瘋了**。」我把他的助聽器還給他，想著現在我可以把尼克加進我必須逃離的其他一切東西。喬伊很快又在窗戶與窗戶間跑來跑去，想要瞧一眼馬匹，這樣的奇景在他的心裡簡直就跟水牛比爾的荒野大西部秀一樣精采，就在我們家門前搭起了大帳篷，最後他再也受不了距離這麼遙遠，一躍而起就衝出門去，那天晚上後來我就再也沒見到他。有謠傳說紐華克一匹警馬會學著自己背上的警察嚼著嚼菸，而且牠還能夠用右前蹄拍打地面來算數，喬伊後來聲稱自己看到這匹馬就走在我們街區上，這匹馬來自第八轄區，叫作奈德，牠會讓小孩拉著自己的尾巴擺盪而不會抬起後腳踢走他們。或許他真的見到了傳說中的奈德，或許這樣就值得了，不過因為他那天晚上丟下我就沒有再回來，只顧著自己喜愛追求刺激，而不是聽他母親的命令，於是隔天早上他父親下班回家後狠狠處罰了喬伊，他抽出夜班警衛巡更鐘上的黑色皮帶，毫不留情抽打在**喬伊**有如馬匹的臀部上。

喬伊消失之後，我把門關上又加了兩道鎖，本來想要打開收音機讓自己分心別再煩惱，只是我又害怕在正常的節目表中會再插入什麼快報，那我就得自己一個人承受，聽著可能比一整天不斷傳來更恐怖的消息。我很快又開始盤算著逃跑到椒鹽捲餅工廠，我記得大概一年前在《週日訪報》上有一篇工廠的報導，因為我在學校得做一份有關紐澤西產業的報告，所以就剪下來帶到學校，在那篇報導中說工廠的老闆是一位庫恩茲先生，新聞中引述他的話，破除了過去顯然全世界的人都這麼認為的想法，說要教會某人做椒鹽捲餅得花好幾年。「我只要一個晚上就能教會他們，」他說，「前提是他們教得會。」那篇報導中有很大篇幅都在討論椒鹽捲餅上到底要不要灑鹽，庫恩茲先生說在外面灑鹽其實沒有必要，他會灑鹽只是為了「滿足市場期待」，他說重點在於麵團要加鹽，而州內所有椒鹽捲餅的工廠中只有他這麼做。文章中說庫恩茲先生有一百名員工，其中有相當多聾啞人士，不過也有「放學後來工作的男孩女孩」。

我知道哪一路公車有經過椒鹽捲餅工廠，厄爾和我那天下午跟蹤著那名基督徒回到他伊莉莎白的家，厄爾某個瞬間一眨眼還以為自己看見了仙子，當時就是坐這路公車。我得祈禱這位仙子不會搭上同一班公車，要是他剛好也在，我就會下車改搭下一班。我得帶在身上的東西有一張紙條，這一次的紙條不是瑪麗．凱瑟琳修女寫的，而是一位聾啞人士：「敬愛的庫恩茲先生，我在《週日訪報》讀到您的報導，我想要學會製作椒鹽捲餅，我知道自己只要一個晚上就能教得會。我又聾又笨，我是孤兒，您願意給我工作嗎？」然後我簽下名字：「謝爾登．威許諾。」我這輩子都想不到其他名字了。

我需要紙條，還需要衣服，我得讓庫恩茲先生看見覺得我是個可以相信的孩子，而且也不能不穿衣服就跑過去。這一次我需要計畫，就是我父親所謂的「長遠計畫」，我馬上就想到了：我的長遠計畫就是在椒鹽捲餅工廠工作存錢，存夠了錢就買一張單程火車票到內布拉斯加州的奧馬哈，弗萊納根神父的男孩之家就在那裡。我是從史賓瑟．崔西的電影裡知道男孩之家與弗萊納根神父的，美國的每個男孩也都是這樣知道的，這位演員還因為扮演這位知名的神父而獲得奧斯卡金像獎，然後他將自己的奧斯卡獎捐給了真正的男孩之家。我五歲時的某個週六下午在羅斯福戲院跟山迪一起看這部電影，弗萊納根神父收留了這些流落街頭的男孩，有些人已經會偷東西、混幫派，神父帶他們到他的農場上，讓他們吃飽穿暖並且受教育，他們還在那裡打棒球、唱詩歌，學習如何成為優秀的公民。弗萊納根神父就是他們所有人的父親，不在乎他們的種族或信仰，那裡大多數男孩都是天主教徒，有幾個新教徒，但是在農場上也住著幾位需要幫助的猶太男孩，這是我父母告訴我的，他們就跟其他上千個美國家庭一樣都看過這部電影，為之落淚，因此每年都會拋開宗教歧異捐錢給男孩之家。雖然說等到我抵達奧馬哈也不會說自己是猶太人，我會說（經過漫長等待終於開口大聲說）我不知道自己是什麼人、叫什麼名字，我什麼也不是、誰也不是，只是一個男孩別無其他，更遑論要為威許諾太太之死、她的兒子變成孤兒而負責。從此以後，就讓我的家庭把她的兒子當成自己的兒子撫養，他可以睡我的床，他可以擁有我的哥哥，他可以擁有我的未來，我要在內布拉斯加州跟著弗萊納根神父開創自己的人生，這裡比肯塔基州離紐華克還要更遠。

突然我想到了另一個名字，於是重寫了紙條，改簽下「菲利普．弗萊納根」。然後我準備到地下室去拿紙板行李箱，先前第一次要逃家之前我就把偷來的謝爾登衣服藏在這裡，這一次我會在行李箱裡打包自己的衣服，然後在口袋裡帶著在維農山莊買的迷你錫製火槍，以前我還有在認真集郵、還會收到信件的時候，都用這把模型劃開郵票公司寄來的信封。火槍上的刺刀還不到三公分長，但既然這一離開家就不回來了，我就需要能夠保護自己的東西，而我只有一把拆信刀。

幾分鐘後，我拿著手電筒走下樓梯，我之所以能夠鼓起勇氣讓雙腳不會發軟，因為我知道這是我最後一次必須走進這個地下室裡，面對那台絞乾機、或是巷子裡的野貓、或者下水道，或是死人的鬼魂，又或者是那面對著街道潮濕而發霉的牆，獨腳艾爾文曾經在這裡潑濺出自己的苦楚。

天氣還沒變冷，所以我們還不必燒煤，我站在地下室樓梯底部，將手電筒照向灰撲撲而龐大的煤爐，裡頭沒有火，在我眼中看起來就像是華麗的焚化爐，就算那些有錢、有權的人過著再怎麼舒服的日子，最後也都進了這裡。我站在那裡，祈禱著謝爾登的父親已經離開去了肯塔基（或許塞在我父親後車廂裡沒有人看見）接他死去的妻子，但我也非常清楚他並沒有，他做鬼的任務就是要跟我待在這裡，他的幽靈心臟正惡狠狠地咒罵著，所有惡毒的話語都是針對我。「我並不想讓他們搬家，」我低聲說，「那是個錯誤，真正該負責的人不是我，我不是故意要讓謝爾登變成目標。」

我對著無情的亡者好一番懇求，當然我也準備好迎接語畢後不免隨之而來的靜默，但是我卻聽見有人呼喊我的名字回應——而且還是女人！就在煤爐的背後，有個女人哀號著我的名字！才死了幾個小時，竟然已經回來準備糾纏我一輩子！

「我知道真相。」她說，接著從我們的儲藏箱裡頭冒出一個有如德爾菲神廟中走出來的神諭女祭司，那是我的阿姨。「他們在追我，菲利普，」艾芙琳阿姨說，「我知道真相，他們會殺了我！」

因為她得上廁所、吃東西，而我除了給我阿姨她所需要的東西之外也不知道可以做什麼，於是我別無選擇，只能帶她跟我一起上樓。晚餐還剩下半條麵包，我切了一片抹上奶油，然後幫她倒了一杯牛奶，另外我也拉上了廚房的百葉窗，這樣對面的人就看不見屋裡，她上完廁所後進到廚房，狼吞虎嚥地將一切東西吃下肚。她把外套和皮包放在大腿上，仍然戴著帽子，我希望只要她吃夠了就會起身回家，這樣我就能下樓去拿行李箱、打包好，在我母親開完會回家之前逃走。但是她一吃完東西就會說個沒完沒了，說了一次又一次她知道真相，所以他們要來殺她。她告訴我，他們會出動騎警找出她藏在哪裡。

她說完這句驚人之語後我們便陷入沉默，在那樣的情況下，突然間再也沒有什麼能讓人預料到的發展，而我這樣的孩子差一點就要相信了。我們兩人聽見一匹馬的馬蹄聲踩踏在前往總理大到的街區上，就這樣一路聽著聲音接近，「他們知道我在這裡。」她說。

「他們不知道，艾芙琳阿姨。」但是我說出這些話的時候，自己聽了都不相信。「**我**就不知道你在這裡。」

「那你為什麼來找我？」

「我不是去找你，是去找別的東西。警察在外面，」我對她說，即使我盡量拿出誠懇的語氣，但還是確信自己刻意在說謊，「警察在外面是因為反猶太主義的暴動，他們在街道巡邏是為了保護我們。」

她揚起微笑，那種只對著自己信任的人才有的微笑，「菲利普，才不是這樣。」

這個時候我已經不知道我們兩人所說的話到底有**什麼**是真的。她的瘋狂投射出一片陰影，漸漸籠罩了我，而這時的我還不知曉，她躲藏在我們的儲藏箱裡時，或者更早以前，看著聯邦調查局給拉比戴上手銬將他帶走的時候，阿姨確實已經瘋了。當然，也或許是那天晚上在白宮，她和馮・里賓特洛普共舞時就已經開始一步步陷入瘋狂，再也無法挽回。那是我父親的理論：早在拉比遭到逮捕以前，班格斯多夫贏得總統的信任而爬到了如此高位，這樣不體面的事情讓整個猶太紐華克地區都震驚不已，那時她便已經拋棄了自我，選擇接受同樣那套謊言，將整個國家變成了瘋人院：瘋狂崇拜著林白以及他的世界觀。

「你想躺一下嗎？」我問，但又害怕她會說好，「你需要休息嗎？要不要我找醫生來？」

這時她緊緊握住了我的手，力道大到她的指甲都陷入我手背的肉裡，「最親愛的菲利普，我**什麼**都知道。」

「你知道林白總統發生了什麼事嗎？你是這個意思嗎？」

「你母親呢？」

「在學校開會。」

「親愛的孩子，你要帶食物和水給我。」

「我嗎？當然，去哪裡？」

「在地下室，我不能從洗衣槽喝水，會有人發現我的。」

「那可不行，」我說著，馬上想起了喬伊的祖母以及她身上飄出那股強烈的瘋狂氣息，「我會把一切東西拿給你。」但是既然答應了她這件事，我就不可能逃跑了。

「你們家有沒有蘋果？」艾芙琳阿姨問。

我打開冰箱：「沒有，沒有蘋果，我們沒有蘋果了。我母親最近沒辦法太常出門採買，不過有一顆梨子，艾芙琳阿姨，你要吃嗎？」

「好，再來一片麵包，再幫我烤一片麵包。」

她的聲音一直在變，現在她聽起來彷彿我們不過是在準備出門野餐的東西，僅此而已，盡量拿出我們手上有的好東西，帶到威奎依公園，到湖邊坐在樹下吃東西，好像眼下的各項事件對我們來說都無關緊要，大概對美國的其他人來說正是如此：對基督徒來說就是有點惱人的吵鬧，最多就這樣了。既然美國有超過三千萬個基督徒家庭，卻只有大約一百萬個猶太家庭，說真的，他們怎麼會在乎呢？我又切了一片麵包讓她帶到地下室，而且特別塗滿了奶油。要是之後有人問起少掉的麵包，我就說喬伊吃掉了，還有那顆梨，然後他就跑掉去看馬了。

我母親回家時知道我父親還沒打電話回家，完全藏不住自己的反應，她失魂落魄地看著廚房的時鐘，或許是想起了這個時候通常該做什麼事：上床睡覺，所要做的就是讓孩子洗臉、刷牙，用這樣的心滿意足來好好結束塞滿一整天可以完成的勞動。現在**已經**九點了——或者我們一直以來都被誤導了，相信這一整套完全可靠、不會改變的生活感，如今卻發現一切只是一場騙局。

然後每天上學、放學的日常，那也是騙局，他們試圖利用這套狡詐的騙術來軟化我們的心智，讓我們懷著合理的期待和荒謬的信任感，是嗎？「為什麼不用上學？」當我母親告訴我明天學校會放假時，我問道。「因為，」她回答時的語氣措辭盡量平淡而簡潔，會議上建議家長這麼做，這樣他們既能說真話又不會讓小孩害怕得太厲害，「情況又更惡化了。」「什麼情況？」我問。「我們的情況。」「為什麼？現在發生什麼了？」「什麼都沒有發生，只是你們小孩子明天最好留在家裡。喬伊呢？你朋友在哪？」「他吃了些麵包又拿了梨子，然後他走了。他從冰箱拿出梨子然後就跑出去，他去看那些馬了。」「你確定沒有人打電話來？」她問，她實在是太累了，也懶得生喬伊的氣，追究他居然在這個時候讓她失望。「媽，我想知道為什麼不用上學。」「你一定要今晚知道嗎？」「對，為什麼我不能去學校？」「好吧……因為我們可能要跟加拿大打仗了。」「跟**加拿大**？什麼時候？」「沒有人知道，但是你們最好都先待在家裡，等看看情況怎麼樣再說。」「可是為什麼我們要跟加拿大打仗？」「拜託，菲利普，我今天晚上已經受夠了，我已經把我知道的一切都告訴你了，你堅持要聽我就告訴你，現在我們只能等待，我們要跟其他人一樣等著看後續的狀況。」接著，彷彿我父親和哥哥下落不明的情況並沒有讓她腦中奔馳著最可怕的想像，也就是我們兩人現在就和威許諾家一樣，只是一對孤兒寡母，她說（頑固地努力遵守過去九點鐘該做的事）：

「我要你去刷牙洗臉，上床睡覺。」

床鋪，彷彿就是一片溫暖而舒服的地方，而不是恐懼的培養皿，床鋪依然存在。

跟加拿大打仗對我來說其實也不算太神祕，我比較難想通的是夜裡艾芙琳阿姨想上廁所的時候該怎麼辦。依我所能了解的，美國終於要參與這場世界大戰了，只是我們並非加入英國及大英國協的陣營，過去羅斯福總統主政時大家都認為我們應該會支持這一方，結果我們反而是加入了希特勒以及他的結盟國家義大利及日本。而且，我們已經整整兩天沒有我父親和山迪的消息了，只能胡思亂想，他們很有可能遭遇了謝爾登母親那樣恐怖的命運，遇上了燒殺擄掠的反猶太主義分子遭到殺害；明天還不用上學，就我看來，如果惠勒總統現在打算施行納粹對德國猶太小孩所實行的法律，我們可能再也不能上學了。一場令人無法想像的政治空前大災難將自由的社會轉變成警察國家，但小孩就只是個小孩，而我躺在床上只能想著，萬一艾芙琳阿姨必須方便，那她就只能在我們儲藏箱的底部方便了；眼下我心頭就只壓著這一件無法控制的事情，其他的都不能管了，就像其他一切煩惱都化作具體而糾纏著我，又抹去了其他一切。雖是最微不足道的危險，此刻卻顯得重要到不可忽視，於是到了午夜時分，我躡手躡腳走進廁所，在毛巾櫃下面一格的後面找出了我們買給艾爾文的尿盆，讓他剛從加拿大回來時能應急使用。我已經走到了後門，準備把尿盆拿下去給艾芙琳阿姨，這時我母親穿著睡衣將我逮個正著，看見我一個小男孩被眾多瑣事壓到就快要發瘋的樣子，她也嚇得不輕。

幾分鐘後，我母親帶著艾芙琳阿姨走上樓梯進到我們家。我無須解釋這在可庫薩家造成了多大的騷動，也不必多說喬伊那嚇人的祖母見到了我那嚇人的阿姨後有多麼不客氣的反應，大家都很熟悉飽受苦難到了極限時會是多麼荒謬的畫面。我母親叫我去睡在我父母的床上，她和艾芙琳阿姨則占用了我的房間，而我母親接下來的重大任務就是阻止她妹妹跑下山迪的床，偷偷溜進廚房打開瓦斯殺了我們全家。

長達兩千四百公里的往返旅程是山迪這一生最難忘的冒險，對於我父親而言則讓他的命運更加多舛，我想那就是他的瓜達康納爾島戰役，他的突出部之役。四十一歲的他已經超過了被徵召的年紀，那年十二月，林白的政策失去人民信任、惠勒也失勢，羅斯福又重返白宮，美國終於參戰對抗軸心國，因此這趟旅程大概就是他最能夠體會前線士兵的時候，感受他們的恐懼、疲累及生理上的折磨。他戴著鐵製的高頸圈、照顧著兩根斷裂的肋骨以及臉上剛縫合的傷口，還有一口斷裂的牙齒——他把可庫薩先生多出來的那把槍放在副駕駛座的置物箱裡，以免那群已經殺了一百二十二名的傢伙來找碴，畢竟這輛車正是要前往他們所在的地區。他開了一千兩百公里到肯塔基州，中途只為了加油和上廁所才停車，然後他們在馬威尼家睡了五小時、吃了點東西，便掉頭往回走，只是這時他縫合的那一道長長傷口已經隱約出現感染，讓他疼痛不堪，而後座的謝爾登也不停鬧肚子又發燒，不停出現他母親的幻覺，不斷說著自己要使出什麼神奇絕招好讓她復活。

出發前往的這趟路只花了二十四小時多一點，回程卻花了三倍長的時間，因為他們必須數度停車，讓謝爾登在路邊嘔吐或者拉下褲子蹲在水溝上，另外也是因為他們在西維吉尼亞州查理斯頓附近半徑三十二公里的範圍內繞路（他們迷路了也無計可施，只能不停繞圈子，而不是逕直往東北方的馬里蘭州走），在這一天多的時間裡，車子就分別拋錨了六次：一次是卡在亞洛伊小鎮的鐵路鐵軌、電力線路及龐大的輸送帶系統中，這座小鎮上只有兩百人，在電冶金公司工業廠房外面周圍堆放著像小山一樣的礦石與二氧化矽；一次是在附近的小鎮叫布莫，鎮上的煉焦爐燃燒起來的火焰能有半天高，即使已經日落了，我父親站在沒有路燈的街道中央也能在那片白熾下看地圖（或者看錯地圖）；一次在貝爾，又是一個如地獄般的工業小鎮，他們下車要抬起引擎蓋想要看看哪邊出問題時，杜邦化工的氨生產廠散發出的惡臭煙霧差點讓他們昏倒；一次是在南查理斯頓，謝爾登看著這座城市覺得就像「一頭怪獸」，因為那些貨運場、倉庫以及煤煙薰黑了的工廠上那一道道又長又黑的屋頂，不停冒出熱氣和煙霧；還有兩次就在州首都查理斯頓的外圍，他們午夜時分困在那裡，我父親為了打電話叫拖車，只能徒步翻越鐵路堤防再爬下一堆垃圾山，走到一處橋梁，橋下的河面上排列著運煤駁船、疏濬駁船以及拖船，想在河邊的小餐館找公共電話，同時他讓兩名男孩單獨一起待在停放在河濱小路的車上，再往前就是一片數不清的工業廠房，有棚架、工寮、鐵皮屋還有沒加頂蓋的運煤車，以及起重機、吊臂和鐵架高塔，電爐及熊熊燃燒的熔爐，貼地的儲存槽與高聳的鐵絲網圍欄，如果你相信那塊告示牌大小的招牌上所寫的，這處廠房就是「世界最大的生產工廠，專做斧頭、手斧及鐮刀」。

這間堆滿了銳利刀鋒的工廠完全摧毀了謝爾登心中僅存的最後一絲冷靜，到了早上他仍不斷尖叫著，說印地安人要來削他的頭皮了。奇怪的是，他說的似乎有點道理：即使不是神智不清的人也確實可以做這樣比喻，我們就像是不請自來的白皮膚墾居者，一開始克服了阿帕拉契山脈的屏障，湧入了德拉瓦及阿爾岡昆部落最喜歡的狩獵地區，只是當地居民要面對的入侵者並非陌生又長相怪異的貪婪白人，而是陌生又長相怪異的猶太人，光只是存在就是一種挑釁。不過這一次，使用暴力捍衛自己的土地不受篡奪、保護自己的生活方式不遭破壞的並非由偉大的特庫姆塞領導的印地安人，而是堂堂正正的美國基督徒，而美國代理總統放縱他們的行為。

這時已經是十月十五日，這個週四拉瓜迪亞市長在紐約遭到逮捕，第一夫人遭囚禁在華特里德，而羅斯福總統也跟著一群「羅斯福猶太人」一同「被拘留」，據說這些人一手策畫了林白總統的綁架案，班格斯多夫拉比也在華盛頓被捕，艾芙琳阿姨就在我們家的儲藏箱裡崩潰了。同樣這一天，我父親和山迪就在西維吉尼亞州的山區裡尋找這郡裡唯一一位有執照的醫生（而不去找那位有執照的理髮師，雖然他已經表示自己可以勝任），想要讓他開點藥給謝爾登好讓他安靜下來。他們在鄉間的泥巴路旁找到的男人已經七十好幾，渾身散發出威士忌的味道，這位優秀、善良又活力充沛的老「醫生」經營著一間鄉村診所，其實只是一間小木屋，病人就在前門廊排隊等著看病，山迪後來形容給我聽，說那是他所見過最衣衫襤褸的一群白人。醫生認為謝爾登的譫妄主要是因為脫水，囑咐謝爾登要花一個小時在屋後小溪附近的一口水井旁，喝下一瓢又一瓢的水。同時，醫生也把我父親臉上傷口感染而生的膿液擠出，避免引發敗血症，當時那個年代才剛發現抗生素，而且不容易取得，毒性可能會透過循環系統擴散全身，在他回家之前就會要了他的命。雖然這位老人家正確診斷出初期敗血症的症狀，但他將傷口縫合回去的技巧就沒那麼好了，結果是我父親下半輩子的臉就像是他在海德堡求學時跟人決鬥才留下疤痕，事後看起來，這疤痕似乎不只是那趟旅程中突發狀況的象徵，對我來說，更是說明了他近乎執著的嚴謹自持。最後他回到紐華克時，已經因為不斷發燒又發冷而耗盡精力，而且咳嗽得非常厲害，簡直就跟威許諾先生的咳嗽一樣令人緊張，他一進到我們廚房就昏倒癱軟在餐桌上，於是可庫薩先生直接將他再一次帶到貝斯以色列醫院，他差一點就因肺炎身亡。不過在他拯救謝爾登之前，沒有什麼能夠阻止他。我父親樂於救人，而孤兒更是他的長項，比起必須搬到聯合郡或者出發到肯塔基州，失去父母而成為孤兒是更加可怕的無依無靠，他會告訴你，看看艾爾文發生了什麼，看看外婆過世後他的小姨子變成了什麼樣子，沒有人應該無父無母，若是無父無母，你就容易受人擺布、受人蠱惑，既是無依無靠，什麼都有可能傷害你。

這時的山迪就窩在診所前門廊的欄杆旁素描著病人，其中一名是十三歲名叫瑟希爾的女孩。那些年裡，我早熟的哥哥在短短二十四個月中就變了三個人，那幾年，即使是如此沉穩自若的他，似乎也是做什麼都不讓人滿意，就算他已經出類拔萃：我父母不喜歡他去幫林白工作並且成為艾芙琳阿姨那位口才便給的優秀男孩，還是紐澤西州最熟知菸草種植的權威；我父母也不喜歡他離開林白轉而追求女孩，一夜之間變成住家附近最年輕的風流情聖；如今，他自願帶著我父親越過四分之一的大陸到馬威尼家農場，希望藉著展現出如此正直的勇氣，他能夠重拾長子的聲望地位並回到那個曾經排擠他的家，但是他卻因為隨手的自娛之舉而完全破壞了自己的計畫，他一定認為自己只是「展現藝術天分」，完全無傷大雅：畫下年輕而有魅力的瑟希爾。我父親從醫生的辦公室走出來時，臉頰上已經包著新的繃帶，他看見山迪在做什麼，馬上拉著他褲頭上的皮帶將他拖走，連帶還有他的素描簿和一切工具，將他拖出門廊邊到了路上塞進車裡。「你瘋了嗎？」我父親低聲道，頂著頸圈居高臨下朝他射出凌厲的眼神，「你是不是有毛病，居然畫她？」「只是她的臉。」山迪想要解釋，將素描簿抱在胸前——他說謊了。「我不管你畫什麼！難道你沒聽過里歐・法蘭克嗎？你沒聽過他們在喬治亞州私刑處置的那個猶太人，就因為那個工廠小女孩的事？不准**畫**她，渾蛋！畫**誰**都不行！這些人不**喜歡**被畫下來——你看不出來嗎？我們一路來到肯塔基州接這個男孩，就因為他們放火將他母親燒死在車裡！老天，收起那些畫畫的東西，不准再畫女孩子了！」

他們終於又上路了，完全不知道費城裡已經滿是美國陸軍的坦克及部隊（我父親希望能在十七日的日出前趕到那裡），我父親也不知道蒙提伯伯完全不顧我母親的懇求，除了自己的苦難不在乎其他人的，因為我父親連續第二個禮拜沒去上班而開除了他。我父親選擇反抗，班格斯多夫拉比選擇合作，而蒙提伯伯選擇了他自己。

為了趕到博伊爾郡及馬威尼家，他們往南以對角線穿過紐澤西州到肯頓、越過德拉瓦到費城，再從那裡南下到巴爾的摩，接著往西又往南穿過長長的西維吉尼亞州，接著進入肯塔基州，開了大約一百六十公里之後抵達列星頓，在靠近一個叫作凡爾賽的地方再轉向南邊，前往博伊爾郡的起伏山丘。我那張百科全書裡的摺頁地圖上畫了四十八個州再加上加拿大十個行省，我母親把地圖攤平在餐桌上追蹤他們的旅程，無論何時，只要焦慮淹沒了她就去看一看；同一時間在路上的山迪，若天色暗了就拿著手電筒，攤開一張艾索加油站的地圖規劃路線，還要留神注意著可疑人物，尤其是他們穿過某個只有一條街道的陰暗小鎮，就連在地圖上都找不到小鎮名稱的時候。除了回程車子拋錨的那六次以外，在西維吉尼亞州，光山迪記得的就還有另外六次，因為我父親不喜歡跟在他們車後那輛卡車的破爛模樣，或者路邊某家小酒館旁邊隨意停放的皮卡車，又或者是在加油站那個穿著連身工作服的小子幫他們加油之後，看了看車子前方，接過他們的錢時就往地上啐了一口，這種時候他就會叫山迪打開副駕駛座的置物箱，將可庫薩先生的備用手槍遞給他，他開車時就把槍放在大腿上，彷彿他這個一輩子從沒開過槍的人，若是在必要的時刻也不會猶豫，馬上就會扣下板機。

山迪一回到家就憑著記憶畫下自己少年時代最傑出的作品，他們挺進險峻的美國地區這段大冒險的圖解歷史，承認自己這一路上大概都一直處在恐懼當中：他們經過那些三K黨活躍的城市時他害怕，知道一定有些三K黨潛伏等著哪個有勇無謀的猶太人膽敢開車經過，不過他們遠離了那些恐怖的城市後，即使已經離開了那些褪色的告示牌、小型加油站，也老早就看不見那些住著衣不蔽體、最為窮困的人民的簡樸小屋子，他還是一樣害怕——山迪在畫中精細描繪出那些破舊的小木屋，四個角落堆起不甚結實的石堆來支撐屋子，牆上挖出洞來當成窗戶，簡陋搭成的煙囪一頭已經搖搖欲墜，在飽受日曬雨淋的屋頂上散落著幾塊石頭，壓住已經鬆垮的瓦片；最後他們開著車進入我父親所謂的「荒野」。山迪說，他們疾駛經過了成群的牛隻、馬匹，還有穀倉和筒倉，完全沒碰到其他車輛，他很害怕；車子開在山路上的髮夾彎，路旁既沒有路肩也沒有護欄，他很害怕；有的時候在柏油路上開一開就開上了碎石子路，周圍全是森林，他們彷彿成了遠征西部的路易斯與克拉克，他也害怕。尤其讓他害怕的是，因為我們的車上沒有收音機，所以他們不知道針對猶太人的屠殺是否停止了，或者他們可能正直直駛入這個國家中最想殺了我們這種人的熊熊怒火當中。

似乎唯一一件**沒有**嚇到我哥哥的插曲就是在醫生家門前讓我父親驚駭失色的那件事：山迪畫下了一名西維吉尼亞州山區女孩的畫像，她的相貌顯然讓我哥哥創作慾大旺。原來，她的年齡正好跟三十幾年前在亞特蘭大遭到殺害的「工廠小女孩」相同（這是全國上下對她的稱呼），兇手正是她的猶太監工，二十九歲已婚的里歐・法蘭克。這起轟動的案件發生在一九一三年，有人發現可憐的瑪麗・費根躺在鉛筆工廠地下室的地板上，脖子上套著繩索，明顯死亡，而在她遇害的這一天稍早她才去了法蘭克的辦公室領工資，這個案件很快就占滿了報紙版面，北方**以及**南方都一樣。當時我的父親還是個敏感的十二歲男孩，才剛從學校畢業而開始幫忙賺錢養家，在東奧蘭治一間帽子工廠工作，他在那裡接受了常見的第一流唾罵震撼教育，將他和送基督釘上十字架的那些人連結在一起，拆也拆不開。法蘭克被定罪之後（根據的是並不完全可靠的間接證據，今時今日也已經全部受到質疑），一名和他關在同監獄的獄友劃開他的喉嚨，差點就殺了他，而那名囚犯竟成了全國的英雄。一個月後，一群受人敬重的公民變成了施行私刑的暴徒，將法蘭克從他的監獄囚室中劫走，並將這個「性虐待狂」吊死在喬治亞州瑪麗埃塔（瑪麗．費根的家鄉）一棵樹上，完成了那名囚犯的未竟之業，此舉贏得了我父親工廠裡許多同事的大力讚許，也是公開警告其他「猶太色狼」滾出南方，不准靠近他們的女人。

當然，在一九四二年十月十五日那天下午，我父親在西維吉尼亞州鄉間所感受到的那股危險，法蘭克的案子只是小部分助長了這種情緒的歷史，整件事其實還可以回溯到更久以前。

謝爾登就這麼搬來與我們同住。他們安全從肯塔基州回到紐華克後，山迪搬進了日光室，而我旁邊那張床在艾爾文和艾芙琳阿姨都離開後，便由謝爾登接收，又是一個在林白統治的美國中遭受惡意欺辱而崩潰的人。這一次我不必照顧斷肢了，這個男孩自己就是斷肢，要再過十個月，他母親的已婚姐妹才會接他過去同住，在此之前我就是他的義肢。

# 後記

## 給讀者的話

《美國外史》是一部虛構作品，這篇後記的目的是給有興趣的讀者參照，藉此追蹤哪個部分為止屬於史實、而哪個部分開始又是想像的歷史。以下所列出的事實都取自下列資料來源：約翰·湯瑪斯·安德森（John Thomas Anderson），《伯頓惠勒參議員與美國外交關係》（*Senator Burton K. Wheeler and United States Foreign Relations*）（於維吉尼亞大學對研究教學人員的演講），一九八二；尼爾·鮑德溫（Neil Baldwin），《亨利福特與猶太人：大量製造的仇恨》（*Henry Ford and the Jews: The Mass Production of Hate*），二〇〇一；A·史考特·伯格（A. Scott Berg），《林白》（*Lindbergh*），一九九八；傳記資源中心（Biography Resource Center），《紐華克新聞晚報》（*Newark Evening News*）及《紐華克星報》（*Newark Star-Ledger*）；艾倫·波德納（Allen Bodner），《拳擊屬於猶太運動的年代》（*When Boxing Was a Jewish Sport*），一九九七；威廉·布里吉華特（William Bridgwater）與西摩爾·寇茲（Seymour Kurtz）編纂，《哥倫比大百科》（*The Columbia

*Encyclopedia*），一九六三；詹姆斯・麥葛雷格・伯恩斯（James MacGregor Burns），《羅斯福：自由的兵士》（*Roosevelt: The Soldier of Freedom*），一九七〇，以及《羅斯福：獅子與狐狸》（*Roosevelt: The Lion and the Fox*），一九八四；韋恩・S・寇爾（Wayne S. Cole），《美國第一：反對干預之戰，一九四〇至四一年》（*America First: The Battle Against Intervention, 1940-41*），一九五三；山德・A・戴蒙德（Sander A. Diamond），《美國的納粹運動，一九二四年至一九四一年》（*The Nazi Movement in the United States, 1924-1941*），一九七四；約翰・德雷瑟爾（John Drexel）編纂，《二十世紀檔案紀實百科全書》（*The Facts on File Encyclopedia of the Twentieth Century*），一九九一；亨利・福特（Henry Ford），《國際間的猶太人：全世界的第一問題》（*The International Jew: The World's Foremost Problem*），卷三、《美國生活的猶太影響》（*Jewish Influences in American Life*），一九二〇至二二年；尼爾・蓋伯勒（Neal Gabler），《溫徹爾：八卦、權力與名流文化》（*Winchell: Gossip, Power, and the Culture of Celebrity*），一九九四；蓋爾集團出版（Gale Group Publishing），《當代作家》（*Contemporary Authors*），卷一八二，二〇〇〇；約翰・A・蓋瑞提（John A. Garraty）與馬克・C・卡恩斯（Mark C. Carnes）編纂，《美國國家傳記》（*American National Biography*），一九九九；蘇珊・赫塔格（Susan Hertog），《安妮莫洛林白：她的一生》（*Anne Morrow Lindbergh: Her Life*），一九九九；理查・霍夫斯塔德特（Richard Hofstadter）與碧翠絲・K・霍夫斯塔德特（Beatrice K. Hofstadter）編纂，《美國歷史重大議題：自重建時期至今日，一八六四年至一九八一年》（*Great*

*Issues in American History: From Reconstruction to the Present Day, 1864-1981*），卷三，一九八二；喬瑟夫・G・E・霍普金斯（Joseph G. E. Hopkins）編纂，《美國傳記辭典》（*Dictionary of American Biography*），附冊三至九，一九七四至一九九四；喬瑟夫・K・霍華（Joseph K. Howard），〈伯頓惠勒的崛起與衰落〉（"The Decline and Fall of Burton K. Wheeler"），《哈潑雜誌》（*Harper's Magazine*），一九四七年三月；哈洛德・L・伊克斯（Harold L. Ickes），《哈洛德伊克斯祕密日記》（*The Secret Diary of Harold L. Ickes*），卷三，一九五四；湯瑪斯・凱斯納（Thomas Kessner），《菲奧雷洛拉瓜迪亞與現代紐約的建立》（*Fiorello H. La Guardia and the Making of Modern New York*），一九八九；赫曼・克勒費爾德（Herman Klurfeld），《溫徹爾：他的人生與時代》（*Winchell: His Life and Times*），一九七六；安妮・莫洛・林白（Anne Morrow Lindbergh），《未來浪潮：信念告白》（*The Wave of the Future: A Confession of Faith*），一九四〇；亞伯特・S・林德曼（Albert S. Lindemann），《指控猶太人：三起反猶太事件（屈里弗斯、貝里斯、法蘭克），一八九四年至一九一五年》（*The Jew Accused: Three Anti-Semitic Affairs (Dreyfus, Beilis, Frank), 1894-1915*），一九九一；亞瑟・曼恩（Arthur Mann），《拉瓜迪亞：對抗時代的鬥士，一八八二年至一九三三年》（*La Guardia: A Fighter Against His Times, 1882-1933*），一九五九；山謬爾・艾略特・莫里森（Samuel Eliot Morison）與亨利・史迪爾・康馬爵（Henry Steele Commager），《美利堅共和國的成長》（*The Growth of the American Republic*），卷二，一九六二；查爾斯・莫里茲（Charles Moritz）編

纂，《當前傳記年鑑，一九八八年》（*Current Biography Yearbook, 1988*），一九八八；約翰·莫里森（John Morrison）與凱薩琳·瑞特·莫里森（Catherine Wright Morrison），《政壇孤鳥：蒙大拿州政治傳奇的人生與戰役》（*Mavericks: The Lives and Battles of Montana's Political Legends*），一九九七；《藍燈書屋英語語言辭典》（*Random House Dictionary of the English Language*），一九八三；小亞瑟·M·薛勒辛格（Arthur M. Schlesinger, Jr.），《新政到來，一九三三年至一九三五年》（*The Coming of New Deal, 1933-1935*），一九五八、《動盪政局，一九三五年至一九三六年》（*The Politics of Upheaval, 1935-1936*），一九六〇（《羅斯福時代》〔*The Age of Roosevelt*〕的卷二及卷三）；彼得·提德（Peter Teed），《二十世紀歷史辭典，一九一四至一九九〇》（*A Dictionary of Twentieth-Century, 1914-1990*），一九九二；華特·亞斯特（Walter Yust）編纂，《大英百科年鑑之不祥年月，一九三七年至一九四二年》（*Britannica Book of the Year Omnibus, 1937-1942*）、《大英百科年鑑，一九四三年》（*Britannica Book of the Year, 1943*）；班·D·澤文（Ben D. Zevin）編纂，《無須畏懼：富蘭克林羅斯福演講選錄，一九三二年至一九四五年》（*Nothing to Fear: The Selected Addresses of Franklin D. Roosevelt*），一九六一。

# 真實大事記

## 富蘭克林．迪蘭諾．羅斯福（Franklin Delano Roosevelt，一八八二—一九四五年）

**一九二〇年十一月**。羅斯福在威爾遜總統在任期間擔任海軍部助理部長，之後代表民主黨參選副總統，當時的總統候選人則為俄亥俄州州長詹姆斯．M．考克斯（James M. Cox）；結果共和黨的哈定（Warren G. Harding）大獲全勝，打敗了民主黨。

**一九二一年八月**。感染脊髓灰質炎病毒，讓他終身行動相當不便。

**一九二八年十一月**。首次當選紐約州的民主黨州長，兩年任期期滿後又連任一次；同時的全國大選中，前州長艾弗瑞德．E．史密斯（Alfred E. Smith）代表民主黨參選總統，又輸給了共和黨的赫伯特．胡佛（Herbert Hoover）。羅斯福擔任州長期間，積極營造自己自由進步派的形象，不斷為大蕭條期間受害的民眾向政府爭取紓困，包括失業保險，同時也大力反對禁酒令。在一九三〇年高票當選連任州長後，他成為民主黨中競選總統的熱門人選。

**一九三二年七月至十一月**。民主黨的七月黨員大會中獲選成為總統候選人；十一月他以百分之五十七．四的得票率打敗胡佛總統，而民主黨在參眾兩院皆贏得多數席次。

**一九三三年三月**。三月四日就職總統，當時全國因大蕭條而幾近癱瘓，他便在就職演說中表示：「我們唯一要恐懼的便是恐懼本身。」他很快提出針對農業、工業、勞工、及商業等領域的新政復興法案，並且為背負房貸與失業者提出紓困方案，他的內閣包括內政部長哈洛德．L．伊克斯、農業部長亨利．A．華勒斯（Henry A. Wallace）、勞動部長法蘭西絲．柏金斯（Frances Perkins，她也是第一位受邀入閣的女性），以及財政部長小亨利．摩根索（Henry Morgenthau，他是美國第二位猶太內閣成員，在一九三三年十一月十七日上任取代生病的原部長威廉．伍丁〔William Woodin〕）。他開始在白宮透過廣播發表簡短的全國演說，被稱為爐邊談話，並且邀請新聞記者召開提供資訊的記者會。

**一九三三年十一月至一九三四年十二月**。認為蘇聯成為威脅，並且很快就開始重新建立美國艦隊，一部分也是因為日本在遠東地區的活動。到了一九三四年，因為總統為了幫助弱勢者而提出種種計畫，黑人選民的政治忠誠已經從林肯所屬的共和黨轉向羅斯福的民主黨。

**一九三五年**。大量提出改革倡議，被稱為「第二階段新政」，結果催生了《社會保障法》、《全國勞資關係法》以及公共事業振興署，一個月就雇用了兩百萬名員工。這時為了因應不安定的歐洲情勢，也開始出現幾種中立措施的跡象。

**一九三六年十一月**。在總統大選中打敗了共和黨的堪薩斯州州長艾弗瑞德．M．蘭登（Alfred M. Landon），除了緬因州及佛蒙特州，他拿下了其他所有的選舉人票；同時民主黨擴大了國會中的多數優勢。在就職演說中申明：「我們的民主面臨挑戰……我看見全國有三分之一的人口住不好、穿不暖也吃不飽。」到了一九三七年，經濟已經有了復甦跡象，但是接著又發生經濟危機，而隨著勞工抗議不斷，結果一九三八年讓共和黨贏得了國會。

**一九三八年九月至十一月**。擔心希特勒對歐洲的野心，呼籲納粹領導人應該在捷克斯洛伐克的爭議問題上接受協商和解的結果。九月三十日的慕尼黑會議中，英國及法國對德國讓步，讓德國取得了捷克蘇台德地區並分解了捷克斯洛伐克；由希特勒指揮的德國軍隊於十月進入（而五個月後便征服了整個國家，讓斯洛伐克獨立成為由德國支持的法西斯共和國）。十一月，羅斯福下令大量增加生產戰鬥飛機。

**一九三九年四月**。要求希特勒及墨索里尼同意在十年間不得進犯較弱勢的歐洲國家，希特勒則在國會演說中回應，大力抨擊羅斯福並吹噓德國的軍事實力。

**一九三九年八月至九月**。發電報給希特勒，要求他和波蘭就領土爭議進行協商和解，希特勒的回應則是在九月一日入侵波蘭。英國及法國向希特勒宣戰，第二次世界大戰開始。

**一九三九年九月**。歐洲戰爭讓羅斯福必須想辦法改變中立法，讓英國及法國能夠從美國獲得武器。希特勒在一九四〇年上半年入侵丹麥、挪威、比利時、荷蘭、盧森堡及法國，羅斯福也大幅增加了美國的武器生產。

**一九四〇年五月**。成立國防理事會，稍後又成立生產管理局，為了可能發生的戰爭準備好工業製造及武器。

**一九四〇年九月**。日本與中國開戰，並且入侵法屬印度支那（也已經在一九一〇年兼併韓國，並於一九三一年占領滿州），在柏林與義大利及德國簽署三國同盟協議。在羅斯福的敦促之下，國會通過了美國歷史上第一份和平時期的徵兵法案，要求所有二十一歲至三十五歲的男性報到徵召，並且安排將八十萬名入伍者歸併入武裝部隊。

**一九四〇年十一月**。右翼共和黨人譴責他是「好戰分子」，他則在選戰中主打宣誓對抗希特勒及法西斯主義，決心會用盡一切可能的方法讓美國不必參與歐洲戰爭，結果羅斯福史無前例地二度連任，以四百四十九張對八十二張選舉人票，打敗了共和黨的溫德爾・L・威爾基（Wendell L. Willkie），這次選戰的主要議題便是國防及美國與戰爭的關係；威爾基只拿下了緬因州、佛蒙特州以及孤立主義的中西部。

**一九四一年一月至三月**。一月二十日就職，三月在國會通過了租借法案，授權總統能夠「販賣、轉移、借出、租出」武器、糧食及服務給其他國家，前提是認定保衛這些國家對於保衛美國至關重要。

**一九四一年四月至六月**。德國軍隊入侵南斯拉夫後，接著又是希臘，希特勒違反了互不侵犯條約而進犯俄羅斯。四月，美國將格陵蘭納入保護；六月，羅斯福授權美國軍隊在冰島落地，並將租借法案延伸至俄羅斯。

**一九四一年八月**。羅斯福與邱吉爾在海上會面，擬定了大西洋憲章的「共同原則」，包括八點宣示和平的目標。

**一九四一年九月**。宣布他已經對海軍下令，要摧毀任何進入美國水域、威脅美國防衛的德國或義大利潛艦；要求日本軍隊開始撤出中國及印度支那，但是日本軍隊指揮官東條英機大將拒絕了。

**一九四一年十月**。要求國會修改中立法，允許美國商船配置武器並准許進入戰區。

**一九四一年十一月**。日本派出使者抵達美國進行「和平談話」，看來是要繼續就軍事及經濟議題與美國協商，但同時日本突擊隊也祕密大量集結在太平洋。

**一九四一年十二月**。日本突襲美國在太平洋的領土以及英國在遠東地區的領土；經過總統緊急發布談話後，隔天國會一致通過向日本宣戰。十二月十一日，德國及義大利向美國宣戰，國會也向德國及義大利宣戰以回應。（日本突襲珍珠港的死傷數據：2,403 名美國水手、士兵、陸戰隊及平民死亡；1,178 人受傷。）

**一九四二年**。指揮戰局幾乎占去了總統所有時間。在一年一度的國情咨文中，他強調必須增加武器生產，宣示「我們的目標很明確：消滅軍閥強加在受他們奴役人民身上的軍國主義」，提出了高達 58,927,000,000 的創紀錄預算以因應戰爭花費。他和邱吉爾宣布要在東南亞建立聯合軍事指揮。六月與邱吉爾召開戰略會議，決定由德懷特・D・艾森豪將軍（General Dwight D. Eisenhower）指揮同盟國部隊，進攻法屬北非（七個月後便將德國軍隊驅逐出非洲）；總統向法國、葡萄牙及西班牙保證，同盟國對他們的領土並無計畫。六月，他要求國會承認美國與羅馬尼亞、保加利亞和匈牙利等與軸心國聯手的法西斯政權之間，確實存在戰爭狀態。七月，任命委員會負責審理八名納粹臥底，他們搭乘敵方潛艦在美國上岸後便遭到聯邦探員逮捕，經過祕密審判後，有兩名遭到監禁，另外六名則在華盛頓處決。九月，總統派溫德爾．威爾基出使俄羅斯，史達林便在莫斯科接見，他要求在西歐建立第二軍事前線。十月，總統進行為期兩週的祕密行程，走訪武器製造工廠並宣布目標達成。要求國會將徵兵年齡下修至十八及十九歲。

**一九四三年一月至一九四五年八月**。歐洲戰爭（以及希特勒同時對歐洲猶太人的屠殺並沒收他們的財產）一直持續到一九四五年。四月，墨索里尼遭到義大利同黨人士及投降派處決。德國在五月七日無條件投降，在此一週之前，阿道夫．希特勒才在自己柏林的堡壘中自殺，而距離羅斯福總統因顱內出血而猝逝更不到一個月（當時正值他第四任總統任期的第一年），隨後由他的繼任者副總統哈瑞．S．杜魯門（Harry S. Truman）宣誓就職。日本於八月十四日宣布無條件投降後，遠東的戰爭也結束了，第二次世界大戰就此告終。

## 查爾斯．A．林白（Charles Augustus Lindbergh，一九〇二－一九七四年）

**一九二七年五月**。出身明尼蘇達州的二十五歲特技飛行員兼航空郵機機師查爾斯．A．林白，駕駛著單翼機**聖路易精神號**從紐約飛行至巴黎，花費三十三小時又三十分鐘；他完成了史上第一趟跨大西洋不落地單人飛行，成為了全球家喻戶曉的人物。柯立芝總統（Calvin Coolidge）頒發給林白傑出飛行十字獎章，並且任命他為美國陸軍航空兵團預備役上校。

**一九二九年五月**。林白與二十三歲的安妮・莫洛結婚，她是美國派駐墨西哥大使的女兒。

**一九三〇年六月**。查爾斯與安妮的兒子小查爾斯・A・林白於紐澤西出生。

**一九三二年三月至五月**。小查爾斯在僻靜的新家中遭人綁架劫走，這座房子位於紐澤西州霍普威爾，占地約一・七六平方公里；大約十週後，有人意外在附近樹林中發現已經開始腐敗的嬰兒屍體。

**一九三四年九月至一九三五年三月**。一名貧窮又有前科的德國移民木匠布魯諾・R・豪普曼（Bruno R. Hauptmann）在紐約布朗克斯遭到逮捕，罪名是綁架並殺害小林白。在紐澤西州弗萊明頓經過六週的審理，媒體稱之為「世紀大審」，豪普曼最後被判有罪，並於一九三六年四月坐上電椅處決。

**一九三五年四月**。安妮・莫洛・林白出版第一本書《東方之北》（*North to the Orient*），書中記述了她在一九三一年與林白共同進行的航空冒險，這本書十分暢銷並且以該年度最傑出的非文學作品而獲得全國書商獎。

**一九三五年十二月至一九三六年十二月**。林白夫婦為了保有隱私，帶著兩名幼兒離開美國，而在他們於一九三九年春天返國之前，大多住在英國肯特郡一處小村落裡。在美國軍方的邀請下，林白到德國去確認納粹飛行器的進展，在接下來三年間，他經常為此往返英德兩地。林白出席了一九三六年的柏林奧運，希特勒也在場，後來他在寫給朋友的信件中提到希特勒：「他確實非常出色，我相信他為德國人民做了許多事。」安妮．莫洛．林白陪同丈夫前往德國，後來語帶批判地寫道：「國內的觀點實在太過保守了，認為獨裁政權就一定是錯誤、邪惡、不穩定，認定不會有什麼好結果——再加上我們的八卦小報總是將希特勒描繪成小丑一般，還有猶太人擁有的報紙總是發表（自然是）非常大力為猶太人遊說的政治宣傳。」

**一九三八年十月**。林白獲頒德國鷹服務十字勳章，這面金色勳章上裝飾著四個小卐字，都是頒發給為帝國服務的外國人，德國空軍元帥赫爾曼．戈林（Hermann Göring）在柏林的美國大使館晚宴上說：「由元首下令頒發。」安妮．莫洛．林白出版了第二本飛行冒險記述《聽！風聲》（*Listen! the Wind*），儘管她的丈夫在美國反法西斯人士間越來越不受歡迎，也有些猶太書商拒絕上架這本書，不過這本書仍然登上非文學暢銷榜。

**一九三九年四月**。希特勒入侵捷克斯洛伐克後，林白在日記中寫道：「雖然我十分不贊同德國所做的許多事情，但是我相信他們只是依循著近年來在歐洲唯一連貫的政策。」在航空團司令「哈普」．阿諾德將軍（General Henry "Hap" Arnold）的要求下，也得到了羅斯福總統的同意（儘管總統並不喜歡也不信任林白），他成為美國陸軍航空團的現役上校。

**一九三九年九月**。德國於九月一日入侵波蘭，林白在日記上提到有必要「保衛我們自己不受外國軍隊攻擊及外來種族稀釋……還有劣等血統的滲透」，他寫道，航空是「其中一樣無價之寶，讓白人種族在黃色、黑色及棕色人種步步進逼時依然能夠生存」。這一年稍早時，他跟共和黨全國委員會的一名高階成員談話，這人就是保守派的新聞記者小富爾頓・劉易斯（Fulton Lewis, Jr.），林白提到：「我們對於猶太人在報紙、廣播和電影的影響力有多大感到不安……實在很糟糕，因為我相信，只要有少數幾個適合的猶太人對任何國家都會是有用的資產。」在一九三九年四月的一篇日記（他在一九七〇年出版的《戰時日記》〔*Wartime Journals*〕中拿掉了這篇）寫道：「紐約這些地方已經有太多猶太人了。只有幾個猶太人能夠為國家增添助力與色彩，但是太多就會製造混亂，而我們現在就是太多了。」一九四〇年四月，他透過哥倫比亞廣播公司發表談話，說道：「我們之所以有可能被牽扯進這場戰爭，唯一的原因就是在美國有強大的因素希望我們參戰，他們只是美國人口的一小部分，卻控制了大部分具有影響力及政治宣傳的工具。他們抓住每一個機會要將我們逼近參戰邊緣。」愛達荷州的共和黨參議員威廉・E・博拉（William E. Borah）鼓勵林白參選總統，但林白說他比較傾向以公民的身分選擇政治立場。

**一九四〇年十月**。春天，美國第一委員會在耶魯大學法學院成立，目的是反對羅斯福總統的干預政策並提倡美國孤立主義；十月，林白在耶魯大學面對三千人發表談話，倡議美國要承認「歐洲的新霸權」。安妮・莫洛・林白出版第三本書《未來浪潮》，這是一本簡短的反對干預主義短論，副標題為〈信念告白〉，這本書引起了巨大的爭議並馬上成為非文學暢銷書，不過卻受到內政部長哈洛德．伊克斯的抨擊，稱為「每位美國納粹的聖經」。

**一九四一年四月至八月**。林白在芝加哥的美國第一委員會集會中對一萬人演說，接著在紐約的集會也有一萬人，讓最怨恨他的敵人伊克斯部長稱他為「美國頭號納粹同路人」。林白寫信給羅斯福總統抱怨伊克斯對他的攻擊，尤其是針對自己接受德國勳章一事，伊克斯寫道：「如果林白先生對於別人合理稱呼他為德國鷹騎士會感到畏縮，他何不乾脆退回那面不光彩的勳章，眼不見為淨？」（稍早，林白拒絕了退回勳章，認為此舉會對納粹領導造成「不必要的羞辱」。）總統公開質疑林白的忠誠，於是林白表示要向羅斯福的戰爭部長辭去陸軍上校的軍銜。伊克斯則指出，林白如此輕易就放棄了自己的軍階，卻相當固執地拒絕退回納粹德國頒給他的勳章。五月，林白與蒙大拿州參議員伯頓．K．惠勒一同登台演講，講台上坐在惠勒旁邊的正是安妮．莫洛．林白，林白在麥迪遜廣場花園的美國第一集會對著兩萬五千人演講，觀眾見到他的出現都表示歡迎，高呼著：「我們的下一任總統！」在他結束演講後，觀眾起立鼓掌了四分鐘。他整個春夏都在全國各地的大型集會中演講，表達反對美國干預歐洲戰爭的立場。

**一九四一年九月至十二月**。九月十一日，林白在德梅因的美國第一集會發表廣播演說〈誰在煽動戰爭？〉，他點名「猶太種族」就是其中一個強大而有效的因素時，全場八千人都歡呼起來，他認為這些因素正「為了與美國無關的原因」，推動美國參與戰爭，又說：「我們不能責怪他們，想要追求他們相信對自己有利的東西，但是我們也必須追求自己的，我們不能讓其他人天生的熱忱與偏見將我們的國家帶向毀滅。」隔天，民主黨及共和黨都大力批評德梅因的演說，但是北達科塔州的共和黨參議員傑拉德．P．奈伊（Gerald P. Nye）同時也是堅定的美國第一成員，他為林白說話反擊那些批評，並且重申對猶太人的指控，其他支持者也這麼做。十二月十日原本預定在波士頓的美國第一集會發表演說，但是在日本攻擊珍珠港，美國向日本、德國與義大利宣戰之後，林白便取消了演講。美國第一委員會的領導階層終止活動，組織也就解散了。

**一九四二年一月至十二月**。林白到華盛頓去希望恢復在航空團的軍階，但是羅斯福內閣中的重要成員強力反對，而大部分媒體也如此表示，於是羅斯福拒絕了。他不斷嘗試在航空產業中尋求職位也失敗了，但是在二〇年代晚期至三〇年代早期，他和洲際航空運輸公司（Transcontinental Air Transport，也稱為「林白航線」）保持著利益關係，而且泛美航空公司（Pan American Airways）也高薪聘請他為顧問。春天，他終於在政府允許下找到工作，成為福特的轟炸機發展計畫顧問，就在底特律外圍的柳林跑道基地，因此舉家搬遷至底特律郊區。（該年九月下午，羅斯福總統造訪柳林跑道基地視察武器製造計畫，林白便認為自己應該避開。）參與了梅奧醫院（Mayo Clinic）航空醫學實驗室的實驗，希望降低高海拔飛行對飛行員身體的風險；稍後也以試飛員的身分參與了高海拔氧氣設備的實驗。

**一九四二年十二月至一九四三年七月**。積極參與，協助海軍陸戰隊訓練海盜式戰鬥機飛行員，這型戰鬥機也是他在康乃狄克州協助聯合航空製造公司所研發。

**一九四三年八月**。安妮．莫洛．林白如今已經是四個孩子的母親，出版了《急速爬升》（*The Steep Ascent*），這本短篇小說描述一趟危險的飛行歷險，不過這本書是她在出版界初嘗敗績，主要是因為評論者和讀者對於林白家在戰前的政治立場懷抱敵意。

**一九四四年一月至九月**。林白原本只能在佛羅里達州測試各種戰鬥機的飛行，包括波音的新型B29轟炸機，不過這時政府准許她前往南太平洋實地研究海盜式戰鬥機，他一到當地便開始進行實戰飛行及轟炸任務，從新幾內亞的基地起飛到日本的目標地點，一開始只是旁觀，但是任務順利進行後便轉為積極參與。他教導飛行員如何在飛行中節省燃料以增加戰鬥範圍。進行了五十次飛行任務，並且擊落一架日本戰鬥機後，他於九月回到美國繼續與聯合航空製造公司合作戰鬥機計畫，而全家也從密西根州搬遷至康乃狄克州西港。

## 菲奧雷歐．H．拉瓜迪亞（Fiorello Henry La Guardia，一八八二—一九四七年）

**一九二二年十一月**。拉瓜迪亞在第一次世界大戰前在國會中是代表曼哈頓下東城的議員，戰後又回到國會，連做五任代表東哈林區的共和黨眾議員，服務義大利裔及猶太裔選民。他帶領眾議院反對哈定總統的營業稅政策，並譴責他對於大蕭條對人民的傷害無所作為；他也反對禁酒令。

**一九二四年十一月**。在總統大選中公開支持進步黨的候選人羅伯特．M．拉福萊特（Robert M.

La Follette），而不是共和黨的柯立芝總統。

**一九三一年一月**。紐約州長富蘭克林・D・羅斯福召開州長會議要處理大蕭條中的失業問題；拉瓜迪亞稱許他勇於直言詢問，才促成了勞工及失業相關的立法，而他自己就沒辦法說動胡佛總統。

**一九三二年**。在共和黨中特立獨行，同時又因黨派國會選舉失利而成了跛腳鴨，準總統羅斯福選中了他在國會中提出新政法案，在民主黨一九三二年的大獲全勝後，只拿下七十二席的共和黨確實十分掙扎。

**一九三三年十一月**。以反坦慕尼協會的候選人身分參選紐約市長，最後在共和黨與其他黨派合作下（稍後還有美國工黨）首度當選，開啟了連做三任的任期；剛上任便十分積極要為大蕭條後的紐約帶來經濟復甦，他提出公共工作計畫並成立及擴大公共服務。譴責法西斯主義及美國納粹；納粹稱他是「紐約的猶太市長」，他幽默回應：「我從來都沒想過自己血管裡的猶太血統有這麼純，還能拿來說嘴。」

**一九三八年九月**。希特勒分裂了捷克斯洛伐克後，拉瓜迪亞抨擊共和黨的孤立主義者，並在越演越烈的干預主義爭議中選擇站在羅斯福那一邊。

**一九四〇年九月**。雖然據說溫德爾・威爾基正在考慮邀請拉瓜迪亞成為副總統人選一同競選，但是他就像在一九二四年一樣，再一次拋棄了共和黨；他和參議員喬治・諾里斯（George Norris）

組成獨立派系支持羅斯福，並公開為羅斯福的第三任宣傳。

**一九四〇年八月至十一月**。隨著戰爭的威脅逼近，羅斯福傾向由拉瓜迪亞出任戰爭部長，但是後來選擇了共和黨的亨利・史汀森（Henry Stimson），並任命拉瓜迪亞代表美國成為美加防衛委員會的主席。

**一九四一年四月**。接受了羅斯福任命的無給職，主導民防事務，同時繼續擔任紐約市長。

**一九四三年二月至四月**。他積極要求羅斯福讓他回到軍隊，成為現役的陸軍准將，但是羅斯福在未能讓他入閣也未考慮和他搭檔競選之後，仍然拒絕了，因為有親近羅斯福的人士認為拉瓜迪亞太過激進；失望的市長只能穿回自己「街頭清道夫的制服」。

**一九四三年八月**。戰爭期間在各地都發生了種族紛亂，先前在博蒙特、莫比爾、洛杉磯及底特律等地都有爆發，在六月二十一日的暴動中更造成三十四起死亡，而這時也在紐約的哈林區爆發。經過將近三天的大肆破壞、搶劫及流血衝突，黑人領袖讚許拉瓜迪亞在暴動期間的領導手段既有力而富同情，最後造成六人死亡、一百八十五人受傷，財產損失約有五百萬美元。

**一九四五年五月**。羅斯福總統逝世的一個月後，拉瓜迪亞宣布自己不會競選第四任；而他在退休前最有名的事蹟，便是在一次報業罷工行動期間，透過廣播向紐約少兒朗讀幽默逗趣的漫畫。卸任之後，他接手主持聯合國善後救濟總署（United Nations Relief and Rehabilitation Administration，縮寫為 UNRRA）的工作。

## 華特・溫徹爾（Walter Winchell，一八九七—一九七二年）

**一九二四年**。原本是雜耍演員的華特・溫徹爾受雇於《紐約晚間圖報》（*New York Evening Graphic*），很快就因撰寫百老匯的新聞報導及專欄而聲名大噪。

**一九二九年六月**。到威廉・藍道夫・赫茲（William Randolph Hearst）的《紐約每日鏡報》（*New York Daily Mirror*）擔任專欄作家，他做這份工作做了超過三十年。赫茲旗下的國王焦點出版（King Features）將溫徹爾的專欄推廣到全國各地，最後在超過兩千份報紙上都有刊登。這位現代八卦專欄的始祖自然便經常造訪紐約名流在夜晚廝混的鸛鳥夜總會。

**一九三〇年五月**。在廣播電台初登場，報導百老匯的八卦新聞；接著藉由《幸運出擊舞曲時光》（*Lucky Strike Dance Hour*）節目而大受歡迎，然後從一九三二年十二月開始，每週日晚間九點，由珍柔護手霜（Jergens Lotion）贊助的節目在哥倫比亞廣播公司藍網（Blue Network）開播。溫徹爾每週十五分鐘的內幕八卦及綜合新聞報導，很快就成為廣播電台聽眾最多的節目，而他的開場台詞：「晚安，美國的先生小姐們與所有海上的船隻，我們要訴諸媒體！」成為美國人朗朗上口的一段話。

**一九三二年三月**。開始報導林白幼兒的綁架案，並且以聯邦調查局局長J・埃德加・胡佛（J. Edgar Hoover）透露的消息為報導增色；在布魯諾・豪普曼一九三四年被捕及一九三五年接受審判期間仍持續報導此案。

**一九三三年二月**。在所有新聞評論者及知名猶太人當中，這時幾乎只有他開始公開抨擊希特勒及美國納粹，包括德裔美國人聯盟的領袖弗里茲・庫恩（Fritz Kuhn）；他持續在廣播及報紙專欄上開炮，一直到第二次世界大戰爆發；他創造了新詞，如「納粹鼠輩」（razis）和「破爛卐字」（swastinkers），用來取笑納粹行動。

**一九三五年一月至三月**。J・埃德加・胡佛讚許他報導豪普曼審判一案時的表現，後來胡佛與溫徹爾會針對美國納粹交換訊息，最後出現在溫徹爾的專欄上。

**一九三七年**。在專欄中支持羅斯福及新政，因此五月時他受邀到白宮，總統與溫徹爾之間也開始有頻繁交流。赫茲與溫徹爾之間因為溫徹爾公開支持羅斯福而漸生嫌隙，溫徹爾和他的紐約鄰居，也就是幫派分子法蘭克・卡斯特羅（Frank Costello）開始發展出交情。

**一九四〇年**。溫徹爾在專欄及廣播節目的讀者與聽眾加起來估計約有五千萬人，超過美國三分之一的人口，他的年薪高達八十萬美元，讓他成為美國最高薪的其中一人。溫徹爾加重批評支持納粹的活動，在專欄中撰寫專題，例如「溫徹爾專欄與第五區」。大力支持羅斯福競選史無前例的第三任總統；因為赫茲會限制溫徹爾在《每日鏡報》上不得批評共和黨候選人威爾基，他便匿名為《PM》撰寫專欄來攻擊威爾基。

**一九四一年四月至五月**。攻擊林白的孤立主義及傾向德國的論述；警告納粹外交部長馮・里賓特洛普（Joachim von Ribbentrop）說美國有意參戰，然後參議員伯頓．K．惠勒便抨擊他「出其不意就推著美國人參戰」。

**一九四一年九月**。林白在德梅因的演講中指控猶太人逼迫美國人參戰，之後他寫說林白的「光環已經變成他的鼻環」，不斷攻擊林白以及惠勒、奈伊與藍金（John Rankin）等參議員，還有其他他認為支持納粹的議員。

**一九四一年十二月至一九七二年二月**。美國參與第二次世界大戰後，溫徹爾的廣播及專欄便主要都在報導戰事消息；他是海軍預備役的少校，便要求羅斯福指派任務，在一九四二年十一月受徵召為現役。戰爭結束後，立場轉為極右派；成為蘇聯以及傾向反共產主義的喬瑟夫．麥卡錫參議員（Senator Joseph McCarthy）的死敵。他在一九五〇年代中幾乎銷聲匿跡；一九七二年過世，葬禮上只有他的女兒參加。

## 伯頓．K．惠勒（Burton Kendall Wheeler，一八八二—一九七五年）

**一九二〇年十一月至一九二二年十一月**。在惠勒擔任蒙大拿州立法委員期間，起身對抗蒙大拿的工業巨擘巨蟒銅礦公司，接著又反對戰後的紅色恐慌期間各種違反人權的活動，只是一九二〇年競選州長時卻慘遭滑鐵盧，不過在一九二二年代表民主黨選上參議員，接著在農夫及勞工的強力支持下連做四任。在這幾年間，他將蒙大拿州政府轉變成遊走兩黨之間的惠勒機器。

**一九二四年二月至十一月**。他獲選主導參議院針對茶壺山賄賂醜聞的質詢，結果讓柯立芝總統的司法部長哈利・M・多賀提（Harry M. Dougherty）辭職，而柯立芝的司法部也蒙羞。惠勒選擇拋下民主黨（民主黨提名了約翰・W・戴維斯〔John W. Davis〕競選總統），轉而代表進步黨成為副總統候選人，與威斯康辛州參議員羅伯特・M・拉福萊特搭檔。柯立芝以壓倒性的票數擊敗了民主黨及進步黨，不過進步黨在全國拿下了六百萬票，而在蒙大拿州也占了將近百分之四十。

**一九三二年至一九三七年**。在民主黨一九三二年的黨員大會之前，惠勒已經走訪了十六個州為提名羅斯福造勢。雖然他是第一位全國知名的人物表態支持民主黨的候選人，也相當認同新政的社會改革，但是在一九三七年，惠勒卻強烈反對總統要擴大最高法院編制的立法提案，並且與新政支持者「劃清界線」；在惠勒的領導之下，這項爭議法案最終沒有過關，而讓他和總統之間的敵對態勢升溫。

**一九三八年**。惠勒的蒙大拿機器運作起來，結果削弱了他的民主黨對手，也就是眾議員傑瑞・歐康奈爾（Jerry O'Connell），讓雅各布・索克森（Jacob Thorkelson）勝選進入眾議院，華特・溫徹爾形容這位右翼的共和黨員是「納粹在國會中的傳聲筒」，索克森則稱溫徹爾是「誹謗的猶太人」，溫徹爾為《自由》（*Liberty*）雜誌撰寫了一系列文章，叫作〈我們不需要的美國人〉，其中也包括了索克森，索克森因而對他提告。歐康奈爾議員評論起惠勒等民主黨員在選舉期間的活動，形容惠勒就是「民主黨中變節的班乃迪克・阿諾德（Benedict Arnold），並背叛了他的總統」。

**一九四〇年至一九四一年**。具有影響力的民主黨員在蒙大拿州組成了支持惠勒選總統的組織；無論是在惠勒的大本營或其他地方，都被視為民主黨總統提名中的可敬對手，結果羅斯福宣布要競選第三任。在參議院中，惠勒與共和黨及南方的民主黨員越走越近，對抗羅斯福自由派的民主黨。激烈抗議美國干預歐洲戰爭。一九四〇年六月，他威脅道「如果這個黨要參戰」便要退黨。當月他與查爾斯・A・林白及一群主張孤立主義的參議員會面，制定計畫「抗衡主戰論點及宣傳」。在參議院中，他為林白駁斥了對於他支持納粹的指控，而幾個月後，羅斯福公開將林白比擬為美國內戰中的「銅頭蝮」（同情南方主張的北方人），惠勒稱這樣的評論「對每位右派思想的美國人來說都相當令人震驚且反感」。他在哥倫比亞廣播網絡上發表談話，為了與希特勒談判而提出八點和平提案，收到林白發出的祝賀電報。與耶魯學生會面，這些人正計畫組織起美國第一委員會，並由惠勒擔任他們非官方的顧問；他和林白一同成為美國第一委員會集會中最受歡迎的講者。公開發言反對徵兵，稱羅斯福的和平時期徵兵提案是「朝著極權政治邁進一步」。在參議院中反對租借法案，稱「如果美國人民想要獨裁政權，也就是說如果他們想要極權政府、如果他們想要戰爭，那麼這件法案在國會中應該會暢行無阻，這也是羅斯福總統的希望」。他說如果租借法案通過了，那麼「每四個美國男孩就有一個要死」，這讓羅斯福必須回應，指惠勒的論點「完全不是事實……我這一代人在公開場合中聽過……最為卑鄙、最不愛國的說法」。他公開透露（也太早）美國要派兵到冰島；

白宮與英國首相邱吉爾一同指控惠勒讓美國及英國人民都陷入危險。一九四一年十一月再次被控洩漏軍事機密，他對傾向孤立主義的《芝加哥論壇報》（*Chicago Tribune*）透露了一份戰爭部的機密文件，揭露美國在戰爭時的策略。

**一九四一年十二月至一九四六年十二月**。珍珠港事件後，他轉而支持參戰，但是認為美國與蘇聯結盟將有助於共產政府的存續。一九四四年，聲稱「蒙大拿退伍軍人協會（Montana Veteran Association，縮寫為MVA）背後有共產黨支持」，站在自由派的對立面，轉而協助蒙大拿電力公司與巨蟒銅礦公司，一起打敗了密蘇里河谷相當於田納西河谷管理局的單位。接著他失去了最後一點蒙大拿州民主黨的支持，在一九四六年的參議員初選中敗給了年輕的蒙大拿自由派萊夫·艾瑞克森（Leif Erickson）。

**一九五〇年代**。在華盛頓特區成為執業律師，在意識形態及政治立場上都認同喬瑟夫·麥卡錫參議員。

### 亨利·福特（Henry Ford，一八六三—一九四七年）

**一九〇三年至一九〇五年**。第一輛福特汽車是雙汽缸、八馬力的A型車，由亨利·福特設計，由他新成立的福特汽車公司製造，在一九〇三年問世，售價八百五十美元。接下來幾年又推出更高價的款式。

**一九〇八年**。專為美國鄉間地形設計的福特T型車上市，而一直到一九二七年都是公司唯一生產的型號，讓福特成為國內最主要的汽車製造商，達成了他的計畫：「為廣大的民眾製造汽車。」

**一九一〇年至一九一六年**。福特與自己的汽車製造夥伴建立起一套依序生產的製造流程及勞工部門，接著進化成一套不斷運作的生產線，此舉被認為是繼工業革命之後最偉大的工業進展，讓T型車能夠大量生產。一九一四年，福特宣布一天八小時的工時會有五美元的基本工資，但事實上這個條件只提供給一部分的福特公司勞工，不過他提倡「一天五元」還是為自己贏得許多讚美與名聲，認為他一名有遠見的生意人，更可以說是有遠見的思想家。「我不喜歡讀書，」他解釋道，「總是讓我頭腦混亂。」「歷史，」他聲稱，「或多或少就是胡說八道。」

**一九一六年至一九一九年**。他的名字出現在共和黨全國黨員大會上的總統提名中，第一輪投票拿到三十二張票。他成功獲得了整個福特集團的絕對控制權。到了一九一六年，公司一天就能生產兩千輛車，直至當時總共生產了一百萬輛T型車。第一次世界大戰爆發時積極以和平主義者的身分反對戰爭，並抨擊靠戰爭牟利的行為。他在與福特高層的會議中宣告：「我知道是誰引起了戰爭，就是那些德裔猶太銀行家，我有證據，都是事實。德裔猶太銀行家引起了戰爭。」美國參戰後，他發誓自己會完成與政府的合約，同時「不會從中賺錢，連百分之一利潤都不拿」，只是他並未做到。在威爾遜總統的敦促下，他以民主黨員的身分參選參議員（雖然先前一般認為他是共和黨人），結果在票數接近的結果下落敗，他認為自己輸掉選戰是因為華爾街的「利益」及「猶太人」。

**一九二〇年**。五月，福特在一九一八年買下的當地週報《迪爾伯恩獨立報》（*Dearborn Independent*）刊登了第一篇詳盡的報導，之後陸續又有九十篇，都是為了揭發「國際間的猶太人：全世界的問題」；在接下來出刊的週報中，連載了謊話連篇的《錫安長老會紀要》（*Protocols of the Learned Elders of Zion*），同時聲稱這份文件以及其中揭露猶太人意圖統治世界的計畫都是真的。出版的第二年，發行量便增加到接近三十萬份；福特汽車的車商以報紙也是公司產品的理由，被迫要訂閱此報，而強烈反猶太的文章則集結成四卷的合輯：《國際間的猶太人：全世界的第一問題》。

**一九二〇年代**。一九二一年生產了第五百萬輛福特汽車；在美國出售的汽車當中有超過半數都是福特T型車。成立了占地遼闊的羅格河工廠以及迪爾伯恩的工業城。買下了森林、鐵礦及煤礦以供應汽車工廠的原料。福特的汽車款式變得多元化，他在一九二二年出版自傳《我的人生與事業》（*My Life and Work*），成為非文學類的暢銷書，而福特的名聲及傳奇也從此傳遍全世界。民調顯示他的支持度超過了哈定總統，有機會成為共和黨的總統候選人；一九二二年秋天考慮參選總統。阿道夫．希特勒在一九二三年的訪問中說：「我們期待亨利．福特能夠帶領美國日益茁壯的法西斯運動。」在二〇年代中期，芝加哥一名猶太律師提告他誹謗，結果兩人在庭外和解，而在一九二七年，他撤回自己對猶太人的攻擊，同意不再繼續出版反猶太的作品並關閉《迪爾伯恩獨立報》，這間公司虧損連連，已經花費他將近五百萬美元。林白在一九二七年八月駕駛著**聖路易精神號**到底特律，在福特機場與福特見面，並且帶他進入這架知名的飛機體驗首次飛行。林白讓福特對航空製造產生興趣，兩人後來又多次見面，一九四〇年在底特律的一次訪談中，福特解釋道：「查爾斯來這裡的時候，我們只談猶太人。」

**一九三一年至一九三七年**。雪佛蘭與普利茅斯汽車的競爭再加上大蕭條的影響，公司儘管發明了福特V8引擎仍然出現大筆虧損。因為生產加速、工作不穩定再加上勞工間諜，讓羅格河工廠的勞工關係變得很糟。全美汽車工人聯合會努力要讓福特，以及通用汽車與克萊斯勒，面對福特所造成的暴力與威脅後果。底特律的義警團體在羅格河痛毆了組織工會的人。全國勞工關係委員會譴責了福特公司的勞工政策，並且被認為是汽車業界中最糟糕的。

**一九三八年**。七月，他為了七十五歲生日在底特律舉辦晚宴，邀請了一千五百位名流參加，並接受希特勒的納粹政府授予的德國鷹服務十字勳章。（十月在德國舉辦的典禮上也頒發了相同勳章給林白，讓內政部長伊克斯在十二月參加克里夫蘭錫安會會議時表示：「亨利·福特與查爾斯·A·林白是在自由國家中唯二會這樣卑躬屈膝的自由公民，在這種時候還收下如此明顯輕蔑的勳章，而授予勳章的人認為自己再也傷害不了人類的那一天就是失敗的一天。）福特人生中曾兩度中風，這一年是第一次。

**一九三九年至一九四〇年**。第二次世界大戰爆發後，他便與友人林白一同支持孤立主義及美國第一委員會。福特被任命為美國第一的執行委員後不久，西爾斯羅巴克百貨公司集團的猶太主管萊辛・J・羅森沃德（Lessing J. Rosenwald）便辭職，因為福特的反猶太名聲。有一段時間，福特經常與反猶太的廣播牧師考夫林神父見面，羅斯福與伊克斯都相信福特有金援神父的活動。福特提供資金，援助反猶太活動的煽動者傑洛德・L・K・史密斯（Gerald L. K. Smith）每週的廣播節目及他的生活開銷。（幾年後，史密斯重印了福特的《國際間的猶太人》以新版發行，並表示一直到了一九六〇年代，福特「從未改變自己對猶太人的看法」。）

**一九四一年至一九四七年**。第二次中風。隨著戰爭逼近，公司轉而製造國防用品；戰爭期間，在大型的柳林跑道工廠製造 B-24 轟炸機，並且雇用林白擔任顧問。福特因為疾病纏身，已經無法繼續經營公司並於一九四五年辭職。一九四七年四月過世，有十萬人前來瞻仰遺容。公司股票的龐大財富大多落入福特基金會，很快就成為世界上最富有的私人基金會。

# 其他相關歷史人物

**伯納德・巴魯克**（Bernard Baruch，一八七〇—一九六五年），金融家兼政府顧問。在伍德洛・威爾遜總統在任期間擔任戰爭工業委員會主席，負責為了第一次世界大戰動員國內的工業資源。在羅斯福主政期間也是白宮核心成員。一九四六年接受杜魯門總統任命，擔任聯合國原子能委員會的美國代表。

**理查德・「靴子理查」・博亞爾多**（Ruggiero "Ritchie the Boot" Boiardo，一八九〇—一九八四年），紐華克的犯罪分子，也是當地的幫派成員長腿茨威爾曼的競爭對手；他的影響力在市內的義大利第一區最大，他在當地經營相當受歡迎的餐廳。

**路易斯・D・布蘭迪斯**（Louis D. Brandeis，一八五六—一九四一年），出生於肯塔基州路易斯維爾一個來自布拉格教養良好的移民猶太家庭。在波士頓擔任公共利益與勞工律師。參與美國錫安會的早期組織活動。威爾遜總統任命為最高法院的大法官，但是在參議院大法官委員會以及全國各地經過四個月激烈辯論才成功，布蘭迪斯認為這是因為他是第一位被提名的猶太人。服務了二十三年，於一九三九年卸任。

**查爾斯．E．考夫林**（Charles E. Coughlin，一八九一—一九七九年），羅馬天主教神父及布道者，在密西根州皇家橡樹的小花聖殿教堂服務。認為羅斯福是共產黨並熱烈仰慕林白。在一九三〇年代，在每週一次的全國廣播節目以及自己的期刊《社會正義》（*Social Justice*）上，積極散播反猶太的觀念，這份期刊在二戰期間因為違反間諜法而遭到美國郵政拒運，在一九四二年停止發行。

**艾蜜莉亞．埃爾哈特**（Amelia Earhart，一八九七—一九三七年），一九三二年從加拿大紐芬蘭飛到愛爾蘭，以十四小時又五十六分鐘創下飛越大西洋的紀錄。第一位獨立飛越大西洋的女性，也曾經獨自從檀香山越過太平洋飛到加州。一九三七年，她嘗試與導航員弗瑞德列克．J．努南（Frederick J. Noonan）一同繞著地球飛行一周時，飛機卻在太平洋上空失去蹤影。

**梅爾．艾倫斯坦**（Meyer Ellenstein，一八八五—一九六三年），經過牙醫及律師的職業洗禮後，一九三三年由其他紐華克市委員選中擔任紐華克市長，他是該市第一位也是唯一一位猶太市長，從一九三三年至一九四一年服務了兩任。

**愛德華．弗萊納根**（Edward Flanagan，一八八六—一九四八年），一九〇四年從愛爾蘭移民到美國，在這裡開始研讀神學，並於一九一二年被授予聖職。一九一七年，為了照顧各種種族及信仰的流浪男孩，在奧馬哈成立弗萊納根神父的男孩之家。因為一九三八年上映的男孩之家電影大受歡迎而成為家喻戶曉的人物，電影中由史賓瑟．崔西扮演弗萊納根神父。

**里歐．法蘭克**（Leo Frank，一八八四－一九一五年），亞特蘭大鉛筆工廠的經理，因為在一九一三年四月二十六日殺害十三歲的員工瑪麗．費根而被判有罪；一九一五年八月，入獄時遭人以刀刺傷，後來當地居民強行將他從監獄中拖出處以私刑。他的定罪中有諸多疑點，據信反猶太主義有重要的影響。

**費利克斯．弗蘭克福特**（Felix Frankfurter，一八八二－一九六五年），羅斯福任命的美國最高法院大法官，任期從一九三九年至一九六二年。

**喬瑟夫．戈培爾**（Joseph Goebbels，一八九七－一九四五年），早期便加入納粹黨的成員，一九三三年成為希特勒的政治宣傳部長並主導文化政策，負責監管報紙、廣播、電影及劇院，還有舉辦壯觀的公共集會，包括遊行與大型集會等。他是希特勒最為忠心、手段也最殘忍的親信。一九四五年四月，德國遭毀、俄羅斯軍隊進入柏林，他和妻子殺死了六名幼子後一同自殺。

**赫爾曼．戈林**（Hermann Göring，一八九三－一九四六年），蓋世太保創始者也是第一任領導，也就是納粹的祕密警察，並負責組建德國空軍。一九四〇年，希特勒指名他為自己的接班人，但是在戰爭即將結束時便開除了他。在紐倫堡大審中因戰爭罪定罪並處以死刑，在行刑前兩小時自殺。

**亨利**（**漢克**）**．格林柏**（Henry (Hank) Greenberg，一九一一－一九八六年），一九三〇及四〇年代效力於底特律老虎隊的長打型一壘手，他只差兩支全壘打便能追上貝比．魯斯一九三八年的紀錄。他是猶太棒球迷心中的英雄，棒球名人堂中只選入了兩名猶太選手，他是第一位。

**威廉．藍道夫．赫茲**（William Randolph Hearst，一八六三－一九五一年），美國出版商，一般認為他非常大力提倡對大眾利用腥羶色、極端愛國主義這類不擇手段的「黃色新聞學」；他的報紙帝國全盛時期一直延續到一九三〇年代。一開始支持民主黨的民粹主義者，後來越來越右傾，並相當怨恨羅斯福。

**海因里希．希姆萊**（Heinrich Himmler，一九〇〇－一九四五年），納粹領導人兼希特勒親衛隊指揮官，而親衛隊便掌控著集中營，他同時也是蓋世太保的長官；負責種族「清洗」計畫，也是僅次於希特勒的第二號人物。一九四五年五月遭英國部隊抓住後便服毒自殺。

**J（約翰）．埃德格．胡佛**（J(ohn) Edgar Hoover，一八九五—一九七二年），聯邦調查局局長（原本是隸屬於司法部底下的調查局），任期從一九二四年至一九七二年。

**哈洛德．L．伊克斯**（Harold L. Ickes，一八七四—一九五二年），進步派的共和黨員後來轉為民主黨員，在羅斯福總統任內做了將近十三年的內政部長，讓他成為羅斯福內閣成員中服務第二久的成員。一心為了環保而奉獻，同時也積極反對法西斯主義。

**弗里茲．庫恩**（Fritz Kuhn，一八八六—一九五一年），在德國出生、並且參與過第一次世界大戰的退伍軍人，一九二七年移民到美國，到了一九三八年成為德裔美國人間的領袖，他認為自己就是美國的納粹元首，將德裔美國人聯盟打造成美國最強大、最積極也是最富有的納粹團體，成員有兩萬五千人。一九三九年因盜竊而遭定罪，一九四三年取消了他的公民身分，一九四五年遭遣返回德國。一九四八年，德國去納粹化法庭上因為他試圖將納粹主義移植到美國，並且與希特勒有緊密關係而遭定罪，判處十年勞動刑期。

**赫伯特．H．萊曼**（Herbert H. Lehman，一八七八—一九六三年），他的家族創立了雷曼兄弟銀行集團，他是合夥人之一。在羅斯福任紐約州長期間擔任副州長；一九三二年至一九四二年接任羅斯福成為州長。大力支持新政也強烈表達干預歐戰的意願。一九四九年至一九五七年間擔任紐約的民主黨參議員，很早便成為喬瑟夫・麥卡錫參議員的對手。

**約翰・L・劉易斯**（John L. Lewis，一八八〇－一九六九年），美國勞工領袖。一九三五年擔任聯合煤礦工人工會主席，與美國勞工聯合會分道揚鑣而另組新的產業組織委員會，後來在一九三八年成為產業工會聯合會。一開始支持羅斯福，後來在一九四〇年大選中改而支持共和黨的威爾基，並且在威爾基落敗後辭去產業工業聯合會主席。在二戰期間，聯合煤礦工人工會發起罷工，讓劉易斯和該組織之間的敵意更深。

**安妮・史賓瑟・莫洛・林白**（Anne Spencer Morrow Lindbergh，一九〇六－二〇〇一年），美國作家兼飛行員。出生於紐澤西州恩格爾伍德的權貴家庭，她的父親德懷特・莫洛（Dwight Morrow）是摩根大通投資公司的合夥人，並在胡佛總統主政期間擔任墨西哥大使，還是紐澤西州的共和黨參議員；她的母親伊莉莎白・里維・庫特・莫洛（Elizabeth Reeve Cutter Morrow）是一名作家、教育家，也曾短暫代理史密斯學院（Smith College）的校長一職，莫洛於一九二八年便在這間學校取得文學學士學位。此前一年她透過人介紹而認識了查爾斯・林白，當時林白到了墨西哥市的大使官邸拜訪她的家人。關於那次會面後莫洛的生活細節，參見真實大事記的查爾斯·A·林白部分。

**小亨利·摩根索**（Henry Morgenthau, Jr.，一八九一—一九六七年），羅斯福任命的財政部長，任期從一九三四年至一九四五年。

**文森·墨菲**（Vincent Murphy，一八八八—一九七六年），一九四一年至一九四九年接任梅爾·艾倫斯坦成為紐華克市長。一九四三年，民主黨提名他競選紐澤西州長，而一九三三年獲選為該州勞工聯合會的財政秘書後，長達三十五年間都是紐澤西勞工團體中的重要人物。

**傑洛德·P·奈伊**（Gerald P. Nye，一八九二—一九七一年），強烈主張孤立主義的北達科塔州共和黨參議員，任期從一九二五年至一九四五年。

**維斯布魯克·培格勒**（Westbrook Pegler，一八九四—一九六九年），右翼新聞記者，他的專欄〈培格勒觀點〉於一九四四年至一九六二年間刊登在赫茲的報紙上。一九四一年因揭發壓榨勞工行為而贏得普立茲獎。嚴苛批評羅斯福及新政，他認為這套政策是受到共產主義啟發，並且公開表示仇視猶太人。他是約瑟夫·麥卡錫參議員的支持者兼好友，也在麥卡錫的調查委員會中擔任顧問。

**約阿希姆・普林茲**（Joachim Prinz，一九〇二—一九八八年），拉比、作家兼民權運動人士，一九三九年至一九七七年在紐華克的亞伯拉罕猶太會堂服務。

**約阿希姆・馮・里賓特洛普**（Joachim von Ribbentrop，一八九三—一九四六年），一九三三年成為希特勒的首席外交政策顧問，並於一九三八年至一九四五年擔任外交部長。一九三九年與蘇聯外交部長莫洛托夫（Vyacheslav Molotov）簽署互不侵犯條約，包括祕密協議分食波蘭，這份條約為第二次世界大戰打開通道。一九四六年十月十六日在紐倫堡被判戰爭罪，成為第一位納粹被定罪後遭處絞刑。

**愛蓮諾・羅斯福**（Eleanor Roosevelt，一八八四—一九六二年），西奧多・羅斯福（Theodore Roosevelt）的姪女，嫁給了她的遠房堂親富蘭克林・羅斯福，兩人生了一女五子。她經常以第一夫人的身分發表自由派社會議題的演說，為了少數族群、弱勢及女性的地位發聲，公開反對法西斯主義，她每天都會投稿專欄文章給多達六十家報紙媒體，並且在第二次世界大戰期間共同擔任民防局局長。杜魯門總統任命她為聯合國代表，支持猶太人建國，並且在一九五二年及一九五六年支持阿德萊・史蒂文生（Adlai Stevenson）競選總統。甘迺迪總統在任時再次任命她為聯合國代表，不過她反對甘迺迪主導的豬玀灣事件。

**萊佛瑞特・薩頓史托爾**（Leverett Saltonstall，一八九二—一九七九年），理查・薩頓史托爾爵士的後代，這個家族是一六三〇年抵達美洲麻塞諸塞灣的初代成員之一。一九三九年至一九四四年間擔任麻州的共和黨州長；一九四四年至一九六七年則為共和黨參議員。

**傑洛德・L・K・史密斯**（Gerald L. K. Smith，一八九八—一九七六年），牧師兼知名演說家，一開始與休伊・朗恩（Huey Long）結盟，後來則與考夫林神父和亨利・福特同一陣線，這兩人都十分支持他對猶太人毫不留情的憎恨。他的反猶太雜誌《十字架與旗幟》（*The Cross and the Flag*）責怪猶太人引起了大蕭條及第二次世界大戰。一九四二年，在共和黨提名他參選密西根州參議員，結果拿到十萬票。他仍堅認羅斯福是猶太人，《錫安長老會紀要》是真實文件，而且在戰後還說大屠殺從未發生。

**艾利・史托茲**（Allie Stolz，一九一九—二〇〇〇年），出身紐華克猶太區的輕量級拳擊手，八十五場對戰中贏了七十三場，在一九四〇年代輸掉兩次爭取頭銜的對戰，第一次在經過充滿爭議的第十五輪對決後，輸給了現任冠軍薩米・安戈特（Sammy Angott），第二次則是在第十三輪被冠軍鮑伯・蒙哥馬利（Bob Montgomery）擊倒，最後也於一九四六年退休。

**朵羅西・湯普森**（Dorothy Thompson，一八九三－一九六一年），新聞記者、政治運動人士，在一九三〇年代她的專欄文章會同步刊登在一百七十份報紙上。很早就開始反對納粹主義及希特勒，嚴厲批評林白的政治理念。一九二八年與小說家辛克萊・劉易斯（Sinclair Lewis）結婚，兩人於一九四二年離婚。在一九四〇及五〇年代反對猶太建國主義，而支持巴勒斯坦的阿拉伯人。

**大衛・T・維倫茨**（David T. Wilentz，一八九四－一九八八年），紐澤西檢察總長（一九三四年至一九四四年），他起訴了林白幼子綁架案，最後讓布魯諾・豪普曼遭定罪處刑。後來在紐澤西的民主黨組織中相當有影響力，該州三任民主黨州長都會向他諮詢意見。

**艾伯納・長腿・茨威爾曼**（Abner "Longy" Zwillman，一九〇四－一九五九年），在紐華克出生長大，禁酒令期間販賣私酒，並於一九二〇至四〇年代成為紐澤西幫派首領。在東岸偷拐搶騙的成員中組成了「六大老」，包括好運的盧希安諾（Lucky Luciano）、邁爾・蘭斯基（Meyer Lansky）以及法蘭克・卡斯特羅。一九五一年的參議院犯罪委員會在電視上轉播聽證會，會上揭露出他參與了各種犯罪活動，八年後自殺。

# 一些文件紀錄

## 誰在煽動戰爭？

查爾斯・林白

最近這一次歐洲戰爭開始後已經經過兩年，從一九三九年九月的那一天直至此時此刻，就不斷有人用盡一切方法要逼迫美國捲入這場紛爭。

背後主導這件事的是外國相關人士，還有我們自己國內一小群少數人，不過他們的努力有了非常好的成效，因此我們的國家正站在瀕臨開戰的時刻。

此時此刻，戰爭即將進入第三個冬天，似乎很適合回頭審視一下讓我們落入目前處境的狀況。為什麼我們瀕臨開戰？我們有必要牽扯得如此之深嗎？是誰將我們的國家政策從保持中立獨立轉而要牽扯入歐洲事務當中，是誰該負責？

我個人認為若要討論為何我們不該干預，最好的論點就是好好研究目前這場戰爭的起因與發展。我常常說，如果將確切的真相與問題擺在美國人民眼前，那麼我們就不必擔心涉入。

這裡我想要對各位說明，那群支持外國戰爭的人，以及那群相信美國的命運與他人無關的人，兩者之間有什麼基本上的不同。

如果各位回頭看看紀錄，就會發現我們這些反對干預的人經常努力澄清真相與問題，但是主張干預的人卻想要隱藏真相並混淆議題。

我們希望各位去讀一讀我們上個月、去年，甚至是戰爭開始以前，我們所說過的話，我們的紀錄都是公開透明，也引以為傲。

我們不會靠詭辯及政治宣傳語言來引導各位，我們不會抄捷徑只為了將美國人民帶往他們並不想去的地方。

我們在選舉前就說過了，而且一而再、再而三說明，今天還要再說一次。而且明天不會告訴你，這只是選舉時的慷慨陳詞。各位有沒有聽過干預主義者、英國的代表或者華盛頓政府中的成員要你們回頭去看看紀錄，研究他們從開戰以來說過的話？他們自詡為民主的捍衛者，他們願不願意將戰爭的議題訴諸人民投票？各位有沒有在我們的國家中發現這些為了外國自由言論而戰的十字軍，也許拿掉了監控言論的手段？

在我們的國家中處處可見狡辯詭計與政治宣傳。今晚，我要試著抽絲剝繭，讓各位看到底下赤裸裸的事實。

這場戰爭在歐洲開始的時候，美國人民顯然是堅決反對加入。為什麼我們不願意？我們擁有世界上最佳的防禦位置，我們從歐洲傳承了獨立的傳統，而我們所參加的那一次歐洲戰爭並沒有解決歐洲的問題，還給美國帶來無人支付的債務。

全國民調顯示出，一九三九年英國與法國向德國宣戰時，我們的人民中只有不到百分之十的人願意美國走上類似的道路。

但是不管在這裡或國外都有好幾群人，他們的利益與信仰都讓美國必須參與戰爭。我今晚會點名其中幾個團體，並且概述他們將如何進行，而為此我必須以最坦白的態度直言不諱，因為為了阻止他們的作為，我們就必須知道他們究竟是誰。

不斷逼迫這個國家參戰的團體中有三個最為重要：英國人、猶太人以及羅斯福政府。

在這些團體背後還有一群人，不過沒那麼重要，也就是資本家、親英派以及知識分子，他們相信人類的未來端賴大英帝國能夠主宰世界。除此之外還有共產黨員，他們原本反對干預，但幾週前卻改變立場。我想我已經說出了這個國家煽動戰爭的主謀。

我在這裡只會提到煽動戰爭的人，而不是那些受到誤導的誠懇男女，他們受到假訊息的混淆及政治宣傳的恐嚇，只能跟著那群好戰者走。

正如我所說，這些好戰者只是我們當中的一小部分，但他們卻掌握了相當大的影響力，他們違背了美國人民想要遠離戰爭的決定，運用政治宣傳、金錢與贊助的力量。

讓我們討論一下這些團體，一次一個。

首先是英國人：很明顯，也完全能夠理解，大英帝國希望美國能夠站在他們那一邊參戰，英國現在正處於絕望的處境，人口不夠多、軍隊不夠強，根本無法侵略歐洲大陸並贏得這場她向德國宣告的戰爭。

英國的地理位置特殊，因此不管我們送去多少飛機，都不能光靠著使用飛機打贏戰爭。就算美國參戰，同盟國的軍隊也無法進攻歐洲並擊敗軸心國。但有一件事情可以肯定，如果英國可以將這個國家扯進戰爭，就可以將開戰的大部分責任還有開銷甩到我們身上。

各位都知道，上一次歐洲戰爭還讓我們債務纏身，除非我們未來能夠比過去更加謹慎，否則就得揹上這一次會產生的債務。若不是因為英國希望能讓我們負責這場戰爭的財務以及軍務，我相信英國許多個月以前就會在歐洲和談了，而這麼做會比較好。

英國處心積慮，而且還會繼續用盡一切努力要讓我們參戰。我們知道上一次戰爭他們為了讓我們參戰，在這個國家花了巨額金錢，英國人還寫了好幾本書說明這些錢用得多麼高明。

我們知道在目前這場戰爭中，英國已經花了大筆金錢在美國進行政治宣傳，如果我們是英國人也會這麼做。但是我們首先要顧慮的是美國的利益，而身為美國人，我們必須理解英國也是努力進行對自己有利的事，才要讓我們參與他們的戰爭。

我所提到的第二大團體就是猶太人。

不難理解為什麼猶太人希望推翻納粹德國，他們在德國受到的壓迫便足以讓任何種族抱持怨懟的仇恨。

任何有良知的人都不會寬恕猶太人在德國遭受到的迫害，但是今日，任何正直有遠見的人也不會對他們好戰的政策袖手旁觀，因為他們必能看見這類政策中的危險，無論對我們、對他們都一樣。這個國家的猶太人不應該煽動戰爭，而是應該盡一切可能反對戰爭，因為他們將會是最早嘗到苦果的人。

容忍是奠基於和平及強大力量上的美德，歷史則證明了這種美德無法經受戰爭與摧殘。有少數幾位目光長遠的猶太人知道了這點，選擇反對干預，但是大部分仍看不見。

他們對這個國家最大的危險就在於他們擁有了大部分電影產業、報紙、廣播及政府，並具有影響力。

我並非要攻擊猶太人或者英國人，我相當敬仰這兩種人，但我要說的是，英國人及猶太人的領袖希望我們參戰，從他們的觀點或許能夠理解其理由，但是從我們的觀點看來卻不然。

我們不能夠責怪他們去尋求相信對自己最有利的東西，但是我們也必須尋求自己的。我們不能任由他人天生的熱忱與偏見帶領我們的國家走向毀滅。

羅斯福政府是第三個一直想帶領這個國家加入戰爭的有力團體。其成員利用戰爭的緊急狀況，讓美國史上第一次有總統能夠做到第三任。他們利用戰爭增加了無限幾十億的債務，已經是我們所知的最高點。而他們只是利用戰爭來合理化限縮國會權力的行為，並且讓總統及他任名的官員擁有獨裁式的行政程序。

羅斯福政府的權利都仰賴著維持戰爭時期的緊急狀態，羅斯福政府的聲望都仰賴著大英帝國的成功，而總統的政治前途也靠此維繫，當時大多數人都還以為英國和法國能夠輕鬆贏得戰爭。羅斯福政府的危險就在於詭辯，其成員向我們保證和平，但卻帶領我們走向戰爭，絲毫不顧自己是為何才贏得選舉。

我從煽動戰爭的眾多團體中選擇了這三個最為重要的，我只談論那些戰爭團體最需要的支持力量，若是這些團體中的其中一個，無論是英國人、猶太人或政府，不再煽動戰爭，我相信我們就幾乎不可能參戰。

我並不相信只憑藉其中兩者的力量就足以帶領這個國家開戰，他們必定需要第三個團體的支持，而正如我所說，其他好戰團體在這三者之前都只是次要。

一九三九年，敵意在歐洲蔓延開來時，這些團體就明白美國人民無意參戰，他們知道在當時要求我們開戰，結果會比毫無用處更糟糕，但是他們相信總有辦法逼迫這個國家參與，差不多就像我們參與上一次戰爭一樣。

他們計畫著：首先，假借美國國防的名義讓美國準備好參與外國的戰爭；第二，要一步步在我們不知情的情況下讓我們參戰；第三，製造一系列事件，逼迫我們捲入實際的衝突。而當然這些計畫都要仰賴他們動用政治宣傳的所有力量。

很快，我們的戲院裡會排滿了描繪戰爭光榮的戲劇，新聞影片會失去所有客觀性，報紙和雜誌若是刊登反戰文章就會失去廣告客戶，只要是反對干預主義的人都會受到抹黑攻擊，他們不斷丟出像是「第五區來的」、「叛徒」、「納粹」、「反猶太」等詞彙，用來攻擊任何膽敢主張美國參戰對自身不利的人。任何公開反戰的人都會丟掉工作，還有許多其他人再也不敢開口。

用不了多久，支持戰爭的人才能在演講廳中說話，反戰的人則不得其門而入。他們會發起恐怖宣傳，告訴我們航空科技的發展，雖然能夠帶領英國艦隊到歐洲的本土去，卻讓美國比過去更有可能遭遇侵略。政治宣傳火力全開。

在保衛美國的藉口之下，要拿到十幾億的武器預算並不難，而打著國防的大旗，我們的人民也會團結起來。國會通過一筆又一筆款項，用來購買槍枝、飛機與戰艦，我們絕大多數人民都會同意。但是我們要稍後才知道，這些款項中有一大部分會用來為歐洲製造武器，這就是下一步。

舉個例子；一九三九年，他們說我們應該將航空團擴編到總共五千架飛機，國會通過了必要的法案，幾個月後，政府告訴我們，美國應該至少要有五萬架飛機才能保護國家的安全，但是這些戰鬥機一從工廠製造出來就馬上送到國外去，而我們自己的航空團還急切等待著新裝備到來；因此今天，戰爭開始的兩年後，美國軍隊只有幾百架完全現代的轟炸機與戰鬥機，事實上，還比德國一個月就能製造出來的數量少。

打從一開始，我們所規劃的武器計畫就是為了在歐洲開戰，根本不是為了要讓美國擁有適當的防衛能力。

如今在我們準備國外戰爭的同時，正如我所言，他們就必須讓我們參戰。就靠著那句有名的話：「萬事俱備，只欠開戰。」一切於焉完成。

他們說，只要美國解除武器禁運並且出售彈藥換取現金，英國和法國就能打贏。接著又開始老調重彈，這許多個月來，我們每朝著戰爭跨近一步就會聽到這樣的話，他們說：「要保衛美國、避免參戰最好的方法就是幫助同盟國。」

首先，我們同意賣武器到歐洲；接著，我們同意出借武器給歐洲；然後我們同意為歐洲巡守海洋；再來我們占據戰區中的一座歐洲島嶼。現在，我們已經瀕臨開戰邊緣。

好戰團體有三大參戰步驟，現在已經成功完成前兩步，我們史上最大的軍武計畫正在進行。基本上，我們從每個觀點來看都已經是參戰了，就差沒有實際開槍。現在就只剩下要製造夠有力的「事件」；你會看到這些已經開始按照計畫進行了——這套計畫甚至在美國人民尚未同意之前就開始策畫。

愛荷華的先生小姐：今日只有一件事情能夠阻止這個國家參戰，那就是美國人民越來越大的反彈聲浪。如今，我們的民主制度和代議政府正面臨前所未有的考驗，我們即將面臨戰爭，而最終能夠獲勝的只有混亂和投降。

我們即將面臨一場我們尚未準備好的戰爭，而沒有人能夠拿出打勝仗的可靠計畫，我們只能將士兵送到大西洋彼岸，奮力登上敵人的海岸，抵擋比我們自己更強大的軍隊，如此才有可能得勝。

我們即將面臨戰爭，但是要退出還不算太晚。現在還不算晚，我們要告訴他們，再多的錢、宣傳或支持都不能逼迫一個自由而獨立的人違背意願參與戰爭。現在還不算太晚，我們要重拾並掌握獨立美國的命運，這是建國先賢在這片新世界中所建立的。

未來的一切都落在我們肩頭上，端賴我們的行動、勇氣和智慧。如果各位反對干預戰爭，現在就是時候讓他們聽見各位的聲音。

幫助我們組織集會，寫信給華盛頓的民意代表。我告訴各位，這個國家的民主和代議政府最後的堡壘要塞就是我們的參眾兩院。

沒錯，我們仍然能夠堅持我們的意願。只要我們美國人民這麼做，獨立和自由就會一直存在於我們心中，我們不會參與外國的戰爭。

查爾斯・林白的演講：〈誰在煽動戰爭？〉一九四一年九月十一日於德梅因美國第一委員會及會上演講。引用文本可見 www.pbs.org/wgbh/amex/lindbergh/filmmore/reference/primary/desmoinesspeech.html

## 《林白》節錄

A・史考特・伯格，一九九八

林白認為和平可以存在，只要「我們團結在一起維護最為無價的資產，也就是我們承繼的歐洲血統，只要我們保衛自己不受外國軍隊的攻擊，不讓外來種族稀釋」。他認為航空科技是「上天的禮物，贈與那些已經引領時代的西方國家……這套工具是特別為了西方人的雙手形塑而成，其他人想要複製這樣的科學工藝也只會學得平庸無奇，這又是在亞洲那數千百萬人以及歐洲的希臘後裔之間的一道屏障，這樣的無價資產讓白人種族面對黃色、黑色及棕色皮膚的壓迫時仍能存續」。

林白相信，蘇聯已經成為地球上最為邪惡的帝國，若要維護西方文明，就必須驅逐蘇聯以及在其邊境之外蟄伏的亞洲勢力，也就是「蒙古、波斯及摩爾人」。他寫道，也要仰賴「我們自己團結一心，集結成非常強大的力量，讓外國軍隊不敢進犯；修建出一道種族與武器組成的西方長城，能夠抵擋一切，即使是成吉思汗或者劣等血統的滲透也不怕……」（頁394）

# 反美陰謀

The Plot Against America


作者　菲利普・羅斯　Philip Roth
譯者　徐立妍

副社長　陳瀅如
總編輯　戴偉傑
責任編輯　涂東寧
行銷企劃　陳雅雯、趙鴻祐
封面設計　兒日設計
內頁排版　宸遠彩藝
印刷　呈靖彩藝有限公司

出版　木馬文化事業股份有限公司
發行　遠足文化事業股份有限公司（讀書共和國出版集團）
地址　231 新北市新店區民權路 108-3 號 3 樓
電話　(02)2218-1417
傳真　(02)2218-0727
客服信箱　service@bookrep.com.tw
客服專線　0800-221-029
郵撥帳號　19588272 木馬文化事業股份有限公司
客服專線　0800-221-029
法律顧問　華洋法律事務所 蘇文生律師

初版一刷　2024 年 11 月
定價　580 元

ISBN　9786263147645





國家圖書館出版品預行編目

反美陰謀 / 菲利普 . 羅斯 (Philip Roth) 作 ; 徐立妍譯 . -- 初版 . -- 新北市 : 木馬文化事業股份有限公司出版 : 遠足文化事業股份有限公司發行 , 2024.11
480 面 ; 14.8×21 公分
譯自 : The plot against America.
ISBN 978-626-314-764-5（平裝）

874.57　113015828